# Reencontro em Paris

# Obras da autora publicadas pela Record

Acidente
Agora e sempre
A águia solitária
Álbum de família
Amar de novo
Um amor conquistado
Amor sem igual
O anel de noivado
O anjo da guarda
Ânsia de viver
O apelo do amor
Asas
O baile
Bangalô 2, Hotel Beverly Hills
O beijo
O brilho da estrela
O brilho de sua luz
Caleidoscópio
A casa
Casa forte
A casa na rua Esperança
O casamento
O chalé
Cinco dias em Paris
Desaparecido
Um desconhecido
Desencontros
Um dia de cada vez
Doces momentos
A duquesa
Ecos
Entrega especial
O fantasma
Final de verão
Forças irresistíveis
Galope de amor
Graça infinita
Um homem irresistível
Honra silenciosa

Imagem no espelho
Impossível
As irmãs
Jogo do namoro
Joias
A jornada
Klone e eu
Um longo caminho para casa
Maldade
Meio amargo
Mensagem de Saigon
Mergulho no escuro
Milagre
Momentos de paixão
Uma mulher livre
Um mundo que mudou
Passageiros da ilusão
Pôr do sol em Saint-Tropez
Porto seguro
Preces atendidas
O preço do amor
O presente
O rancho
Recomeços
Reencontro em Paris
Relembrança
Resgate
O segredo de uma promessa
Segredos de amor
Segredos do passado
Segunda chance
Solteirões convictos
Sua Alteza Real
Tudo pela vida
Uma só vez na vida
Vale a pena viver
A ventura de amar
Zoya

# DANIELLE STEEL

# Reencontro em Paris

*Tradução de*
Alice França

2ª edição

EDITORA RECORD
RIO DE JANEIRO • SÃO PAULO
2018

CIP-BRASIL. CATALOGAÇÃO NA PUBLICAÇÃO
SINDICATO NACIONAL DOS EDITORES DE LIVROS, RJ

S826r
2ª ed.
    Steel, Danielle, 1947-
    Reencontro em Paris / Danielle Steel; tradução de Alice França. – 2ª ed. –
Rio de Janeiro: Record, 2018.

    Tradução de: Honor Thyself
    ISBN 978-85-01-09659-3

    1. Romance americano. I. França, Alice. II. Título.

17- 44605
    CDD: 813
    CDU: 821.111(73)-3

Título em inglês:
Honor Thyself

Copyright © 2008 by Danielle Steel

Texto revisado segundo o novo Acordo Ortográfico da Língua Portuguesa.

Todos os direitos reservados. Proibida a reprodução, no todo ou em parte, através de quaisquer meios. Os direitos morais da autora foram assegurados.

Direitos exclusivos de publicação em língua portuguesa somente para o Brasil adquiridos pela
EDITORA RECORD LTDA.
Rua Argentina, 171 – Rio de Janeiro, RJ – 20921-380 – Tel.: (21) 2585-2000, que se reserva a propriedade literária desta tradução.

Impresso no Brasil

ISBN 978-85-01-09659-3

Seja um leitor preferencial Record.
Cadastre-se no site www.record.com.br e receba informações sobre nossos lançamentos e nossas promoções.

Atendimento e venda direta ao leitor:
mdireto@record.com.br ou (21) 2585-2002.

À minha mãe, Norma,
que nunca leu nenhum dos meus livros,
mas se orgulhava de mim, eu espero.
Às relações difíceis
entre mães e filhas menos afortunadas,
às oportunidades perdidas,
às boas intenções malsucedidas e, por fim,
ao amor que ampara, não importa
qual tenha sido a história ou como ela aconteceu.
De todas as formas que me eram importantes na
época,
perdi minha mãe aos 6 anos,
quando não pude mais contar com sua ajuda para
pentear meu cabelo,
para que eu não passasse vergonha na escola.
Nós nos conhecemos melhor como adultas,
duas mulheres completamente diferentes,
com visões distintas da vida.
Frequentemente desapontamos uma à outra,
raramente nos entendemos,
mas reconheço que ambas tentamos e persistimos
até o fim.
Dedico este livro à mãe que eu gostaria de ter tido,
à mãe que eu esperava ver sempre que nos
encontrávamos;
àquela que preparava panquecas e almôndegas
antes de partir, quando eu era pequena;

à mãe que, sem dúvida, ela tentou ser, apesar de
tudo.
E, finalmente, com amor, perdão e compaixão,
dedico este livro à mãe que ela foi.
À sua maneira, ela me ensinou a ser a mãe que eu
sou.
Que Deus lhe sorria e a proteja,
que você encontre alegria e paz.
Amo você, mãe.

d.s.

"Quando estiveres plenamente são,
tudo virá a ti."

*Tao Te Ching*

# Capítulo 1

Em uma tranquila e ensolarada manhã de novembro, Carole Barber desviou os olhos da tela do computador e fitou o jardim de sua casa, uma enorme mansão labiríntica de pedra em Bel Air, onde morava havia 15 anos. Da estufa iluminada pelo sol que costumava usar como escritório, viam-se as roseiras que ela mesma havia plantado, além da fonte e do lago, que refletia o céu. A vista transmitia uma atmosfera de paz, e a casa era silenciosa. Havia quase uma hora que suas mãos praticamente não tocavam o teclado, o que a deixava extremamente frustrada. Apesar da longa e bem-sucedida carreira na indústria cinematográfica, ela estava tentando escrever seu primeiro romance. E, embora tivesse escrito alguns contos nos últimos anos, nunca havia publicado nenhum. Chegara inclusive a se aventurar a escrever um roteiro. Enquanto esteve casada, ela e seu recém-falecido marido, Sean, cogitaram fazer um filme juntos, mas nunca chegaram a levar o plano adiante porque estavam sempre muito ocupados fazendo outras coisas, em suas respectivas áreas.

Sean era produtor e diretor; e ela, atriz. Mas não uma simples atriz. Carole Barber era uma estrela, desde os 18 anos, e fazia dois meses que havia completado 50. Por escolha própria, não atuava em um filme havia três anos. Naquela idade, mesmo com sua beleza arrebatadora, bons papéis eram raros.

Carole parou de trabalhar quando Sean adoeceu. E, durante os dois anos que sucederam à morte do marido, ela viajou para Londres e Nova York, para visitar os filhos. Estava envolvida em várias causas, a maioria relacionada aos direitos das mulheres e das crianças, o que fazia com que fosse sempre para a Europa, China e países subdesenvolvidos do mundo todo. Questões como injustiça, pobreza, perseguição política e crimes contra pessoas indefesas eram o foco da sua luta. Entre as anotações detalhadas que ela mantinha de suas viagens, havia um registro particularmente comovente dos meses que antecederam a morte de Sean. Nos últimos dias de vida do marido, Carole conversou com ele sobre sua intenção de escrever um livro. Ele adorou a ideia e a incentivou a dar início ao projeto. Porém, dois anos depois de sua morte, foi que ela de fato começou. Já fazia um ano que vinha lutando para conseguir escrever. O livro lhe daria a oportunidade de se posicionar a respeito de assuntos que ela achava importantes e de mergulhar profundamente em si mesma, de um jeito que nunca havia conseguido através da arte da interpretação. Queria muito escrever, mas não conseguia sequer começar. Sentia-se travada e não sabia identificar a razão de tal dificuldade. Enfrentava um caso clássico de bloqueio criativo. Porém, tal qual um cachorro que não largava o osso, ela se recusava a desistir e esquecer aquela ideia. Tinha planos de voltar a atuar, mas pretendia terminar o livro antes. Era como se devesse isso a Sean e a si mesma.

Em agosto, recusou um papel aparentemente bom em uma grande produção. O diretor era excelente e o roteirista havia recebido vários prêmios da Academia por seu trabalho anterior. Além disso, contracenar com os atores coadjuvantes escalados para o filme teria sido uma experiência incrível. Mas o roteiro não despertou seu interesse. Ela não se sentiu nada atraída pela história e não queria voltar a trabalhar, a menos que adorasse sua personagem. Estava obcecada com o livro, mesmo em seu estágio embrionário, e isso a impedia de voltar ao cinema. Em algum lugar no fundo de seu coração, ela sabia que tinha de escrevê-lo antes de fazer qualquer outra coisa. Esse romance seria a voz da sua alma.

Quando finalmente começou o livro, Carole fez questão de evitar escrever sobre si mesma. Porém, à medida que se aprofundava na trama, ela se dava conta de que estava fazendo exatamente isso. A personagem principal tinha muitas características suas, e, quanto mais escrevia, mais difícil se tornava aquela tarefa, como se fosse insuportável encarar a si mesma. Por isso, havia algumas semanas vinha enfrentando mais um bloqueio criativo. A história era sobre uma mulher que, ao chegar à meia-idade, resolve fazer uma análise de seu passado. As semelhanças com ela eram inevitáveis: suas experiências, os homens que amara e as decisões que havia tomado no decorrer da vida. Todas as vezes que se sentava para escrever, pegava a si mesma olhando para o nada, sonhando com o passado, enquanto a tela do computador permanecia em branco. Estava assombrada pelos ecos do passado e sabia que, enquanto não aprendesse a lidar com eles, não conseguiria mergulhar no romance, nem desenvolver a trama. Carole precisava da chave para abrir aquelas portas, mas, até o momento, não a tinha encontrado. Conforme escrevia, cada questionamento e cada dúvida que algum dia teve sobre si mesma vinham à tona. De repente, ela se viu questionando todas as decisões que tomou na vida: por quê? Quando? Como? Agira de forma certa ou errada? As pessoas com quem convivera eram de fato como ela as enxergava na época? Será que tinha sido injusta alguma vez? Ela não parava de se fazer as mesmas perguntas e não conseguia entender por que, agora, esses questionamentos tinham tanta importância. Mas a verdade é que tinham. E muito. Ela não avançaria na história até encontrar essas respostas. Isso a deixava louca. Era como se, ao decidir escrever o livro, ela fosse forçada a se enfrentar de um modo que nunca havia feito antes, de uma maneira que durante muitos anos tinha evitado. Mas, agora, não havia escapatória. As pessoas que ela conhecia flutuavam em sua mente quando ficava acordada durante a madrugada e pairavam em seus sonhos quando estava dormindo. Então, no dia seguinte, Carole acordava exausta.

O rosto que vinha à sua mente com mais frequência era o de Sean. Ele era o único que não lhe despertava dúvidas sobre quem era e quanto significara para ela. O relacionamento deles fora baseado no respeito e na confiança, num nível diferente, mais profundo, do que todos os outros que ela teve antes. Carole tinha questionamentos em relação a todos os outros homens com quem se envolvera, exceto com Sean. E ele se mostrara tão empolgado com a ideia do livro que ela sentia que devia isso a ele. Era como um presente póstumo. Além do mais, queria provar a si mesma que era capaz de fazer aquilo. O medo de não conseguir escrevê-lo por não ter capacidade para isso a deixava apavorada. Aquele era seu sonho havia mais de três anos, e ela precisava descobrir se tinha potencial para levar o projeto adiante ou não.

Sempre que pensava em Sean, a palavra que lhe vinha à mente era *paz*. Ele fora um homem gentil, educado, sensato e carinhoso, além de um companheiro simplesmente maravilhoso. Desde o começo, trouxe ordem à sua rotina, e, juntos, construíram uma base sólida para a vida em comum. Jamais tentou dominá-la ou oprimi-la. Suas vidas nunca pareceram presas em um emaranhado. Em vez disso, eles haviam caminhado lado a lado, em um ritmo confortável, e foram juntos até o fim. Devido à personalidade de Sean, até a sua morte, em decorrência de um câncer, tinha sido um acontecimento tranquilo, uma espécie de evolução natural rumo a uma nova dimensão, na qual ela não poderia mais vê-lo. Mas, por causa da forte influência que ele exercia na vida de Carole, ela sempre sentia sua presença. Ele havia aceitado a morte como mais um passo na jornada da vida; uma transição que tinha de ser feita em algum momento, como se aquilo fosse uma oportunidade maravilhosa. Ele aprendia com todas as experiências que vivia e abraçava de bom grado tudo o que encontrava pela frente. Com sua postura diante da morte, ele presenteou Carole com mais um ensinamento extremamente valioso sobre a vida.

Mesmo depois de dois anos da morte do marido, Carole ainda sentia falta do seu sorriso, do som da sua voz, da sua mente brilhante, da sua companhia e dos longos passeios tranquilos que os dois faziam juntos pela praia. Mas, por outro lado, tinha a sensação de que ele sempre estava ao seu lado, fazendo o que lhe dava vontade, viajando e compartilhando uma espécie de bênção com a amada, exatamente como fazia quando estava vivo. Conhecê-lo e amá-lo tinham sido as maiores dádivas de sua vida. Antes de morrer, Sean fizera questão de ressaltar que a esposa ainda tinha muito a realizar e a incentivou a voltar a trabalhar. Ele queria que ela voltasse a atuar e que escrevesse o livro também. Além disso, o marido adorava seus contos e seus ensaios, e tinha muito carinho pelos inúmeros poemas que ela havia escrito para ele durante os anos em que viveram juntos. Alguns meses antes de ele morrer, Carole os reunira em uma pasta de couro, e Sean passou horas lendo-os repetidas vezes.

Enquanto o marido estava doente, Carole não tivera tempo de começar o livro, por estar muito ocupada tratando dele. Dedicara-se exclusivamente a ele por um ano e cuidou pessoalmente do amado quando ele piorou, principalmente depois da quimioterapia e em seus últimos meses de vida. Sean enfrentou tudo com coragem, até o fim. Na véspera de sua morte, eles fizeram um passeio, mas não conseguiram ir muito longe e trocaram poucas palavras. Caminharam lado a lado, de mãos dadas, parando para se sentar sempre que ele se sentia cansado. Ambos choraram assistindo ao pôr do sol, pois sabiam que o fim estava próximo. Ele morreu na noite seguinte, em paz, nos braços de Carole. Sean olhou para ela uma última vez por um longo tempo, suspirou, dando um sorriso amável, fechou os olhos e se foi.

Pela coragem e aceitação com que ele enfrentara a morte, Carole não ficava tão arrasada quando pensava nele. Ela estava pronta para aquilo. Ambos estavam, na verdade. O que ela sentiu quando ele a deixou foi um vazio, um vazio que ainda persistia. E ela queria preencher esse vazio se compreendendo. E sabia que o livro a ajudaria, se conseguisse escrevê-lo. Queria pelo menos tentar atender às expectativas e à fé que o marido depositara nela. Ele tinha sido uma constante fonte de inspiração na vida e no trabalho de Carole. E lhe trouxera calma e alegria, além de serenidade e equilíbrio.

Em diversos aspectos, para Carole tinha sido um alívio não atuar nos últimos três anos. Havia trabalhado tanto e por tanto tempo que, mesmo antes de Sean adoecer, sentia que precisava de uma pausa na carreira. E sabia também que um tempo livre para introspecção traria, consequentemente, um significado mais profundo ao seu trabalho. Ao longo dos anos, protagonizara alguns filmes importantes e atuara em produções de grande sucesso. Porém, agora, queria mais do que isso. Pretendia levar algo para seu trabalho que nunca havia levado: a profundidade que só vinha com a sabedoria dos anos, com a maturidade e com o tempo. Aos 50 anos, ela não era velha, mas o período de doença e morte do marido havia lhe trazido um conhecimento que Carole sabia que nunca teria experimentado de outra maneira. E ela estava certa de que, inevitavelmente, essa experiência se revelaria em cena. E, se realmente a dominasse, seguramente se revelaria em seu livro também. Aquele romance seria um símbolo da suprema maturidade e da libertação dos últimos fantasmas de seu passado. Carole havia passado muitos anos fingindo ser outras pessoas quando estava atuando e aparentando ser quem o mundo esperava que ela fosse, mas agora tinha chegado o momento de se livrar das expectativas dos outros e finalmente ser ela mesma. Agora, ela não pertencia a ninguém. Era livre para ser quem bem entendesse.

Pertencer a um homem era algo que não fazia parte de sua vida muito antes de conhecer Sean. Eles eram duas almas livres, vivendo lado a lado, desfrutando da companhia um do outro com amor e respeito mútuo. Tinham vidas paralelas, em perfeita sintonia e equilíbrio, mas nunca emaranhadas. Este havia sido seu maior medo antes de se casar: temia que o relacionamento ficasse complicado, ou que ele tentasse "dominá-la" e que isso, de alguma forma, fizesse com que um sufocasse o outro. Mas isso nunca aconteceu. Ele garantiu a Carole que isso nunca iria acontecer e cumpriu sua promessa. Ela sabia que os oito anos ao lado do marido haviam sido algo que só acontecia uma vez na vida e não alimentava a esperança de ter isso com mais ninguém. Sean era único.

Ela não conseguia se imaginar apaixonada por outra pessoa, ou se casando novamente. Sentira falta dele nos dois últimos anos, mas não tinha lastimado sua morte. O amor dele a deixara tão realizada que ela se sentia tranquila agora, mesmo sozinha. Não havia angústia nem sofrimento no amor que sentiam um pelo outro, embora, como qualquer casal, eles tivessem algumas brigas acaloradas, que acabavam em gargalhadas. Nem Sean nem Carole eram pessoas de guardar rancor, e não havia o menor vestígio de malícia em nenhum dos dois, nem em suas brigas. Só havia amor entre eles, e os dois eram muito amigos.

Eles se conheceram quando Carole tinha 40 anos, e Sean, 35. Embora fosse cinco anos mais novo, ele servira de exemplo para ela, em muitos aspectos, sobretudo em sua percepção em relação à vida. A carreira de Carole ainda seguia a todo vapor, e ela estava fazendo mais filmes do que queria, na época. Durante muitos anos, ela havia sido levada a seguir o caminho de uma carreira cada vez mais exigente. Quando eles se conheceram, em Los Angeles, fazia cinco anos que ela havia voltado da França e estava tentando passar mais tempo com os filhos, sempre dividida entre eles e os papéis cada vez mais irresistíveis. Nesse período, desde que chegara da Europa, Carole não tivera nenhum relacionamento sério. Simplesmente não tinha tempo nem vontade de começar uma relação. Chegou a sair com alguns homens, normalmente tinha poucos encontros com eles; alguns eram da indústria cinematográfica, a maioria diretores ou roteiristas, outros de áreas criativas diversas, trabalhavam com arte, arquitetura ou música. Tinham perfis interessantes, mas ela nunca se apaixonou por nenhum deles e estava convencida de que não iria se encantar por ninguém novamente. Até conhecer Sean.

15

Eles se conheceram em uma conferência que discutia os direitos dos atores em Hollywood, quando participaram de um debate sobre a mudança do papel da mulher no cinema. O fato de ele ser cinco anos mais novo do que ela nunca os incomodou, era algo completamente irrelevante para ambos. Os dois eram almas gêmeas. Um mês depois de se conhecerem, foram passar um fim de semana no México. Três meses depois, decidiram morar juntos e nunca mais se separaram. Seis meses depois de estarem morando juntos, apesar da relutância e dos receios de Carole, eles se casaram. Sean a convencera de que era a coisa certa a fazer. Ele estava absolutamente correto, embora, a princípio, Carole tivesse resistido à ideia de se casar mais uma vez. Ela estava convencida de que suas respectivas carreiras acabariam, de alguma forma, interferindo no casamento deles, o que poderia gerar conflitos. Como Sean havia prometido, os temores dela tinham sido infundados. Aquela união parecia abençoada.

Naquela época, os filhos de Carole eram pequenos e ainda moravam com ela, o que representava uma preocupação a mais. Sean não tinha herdeiros, mas adorava Anthony e Chloe. Ele e Carole haviam combinado que não teriam filhos, já que ambos eram pessoas muito ocupadas e não teriam tempo para se dedicar a outra criança. Em vez disso, dedicavam-se um ao outro, o que acabou fortalecendo o relacionamento. Quando eles se casaram, as crianças estavam no ensino médio, o que contribuiu para a decisão de Carole, que não queria viver junto com alguém, sem compromisso. Preferiu dar o bom exemplo do casamento. E seus filhos haviam se mostrado completamente favoráveis à união, pois queriam a presença de Sean em suas vidas. Por sua vez, Sean revelou-se um bom padrasto e amigo para ambos. E agora, para a tristeza de Carole, seus dois filhos já estavam crescidos e não moravam mais com ela.

Chloe havia conseguido seu primeiro emprego depois de se formar em Stanford. Trabalhava como assistente em uma editoria de uma revista de moda, em Londres. O trabalho lhe oferecia basicamente prestígio e diversão. Ela colaborava com questões de estilo, planejava as sessões de fotos e era encarregada de pequenas incumbências, tudo em troca de um salário irrisório e da emoção de trabalhar para a *Vogue* britânica. Chloe adorava o trabalho. Ela era muito parecida com a mãe fisicamente, poderia ter sido modelo, mas acabou preferindo o mercado editorial e estava se divertindo muito em Londres. Ela era uma garota inteligente, extrovertida e estava empolgada com as pessoas que havia conhecido por trabalhar naquele ramo. A jovem e a mãe se falavam frequentemente por telefone.

Anthony seguira os passos do pai no mercado financeiro, em Wall Street, depois de concluir um MBA em Harvard. Ele era um jovem sério, responsável e sempre fora motivo de orgulho para a família. Era tão bonito quanto a irmã, mas sempre foi um pouco tímido. Saía com muitas garotas lindas e inteligentes, mas não havia encontrado nenhuma especial, até o momento. Estava mais interessado no trabalho do que na vida social, era extremamente dedicado à carreira e sempre mantinha o foco em seus objetivos. Na verdade, poucas coisas o desviavam do que ele realmente queria, e muitas vezes, quando Carole ligava para seu celular tarde da noite, ele ainda estava no trabalho.

Chloe e Anthony eram profundamente ligados a Sean e Carole, e sempre foram equilibrados, sensatos e carinhosos, apesar dos ocasionais atritos entre mãe e filha. Chloe sempre exigiu mais tempo e atenção da mãe do que o irmão e costumava reclamar quando Carole viajava para gravar um filme. Isso aconteceu com mais frequência no período em que ela estava no ensino médio, quando cobrava que Carole estivesse por perto, assim como as outras mães. Suas queixas faziam Carole se sentir culpada, embora ela levasse as crianças para o set de filmagem sempre que possível, ou fosse para casa nos intervalos das gravações para ficar com eles. Anthony era bem tolerante; Chloe, não tanto, pelo menos para Carole. Enquanto ela achava o pai o máximo, estava sempre disposta a apontar os erros da mãe. Carole dizia a si mesma que isso era muito comum entre mãe e filha. Era mais fácil ser mãe de um filho que a idolatrava.

E agora, sozinha, com seus filhos independentes, felizes e tocando suas próprias vidas, Carole estava decidida a dar conta do livro que havia tanto tempo prometera a si mesma que iria escrever. Passou as últimas semanas se sentindo desestimulada e chegou a duvidar de que conseguiria levar aquilo adiante. Ela começava a se perguntar se havia cometido um erro ao recusar o papel que lhe fora oferecido em agosto. Talvez devesse desistir de escrever e voltar à carreira de atriz. Mike Appelsohn, seu empresário, já estava ficando irritado com ela. Sentia-se contrariado por ela ter recusado tantos papéis e não aguentava mais ouvir sobre o livro que ela nunca conseguia terminar.

A trama central estava escapando de sua mente, os personagens ainda pareciam vagos, e era como se a conclusão e o desenvolvimento da história estivessem atados em um nó em algum lugar de sua cabeça. Era tudo um imenso emaranhado, assim como um novelo de lã castigado por um gato. E não importava o que fizesse, ou quanto se concentrasse na história, Carole não conseguia organizar as ideias, o que a deixava extremamente frustrada.

Em uma prateleira acima da sua escrivaninha, havia duas estatuetas do Oscar e um Globo de Ouro, que ela ganhara exatamente um ano antes do seu afastamento das telas, quando Sean adoeceu. Hollywood ainda não a tinha esquecido, mas Mike Appelsohn assegurou-lhe que, um dia, acabariam desistindo dela, caso não voltasse a atuar. Carole não tinha mais desculpas para dar e estipulou a si mesma um prazo até o fim do ano para começar o livro. Só lhe restavam dois meses e, até o momento, não havia chegado a lugar nenhum. E ficava apavorada toda vez que se sentava diante do computador.

Carole ouviu uma porta se abrir suavemente atrás dela e se virou, ansiosa. Aquela interrupção não a deixou aborrecida, pelo contrário, ela ficou agradecida. Um dia antes, havia inclusive arrumado os armários do banheiro em vez de trabalhar no livro. Quando ela se virou para ver quem era, deu de cara com Stephanie Morrow, sua assistente, parecendo indecisa, na porta do seu escritório. Stephanie era professora por formação, uma mulher bonita, que Carole contratara para o período de verão, havia 15 anos, na primeira vez que voltou de Paris. Carole tinha comprado a casa em Bel Air, aceitara fazer dois filmes naquele primeiro ano e havia assinado um contrato de um ano para uma peça na Broadway. Além disso, estava profundamente comprometida com as causas envolvendo os direitos das mulheres, tinha de divulgar seus filmes e precisava de ajuda para cuidar dos filhos e administrar a casa. Inicialmente, Stephanie iria ajudá-la por dois meses, mas acabou ficando. Agora, 15 anos mais tarde, ela estava com 39 anos e vivia com um companheiro, com quem nunca havia pensado em se casar. Ele era compreensivo em relação ao trabalho dela e também viajava muito. Stephanie não tinha certeza se um dia iria quer se casar, mas sabia que não queria filhos. Ela costumava brincar com Carole dizendo que ela era seu bebê. Carole respondia dizendo que Stephanie era sua babá. Era uma assistente maravilhosa, sabia como lidar com a imprensa de forma brilhante e tinha jogo de cintura para encarar situações delicadas usando argumentos inteligentes. Não havia nada que ela não pudesse administrar.

Quando Sean adoeceu, ela fez tudo o que podia por Carole, dando apoio à patroa, aos seus filhos e ao próprio Sean. Ajudou inclusive a organizar o velório e a escolher o caixão. Com o passar dos anos, Stephanie tinha se tornado mais do que uma simples assistente. Apesar dos 11 anos de diferença entre as duas, elas se tornaram amigas e nutriam profundo afeto e respeito uma pela outra. Stevie, como Carole a chamava, nunca teve inveja da patroa. Ficava feliz com as conquistas dela, sofria junto com a atriz, adorava seu trabalho e enfrentava cada dia com paciência e bom humor.

Carole era muito apegada a ela e reconhecia que teria ficado perdida sem o seu apoio. Ela era a assistente perfeita, e empregos como aquele exigiam que a pessoa deixasse a própria vida em segundo plano, ou às vezes nem tivesse vida própria. Para Stevie, isso não era nenhum sacrifício, já que ela adorava Carole e seu emprego. Afinal, a vida da famosa atriz era muito mais excitante do que a sua.

Stevie tinha um metro e oitenta, cabelos pretos, lisos e grandes olhos castanhos, e estava usando jeans e uma camiseta.

— Quer chá? — perguntou ela baixinho.

— Não. Prefiro veneno — respondeu Carole com um gemido, ao girar na cadeira. — Não consigo escrever esse maldito livro. Travei e não sei o motivo. Talvez seja apenas insegurança. Talvez eu saiba que não tenho capacidade para escrever. Não sei o que me levou a pensar que podia fazer isso.

Ela olhou para Stevie, que estava com o cenho franzido, parecendo meio desesperada.

— Claro que você tem capacidade para isso — assegurou-lhe Stephanie calmamente. — Dê um tempo a si mesma. Dizem que a parte mais difícil é o começo. Você só precisa persistir pelo tempo que for necessário.

Na semana anterior, Stevie a ajudara a arrumar todos os armários, a mudar o projeto do jardim e a limpar a garagem. Além disso, juntas, planejaram a reforma da cozinha. Carole surgira com todos os tipos de distrações e desculpas para evitar começar o livro. E já vinha fazendo isso havia alguns meses.

— Talvez você precise de um descanso — sugeriu Stevie. Carole resmungou.

— Nos últimos tempos, minha vida tem sido um completo descanso. Mais cedo ou mais tarde, preciso voltar a trabalhar, seja em um filme ou nesse livro. Mike vai me matar se eu recusar outro papel.

Mike Appelsohn era produtor e atuava como seu empresário havia 32 anos, desde que a descobrira, muito tempo antes. Na época, Carole tinha apenas 18 anos, era só uma garota do interior do Mississippi, com longos cabelos loiros e enormes olhos verdes. Tinha ido para Hollywood mais por curiosidade do que por ambição. Só que ela tinha talento, e Mike Appelsohn a transformara em uma

20

grande atriz. Ele e seu próprio dom, é claro. Seu primeiro teste, aos 18 anos, deixou todo mundo surpreso. O resto era história. A sua história. Agora, ela era uma das atrizes mais famosas do mundo, tinha mais sucesso do que um dia havia sonhado ter. Então, por que insistia em escrever um livro? Carole não conseguia parar de se perguntar isso. Mas ela sabia a resposta, assim como Stevie. Ela procurava uma parte de si mesma, uma parte que havia escondido em uma gaveta, em algum lugar, uma parte sua que queria e precisava encontrar, para que o resto da sua vida fizesse sentido.

Seu último aniversário a afetara profundamente. Completar 50 anos tinha sido um marco importante para ela, principalmente agora que estava sozinha. Não poderia passar em branco nem ser ignorado. Carole havia decidido juntar todas as partes que a faziam ser quem ela era, de um jeito que nunca fizera antes, uni-las em um grupo, em vez de fragmentos à deriva, no espaço. Ela queria que sua vida fizesse sentido, pelo menos para si mesma. E queria voltar bem lá atrás, para compreender tudo.

Tantas coisas haviam acontecido por acaso, principalmente nos primeiros anos de sua carreira, ou pelo menos assim parecia ser. Algumas vezes, a sorte lhe fora favorável; em outras, nem tanto. Mas, na maior parte das vezes, Carole fora afortunada, pelo menos em relação ao trabalho e aos filhos. Mas ela não queria que sua vida se resumisse ao acaso, fosse ele feliz ou infeliz. Muitas coisas que havia feito tinham sido em resposta a circunstâncias ou a outras pessoas, e não resultado de decisões suas. Agora, parecia importante saber se as escolhas feitas tinham sido as certas. Mas e daí? Ela continuava se perguntando qual seria a diferença saber isso, já que nada mudaria o passado. Mas ela sabia que poderia alterar o rumo de sua vida nos anos seguintes. Essa era a diferença que ela buscava. Sem a presença de Sean, agora o mais importante era fazer escolhas e tomar decisões, em vez de apenas esperar que algo acontecesse. O que *ela* queria? Queria escrever um livro. Era tudo o que sabia. E, talvez depois disso, o resto viesse normalmente. Talvez ela passasse a ter uma noção melhor dos papéis que gostaria de interpretar, a impressão que gostaria de deixar no mundo, as causas que iria apoiar e quem realmente desejava ser, para o resto da vida. Seus filhos já estavam crescidos. Agora era o seu momento.

Stevie desapareceu e voltou com uma xícara de chá para Carole: chá de baunilha descafeinado, que Stevie mandava vir da loja Mariage Frères, em Paris. Carole era viciada nesse chá desde quando morava na França, era o seu favorito. Ela sempre ficava agradecida com a bebida quentinha que Stevie lhe servia, isso era reconfortante. Quando levou a xícara aos lábios e bebeu um gole, Carole parecia pensativa.

— Talvez você tenha razão — disse ela, absorta, dirigindo o olhar à amiga de tantos anos.

Elas viajavam juntas, porque Carole a levava para o set de filmagens quando estava gravando. Stevie era pau pra toda obra. Além de tornar a vida de Carole mais fácil e tranquila, a assistente gostava de trabalhar para ela. Adorava o que fazia e sentia-se animada para a jornada diária. Cada dia era diferente do anterior, como um novo desafio. E trabalhar para Carole Barber, depois de todos aqueles anos, ainda a deixava empolgada.

— Como assim eu tenho razão? — perguntou Stevie, relaxando os longos braços na poltrona de couro do escritório.

Elas costumavam passar muitas horas naquela sala, planejando coisas, resolvendo problemas. Carole estava sempre disposta a ouvir o que Stevie tinha a dizer, mesmo que depois fizesse algo diferente. De qualquer forma, na maioria das vezes, considerava seus conselhos sólidos e valiosos. E, para Stevie, Carole não era apenas sua chefe; era como uma tia sábia. As duas compartilhavam opiniões sobre a vida e pensavam da mesma forma em relação a vários assuntos, principalmente quando se tratava de homens.

— Talvez eu precise fazer uma viagem.

Não seria para se esquivar do livro, mas talvez, neste caso, para quebrar o encanto. Como se faz com uma concha dura e resistente que não abre de jeito nenhum.

22

— Você poderia visitar seus filhos — sugeriu Stevie.

Carole adorava fazer isso, uma vez que eles raramente vinham visitá-la. Para Anthony, era difícil escapar do escritório, embora sempre arranjasse tempo, por mais ocupado que estivesse, para vê-la à noite, quando ela estava em Nova York. Ele adorava a mãe. Assim como Chloe, que seria capaz de largar tudo para bater pernas por Londres com ela, para se divertir e fazer compras. A jovem aproveitava todo o amor e tempo que a mãe lhe oferecia, como uma flor absorve a água da chuva.

— Acabei de visitá-los há poucos dias. Não sei... talvez eu devesse fazer algo, sei lá... completamente diferente... ir a algum lugar ao qual nunca fui antes... como Praga ou algo assim... ou à Romênia... à Suécia...

Havia poucos lugares no mundo que ela ainda não conhecia. Carole deu palestras em conferências de mulheres na Índia, no Paquistão e em Pequim. Encontrou-se com chefes de Estado em todo o mundo, trabalhou para o Unicef e discursou no Senado dos Estados Unidos.

Stevie hesitou em dizer o óbvio: Paris. Ela sabia quanto a cidade significava para a amiga. Carole havia morado na capital francesa por dois anos e meio, e, nos últimos 15 anos, só voltara à cidade apenas duas vezes. Dizia que não havia mais nada que interessasse a ela por lá. A primeira vez que voltou a Paris, nos cinco anos que antecederam seu casamento com Sean, fora para vender a casa na rue Jacob; ou, mais especificamente, em uma viela atrás dessa rua. Stevie fora com ela e adorou a propriedade. Mas, naquela época, a vida de Carole estava concentrada, mais uma vez, em Los Angeles, e ela achava que não fazia sentido manter uma casa em Paris. Foi difícil para Carole fechar a casa, e ela nunca mais voltou à cidade, até sua única ida na companhia de Sean, pouco depois de se casar, havia uns dez anos. Mas ele odiava os franceses e sempre preferia ir a Londres. Eles ficaram no Ritz, e ele reclamou o tempo inteiro. Sean adorava a Itália e a Inglaterra, mas não a França.

23

— Talvez seja a hora de voltar a Paris — disse Stevie, de forma cautelosa. Ela sabia que aquele ainda era um assunto delicado, mas, depois de 15 anos, não imaginava que poderia mexer tanto com Carole. Não depois dos oito anos que passara com Sean. Stevie acreditava que o que quer que tivesse acontecido a Carole em Paris já havia sido curado fazia muito tempo e, de vez em quando, a atriz ainda se referia à cidade em tom afetuoso.

— Não sei — disse Carole, refletindo sobre a ideia. — Chove muito em novembro. E aqui o tempo está tão bom.

— O tempo não parece estar ajudando você a escrever o livro. Vá para outro lugar então. Viena... Milão... Veneza... Buenos Aires... Cidade do México... Havaí. Talvez você devesse ir para algum lugar de praia, se quiser curtir um tempo bom.

Ambas sabiam que o clima não era o problema.

— Vou pensar nisso — disse Carole com um suspiro, levantando-se da cadeira. — Vou pensar a respeito.

Carole era alta, embora não tanto quanto sua assistente. Era esbelta, elegante e mantinha um corpo bonito. Ela se exercitava, mas não o bastante para justificar a boa forma. Havia herdado uma ótima genética, boa estrutura óssea, tinha um corpo que desafiava os anos e um rosto que, voluntariamente, não condizia com a idade. E nunca havia feito cirurgia plástica.

Carole Barber era simplesmente uma bela mulher. Seu cabelo ainda era louro, comprido e liso, e ela o mantinha frequentemente preso em um rabo de cavalo ou em um coque. Desde o início de sua carreira, ela fazia a alegria dos cabeleireiros nos sets de filmagem. Seus olhos eram verdes e enormes; as maçãs de seu rosto, salientes; e as feições, delicadas e perfeitas. Ela parecia uma modelo. Além disso, seu modo de andar transmitia confiança, equilíbrio e elegância. Não era arrogante, apenas uma mulher segura de si; caminhava com a elegância de uma bailarina. Isso porque o primeiro estúdio que a contratou exigiu que ela fizesse aulas de balé. E, mesmo agora, ela ainda andava como uma bailarina, com a postura perfeita. Sua aparência era espetacular, e Carole raramente usava maquiagem. Seu estilo simples a tornava ainda mais interessante. Stevie sentira-se intimidada diante dela no primeiro dia de trabalho. Na época, Carole tinha apenas 35 anos. Agora estava com 50, por mais incrível que parecesse, pois aparentava ter dez anos a menos. Embora Sean fosse cinco anos mais novo do que ela, sempre pareceu mais velho. O falecido marido fora um homem bonito, mas era calvo e tinha tendência a ganhar peso. Carole mantinha o mesmo corpo desde os 20 anos. Era cuidadosa quanto à alimentação, mas, acima de tudo, tinha sorte. Havia sido abençoada pelos deuses ao nascer.

— Vou resolver algumas coisas — disse ela a Stevie alguns minutos depois. Havia colocado um suéter de caxemira branco em volta dos ombros e segurava uma bolsa de couro de jacaré bege que comprara na Hermès. Ela gostava de roupas simples, mas de boa qualidade, especialmente se fossem francesas. Aos 50 anos, havia algo em Carole que lembrava Grace Kelly aos 20. Ambas transmitiam a mesma tranquilidade elegante, aristocrática, embora Carole parecesse mais entusiástica. Não havia nada de austero nela e, considerando-se quem era e a fama da qual usufruíra durante toda a sua vida adulta, ela era tremendamente humilde. Como todas as outras pessoas, Stevie adorava essa característica da personalidade da famosa atriz. Carole jamais fora convencida.

— Quer que eu faça algo para você? — ofereceu Stevie.

— Sim, escreva o livro enquanto eu estiver fora. Eu enviarei o trabalho à minha agente amanhã. — Carole havia feito contato com uma agente literária, mas, por ora, não tinha nada para enviar.

— Combinado — disse Stevie, achando graça da brincadeira. — Pode deixar que cuido de tudo por aqui enquanto estiver na Rodeo Drive.

— Não vou à Rodeo Drive — retrucou Carole, em tom afetado. — Quero dar uma olhada em cadeiras para sala de jantar. Acho que a sala está precisando de uma repaginada. Pensando bem, eu também estou, mas não tenho coragem suficiente para fazer isso.

Não quero acordar de manhã parecendo outra pessoa. Precisei de 50 anos para me acostumar com o rosto que tenho. E odiaria trocá-lo por outro.

— Você não precisa de plástica — disse Stevie, tranquilizando-a.

— Obrigada, mas o espelho me mostra os estragos do tempo.

— Eu tenho mais rugas do que você — disse Stevie. E era verdade. Sua pele irlandesa, de textura fina, não estava envelhecendo tão bem quanto a de sua patroa, para sua tristeza.

Cinco minutos depois, Carole saiu em sua SUV. Tinha o mesmo carro havia seis anos. Diferente de outras estrelas de Hollywood, não tinha necessidade de ser vista em um Rolls Royce ou um Bentley. Estava satisfeita com a SUV. As únicas joias que usava eram um par de brincos de diamante e, quando Sean era vivo, a aliança simples de ouro, que ela havia, finalmente, tirado naquele verão. Qualquer coisa mais do que isso ela considerava desnecessária, e os produtores conseguiam emprestadas algumas joias, quando ela precisava ir a algum evento para promover um filme. Na sua vida pessoal, a peça mais exótica que usava era um relógio simples de ouro. A coisa mais deslumbrante sobre Carole era ela mesma.

Ela retornou duas horas depois e encontrou a assistente comendo um sanduíche na cozinha. Stevie dispunha de um pequeno escritório, e sua maior reclamação era que o cômodo ficava perto demais da geladeira, que ela visitava com muita frequência. E, para compensar o que comia no trabalho, exercitava-se na academia todas as noites.

— Já terminou o livro? — perguntou Carole ao entrar. Ela parecia bem mais animada do que estava antes de sair.

— Quase. Estou no último capítulo. Mais meia hora e acho que termino — respondeu ela, rindo. E as cadeiras?

— Ah, não combinavam com a mesa. O tamanho era desproporcional. A menos que eu compre uma mesa nova também.

Carole estava à procura de novos projetos, e ambas sabiam que ela precisava voltar a trabalhar, ou escrever o livro. Preguiça não combinava com a atriz. Depois de uma vida inteira de trabalho constante, e agora que Sean havia morrido, precisava de algo para se ocupar.

— Decidi seguir o seu conselho — anunciou Carole com uma expressão séria, sentando-se diante de Stevie.

— Que conselho? — Stevie não se lembrava mais do que tinha dito.

— Sobre fazer uma viagem. Tenho que sair aqui. Levarei o computador. Talvez eu possa começar o livro de novo em algum quarto de hotel. Não estou satisfeita com o que já escrevi.

— Eu gosto. Os dois primeiros capítulos são bons. Você só tem que desenvolvê-los um pouco mais e continuar daí. É como escalar uma montanha. Não pode olhar para baixo nem parar até chegar ao topo.

Esse foi um bom conselho.

— Talvez. Vou pensar nisso. De qualquer maneira, preciso espairecer — disse ela com um suspiro. — Reserve um voo para Paris para depois de amanhã. Não tenho nada para fazer aqui, e ainda faltam três semanas e meia para o feriado de Ação de Graças. É melhor eu ir logo para voltar antes de Chloe e Anthony chegarem. O momento é perfeito.

Ela refletira durante todo o trajeto para casa e tomara a decisão. Sentia-se melhor agora.

Stevie concordou apenas com um aceno de cabeça e absteve-se de qualquer comentário. Estava convencida de que seria bom para Carole viajar, principalmente para um lugar que ela adorava.

— Acho que estou pronta para voltar — disse Carole baixinho, com ar pensativo. — Pode fazer reserva no Ritz. Sean odiava esse hotel, mas eu gosto muito de lá.

— Quanto tempo você pretende ficar?

— Não sei. Melhor fazer a reserva para duas semanas. Pensei em usar Paris como base. Na verdade, quero ir a Praga e a Budapeste, já que nunca estive lá. Quero passear um pouco. Sou livre como um pássaro e posso muito bem tirar proveito disso. Talvez me sinta inspirada se vir algo novo. Se eu quiser voltar para casa antes, tudo bem. E, na volta, darei uma passada em Londres, para ficar com Chloe por alguns dias. Se estiver perto do feriado de Ação de Graças, talvez ela queira vir comigo. Seria ótimo. E Anthony também virá, portanto não preciso parar em Nova York na volta.

Carole sempre tentava ver os filhos quando viajava, desde que eles tivessem tempo, já que isso agora não era problema para ela. Mas aquela viagem era dela.

Stevie sorriu, enquanto anotava os pedidos nos mínimos detalhes.

— Vai ser bom voltar a Paris. A última vez que estive lá foi quando você desocupou a casa. Há 14 anos. — Nesse momento, Carole pareceu ligeiramente constrangida. Ela não deixara claro o motivo da viagem.

— Por favor, não pense que sou ingrata. Adoro quando viajamos juntas. Mas desta vez quero ir sozinha. Não sei por que, mas sinto que preciso mergulhar na minha própria mente. Se formos juntas, vou acabar me distraindo em vez de fazer o que realmente quero. Estou à procura de algo, nem sei ao certo o que é. Acho que estou à procura de mim mesma. — Carole tinha profunda convicção de que as respostas para o seu futuro, e para o livro, estavam enterradas no passado. Agora, queria voltar para desenterrar tudo o que tinha deixado para trás e tentado esquecer havia muito tempo.

Stevie pareceu surpresa, mas sorriu para a patroa.

— Tudo bem. É que eu fico preocupada quando você viaja sozinha.

Carole não costumava fazer isso, e Stevie não gostava da ideia.

— Eu também fico preocupada — confessou Carole. — Além disso, sou preguiçosa demais. Você me acostumou mal. Odeio lidar com o pessoal do hotel e pedir meu próprio chá. Mas talvez isso seja bom para mim. Afinal de contas, a vida não deve ser tão complicada no Ritz.

— E se você for à Europa Oriental? Quer que alguém a acompanhe? Posso contratar alguém em Paris, através do próprio Ritz.

Durante um tempo, houve algumas ameaças em relação à segurança da atriz, mas elas haviam cessado. As pessoas a reconheciam praticamente no mundo inteiro. E, mesmo que não a reconhecessem, Carole seria uma mulher bonita viajando sozinha. E se ela ficasse doente? Carole fazia aflorar o instinto maternal de Stevie, que gostava de cuidar dela e protegê-la da vida real. Esse era seu trabalho e sua missão na vida.

— Não preciso de segurança. Ficarei bem. E daí se me reconhecerem? Como Katharine Hepburn costumava dizer, vou manter a cabeça baixa e evitar contato visual.

Elas ainda ficavam surpresas com o fato de essa estratégia funcionar. Quando Carole evitava contato visual com as pessoas na rua, praticamente passava despercebida. Era um velho truque de Hollywood, embora nem sempre desse certo. Mas frequentemente funcionava.

— Se mudar de ideia, posso ir ao seu encontro — ofereceu Stevie, o que fez Carole sorrir. Ela sabia que sua assistente não estava forçando a barra tentando viajar. Estava apenas preocupada com ela, o que tocou seu coração. Stevie era a assistente perfeita de todas as maneiras, sempre se esforçando para tornar a vida de Carole mais fácil e antecipando problemas que poderiam ocorrer.

— Juro que telefono se tiver algum problema ou se me sentir sozinha ou estranha — prometeu Carole. — Quem sabe resolvo voltar para casa depois de alguns dias? Parecia divertido viajar assim, sem planos definidos.

Carole já havia feito milhares de viagens para promover seus filmes, ou para locações de filmagens. Não era comum viajar sem ter planos definidos, mas Stevie achava aquilo uma boa ideia, mesmo sendo algo inusitado.

— Vou deixar o celular sempre ligado, assim você pode telefonar a qualquer hora, mesmo no meio da noite ou quando eu estiver na academia. Qualquer coisa, posso pegar o primeiro voo — prometeu Stevie, embora Carole tivesse a consideração de não telefonar para ela de madrugada. Ao longo dos anos, ela mantinha fortes limites, que serviam para as duas. Ela respeitava a vida pessoal de Stevie, e Stevie respeitava a dela. Isso havia facilitado a convivência entre as duas por todo aquele tempo. — Vou telefonar para a companhia aérea e para o Ritz — disse Stevie, terminando seu sanduíche e se levantando para colocar o prato no lava-louça. Havia muito, Carole reduzira o número de funcionários a apenas uma faxineira, que vinha cinco dias por semana, na parte da manhã. Sem Sean e os filhos em casa, não precisava de muita ajuda, nem queria. Ela mesma vasculhava a geladeira quando queria preparar alguma coisa para comer e não tinha mais cozinheira. E preferia dirigir o próprio carro. Gostava de viver como uma pessoa normal, sem as mordomias de uma estrela.

— Vou arrumar as malas — anunciou Carole ao sair da cozinha. Duas horas depois, já havia terminado. Estava levando pouca coisa: algumas calças compridas, uns jeans, uma saia, suéteres, sapatos confortáveis para caminhar e um par de saltos altos. Também colocou na mala uma jaqueta e uma capa e deixou à mão um casaco de lã quente para usar no voo. A coisa mais importante que estava levando era seu laptop. Não precisava de muito mais e talvez nem usasse o computador, se não se sentisse inspirada durante a viagem.

Tinha acabado de fechar a mala quando Stevie entrou no quarto para informar que as reservas tinham sido feitas. Ela pegaria um avião para Paris em dois dias e ficaria em uma suíte no Ritz, na parte que dava para a place Vendôme. Stevie prometeu levá-la ao aeroporto. Carole estava pronta para a odisseia em busca do auto-conhecimento em Paris, ou aonde quer que ela fosse. Estando na Europa, poderia fazer reservas para qualquer cidade que decidisse visitar. Carole de repente ficou empolgada diante da ideia de viajar. Seria maravilhoso voltar a Paris depois de todos aqueles anos.

Queria rever sua antiga casa perto da rue Jacob, na Rive Gauche, e prestar uma espécie de homenagem aos dois anos e meio que havia morado lá. Parecia que tinha sido há uma eternidade. Quando deixou Paris, era mais jovem do que Stevie. Seu filho, Anthony, então com 11 anos, ficara feliz em voltar aos Estados Unidos. Por outro lado, Chloe, que tinha apenas 7 anos, ficou triste ao partir e deixar os amigos que havia feito na cidade. Carole falava francês fluentemente. Quando eles se mudaram para Paris, as crianças tinham, respectivamente, 8 e 4 anos, e ela estava gravando um filme lá. As filmagens levaram oito meses, e eles acabaram ficando por mais dois anos. Na época, parecera muito tempo, especialmente para uma criança, e até para ela. E, agora, ela iria voltar, em uma espécie de peregrinação. Não tinha a menor ideia do que encontraria na cidade, ou como iria se sentir. Mas estava pronta. Mal podia esperar para ir. Percebia agora que aquele era um passo importante na concretização do seu livro. Talvez voltar àquela cidade a libertasse e abrisse as portas que haviam sido trancadas com tanta força. Se permanecesse diante do computador em Bel Air, não teria como abri-las. Mas, talvez em Paris, as portas se escancarassem sozinhas. Ela estava contando com isso.

Só de saber que iria a Paris, Carole conseguiu escrever naquela noite. Ficou na frente do computador por várias horas depois que Stevie foi embora. E já estava sentada escrevendo quando a assistente chegou pela manhã.

Carole ditou algumas cartas, pagou contas e resolveu algumas pendências. No dia seguinte, quando foi para o aeroporto, já havia resolvido tudo. No caminho, conversou animadamente com Stevie, deixando-a a par de alguns detalhes, como as recomendações ao jardineiro e algumas coisas que ela havia encomendado e que chegariam quando estivesse fora.

— O que devo dizer à Chloe e ao Anthony, se eles telefonarem? — perguntou Stevie no aeroporto, enquanto tirava a mala do carro. Carole estava levando pouca bagagem, para se virar sozinha com facilidade.

— Diga apenas que viajei — respondeu Carole com a maior tranquilidade.

— Para Paris? — Stevie sempre fora discreta e só dizia às pessoas, até aos filhos de Carole, o que ela autorizava.

— Tudo bem. Não é nenhum segredo. Provavelmente, em algum momento, eu mesma vou telefonar para eles. Vou ligar para Chloe antes de ir para Londres. Primeiro quero decidir ver o que vou fazer.

Ela estava adorando a sensação da liberdade de viajar sozinha e de poder decidir, a cada dia, seus destinos. Era raro para ela agir de forma tão espontânea e fazer o que bem entendesse. Aquela oportunidade estava sendo uma verdadeira bênção.

— Não se esqueça de me manter informada — disse Stevie. — Fico preocupada com você.

Stevie provavelmente ficava mais preocupada do que os próprios filhos de Carole, que não eram tão inteirados da vida da mãe, embora a amassem. Às vezes, Stevie agia de uma forma quase maternal. Ela conhecia o lado vulnerável de Carole que outras pessoas não viam; o lado frágil, propenso a sofrimento. Para os demais, Carole exibia uma tranquilidade e uma segurança que nem sempre eram verdadeiras.

— Vou mandar um e-mail para você assim que chegar ao hotel. Não se preocupe se não receber notícias minhas depois disso. Se eu for a Praga ou a Viena, ou a qualquer outro lugar, provavelmente vou deixar o computador em Paris. Não quero ter que me preocupar em responder e-mails enquanto estiver viajando. Às vezes é divertido escrever em bloquinhos de papel. A mudança pode me fazer bem. Eu telefono se precisar de alguma coisa.

— É bom mesmo. Divirta-se — disse Stevie ao abraçá-la, e Carole sorriu.

— Se cuide. Aproveite esses dias de folga — sugeriu Carole, no momento em que um funcionário do aeroporto pegou sua mala para fazer o check in. Ela iria viajar na primeira classe. O rapaz deu uma segunda olhada para ela e, em seguida, sorriu ao reconhecê-la.

— Olá, Srta. Barber. Como vai? — perguntou o rapaz, emocionado por estar diante da famosa estrela.

— Bem, obrigada — respondeu ela com um sorriso. Seus grandes olhos verdes iluminavam seu rosto.

— Indo para Paris? — perguntou ele, completamente deslumbrado. Ela era tão bonita quanto na tela e parecia simpática, afetuosa e verdadeira.

— Isso mesmo. — O simples fato de dizer aquelas palavras já lhe causava uma sensação de bem-estar, como se Paris estivesse à sua espera. Ela deu uma generosa gorjeta ao funcionário, e ele retribuiu o gesto com uma saudação com o quepe, enquanto dois outros carregadores se apressaram para pedir autógrafo. Carole deu os autógrafos, acenou para Stevie uma última vez e desapareceu no terminal. Estava usando calças jeans, seu pesado casaco cinza escuro e levava uma bolsa grande. Seu cabelo loiro estava preso em um rabo de cavalo liso, e ela tratou de colocar, rapidamente, os óculos escuros quando entrou. Ninguém a reconheceu quando ela passou. Era apenas mais uma mulher se dirigindo ao controle de segurança, a caminho do avião. Iria pegar um voo da Air France. Mesmo depois de 15 anos, seu francês continuava bom e teria a chance de praticar no voo.

O avião decolou do aeroporto de Los Angeles na hora prevista, e ela começou a ler um livro que tinha trazido para a viagem. No meio do caminho, dormiu, e, como havia solicitado, eles a acordaram quarenta minutos antes da aterrissagem, o que lhe deu tempo para escovar os dentes, lavar o rosto, pentear o cabelo e tomar uma xícara do seu chá de baunilha. Ela estava olhando pela janela quando o avião pousou. Era um dia de novembro chuvoso em Paris, e seu coração disparou só de ver a cidade novamente. Por razões que ela desconhecia, estava em uma peregrinação de volta no tempo e, mesmo depois de todos aqueles anos, sentia-se como se estivesse voltando para casa.

# Capítulo 2

A suíte no Ritz era tão bonita quanto ela esperava. A roupa de cama era de seda e cetim, em azul-claro e tons de dourado. A suíte dispunha de uma sala de estar e um quarto, além de uma escrivaninha estilo Luís XV, na qual ela instalou o laptop. Dez minutos depois de chegar, mandou um e-mail para Stevie, enquanto esperava os croissants e um bule de água quente que havia pedido. Carole levara um estoque para três semanas do chá de baunilha, que Stevie colocara na mala. Ele era vendido em Paris, mas isso a pouparia de sair para comprá-lo.

No e-mail, ela dizia que havia chegado bem, que a suíte era magnífica e que o voo fora perfeito. Contava também que estava chovendo em Paris, mas que ela não se importava. Carole mencionou que iria desligar o computador e não mandaria notícias por algum tempo, se é que entraria em contato novamente até o fim da viagem. Se acontecesse algum problema, ela ligaria para o celular de Stevie. Pensou em telefonar para os filhos, mas desistiu. Adorava falar com os dois, mas eles tinham as próprias vidas agora, e aquela viagem era um momento só dela, algo que Carole precisava fazer sozinha. E não queria compartilhar aquela experiência com eles, pelo menos por enquanto. Sabia que tanto Anthony quanto Chloe achariam estranha sua decisão de perambular pela Europa sozinha. Havia algo ligeiramente patético nisso, como se ela não tivesse nada para fazer, nem ninguém com quem conversar, o que era verdade, mas Carole estava satisfeita com isso. E sentia que a chave para o livro que tentava escrever estava ali, ou pelo menos uma das chaves. Seus filhos poderiam ficar preocupados se soubessem que ela estava viajando sozinha. Às vezes Stevie, Chloe e Anthony eram mais conscientes a respeito de sua fama do que ela própria, que gostava de ignorar esse detalhe.

Os croissants e a água quente chegaram, entregues por um funcionário uniformizado. Ele pôs a bandeja de prata na mesinha, já abastecida com alguns doces, uma caixa de bombom e uma cesta de frutas, além de uma garrafa de champanhe, enviada pelo gerente do hotel. Eles a tratavam com carinho, e ela sempre gostou muito do Ritz. Nada havia mudado. O lugar estava mais bonito do que nunca. Carole parou diante da enorme janela francesa e olhou para a place Vendôme, sob a chuva que caía. Seu avião havia aterrissado às onze horas naquela manhã. Ela passou diretamente pela alfândega e chegou ao hotel meio-dia e meia. Agora, era uma da tarde; ela teria o resto do dia para passear na chuva e visitar pontos turísticos que já conhecia. Ainda não tinha a menor ideia de para onde iria depois de Paris, mas, por ora, se sentia feliz. Estava começando a considerar a possibilidade de ficar só em Paris e aproveitar a cidade. Para ela, não havia nada melhor do que a capital francesa. Ainda considerava Paris a cidade mais bela do mundo.

Ela tirou da mala as poucas coisas que havia levado e pendurou as roupas no armário. Depois, tomou banho na enorme banheira e deleitou-se com as felpudas toalhas cor-de-rosa. Em seguida, vestiu uma roupa quentinha e, às duas e meia, passou pelo saguão, levando alguns euros no bolso. Resolveu deixar a chave na recepção, porque a pesada etiqueta de latão do chaveiro o tornava incômodo para carregar, e ela nunca levava bolsa quando saía a pé, pois isso acabava sendo um transtorno. Então puxou o capuz, abaixou a cabeça, enfiou as mãos nos bolsos e passou discretamente pela porta giratória. Assim que saiu do hotel, pôs os óculos escuros. A chuva tinha se

36

tornado uma névoa e caía suavemente em seu rosto quando ela desceu os degraus do Ritz e seguiu para a place Vendôme. Ninguém a reconheceu. Ela era apenas uma anônima em Paris, saindo para um passeio. Dirigiu-se a pé até a place de la Concorde, e dali iria em direção à Rive Gauche. Embora fosse uma longa caminhada até lá, Carole sentia-se bem-disposta. Pela primeira vez em anos, podia fazer o que quisesse em Paris, ir aonde bem entendesse. Não tinha de escutar Sean reclamando do lugar, nem ter de se preocupar em distrair as crianças. Não tinha de agradar a ninguém além de si mesma. Foi então que se deu conta de que ter ido para Paris tinha sido a melhor coisa que poderia ter feito. Nem a fraca chuva de novembro nem a friagem a incomodavam. Seu casaco pesado a deixava aquecida, e os sapatos de sola de borracha mantinham seus pés secos, mesmo no chão molhado. Então, olhou para o céu, respirou fundo e sorriu. Não havia cidade mais espetacular do que aquela, fossem quais fossem as condições do tempo. Sempre achou o céu de Paris o mais belo do mundo. E agora ele parecia uma pérola cinza luminosa.

Carole passou pelo Hotel Crillon e chegou à place de la Concorde, com suas fontes e estátuas, e o barulho do trânsito. Permaneceu ali por um longo tempo, absorvendo a alma da cidade novamente, e depois partiu a pé, em direção à Rive Gauche, com as mãos nos bolsos. Estava feliz por não ter levado bolsa. Teria sido um transtorno. Assim, sentia-se mais livre. E tudo o que precisava ter consigo era algum dinheiro para pagar o táxi de volta, caso se afastasse demais do hotel e estivesse muito cansada para andar.

Carole sempre gostou de andar sem rumo por Paris, mesmo quando as crianças eram pequenas. Ela os levava para todos os cantos, a todos os pontos turísticos e museus, e para brincar no Bois de Boulogne, nas Tullherias, no Bagatelle e nos jardins de Luxemburgo. Adorou o período que passou na cidade com os filhos, embora Chloe se lembrasse muito pouco dessa época, e Anthony tivesse ficado feliz de voltar para casa. Ele sentia falta do beisebol,

37

dos hambúrgueres e dos milk-shakes, dos programas de televisão e do Super Bowl. Após algum tempo, ficou difícil convencê-lo de que a vida na França era mais animada, pois não era o que ele achava, embora tivesse aprendido francês, assim como Chloe e a própria Carole. Anthony ainda falava um pouco, Chloe não falava nada e Carole ficou satisfeita ao perceber, durante o voo, que ainda conseguia se virar razoavelmente bem. Ela raramente tinha chance de praticar o idioma. Havia se esforçado bastante quando ainda morava lá e chegou a falar fluentemente. Agora, embora não fosse mais fluente, ainda se comunicava muito bem, mas cometia alguns deslizes, o que era comum a qualquer norte-americano, ao usar os artigos *le* e *la*. Para qualquer pessoa que não tivesse crescido na França, era difícil se comunicar sem cometer erros. Mas, quando estava morando lá, Carole chegou perto da perfeição e costumava deixar todos os seus amigos franceses impressionados.

Ela atravessou a ponte Alexandre III para a Rive Gauche, em direção ao Les Invalides, e depois seguiu para o cais, passando por todos os antiquários dos quais ainda se lembrava. Entrou na rue des Saints-Pères e caminhou para a rue Jacob. Chegou ao local como um pombo-correio e entrou na viela onde ficava sua antiga casa. Durante seus oito primeiros meses em Paris, morou em um apartamento alugado pelo estúdio. Era pequeno para ela, duas crianças, uma assistente e uma babá, e eles acabaram se mudando para um hotel, onde ficaram por um tempo. Ela havia matriculado as crianças em uma escola americana e, depois que o filme terminou, quando decidiu se mudar de vez para Paris, acabou encontrando aquela casa, perto da rue Jacob. Era uma pequena joia, em um pátio privado, com um lindo jardim nos fundos. A propriedade tinha o tamanho ideal para eles e era muito bonitinha. Os quartos das crianças e da babá, com janelas *oeil de boeuf* e teto de mansarda, ficavam no último andar. O seu quarto, no andar de baixo, era digno de Maria Antonieta, com teto alto, enormes janelas francesas que davam para o jardim, piso do século XVIII e *boiseries*, além de uma lareira de mármore cor-de-rosa que ainda funcionava naquela época. Perto do seu quarto, havia um escritório, um quarto de vestir e uma enorme banheira, onde ela tomava banhos de espuma com a filha ou relaxava sozinha. No andar principal, havia uma sala de estar dupla, uma sala de jantar e a cozinha, além de uma entrada para o jardim, onde eles faziam refeições na primavera e no verão. Era uma residência incrível, construída no século XVIII para alguma cortesã. Ela nunca soube sua história completa, mas imaginava que fosse algo muito romântico. Como tinha sido para ela também.

Carole encontrou a casa facilmente e, como os portões estavam abertos, entrou no pátio. Em seguida, parou, olhou para a janela do seu antigo quarto e se perguntou quem morava ali agora. Será que era um lar feliz? Teriam seus atuais moradores realizado seus sonhos naquela casa? Por dois anos, ela foi feliz ali. Porém, ao final desse período, sofreu muito. Deixara Paris com o coração partido. Só de se lembrar daquela época ainda podia sentir a angústia no peito. Era como abrir uma porta que mantivera trancada pelos últimos 15 anos e evocar os odores, os sons e as sensações daquela época; a emoção de estar ali com seus filhos, de fazer descobertas e de estabelecer uma nova vida, para finalmente voltar aos Estados Unidos. Fora uma decisão difícil e um período triste. De vez em quando, tinha dúvidas se havia tomado a decisão certa, e ainda se perguntava se as coisas teriam sido diferentes se tivesse ficado na Europa. Mas agora sentia que tomara a decisão acertada, pelo menos em relação aos filhos. E talvez também a si mesma. Mesmo 15 anos depois, era difícil saber.

Entendia agora a razão de ter voltado. Queria compreender as escolhas que havia feito para ter certeza de que agira da forma certa. Assim, no fundo da alma, teria algumas das respostas que precisava para começar a escrever. Estava fazendo o caminho de volta no mapa da sua vida para contar o que havia acontecido. Mesmo que o livro fosse uma história de ficção, ela precisava saber a verdade, antes de começar a montar uma trama. Sabia também que evitara essas respostas por muito tempo, mas o importante era que agora se sentia mais encorajada a enfrentá-las.

Ela deixou o pátio sem pressa, de cabeça baixa, e acabou esbarrando em um homem que passava pelo portão. Ele pareceu assustado ao vê-la, então Carole se desculpou em francês. Ele acenou com a cabeça e seguiu em frente.

Logo depois, caminhou pela Rive Gauche, observando os antiquários. Em seguida, parou na padaria à qual costumava levar as crianças e comprou macarons, que foram colocados em uma pequena sacola para que ela fosse comendo no caminho. O lugar era repleto de recordações, doces e amargas, que se precipitavam sobre ela como um oceano na maré alta, porém aquilo não era uma sensação ruim. As lembranças eram muitas, e, de repente, ela quis voltar ao hotel e escrever. Sabia o rumo que a história deveria tomar, e onde deveria começar. Resolveu reescrever o começo e, ao tomar essa decisão, fez sinal para um táxi. Estivera andando por quase três horas, e já estava escuro.

Ela deu o endereço do Ritz ao motorista, e eles seguiram em direção à Rive Droit. Então, Carole se acomodou no banco de trás do carro e pensou em sua antiga casa e nas coisas que tinha visto naquela tarde enquanto caminhava. Desde que deixara Paris, aquela era a primeira vez que andava pela cidade e se permitia pensar no passado. Diferente de quando viera com Sean e de quando voltara com Stevie, profundamente desolada, para desocupar a casa. Ela não queria se desfazer da propriedade, mas não via razão para mantê-la. Los Angeles era longe demais, ela estava fazendo um filme seguido do outro, portanto não tinha mais razão para voltar a Paris naquela época. O lugar era página virada. Então, um ano depois de partir, vendeu a casa. Ficou dois dias na cidade, deu as devidas instruções a Stevie e depois voltou para Los Angeles. Naquela ocasião, não ficou muito tempo, mas agora dispunha de todo o tempo do mundo, e as recordações não mais a assustavam. Depois de 15 anos, elas estavam distantes demais para lhe causar qualquer dor. Ou, talvez, agora, ela finalmente estivesse pronta para enfrentá-las. Depois de perder Sean, podia enfrentar o que fosse. Ele a ensinara isso.

Carole estava absorta em seus pensamentos quando o táxi entrou no túnel, pouco antes do Louvre, e ficou parado no trânsito, mas ela não se incomodou. Não estava com pressa para ir a lugar nenhum. Sentia-se apenas cansada da viagem, do longo passeio e ainda estava sob o efeito do jet lag. Planejava jantar cedo, no quarto mesmo, e trabalhar no livro antes de dormir.

Estava pensando no romance quando o táxi avançou alguns metros no túnel e parou completamente. Era hora do rush em Paris. Àquela hora, o trânsito na cidade era sempre caótico. Ela olhou para o carro ao lado e viu dois jovens nos bancos dianteiros, rindo e buzinando. À frente deles, outro jovem colocou a cabeça para fora do carro e acenou. Os rapazes estavam se divertindo, rindo histericamente de alguma coisa, o que fez Carole sorrir. Eles pareciam africanos ou marroquinos e tinham a pele escura, de uma bela cor café com leite. E, no banco de trás do carro ao lado, havia um adolescente, que não estava rindo. Ele parecia nervoso e triste, e, por um longo momento, os olhares dele e de Carole se cruzaram. Dava a impressão de estar assustado, e ela de repente sentiu pena dele. O trânsito na pista na qual o táxi estava permaneceu parado, mas a pista ao lado finalmente avançou. Os rapazes no banco da frente ainda riam, e, assim que o carro andou, o jovem no banco de trás saltou do veículo e saiu correndo. Surpresa, Carole observou o jovem correr para a entrada do túnel, e, no momento em que ele desapareceu, um caminhão explodiu logo à sua frente. Nesse instante, ela viu os dois carros da pista ao lado, com os jovens que não paravam de rir, se transformarem em bolas de fogo, e o túnel inteiro reverberou com uma série de explosões. Ela só foi capaz de ver uma parede de fogo avançar em direção ao táxi em que estava. Sua mente lhe ordenou que saísse do carro e corresse, mas, antes que pudesse agir, a porta do táxi voou pelos ares e Carole sentiu seu corpo ser arremessado para longe, por sobre os outros veículos, como se, de repente, ela tivesse criado asas. Tudo que viu ao redor foi fogo. O táxi em que estava tinha desaparecido, pulverizado junto com outros veículos. Parecia que ela estava em um sonho. Do nada, carros e pessoas desapareceram, outras voaram pelo ar, assim como ela, até que, finalmente, Carole mergulhou em total escuridão.

# Capítulo 3

Dezenas de bombeiros ficaram posicionados do lado de fora do túnel, perto do Louvre, por várias horas. A CRS, tropa de choque da Polícia Nacional da França, com seus homens em trajes à prova de balas, munidos de escudos, capacetes e portando metralhadoras, havia sido chamada. A rua foi fechada. Ambulâncias, o SAMU e equipes de paramédicos haviam chegado. A polícia controlava curiosos e pedestres, enquanto o esquadrão antibomba procurava mais explosivos não detonados. Dentro do túnel, via-se um terrível incêndio, pois os carros continuavam explodindo, o que tornava quase impossível a retirada dos feridos. O chão do túnel estava coberto de corpos, os sobreviventes gemiam, e os que conseguiam andar, correr ou o rastejar saíam com dificuldade — muitos com os cabelos e as roupas em chamas. A cena era um pesadelo. Equipes de jornalistas chegavam aos montes para fazer a cobertura da tragédia e tentar entrevistar sobreviventes; a maioria, em choque. Até o momento, nenhum grupo terrorista conhecido havia assumido a autoria do atentado, mas o relato das pessoas que estavam no túnel não deixava dúvidas de que a explosão tinha sido causada por uma bomba, provavelmente por mais de uma.

Passava da meia-noite quando os bombeiros e a polícia disseram aos repórteres que acreditavam já terem resgatado todos os sobreviventes. Ainda havia corpos presos nas ferragens dos veículos, e entre os destroços e entulhos, porém seriam necessárias mais algumas horas para que os bombeiros apagassem completamente o fogo e retirassem aqueles que tinham perdido a vida. Dois bombeiros morreram no incêndio tentando resgatar sobreviventes quando outros carros explodiram. Vários integrantes da equipe de resgate, além de paramédicos que tentavam ajudar as pessoas ou atender aos feridos no local, ficaram asfixiados pelos gases e pelas chamas. Entre os mortos, havia homens, mulheres e crianças. Era uma cena inacreditável. Muitas vítimas foram retiradas com vida, mas inconscientes. Os sobreviventes resgatados eram enviados a um dos quatro hospitais, onde equipes médicas tinham sido acionadas para socorrê-los. Dois centros de queimadura já estavam abarrotados, e os casos menos graves eram encaminhados a uma unidade especial nos arredores de Paris. Os esforços de resgate tinham sido extremamente bem coordenados, conforme declarou um dos repórteres, mas não se podia fazer muito depois de um atentado daquela magnitude, presumivelmente executado por terroristas. O poder de destruição das bombas era tamanho que tinha arrancado até partes das paredes do túnel. Era difícil acreditar que alguém pudesse sobreviver depois de testemunhar a imensa escuridão da fumaça e do fogo, que ainda se espalhava pelo túnel.

Carole tinha caído em uma pequena reentrância do túnel, o que, por sorte, a protegeu quando o fogo avançou. Ela foi uma das primeiras vítimas a serem resgatadas pelos bombeiros. Apresentava um corte profundo no rosto, um braço quebrado, queimaduras nos dois braços e no rosto, além de um grave ferimento na cabeça. Estava inconsciente quando foi retirada de lá em uma maca e colocada na ambulância, na qual médicos e paramédicos puderam socorrê-la. Eles verificaram imediatamente seus ferimentos e a entubaram para que pudesse respirar. Em seguida, Carole foi encaminhada ao hospital La Pitié Salpêtrière, para onde eram mandados os casos mais graves. Suas queimaduras não necessitavam de cuidados intensos, mas o ferimento na cabeça colocava sua vida em perigo. Estava em coma profundo. Tentaram identificá-la, mas não encontraram nenhum documento com ela. Não tinha sequer dinheiro nos bolsos, que teriam sido esvaziados quando ela voou pelos ares. E, se tivesse uma bolsa, provavelmente também não estaria com ela, uma vez que fora ejetada do carro em que estava. Carole era uma vítima não identificada de um atentado terrorista em Paris. Não havia absolutamente nada que pudesse dar uma pista de quem ela era, nem mesmo a chave do seu quarto no Ritz. Seu passaporte havia ficado no hotel.

Carole foi levada em uma ambulância código azul, usada para pacientes que necessitavam de atendimento de emergência, juntamente com outro sobrevivente inconsciente, que tinha saído do túnel despido, com queimaduras de terceiro grau no corpo todo. Os paramédicos atenderam a ambos, mas parecia improvável que qualquer um dos dois chegasse vivo ao hospital. A vítima de queimadura morreu na ambulância. Carole ainda estava viva, embora em estado grave, quando foi levada, às pressas, para a unidade de traumatologia. Uma equipe estava a postos, esperando os primeiros feridos. As duas primeiras ambulâncias já haviam chegado com vítimas sem vida.

A médica responsável pela unidade de traumatologia e emergência pareceu desanimada quando examinou Carole. O corte no rosto era profundo, as queimaduras nos braços eram de segundo grau e a do rosto parecia irrelevante, em comparação com o restante dos ferimentos. Um ortopedista foi chamado para dar uma olhada em seu braço, mas nada poderia ser feito enquanto o ferimento na cabeça não fosse examinado. Carole precisava passar por uma tomografia computadorizada o mais rápido possível, mas acabou sofrendo uma parada cardíaca. Imediatamente a equipe de cardiologia realizou procedimentos de salvamento para reanimá-la e conseguiu fazer seu coração voltar a bater, porém sua pressão arterial despencou. Havia 11 pessoas cuidando dela. Enquanto isso, outras vítimas eram trazidas, mas, naquele momento, o estado de Carole era um dos mais graves. Um neurocirurgião chegou para examiná-la e realizou a tomografia, mas decidiu esperar para fazer qualquer procedimento cirúrgico, já que seu estado não era estável. Eles limparam as queimaduras, colocaram o osso do braço no lugar e, como ela parou de respirar, foi colocada em um respirador artificial. A situação só se acalmou pela manhã, na unidade de traumatologia, quando o neurocirurgião voltou para avaliar o estado de Carole. A principal preocupação dos médicos era o inchaço no cérebro, e era difícil determinar a força com que ela havia se chocado contra a parede ou caído no chão do túnel, ou as possíveis sequelas, caso ela sobrevivesse. O neurocirurgião e a chefe da unidade de traumatologia chegaram à conclusão de que não iriam operá-la de imediato. Seria melhor se a cirurgia pudesse ser evitada, para que seu estado não piorasse. A vida de Carole estava por um fio.

— A família dela está aqui? — perguntou o médico, preocupado. Ele presumiu que seus parentes talvez quisessem que ela recebesse a extrema-unção, como faz a maior parte das famílias.

— Não. Ela não foi identificada. Estava sem documento — explicou a chefe da unidade de traumatologia, e o neurocirurgião assentiu, em silêncio.

Naquela noite, havia vários pacientes não identificados no La Pitié. Porém, mais cedo ou mais tarde, as famílias ou os amigos procurariam por essas pessoas, que consequentemente seriam identificadas. Por enquanto, esse detalhe era irrelevante. Estavam recebendo o melhor atendimento que a cidade poderia fornecer, independentemente de quem fossem. Naquele momento, eram vítimas de uma bomba. O médico já tinha visto três crianças morrerem naquela noite, logo depois de chegarem, com queimaduras tão graves que as deixaram irreconhecíveis. O atentado tinha sido um ato covarde. O cirurgião disse que voltaria dentro de uma hora para verificar o estado de Carole. Ela estava temporariamente no setor de reanimação da unidade, recebendo atendimento de uma equipe completa, que tentava desesperadamente mantê-la viva e estável. Carole estava literalmente entre a vida e a morte. Aparentemente, tinha sido salva graças à reentrância no túnel, para onde havia sido arremessada e que servira de bolha de ar e escudo contra o fogo. Se não fosse isso, assim como tantos outros, ela teria sido queimada viva.

Ao meio-dia, o neurocirurgião foi tirar um cochilo em alguma maca, em um quartinho. Os médicos estavam atendendo a 42 pacientes, vítimas do atentado no túnel. Ao todo, a polícia havia registrado 98 feridos. Até o momento, já tinham sido contados 71 corpos, e ainda havia mais mortos dentro do túnel. Tinha sido uma noite longa e aterradora.

O médico ficou surpreso ao encontrar Carole ainda com vida quando voltou, quatro horas depois. Seu estado permanecia inalterado, ela ainda respirava com a ajuda de aparelhos, mas outra tomografia mostrou que o inchaço no cérebro não havia piorado, o que era uma ótima notícia. A lesão mais grave parecia estar localizada no tronco cerebral. Ela apresentava uma lesão axonal difusa, com leves rupturas, devido à forte pancada na cabeça, mas ainda não era possível avaliar as possíveis sequelas no longo prazo. Seu encéfalo também tinha sido afetado, o que, em última análise, poderia comprometer seus músculos e sua memória.

O corte profundo na face havia sido suturado e, ao vê-la, o neurocirurgião comentou com o médico que a examinava que ela era uma bela mulher. Ele sabia que nunca a tinha visto antes, mas seu rosto lhe parecia familiar. Calculou que ela deveria ter entre 40 e 45 anos, no máximo. E estava surpreso com o fato de ninguém ter vindo procurá-la. Ainda era cedo. Se ela morasse sozinha, poderia levar dias até que alguém percebesse que havia desaparecido. Mas as pessoas não permaneciam sem identificação para sempre.

O dia seguinte era um sábado, e as equipes da unidade de traumatologia continuavam trabalhando sem parar. Alguns pacientes haviam sido transferidos para outras unidades do hospital, e vários foram levados, de ambulância, para centros de queimadura. Carole permanecia entre os pacientes com ferimentos mais graves, juntamente com outras vítimas em diferentes hospitais de Paris.

No domingo, seu estado piorou. Ela apresentou febre, algo que era esperado. Seu corpo estava em estado de choque, e ela ainda lutava pela vida.

A febre durou até terça-feira, quando, finalmente, cedeu. O inchaço no cérebro havia melhorado ligeiramente, e ela continuava em observação. Mas não estava mais perto de recuperar a consciência do que quando chegou. Sua cabeça e seus braços estavam enfaixados, e o braço esquerdo também estava engessado. O corte no rosto estava se fechando, embora fosse deixar uma cicatriz. A maior preocupação ainda era o dano cerebral. Eles a mantinham sedada, devido ao respirador, mas Carole permanecia em coma profundo. Não havia como avaliar as consequências, ou se ela, sequer, sobreviveria. Ainda não estava nem um pouco fora de perigo, pelo contrário.

Na quarta e na quinta-feira, não houve melhora em seu quadro. Sua vida permanecia por um fio. Na sexta-feira, uma semana depois que ela chegou, novos exames mostraram uma ligeira melhora, o que foi encorajador. A chefe da unidade de traumatologia comentou na ocasião que ela era a única paciente que ainda não tinha sido identificada. Ninguém tinha vindo procurá-la, o que parecia estranho. Todas as outras vítimas do atentado, sobreviventes ou não, tinham sido identificadas.

Nesse mesmo dia, a camareira que limpava o quarto de Carole no Ritz comentou com a chefe da limpeza que a hóspede não dormira no quarto a semana inteira. A bolsa, o passaporte e as roupas estavam lá, mas a cama não havia sido usada. Estava claro que ela havia feito check in e desaparecido. A chefe da limpeza não viu nada de estranho nesse fato, já que alguns hóspedes, às vezes, faziam coisas esquisitas. Como reservar um quarto ou uma suíte para encontros secretos e só aparecerem esporadicamente, raramente ou mesmo nunca, caso as coisas não saíssem conforme o planejado. O único detalhe que a funcionária achou estranho foi o fato de a bolsa estar ali; e o passaporte, em cima da escrivaninha. Estava evidente que nada havia sido tocado desde que ela se registrara. Por uma simples formalidade, ela informou isso à recepção. Eles tomaram nota do fato, mas a reserva garantida pelo cartão de crédito era de duas semanas. Só após o final desse prazo é que eles deveriam ficar preocupados. Sabiam que a hóspede era uma atriz famosa e que talvez nem pretendesse usar o quarto de fato. Talvez quisesse apenas mantê-lo à disposição, se precisasse dele. Afinal, estrelas de cinema fazem coisas estranhas. Provavelmente estava hospedada em outro lugar. Não havia razão para ligar esse fato ao atentado terrorista no túnel. Mesmo assim, na recepção foi feita a seguinte anotação em seu registro: "Hóspede não usou o quarto desde que fez check in." Naturalmente, essa informação não poderia ser divulgada à imprensa, nem, da mesma forma, a qualquer outra pessoa. Isso era um procedimento padrão do hotel. E o sumiço de Carole, se é que ela havia realmente sumido, poderia estar relacionado à sua vida amorosa, portanto eles precisavam manter a discrição, algo que o Ritz considerava sagrado. Como todos os bons hotéis, este guardava muitos segredos, e seus hóspedes ficavam agradecidos por isso.

Na segunda-feira, Jason Waterman telefonou para Stevie. Ele fora o primeiro marido de Carole e era o pai de seus filhos. Embora não se falassem com frequência, os dois se davam bem. Jason disse que fazia uma semana que estava tentando falar com a ex-mulher no celular, mas que ela não havia respondido às suas mensagens. Contou também que não conseguiu encontrá-la quando ligou para a casa dela durante o fim de semana.

— Ela está viajando — explicou Stevie.

Ela já havia estado com Jason várias vezes, e ele sempre a tratava muito bem. Stevie sabia que Carole mantinha uma boa relação com o ex-marido por causa dos filhos. Estavam divorciados havia 18 anos, embora Stevie não soubesse os detalhes da separação, um dos poucos assuntos sobre os quais Carole não conversava com ela.

A única coisa que sabia era que eles tinham se divorciado quando a atriz estava gravando um filme em Paris, 18 anos atrás, e que, depois disso, ela resolvera ficar na França com as crianças.

— Ela levou o celular, mas a linha não funciona no exterior. Ela viajou há quase duas semanas. Creio que logo receberei notícias dela.

Carole não mandava notícias desde sua chegada a Paris, havia dez dias. Mas, como tinha avisado que não entraria contato, Stevie supôs que deveria estar passeando ou escrevendo e que não queria ser incomodada. Stevie não ousava pensar em incomodá-la, então esperou que Carole entrasse em contato, quando estivesse disposta.

— Você sabe onde ela está? — perguntou ele, com ar preocupado.

— Não exatamente. Ela disse que iria primeiro a Paris e que depois visitaria outros lugares sozinha.

Jason chegou a pensar na possibilidade de haver um novo romance na vida de Carole, mas não quis perguntar.

— Algum problema?

De repente, Stevie pensou nos filhos de Carole. Se algo acontecesse a um deles, ela iria querer saber imediatamente.

— Não, nada importante. Só estou tentando me organizar para as festas de fim de ano. As crianças estão planejando passar o dia de Ação de Graças com a mãe, mas não sei ao certo o que Carole pretende fazer no Natal. Falei com o Anthony e com a Chloe, e eles disseram que não decidiram nada ainda. Um amigo me ofereceu uma casa em St. Barth para passar o Ano-Novo, mas eu não queria estragar os planos de Carole.

Principalmente agora que Sean havia morrido, passar o Natal com os filhos teria um significado especial para ela. E Jason sempre fora compreensivo em relação a isso. Stevie sabia que ele tinha se casado novamente, mas o casamento não durara muito, e que tivera duas filhas, que já eram adolescentes e moravam em Hong Kong, com a mãe. Carole havia comentado com a assistente que ele não as via com frequência, apenas algumas vezes por ano. Ele era muito mais próximo de sua primeira família.

— Vou pedir a ela que telefone para você assim que entrar em contato. Creio que isso não vai demorar. Espero ter notícias dela em breve.

— Espero que ela não tenha estado em Paris quando aquela bomba explodiu no túnel. Foi um horror.

A tragédia tinha sido divulgada em todos os noticiários dos Estados Unidos. Um grupo fundamentalista extremista finalmente havia assumido a autoria do atentado, o que causou protestos até no mundo árabe, que não queria estar relacionado aos terroristas.

— Foi terrível. Eu vi no jornal. No início, cheguei a ficar preocupada, mas, como isso foi no dia em que ela chegou, tenho certeza de que Carole estava quietinha no hotel, descansando depois do voo.

Viagens longas normalmente a deixavam exausta, e ela quase sempre ficava no quarto e dormia no dia em que voava.

— Você tentou mandar um e-mail para ela? — perguntou Jason.

— O computador dela está desligado. Ela realmente queria ficar um tempo sozinha — disse Stevie com toda a calma.

— Onde ela se hospedou? — perguntou ele, parecendo ligeiramente preocupado. Sua atitude começava a afligir Stevie. Ela chegara a ficar apreensiva com a notícia do atentado, mas dissera a si mesma que era ridículo se deixar dominar pela inquietação. Tinha certeza de que Carole estava bem, mas a preocupação de Jason a deixava nervosa.

— No Ritz — respondeu Stevie, rapidamente.

— Vou telefonar para lá e deixar uma mensagem.

— Ela deve estar viajando, portanto talvez não responda logo. Não estou preocupada.

— Bem, não vai fazer mal nenhum deixar uma mensagem. Além disso, tenho que saber se posso reservar a casa, senão corro o risco de perdê-la. E não quero fazer nada enquanto não tiver a certeza de que Chloe e Anthony vão querer ir. Acho que eles iriam gostar.

— Eu aviso à Carole se ela telefonar — disse Stevie.

— Vou tentar achá-la no Ritz. Obrigado.

Quando Jason desligou, Stevie sentou-se à escrivaninha de seu escritório, pensando na conversa que tivera com ele. Parecia tão improvável que algo tivesse acontecido a Carole que ela estava decidida a não ficar preocupada. Quais eram as chances de ela estar no local do atentado? Cerca de uma em um milhão. Stevie obrigou-se a afastar aqueles pensamentos, enquanto tentava se concentrar no projeto que estava executando, reunindo informações para alguns dos trabalhos de Carole sobre os direitos da mulher. Queria aproveitar que ela estava viajando para colocar tudo em dia. A pesquisa era para um discurso que Carole planejava fazer na ONU.

Assim que desligou, Jason telefonou para o Ritz, em Paris, e pediu para falar com Carole. O funcionário pediu a ele que aguardasse e ligou para o quarto dela, a fim repassar a ligação. Ela sempre pedia aos funcionários que filtrassem os telefonemas em todos os hotéis onde se hospedava. O funcionário voltou à linha, disse que a hóspede não se encontrava no quarto e o colocou em contato com a recepção, o que era bem incomum. Ele decidiu esperar para ouvir o que eles iriam dizer. Outro funcionário pediu a ele que aguardasse um momento e, logo depois, um subgerente, com sotaque britânico, atendeu e perguntou a Jason quem ele era. A conversa estava ficando cada vez mais estranha, e ele não estava gostando nada daquilo.

— Meu nome é Jason Waterman, sou ex-marido da Srta. Barber. E cliente de longa data do Ritz. Há algo errado? — A essa altura, ele já estava com uma sensação ruim, e não sabia por quê. — A senhorita Barber está bem?

— Tenho certeza de que sim, senhor. Isso é um tanto incomum, mas a chefe da limpeza nos relatou alguns detalhes sobre o quarto da Srta. Carole Barber. Essas coisas acontecem, e acreditamos que ela pode estar viajando, ou até hospedada em outro lugar. Mas o fato é que ela não usou o quarto desde que fez check in. Normalmente, eu não mencionaria isso a ninguém, mas nossa funcionária achou estranho. Ao que parece, os pertences da Srta. Barber estão no quarto. A bolsa está lá e o passaporte está na escrivaninha. Não há nenhum sinal de que o quarto tenha sido usado há quase duas semanas — disse ele baixinho, como se contasse um segredo.

— Merda — rosnou Jason involuntariamente. — Alguém a viu?

— Não que eu saiba, senhor. Há alguma coisa que possamos fazer? — Aquilo era muito esquisito. Hotéis como o Ritz não costumavam contar a quem telefona procurando um hóspede que ele não tinha usado o quarto durante duas semanas. Jason percebeu que eles também estavam preocupados.

— Sim, há. Talvez pareça loucura, mas você poderia entrar em contato com a polícia, ou com os hospitais para onde as vítimas do atentado no túnel foram levadas, e verificar se ainda há alguma vítima não identificada, viva ou morta? — Jason se sentiu mal ao pronunciar aquelas palavras, mas, de repente, viu-se preocupado com Carole. Ainda a amava; sempre a amara. Além disso, ela era a mãe de seus filhos, e eles eram bastante amigos. Esperava que nada de terrível tivesse acontecido. E, se ela não estava no túnel durante o atentado, Jason não fazia ideia de onde Carole poderia se encontrar. Stevie provavelmente sabia mais do que ele e queria guardar segredo. Talvez Carole tivesse ido encontrar um homem em Paris, ou em algum outro lugar na Europa. Afinal, agora, sem o Sean, ela era uma mulher solteira novamente. Mas então por que não usara o quarto, ou pelo menos levou o passaporte e a bolsa quando saiu? Esse tipo de comportamento não é comum, disse ele a si mesmo. Mas às vezes acontece. Jason esperava que ela estivesse com alguém em algum lugar, com um novo amor, talvez. E não internada em um hospital, ou algo pior.

— Você poderia verificar, por favor? — pediu ele ao gerente, que concordou imediatamente.

— O senhor poderia me dar o seu telefone?

Jason informou o número ao funcionário. Era uma da tarde em Nova York e pouco mais de sete horas da noite em Paris. Ele não esperava ter notícias do hotel até o dia seguinte. Apreensivo, desligou o telefone e permaneceu diante da escrivaninha, fitando o aparelho por um longo tempo, pensando na ex-mulher. Vinte minutos depois, sua secretária informou que o Hotel Ritz de Paris estava na linha. Era a mesma voz entrecortada e com sotaque britânico com quem ele tinha falado antes.

— Alô? Conseguiu descobrir alguma coisa? — perguntou Jason, com a voz tensa.

— Creio que sim, senhor. Embora não haja garantia de que se trate da mesma pessoa. Há uma vítima do atentado no hospital La Pitié Salpêtrière. Ela é loira e tem aproximadamente entre 40 e 45 anos. A vítima não foi identificada nem qualquer parente veio procurá-la. — O homem deu a notícia como se estivesse se referindo a uma bagagem extraviada, e Jason sentiu a voz embargar.

— Ela está viva? — perguntou, temendo a resposta.

— Sim, está na unidade de terapia intensiva, em estado crítico, com um ferimento na cabeça. É a única vítima não identificada do atentado. E também está com um braço quebrado e tem queimaduras de segundo grau. — Jason sentiu-se mal ao ouvir aquilo.

— Ela está em coma, por isso não foi possível identificá-la. Não há razão para pensar que seja a Srta. Barber, senhor. Acho que alguém a teria reconhecido até na França, já que ela é famosa no mundo inteiro. Essa mulher provavelmente é daqui.

— Não necessariamente. Talvez seu rosto esteja queimado. Ou ninguém esperasse vê-la ali. Ou talvez não seja ela. Peço a Deus que não seja. — Jason estava quase chorando.

— Nós também — disse o subgerente com delicadeza. — Como poderíamos ajudar? O senhor quer que alguém do hotel vá ao hospital para verificar?

— Não, pode deixar. Vou tentar pegar o voo das seis horas da tarde aqui. Assim que chegar a Paris, vou para o hospital. Você pode reservar um quarto para mim?

Sua mente estava em disparada. Queria partir imediatamente, mas sabia que não tinha nenhum voo antes desse horário, pois ia a Paris com frequência.

— Vou providenciar, senhor. Realmente espero que não seja a Srta. Barber.

— Obrigado. Nos veremos assim que o senhor chegar.

Jason permaneceu sentado à escrivaninha, sentindo-se atordoado. Não era possível. Não podia ser Carole. Não suportava pensar nessa possibilidade. Sem saber o que fazer, telefonou para Stevie em Los Angeles e contou a ela o que ouvira do subgerente do Ritz.

— Ah, meu Deus. Por favor, que não seja Carole! — pediu Stevie, com a voz embargada.

— Espero que não seja. Vou até lá para ver com meus próprios olhos. Se tiver notícias dela, me telefone. E não diga nada à Chloe nem ao Anthony, se eles ligarem. Direi ao Anthony que vou a Chicago, Boston ou qualquer outro lugar. Não quero falar nada com eles enquanto não tivermos certeza — disse Jason, em um tom firme.

— Eu também vou — anunciou Stevie, fora de si. O último lugar onde queria ficar agora era Los Angeles. Por outro lado, se Carole estivesse bem, iria pensar que eles estavam loucos, ao chegar de Budapeste, Viena, ou de onde quer que tivesse ido, e dar de cara com ela e Jason no Ritz. Ela provavelmente estava bem, passeando em alguma cidade europeia, se divertindo, sem imaginar que estavam preocupados com ela.

— Por que você não espera até eu dar notícias? O funcionário do hotel tem razão, pode não ser ela. Provavelmente a teriam reconhecido.

— Não sei. Carole passa despercebida sem maquiagem e cabelo solto. E ninguém espera ver uma atriz americana em uma unidade de traumatologia em Paris. Isso pode nem ter passado pela cabeça dos médicos. — Stevie também pensou na possibilidade de o rosto dela estar queimado, o que explicaria o fato de Carole não ter sido reconhecida.

— Ah, não é possível que eles sejam tão idiotas! Ela é uma das atrizes mais famosas do mundo, até na França — gritou Jason.

— É, você tem razão — disse Stevie, sem muita convicção. Por sua vez, Jason também não tinha tanta certeza, por isso resolvera ir até lá. Ambos tentavam apenas tranquilizar um ao outro, sem muito sucesso.

— Devo chegar a Paris depois das dez horas da noite, hora de Los Angeles — disse Jason —, e talvez leve algumas horas para conseguir descobrir alguma coisa. Do aeroporto, irei direto para o hospital e tentarei vê-la assim que possível, se for ela, é claro. Mas, até lá, provavelmente, será meia-noite aqui.

— Não importa o horário, me ligue de qualquer maneira. Vou ficar acordada. E se por acaso cair no sono, estarei com o celular na mão.

Jason anotou o número do celular de Stevie e prometeu ligar assim que chegasse ao hospital em Paris. Em seguida, pediu à sua secretária para cancelar seus compromissos daquela tarde e do dia seguinte. Explicou-lhe o que estava acontecendo e contou para onde iria, mas pediu-lhe que não falasse nada aos seus filhos. A versão oficial era de que ele precisara viajar para uma reunião de emergência, em Chicago. Cinco minutos depois, Jason deixou o escritório e pegou um táxi. Chegou ao seu apartamento no Upper East Side vinte minutos depois e jogou algumas roupas em uma mala. Eram duas horas, e ele tinha de deixar a cidade às três para pegar o voo às seis.

Os sessenta minutos que esperou em casa antes de sair foram angustiantes. E Jason se sentiu pior quando chegou ao aeroporto. Tudo aquilo parecia surreal. Estava indo para Paris visitar uma mulher em coma, num hospital, rezando para que não fosse sua ex-mulher. Estavam divorciados havia 18 anos, e, nos últimos 14, ele tinha certeza de que ter se separado dela havia sido o maior erro de sua vida. Jason a deixara por causa de uma modelo russa de 21 anos, que acabou se revelando a maior interesseira do planeta. Ela só queria era dar o golpe do baú. Na época, ele estava loucamente apaixonado. Carole vivia o auge de sua carreira, fazendo dois ou três filmes por ano, e estava sempre gravando em algum lugar ou viajando para divulgar uma produção. Ele era o garoto prodígio de Wall Street, mas seu êxito era insignificante comparado ao dela. Ela ganhara duas estatuetas do Oscar nos últimos dois anos de seu casamento, e isso o afetara profundamente. Ela era uma boa esposa, porém, mais tarde, ele percebeu que seu ego tinha sido fraco demais para suportar aquela espécie de competição. Jason tinha de se sentir importante e, diante do sucesso de Carole, nunca conseguiu. Foi então que ele se apaixonou por Natalya, que parecia adorá-lo, mas tirou todo o dinheiro dele e o trocou por outro homem.

A modelo russa foi a pior coisa que poderia ter acontecido ao casal, principalmente a Jason. Ela era linda e engravidou logo no início do relacionamento. Jason se separou de Carole e se casou com a modelo assim que o divórcio saiu. Ela teve outro bebê no ano seguinte e logo depois o deixou por um homem mais rico que ele, naquela época. Desde então, ela teve mais dois maridos e agora estava morando em Hong Kong, casada com um dos financistas mais importantes do mundo. Jason mal conhecia suas duas filhas. Elas eram lindas como a mãe e praticamente estranhas para ele, que as visitava duas vezes por ano. Natalya não permitia às filhas irem aos Estados Unidos, e os tribunais de Nova York não tinham absolutamente nenhuma jurisdição sobre ela. A russa era uma mulher muito esperta e tirou todo o dinheiro dele no divórcio, um ano depois de Carole se mudar de Paris para Los Angeles com os filhos. Embora morasse em Nova York quando era casada com Jason, Carole decidira se mudar para Los Angeles porque era melhor para o trabalho dela. Além disso, a mudança seria um recomeço, depois da experiência na Europa. Quando Natalya o abandonou,

57

Jason tentou reatar com a ex-mulher. Mas já era tarde, Carole não o queria mais. Ele tinha 41 anos quando se apaixonou por Natalya e estava numa espécie de crise de meia-idade. E, aos 45, quando se deu conta do erro que havia cometido e do estrago que causara em sua vida e na de Carole, era tarde demais. Ela deixou bem claro que estava tudo acabado.

Carole levou muitos anos para perdoá-lo, e eles só voltaram a ter um relacionamento amigável quando ela se casou com Sean. Ela finalmente estava feliz, e Jason nunca se casou novamente. Aos 59 anos, era um homem bem-sucedido e solitário, e considerava Carole uma de suas melhores amigas. Jamais conseguira esquecer a expressão em seu rosto ao dizer a ela que a deixaria. Isso fora há 18 anos. Parecia que ela havia levado um tiro. Desde então, ele tinha revivido aquele momento mil vezes e sabia que nunca se perdoaria. Tudo o que queria agora era saber que ela estava viva e bem, e não internada em um hospital em Paris. Ao embarcar no avião naquela noite, ele soube que a amava mais do que nunca. E rezou durante o voo, algo que não fazia desde que era menino. Estava disposto a fazer qualquer promessa a Deus, somente para que a mulher em coma no hospital em Paris não fosse Carole. E, se fosse, que ela sobrevivesse.

Jason permaneceu acordado durante o voo inteiro, pensando nela. Lembrou-se de quando Anthony nasceu, e também de quando tiveram Chloe... do dia em que se conheceram... de como ela era linda aos 22 anos, e agora também, 28 anos depois. Viveram dez anos maravilhosos juntos, até ele jogar tudo para o alto por causa de Natalya. Não conseguia sequer imaginar como Carole se sentira com tudo aquilo. Ela estava fazendo um filme grandioso em Paris quando ele foi até lá lhe dizer que queria o divórcio. Fora um voo como o desta noite, mas, na época, ele tinha uma missão: pôr um fim em seu casamento para ficar com Natalya. E agora ele rezava pela vida de Carole. Quando o avião pousou sob uma forte chuva no aeroporto Charles de Gaulle, em Paris, ele estava tenso e abatido. Faltava pouco para as sete da manhã, horário de Paris. O voo chegara alguns minutos mais cedo, e Jason estava com o passaporte na mão quando o avião aterrissou. Não conseguia controlar a ansiedade. Tudo o que queria era chegar ao hospital o mais rápido possível e ver a vítima não identificada com seus próprios olhos.

# Capítulo 4

Jason não tinha levado nada além de uma pasta e de uma pequena mala com alguns pertences. Esperava se distrair com o trabalho no avião, mas nem tocou na pasta. Não conseguiu se concentrar em nada. Naquela noite, seus pensamentos estavam voltados para a ex-mulher.

O avião chegou a Paris às seis e cinquenta e um da manhã, hora local, e estacionou em uma pista distante. Os passageiros desceram a escada sob uma chuva torrencial e entraram em um ônibus, que se arrastou, chacoalhando, em direção ao terminal. Jason estava impaciente, desesperado para chegar à cidade. Como não precisou parar para pegar a bagagem, pois não havia despachado nada, entrou num táxi às sete e meia e, em um francês hesitante, pediu ao motorista que seguisse direto para o La Pitié Salpêtrière, onde estava a mulher não identificada. Ele sabia que o hospital ficava no Boulevard de l'Hôpital, no 13º arrondissement, e escreveu o endereço para se certificar de que não haveria erro. Então, entregou o papel ao motorista, que fez um gesto afirmativo com a cabeça.

— Certo. Entendi — disse em um inglês com um forte sotaque, o que não era nem melhor nem pior do que o francês de Jason.

A corrida de táxi até o hospital levou quase uma hora. No banco de trás, Jason, impaciente, dizia a si mesmo que a mulher provavelmente não era Carole; estava convencido de que tomaria o café da manhã no Ritz e daria de cara com a ex-mulher, quando ela voltasse. Ele sabia quanto ela era independente, principalmente agora, depois da morte de Sean. E sabia que ela viajava com frequência para conferências internacionais para discutir os direitos da mulher. Havia participado, inclusive, de várias missões com grupos da ONU. Mas Jason não tinha ideia do que Carole estava fazendo na França. O que quer que fosse, torcia para que ela não tivesse passado perto do túnel no momento do atentado terrorista. Desejava de todo o coração que ela estivesse em outro lugar. Mas, nesse caso, por que o passaporte e a bolsa dela estavam no quarto do hotel? Por que tinha saído sem levá-los? Se algo tivesse lhe acontecido, ninguém saberia quem ela era.

Jason se lembrava de quanto Carole prezava o próprio anonimato e a chance de passear livremente, sem ser reconhecida. Isso era mais fácil em Paris, mas, de qualquer forma, Carole Barber era reconhecida no mundo todo, o que o levava a acreditar que a mulher no hospital La Pitié Salpêtrière não era ela. Como era possível não reconhecer aquele rosto? Isso era inimaginável, a menos que algo a tornasse irreconhecível. Mil pensamentos horripilantes passavam por sua cabeça. Finalmente, o táxi parou em frente ao hospital. Jason pagou a corrida, deu uma generosa gorjeta ao motorista e saltou do carro. Ele parecia exatamente o que era: um alto executivo americano. Usava um terno inglês cinza escuro, um sobretudo de caxemira azul-marinho e um relógio de ouro caríssimo. Aos 59 anos, ainda era um homem bonito.

— *Merci!* — gritou o taxista da janela, erguendo o polegar em sinal de agradecimento pela generosa gorjeta. — *Bonne chance!* — acrescentou, desejando-lhe sorte. A expressão de Jason Waterman não deixara dúvida de que ele precisava disso. Afinal, o motorista sabia que ninguém que acabava de desembarcar em Paris ia direto para um hospital, principalmente para aquele, a menos que algo grave tivesse acontecido. E o rosto abatido de Jason e seu olhar tenso confirmavam a suspeita. Ele estava com a barba por fazer, precisava tomar um banho e descansar. Mas não agora.

Entrou correndo no hospital, carregando a mala, na esperança de que conseguisse se comunicar com alguém em inglês. O subgerente do Ritz lhe dera o nome da chefe da unidade de traumatologia, então Jason se dirigiu à recepcionista e mostrou-lhe o papel no qual tinha escrito o nome dela. A recepcionista falou algo em francês, e Jason fez um sinal indicando que não entendia o idioma. Ela então apontou para o elevador atrás da própria mesa, ergueu três dedos e disse: "*Troisième étage.*" Terceiro andar. E acrescentou: "*Réanimation.*" Aquilo não parecia nada bom. Era o termo em francês para UTI. Jason lhe agradeceu e se dirigiu ao elevador, a passos largos. Queria acabar logo com aquilo. Estava extremamente nervoso e sentia o coração disparar. Não havia ninguém no elevador e, ao chegar ao terceiro andar, olhou ao redor, sentindo-se perdido. Avistou uma placa na qual se lia "*Réanimation*" e se lembrou das palavras da recepcionista. Foi em direção à placa e chegou a uma mesa de atendimento de uma unidade agitada, com médicos e enfermeiras correndo de um lado para o outro, e pacientes que pareciam estar mortos em boxes que ocupavam todo o andar. Havia um ruído intermitente de máquinas, bipes de monitores, pessoas gemendo, além do característico cheiro de hospital, que fez seu estômago se revirar depois da longa viagem.

— Alguém aqui fala inglês? — perguntou ele com a voz firme, enquanto a mulher a quem se dirigia olhava para ele como se não estivesse entendendo. — *Anglais. Parlez-vous anglais?*

— Ah, engleesh... um minuto... — disse ela misturando inglês com francês, e foi buscar alguém para ajudá-lo. Uma médica de jaleco branco, gorro e com um estetoscópio em volta do pescoço se aproximou. Tinha mais ou menos a idade de Jason, e seu inglês era bom, o que foi um alívio. Ele temia que ninguém entendesse o que dizia. Ou pior, que ele não entendesse o que os outros estavam tentando lhe dizer.

— Posso ajudar o senhor? — perguntou ela, de forma articulada.

Ele pediu para falar com a responsável pela unidade de traumatologia, e a médica lhe disse que ela não estava no momento, mas se ofereceu para ajudá-lo. Jason explicou a razão de sua vinda e acabou se esquecendo de acrescentar "ex" antes da palavra "esposa".

A médica olhou para ele com curiosidade. O homem estava bem-vestido e aparentava ser um sujeito respeitável. Além disso, parecia muito preocupado. Temendo parecer um louco, Jason tratou de explicar que havia acabado de chegar de Nova York, mas a médica parecia entender. Disse também que sua esposa tinha desaparecido do hotel, e que ele receava que a vítima não identificada fosse ela.

— Há quanto tempo ela desapareceu?

— Não sei ao certo. Eu estava em Nova York. Ela chegou no dia do atentado terrorista no túnel. Desde então, não foi mais vista nem voltou ao hotel.

— Mas isso foi há quase duas semanas — comentou ela, como se tentasse entender por que ele demorou esse tempo todo para perceber que a esposa tinha desaparecido. Era tarde demais para explicar que eram divorciados. Ele já havia se referido a Carole como sua esposa, e talvez fosse melhor deixar esse detalhe passar. Afinal, ele não conhecia os direitos de ex-maridos como parente próximo na França. Provavelmente isso não existia, nem aqui nem em qualquer outro lugar.

— Ela estava viajando, mas talvez essa paciente nem seja ela. Bom, espero que não seja. Vim até aqui para me certificar disso.

A médica pareceu entender e assentiu. Em seguida, dirigiu-se à enfermeira na mesa de atendimento, que apontou para um quarto com a porta fechada.

Depois, ela fez um sinal para que Jason a acompanhasse e abriu a porta do quarto, mas ele não conseguiu ver a paciente na cama, pois ela estava cercada de máquinas, e duas enfermeiras ao lado do leito bloqueavam sua visão. Jason ouviu o *ruído* do respirador e o *zumbido* das máquinas. Conduzido pela médica, finalmente entrou no quarto, que parecia tomado por uma tonelada de aparelhos. De repente, sentiu-se um intruso, um espectador curioso ali. Estava prestes a dar de cara com alguém que provavelmente nem conhecia. Mas ele tinha de vê-la. Precisava se certificar de que não era Carole. Devia isso a ela e aos seus filhos, mesmo que aquilo parecesse uma loucura. Na realidade, até para ele mesmo, aquela atitude parecia o cúmulo da paranoia, ou talvez fosse apenas culpa. Ele seguiu a médica e se deparou com uma pessoa deitada, inerte, com um respirador na boca, o nariz tapado por uma fita adesiva e a cabeça inclinada para trás. A mulher estava completamente imóvel, e seu rosto era tomado de uma palidez mortal. A atadura na cabeça era enorme, o rosto estava enfaixado, e o braço, engessado. Pelo ângulo que Jason se aproximou, era difícil ver o rosto da paciente. Então, deu outro passo para a frente, a fim de ver melhor, e perdeu o fôlego. Lágrimas brotaram em seus olhos. Era Carole.

Seu pior pesadelo acabava de se tornar realidade. Ele chegou perto dela e tocou seus dedos azulados, do lado de fora do gesso. Não houve reação. Ela estava em outro mundo, distante, e parecia que nunca mais iria voltar. O pior tinha acontecido. Carole era a vítima não identificada do atentado no túnel. A mulher por quem ele fora apaixonado — e que nunca deixou de amar — lutava pela vida em Paris. Estava ali, sozinha, fazia quase duas semanas, enquanto ninguém sabia o que havia lhe acontecido. Transtornado, Jason se virou para a médica.

— É ela — sussurrou ele enquanto as enfermeiras o observavam. Estava claro que ele a identificara.

— Sinto muito — disse a médica, tentando consolá-lo. Em seguida, fez um gesto para que ele a acompanhasse para fora do quarto. — É a sua esposa? — perguntou ela, sem precisar de confirmação. As lágrimas de Jason falavam por si. Ele parecia arrasado. — Não tínhamos como identificá-la — explicou a médica. — Ela não estava com nenhum documento, nada.

— Eu sei. A bolsa e o passaporte estão no hotel. Às vezes ela sai sem bolsa.

Carole sempre fazia isso. Enfiava uma nota de dez dólares no bolso e saía. Fazia isso havia muitos anos, desde a época em que morava em Nova York, embora Jason sempre insistisse para que ela levasse a carteira de identidade consigo. Dessa vez, o pior tinha acontecido, e ninguém a reconheceu, o que parecia inacreditável.

— Ela é famosa, é uma atriz de cinema muito conhecida — disse ele, embora isso não importasse agora. No momento, Carole era uma mulher com um ferimento grave na cabeça, na UTI de um hospital, nada mais. A médica pareceu intrigada.

— Ela é atriz de Hollywood? — perguntou, abismada.

— Carole Barber — respondeu Jason, sabendo o impacto que o nome causaria. A médica pareceu imediatamente surpresa.

— Carole Barber? Não sabíamos — acrescentou, visivelmente impressionada.

— Seria melhor se isso não fosse divulgado para a imprensa. Meus filhos não sabem de nada ainda. Não quero que eles descubram através do noticiário. Gostaria de telefonar para eles primeiro pelo menos.

— Claro — concordou a médica, percebendo o que estava prestes a acontecer. A equipe médica teria cuidado de Carole independentemente de quem ela era. Mas, assim que a notícia viesse à tona, o hospital seria assediado pela imprensa. Seria uma situação muito complicada. Tinha sido muito mais fácil enquanto ela era somente uma vítima não identificada. Ter uma das estrelas de cinema mais famosas dos Estados Unidos em estado grave seria um transtorno para todo mundo. — Vai ser muito difícil manter a imprensa afastada depois que essa informação vazar — disse ela, parecendo preocupada. — A não ser que se use o seu nome de casada.

— Waterman — informou ele. — Carole Waterman.

Durante um tempo, esse tinha sido o nome dela. Nem quando se casou com Sean ela nunca adotou o sobrenome dele, Clarke, que também poderia ser usado, nas circunstâncias atuais. Jason achou que talvez ela até o preferisse. Mas agora isso não fazia diferença. A única coisa que importava era que Carole sobrevivesse.

— E ela... ela... vai ficar bem? — Ele não conseguia perguntar se a ex-mulher iria morrer. Mas isso parecia uma grande possibilidade. Para ele, Carole aparentava estar muito mal, à beira da morte.

— Não sabemos. É muito difícil dar um prognóstico quando há lesões cerebrais. Ela está melhor do que quando chegou, e os resultados dos exames de tomografia são animadores. O inchaço está diminuindo, mas não podemos prever as sequelas enquanto ela estiver em coma. Se continuar melhorando, nós a tiraremos do respirador em pouco tempo. Ela pode voltar a respirar sozinha e sair do coma. Por enquanto, não temos como saber a extensão dos danos ou seus efeitos a longo prazo. Ela vai precisar ir para um centro de reabilitação, mas ainda é cedo para falarmos sobre isso. Temos um longo caminho pela frente. Ela ainda corre perigo. Existe risco de infecção, complicações, e o cérebro dela pode inchar novamente. Ela sofreu uma pancada muito grave na cabeça e teve muita sorte de não haver sofrido queimaduras mais graves. O ferimento no braço vai cicatrizar. A cabeça é a nossa maior preocupação.

Jason não conseguia se imaginar contando isso a seus filhos, mas eles precisavam saber. Chloe tinha de vir de Londres, e Anthony, de Nova York. Eles tinham o direito de ver a mãe, e ele sabia que ambos iriam querer estar com ela. E se ela morresse? Não podia suportar esse pensamento ao encontrar os olhos da médica novamente.

— Será que ela não deveria ir para outro lugar? Há algo mais que possa ser feito?

A médica pareceu ofendida.

— Fizemos tudo o que era possível, mesmo antes de sabermos de quem se tratava. A identidade da vítima não faz diferença para nós. Agora só nos resta esperar. Só o tempo nos dirá o que fazer, se ela sobreviver. — A médica queria deixar claro que eles não tinham certeza se Carole iria sobreviver. Aquele homem merecia saber a verdade.

— Ela foi operada?

— Não. Achamos melhor não operá-la, para que ela não sofresse um trauma ainda maior, e o inchaço diminuiu sozinho. Optamos por um tratamento conservador, que acredito ter sido o melhor para ela.

Jason assentiu, aliviado. Pelo menos não tinham aberto seu cérebro. Isso lhe dava a esperança de que, um dia, Carole voltasse a ser quem era antes. Era tudo o que poderia esperar agora. E, se isso não acontecesse, eles lidariam com o problema quando chegasse a hora. Teriam de enfrentar a morte dela, caso fosse inevitável. Era um pensamento aterrador.

— Qual é o próximo passo? — perguntou ele, ansioso para tomar as medidas necessárias. Não era seu estilo agir passivamente.

— Esperar. Não há nada mais a fazer. Saberemos mais nos próximos dias.

Ele assentiu em silêncio, enquanto olhava ao redor e percebia o quanto o hospital era deprimente. Tinha ouvido falar do Hospital Americano de Paris e pensou na possibilidade de transferi-la para lá, mas o subgerente do hotel havia garantido que o La Pitié Salpêtrière era o melhor lugar, caso a vítima não identificada fosse mesmo Carole. A unidade de traumatologia era excelente, e ela receberia a melhor assistência médica possível em um caso tão grave como aquele.

— Eu vou para o hotel telefonar para os meus filhos e volto à tarde. Qualquer coisa, você pode me achar no Ritz.

Ele também deu à médica o número de seu celular, que foi anotado no prontuário de Carole, junto com o nome dele. Agora, a paciente tinha um nome, embora não fosse o verdadeiro. Carole Waterman. Tinha marido e filhos, além de uma identidade famosa, que certamente iria vazar. A médica garantiu que só diria ao chefe da unidade quem Carole realmente era, mas ambos sabiam que era apenas uma questão de tempo até que a imprensa descobrisse. Isso sempre acabava acontecendo nesses casos. Era inacreditável que ninguém a tivesse reconhecido até aquele momento. Mas, se alguém falasse, a imprensa chegaria em peso, e a rotina do hospital se tornaria um inferno.

— Faremos o possível para manter a identidade dela sob sigilo — assegurou-lhe a médica.

— Eu também. Voltarei essa tarde... e... obrigado... por tudo o que vocês fizeram.

Eles a mantiveram viva, isso era o mais importante. Jason não conseguia imaginar a possibilidade de encontrar Carole em um necrotério em Paris e ter de identificar seu corpo. E, de acordo com o relato da médica, isso quase aconteceu. Carole tivera sorte.

— Posso vê-la novamente? — perguntou ele, dessa vez entrando no quarto sozinho. As enfermeiras ainda estavam lá e deram passagem para que ele pudesse se aproximar da cama. Ele olhou para a ex-mulher e tocou sua face. Os tubos do respirador cobriam seu rosto. Ele viu a atadura na bochecha dela e se perguntou se o ferimento era muito grave. A leve queimadura junto do curativo já estava cicatrizando, e o braço dela estava coberto de pomada.

— Amo você, Carole — sussurrou ele. — Você vai ficar bem. Te amo. Chloe e Anthony também te amam. Você precisa voltar logo para nós.

Carole não deu sinal de vida, e as enfermeiras desviaram o olhar, discretamente. Era difícil ver tanto sofrimento nos olhos de Jason. Então, ele se curvou para beijá-la na face e lembrou-se da maciez familiar do rosto dela. Mesmo depois de todos aqueles anos, isso não tinha mudado. O cabelo de Carole estava solto sob a atadura. Uma das enfermeiras o havia escovado e comentara que ele era bonito como seda amarelo-clara.

Rever a ex-mulher despertou em Jason antigas lembranças; todas elas boas. As ruins, pelo menos para ele, estavam esquecidas havia muito tempo. Ele e Carole nunca falavam do passado, apenas sobre os filhos ou sobre o que estavam fazendo no momento. Quando Sean morreu, ele ficou sensibilizado e foi muito atencioso. Fora um duro golpe para Carole ficar viúva de um homem que morreu cedo demais. Jason foi ao enterro prestar seu apoio, tanto para ex--mulher como para seus filhos. E, agora, aqui estava ela, lutando pela própria vida, dois anos depois da morte do marido. De vez em quando, a vida é estranha e cruel. Mas ela ainda estava viva e tinha uma chance. Essas eram as melhores notícias que ele poderia dar aos filhos. Estava aflito por ter de contar-lhes o que acontecera.

— Voltarei mais tarde — sussurrou ele a Carole, quando a beijou novamente. O respirador mantinha um ritmo contínuo. — Te amo. Você vai ficar boa — disse, em tom decisivo, e saiu rapidamente do quarto, tentando conter as lágrimas. Por mais que estivesse sofrendo, precisava ser forte. Por ela, por Anthony e por Chloe.

Jason deixou o hospital e se dirigiu à Gare d'Austerlitz sob uma chuva torrencial. Quando finalmente conseguiu um táxi, estava encharcado. Ele deu o endereço do Ritz ao motorista. Seu rosto expressava nitidamente a tristeza que sentia, como se tivesse envelhecido cem anos em um dia. Carole não merecia passar por tudo aquilo. Ninguém merecia, na verdade. Ela, menos ainda. Era uma boa mulher, uma pessoa bacana e uma mãe maravilhosa. E tinha sido uma esposa dedicada nos dois casamentos. O primeiro marido a deixara por uma piranha, e o outro havia morrido. E, agora, ela lutava pela vida. Fora vítima de um atentado terrorista. Jason poderia até se revoltar contra Deus, mas não se atrevia a tanto. Precisava muito da ajuda divina agora. E, ao passarem pela place Vendôme, no 1º arrondissement, pediu a Deus que o ajudasse a contar aos filhos o que havia acontecido. Não conseguia nem imaginar como abordaria o assunto. E então se lembrou de outra pessoa que precisava saber daquilo. Rapidamente, pegou o celular e fez uma ligação. Era quase meia-noite em Los Angeles, mas ele havia prometido que ligaria assim que soubesse de algo.

Stevie atendeu no primeiro toque. Estava acordada esperando pelo telefonema, que, a seu ver, a menos que o voo tivesse atrasado, tinha demorado muito. Já deveria ter recebido notícias de Jason se a vítima no hospital não fosse Carole. Estava apavorada e atendeu com a voz trêmula.

— É ela — disse ele, sem nem ao menos se identificar. Não havia necessidade disso.

— Ah, meu Deus... como ela está? — Imediatamente as lágrimas rolaram em seu rosto.

— Nada bem. Está respirando com a ajuda de aparelhos, mas está viva. Está em coma devido a um ferimento na cabeça. Não foi operada, mas sofreu uma pancada violenta. Ela ainda corre perigo, e os médicos não sabem quais serão as sequelas dos ferimentos — contou Jason sem fazer rodeios. Planejava falar de forma mais sutil com os filhos, mas Stevie tinha o direito de saber toda a verdade. Ela não se conformaria com menos do que isso.

— Merda. Vou pegar o primeiro voo.

Na melhor das hipóteses, o voo levaria dez horas. Com um fuso horário de nove horas, ela só chegaria a Paris no dia seguinte.

— Já falou com Chloe e Anthony?

— Ainda não. Estou voltando para o hotel. Mas não há nada que você possa fazer aqui. Não sei se faz sentido vir para cá. Carole não precisava de uma assistente naquele momento; talvez nunca mais fosse precisar de uma. Porém, acima de tudo, Stevie era sua amiga. Era presença constante na família havia anos. Além disso, Chloe e Anthony a amavam, assim como ela os amava. — Não há nada que nenhum de nós possa fazer — repetiu Jason, com a voz trêmula.

— Não vou conseguir ficar aqui — disse Stevie.

— Eu sei — concordou Jason. Ele lhe deu o nome do hospital e ficou de encontrá-la em Paris, no dia seguinte. — Vou fazer uma reserva no Ritz para você.

— Posso ficar no quarto da Carole — sugeriu Stevie, na tentativa de facilitar as coisas. Não havia razão para pagar por mais um quarto. — A menos que você queira usá-lo — acrescentou ela, cautelosamente, sem querer causar transtorno.

71

— Já reservei um para mim e farei reservas para Chloe e Anthony. Vou ver se consigo colocá-los perto do quarto de Carole, para ficarmos todos juntos. Vamos enfrentar momentos bem difíceis, e ela também. Será um longo caminho, isso se ela se recuperar. Não posso nem imaginar como serão as coisas se isso não acontecer. — Jason ficou surpreso ao perceber que desejava que Carole sobrevivesse, mesmo ficando com graves sequelas. Só queria que ela não morresse. Ele não iria suportar isso. Nem ele nem seus filhos. Eles a queriam de qualquer maneira, e Jason sabia que Stevie compartilhava desse sentimento. — Nos veremos amanhã. Boa viagem para você — desejou ele, parecendo exausto, e desligou. Embora fossem três horas da manhã em Los Angeles, ele ligou para a casa de sua secretária logo depois, pediu-lhe que não contasse nada a seu filho e que cancelasse todos os compromissos e reuniões que tinha agendado.

— Ficarei um tempo aqui — acrescentou, antes de se desculpar por telefonar de madrugada, embora ela tivesse lhe garantido que aquilo não era problema.

— Então é mesmo a Srta. Barber? — perguntou a secretária em tom consternado. Ela era uma das maiores fãs de Carole, como pessoa e como atriz. E Carole era muito com gentil com ela, sempre que as duas se falavam ao telefone.

— Sim — assentiu Jason, com a voz embargada. — Vou telefonar para Anthony dentro de algumas horas. Por enquanto, não entre em contato com ele. Vamos enfrentar um inferno quando a imprensa descobrir. Eu a registrei no hospital com o meu nome, mas não vamos conseguir esconder isso por muito mais tempo. Mais cedo ou mais tarde, a notícia virá à tona, e você pode imaginar como vai ser.

— Sinto muito, Sr. Waterman — disse a secretária com os olhos cheios de lágrimas. — Me avise se houver algo que eu possa fazer.

Pessoas de todos os cantos do mundo ficariam com o coração partido e rezariam por Carole. Talvez isso ajudasse.

— Obrigado — disse ele e, ao chegar ao hotel, desligou. Na recepção, o subgerente com quem falara mais cedo o recebeu com ar sóbrio.

— Espero que tenha boas notícias — disse o funcionário do Ritz cautelosamente, embora pudesse ver que Jason demonstrava o contrário.

— Infelizmente, não. É ela. Temos que manter isso no mais absoluto sigilo — falou Jason, deslizando duzentos euros para a mão do homem. Um gesto desnecessário, pelas circunstâncias, mas apreciado, de qualquer forma.

— Entendo — disse o subgerente, assegurando-lhe, em seguida, que arranjaria uma suíte de três quartos em frente à suíte de Carole. Jason explicou que Stevie chegaria no dia seguinte e que ficaria no quarto de sua ex-mulher.

Depois, o subgerente o acompanhou até as acomodações. Jason não tinha coragem de olhar o quarto de Carole, ou correr o risco de se deparar com qualquer evidência de que, havia muito pouco tempo, ela estava bem. E agora parecia à beira da morte. Ele entrou na suíte, logo atrás do subgerente, e se jogou em uma cadeira.

— O senhor precisa de alguma coisa? — perguntou o funcionário, ao que Jason respondeu com um gesto negativo de cabeça. O jovem inglês se retirou discretamente e Jason fitou, com tristeza, o telefone em cima da mesa. Ele havia prorrogado o quanto podia, mas sabia que, dentro de algumas horas, teria de telefonar para os filhos. Eles tinham de saber. Talvez nem chegassem a tempo de vê-la com vida. Precisava telefonar o mais rápido possível e não queria falar com Chloe antes de Anthony, que estava em Nova York, acordar. Esperou até as sete da manhã, horário de Nova York. Antes disso, tomou um banho, ficou andando de um lado para outro no quarto e não conseguiu comer.

À uma da tarde, horário de Paris, com passos lentos, ele pegou o telefone e ligou para o filho. Anthony estava acordado e prestes a sair para uma reunião de trabalho. Jason ligara bem a tempo.

— Como estão as coisas em Chicago, papai? — A voz do filho soou alegre e cheia de vida. Ele era um rapaz maravilhoso, Jason adorava tê-lo no escritório. Era esforçado, inteligente e gentil. E muito parecido com a mãe, tendo herdado do pai apenas a mente aguçada, quando o assunto era finanças. Aprendia as coisas com rapidez e um dia se tornaria um grande capitalista.

— Não sei — confessou Jason. — Estou em Paris, e as coisas não estão nada boas por aqui.

— O que você está fazendo em Paris? — perguntou Anthony, surpreso, sem suspeitar de nada. Ele nem sequer sabia que a mãe tinha viajado, pois Carole não havia contado nada a mais ninguém além de Stevie. Ele, por sua vez, tinha estado ocupado e não telefonara fazia quase duas semanas, o que era um comportamento incomum. Mas ele sabia que sua mãe compreenderia. E planejava telefonar para ela justo naquele dia.

— Anthony... — Jason não fazia ideia de como começar e respirou fundo. — Houve um acidente. Sua mãe está aqui.

Imediatamente Anthony temeu o pior.

— Ela está bem?

— Não. Há duas semanas, houve um atentado em um túnel, aqui em Paris. Até poucas horas atrás, eu não sabia que ela estava entre as vítimas. Ela não tinha sido identificada até então. Eu vim para cá ontem à noite para ter certeza de que era realmente sua mãe, porque ela desapareceu do Ritz no mesmo dia do atentado.

— Ah, meu Deus. — Ouvir a voz de Anthony era como sentir um edifício desabando sobre ele. — É muito grave?

— Muito. Ela tem uma lesão cerebral e está em coma.

— Ela vai se recuperar? — Anthony tentava não chorar e sentia-se completamente indefeso.

— Esperamos que sim. Ela conseguiu chegar até aqui, mas ainda não está fora de perigo. Está respirando com a ajuda de aparelhos. — Jason mencionou este último detalhe na tentativa de prepará-lo. Ver Carole no respirador era muito doloroso.

— Não é possível... como isso foi acontecer? — Jason pôde ouvir o filho chorando. Àquela altura, ambos estavam aos prantos.

— Falta de sorte. Lugar errado na hora errada. Durante toda a viagem até aqui, eu rezei para que não fosse ela. Não dá para acreditar que eles não a reconheceram.

— O rosto dela está desfigurado? — Caso contrário, seria impossível que alguém não tivesse reconhecido Carole Barber.

— Não exatamente. Ela tem um corte e uma pequena queimadura em um lado do rosto. Nada que um bom cirurgião plástico não possa corrigir. O problema é o ferimento na cabeça. Temos que aguardar para ver como ela evolui.

— Vou pegar um avião para Paris agora. Já falou com a Chloe?

— Eu quis falar com você primeiro. Vou telefonar para ela agora. Tem um voo que sai do JKF às seis da tarde. Se conseguir um lugar, chegará aqui de manhã.

— Estarei nele. — A espera até o horário do voo seria angustiante. — Vou fazer as malas agora e irei direto do escritório. Nos vemos amanhã... Pai... — Sua voz falhou novamente. — ... Eu te amo... e diga a mamãe que a amo também. — Naquele momento, ambos estavam chorando.

— Já falei. E você poderá dizer isso a ela pessoalmente amanhã. Sua mãe precisa de nós agora, ela está numa luta difícil... Amo você também, meu filho — acrescentou Jason, então ambos desligaram. Não conseguiam falar mais nada. As perspectivas eram devastadoras.

Em seguida, Jason ligou para Chloe, que teve uma reação muito pior do que a do irmão. Ela desatou a chorar e perdeu o controle assim que o pai começou a falar. Mas ela estava a apenas uma hora de distância de Paris e, quando finalmente parou de chorar, disse que pegaria o primeiro voo para lá. Tudo o que queria agora era ver a mãe.

Às cinco da tarde daquele mesmo dia, Jason foi buscar a filha no aeroporto. Ela abraçou o pai, aos prantos, assim que saiu do desembarque, e eles seguiram para o hospital. Ao ver a mãe, Chloe chorou mais ainda e não conseguiu desgrudar do braço do pai. Era

75

uma visão terrível para ambos, mas pelo menos eles tinham um ao outro. Os dois ficaram no hospital até as nove horas e, depois de falar com a médica mais uma vez, foram para o hotel descansar. O estado de Carole não tivera nenhuma melhora, porém ela estava resistindo. Isso por si só já era um alento.

Chloe ainda estava chorando quando eles chegaram ao hotel. Por fim, Jason a colocou na cama e ela adormeceu. Em seguida, ele foi ao frigobar e se serviu de uma dose de uísque. Sentou-se em uma cadeira e bebeu em silêncio, pensando em Carole e nos filhos. Aquele era o pior momento de suas vidas, e tudo que desejava era que Carole sobrevivesse.

Ele adormeceu sem nem sequer trocar de roupa e acordou às seis horas da manhã. Então tomou um banho, fez a barba e se vestiu. Estava sentado em silêncio na sala da suíte quando Chloe acordou e foi encontrá-lo com os olhos inchados. Ele percebeu que a filha se sentia pior do que aparentava. Chloe ainda não conseguia acreditar no que tinha acontecido com sua mãe.

Às sete, foram buscar Anthony no aeroporto e depois voltaram ao hotel para o café da manhã. O jovem parecia desolado e exausto. Estava usando calça jeans e um suéter pesado. Não havia feito a barba, pois isso era a última de suas preocupações. Eles permaneceram no quarto até Stevie chegar ao Ritz, ao meio-dia e meia.

Jason pediu um sanduíche para ela e, à uma da tarde, eles foram para o hospital. Anthony se esforçou o quanto pôde, mas caiu em prantos assim que viu a mãe. Chloe chorou baixinho, amparada a Stevie, e, quando saíram do quarto, os quatro estavam chorando. O único conforto que tiveram foi saber que Carole havia tido uma ligeira melhora durante a madrugada. Os médicos iriam tirar o respirador naquela noite e ver como ela reagia. Isso era encorajador, porém representava um risco. Se ela não conseguisse respirar sem o aparelho, eles a entubariam novamente, e isso seria um mau sinal. Seu cérebro precisava estar vivo para fazer com que o corpo respirasse. E só o tempo diria se isso iria mesmo acontecer. Jason

76

empalideceu quando a médica explicou os procedimentos que seriam feitos, e Chloe e Anthony ficaram apavorados. Stevie falou, baixinho, que estaria presente quando eles a tirassem do respirador. Jason, Chloe e Anthony também queriam estar com a mãe. Seria um momento crucial para Carole, e todos queriam ver se ela conseguiria respirar sozinha.

Eles jantaram no hotel, embora ninguém conseguisse realmente comer. Estavam esgotados devido ao fuso horário, assustados e extremamente preocupados. Fitavam os pratos sem tocar na comida. Um pouco mais tarde, voltaram ao hospital para mais uma provação no pesadelo que era a luta de Carole pela vida.

No carro, durante o trajeto até o La Pitié, todos permaneceram em silêncio, perdidos nos próprios pensamentos e nas lembranças de Carole. A médica explicara a eles que a parte do tronco cerebral que tinha sido afetada era exatamente a que controlava a respiração. Caso Carole conseguisse respirar sozinha, isso indicaria que seu cérebro estava se recuperando. Todos estavam angustiados para saber o que iria acontecer quando os tubos fossem retirados e o respirador, desligado.

Chloe olhava fixamente pela janela do carro, com as lágrimas rolando pelo rosto, enquanto o irmão apertava sua mão.

— Ela vai ficar bem — sussurrou ele. A jovem fez um gesto negativo com a cabeça e se virou. Naquele momento, nada estava bem no mundo deles, e era difícil acreditar que algum dia tudo voltaria a ficar bem. Carole era uma força vital, o eixo central em suas vidas. Quaisquer que fossem as diferenças entre Chloe e a mãe já não importavam mais. Tudo o que ela queria agora era que a mãe se recuperasse. E Anthony sentia o mesmo. O fato de vê-la tão fragilizada e em perigo fazia ambos se sentirem como crianças. Os dois estavam extremamente vulneráveis e assustados. Nenhum deles conseguia imaginar a vida sem Carole. Nem Jason.

— Ela vai se recuperar — disse o pai deles, tentando tranquilizá-los. Jason se esforçava para demonstrar uma confiança que não sentia.

— E se isso não acontecer? — perguntou a filha baixinho enquanto passavam pela, agora familiar, Gare d'Austerlitz, quase chegando ao hospital.

— Então ela será colocada no respirador novamente até que esteja pronta. — Chloe não tinha coragem de seguir aquela linha de pensamento. Pelo menos não em voz alta, sabendo que todos ali estavam tão preocupados quanto ela. Temiam o momento em que o respirador fosse desligado. O simples fato de pensar nisso a fazia querer gritar.

Eles saltaram do carro quando pararam em frente ao hospital, e Stevie os acompanhou, em silêncio. Ela já havia passado por uma experiência semelhante, quando o pai teve de fazer uma cirurgia no coração. O momento crucial tinha sido desanimador, mas ele sobreviveu. O caso de Carole parecia mais delicado, levando em conta a extensão da lesão cerebral e seus efeitos no longo prazo, ainda desconhecidos. Ela poderia nunca mais voltar a respirar sozinha. Todos estavam desolados e tensos ao pegarem o elevador que os levaria até o andar no qual Carole estava e, minutos depois, entrarem em silêncio no quarto, para aguardar a chegada do médico.

Carole estava do mesmo jeito; seus olhos permaneciam fechados, e ela respirava com a ajuda rítmica da máquina. Instantes depois, o médico responsável chegou. Todos sabiam por que estavam ali. Mais cedo, um dos médicos havia explicado todo o procedimento a eles, e todos viram, apavorados, uma enfermeira retirar o esparadrapo do nariz de Carole. Até aquele momento, ela só conseguira respirar pelo tubo na boca. Mas agora seu nariz estava aberto, e, depois de perguntar se eles estavam prontos, o médico fez um sinal para que a enfermeira retirasse o tubo da boca da paciente. Então, com um único gesto, ele desligou a máquina. Houve um terrível e longo momento de silêncio, enquanto todos observavam Carole. Não houve nenhum sinal de respiração. O médico então se aproximou da cama e olhou para a enfermeira. E foi nesse momento que Carole começou a respirar sozinha. Chloe deixou escapar um grito de alívio e desatou a chorar. Lágrimas rolavam no rosto de Jason, enquanto Anthony soluçava. Instintivamente, Chloe aninhou-se nos braços de Stevie, que ria e chorava ao mesmo tempo, mas conseguia manter Chloe em um abraço apertado. Até o médico sorriu.

— Isso é um ótimo sinal — disse ele com uma expressão tranquilizadora. Por um momento, o próprio médico chegou a pensar que ela não iria reagir. Porém, quando todos começaram a ficar apavorados, ela conseguiu. — O cérebro está dizendo aos pulmões o que fazer. É um ótimo sinal. — Eles também sabiam que havia a possibilidade de Carole ficar em coma para sempre, mesmo conseguindo respirar sozinha. Porém, se ela não tivesse conseguido, suas chances de recuperação seriam bem menores. Aquele havia sido um primeiro passo de volta à vida.

O médico explicou à família que Carole seria monitorada a noite toda, para que eles tivessem certeza de que ela continuava respirando sozinha, mas que não havia razão para que ficassem preocupados com a possibilidade de ela parar de respirar. A cada instante, seu estado ficava mais estável. O corpo inerte na cama não dava nenhum sinal de vida ou movimento, mas todos podiam ver que seu tórax subia e descia suavemente a cada respiração. Pelo menos havia uma esperança.

Todos ficaram em volta da cama durante mais de uma hora, desfrutando da vitória que tinham compartilhado naquela noite. Por fim, Jason sugeriu que voltassem ao hotel. Já haviam sofrido demais por um dia, e ele podia ver que os filhos precisavam descansar. Ver o respirador sendo desligado tinha sido traumático para todos. Eles saíram do quarto em silêncio, e Stevie foi a última a se afastar. Ela parou ao lado da cama por um momento e tocou os dedos de Carole. Ela permanecia em coma profundo, e seus dedos estavam frios. Seu rosto parecia mais familiar agora, sem o tubo de respiração na boca e o esparadrapo no nariz. Aquele era o rosto que Stevie tinha visto tantas vezes e que todos os fãs da famosa atriz conheciam e amavam. Mas, para Stevie, era mais do que isso;

era o rosto da mulher que ela tanto admirava e a quem fora leal durante tantos anos.

— Você foi muito bem, Carole — murmurou ela ao se inclinar para beijar a face da amiga. — Agora seja boazinha, faça só mais um esforço e tente acordar. Sentimos sua falta — pediu ela, com lágrimas de alívio, antes de sair para se juntar aos outros. Levando tudo em consideração, aquela tinha sido uma noite muito boa, embora um tanto difícil.

# Capítulo 5

O inevitável aconteceu dois dias depois que eles haviam se reunido em Paris. Alguém, talvez no hotel ou no hospital, deu a informação para a imprensa. Em poucas horas, havia dezenas de fotógrafos na porta do hospital, e alguns deles, mais audaciosos, chegaram a subir sem que nenhum funcionário percebesse, mas acabaram sendo barrados na porta do quarto de Carole. Stevie foi ao corredor e, sem o menor pudor, ordenou que se retirassem do local. Mas, a partir de então, o inferno se instalou.

O hospital transferiu Carole para outro quarto e colocou um segurança do lado de fora. Mas isso complicou as coisas para todos, além de tornar tudo mais difícil para a família. Os fotógrafos ficavam à espreita, esperando por eles no hotel e na porta do hospital. Havia equipes de televisão em ambos os lugares, e flashes eram disparados em seus rostos sempre que chegavam ou saíam. Uma cena comum para todos eles. A atriz sempre protegera os filhos da imprensa, mas o fato de que a grande estrela Carole Barber estava em coma, vítima de um atentado terrorista, era notícia no mundo todo. Dessa vez, não havia como fugir dos repórteres. Eles teriam de conviver com isso e enfrentar a situação da melhor maneira possível. A boa notícia era que Carole já conseguia respirar sozinha. Permanecia inconsciente, mas não estava mais sedada, e os médicos acreditavam numa melhora. Porém, caso isso não acontecesse, haveria implicações em longo prazo, que ninguém, por ora, queria enfrentar. Nesse meio-tempo, eles eram constantemente perseguidos pela imprensa. Carole aparecia na primeira página dos jornais em todos os lugares do mundo, incluindo a dos franceses *Le Monde* e *Le Figaro,* e a do *Herald Tribune,* em Paris.

— Sempre adorei essa foto — comentou Stevie, tentando minimizar o problema, enquanto todos liam os jornais, durante o café da manhã do dia seguinte. Já estavam em Paris havia três dias.

— Eu também — disse Anthony, comendo o segundo *pain au chocolat.* Seu apetite havia melhorado. Eles estavam começando a se acostumar com a ida diária ao hospital para conversar com os médicos e ficar com Carole o máximo de tempo possível. Depois, voltavam ao hotel e descansavam na suíte, à espera de notícias. Os médicos desaconselhavam visitas noturnas, pois Carole continuava em sono profundo. O tempo todo, pessoas no mundo inteiro liam as notícias sobre seu estado de saúde e rezavam por ela. Fãs começavam a se aglomerar na porta do hospital erguendo cartazes quando a família chegava. Era uma cena comovente.

Naquela manhã, quando estavam se dirigindo ao hospital, um homem em um apartamento na rue du Bac, em Paris, serviu-se de *café au lait,* espalhou geleia em uma fatia de torrada e sentou-se para ler o jornal, como fazia todas os dias. Ele abriu o jornal, esticou o papel e leu a primeira página. Ao ver a foto estampada nela, suas mãos tremeram. Era uma foto de Carole, tirada quando ela estava gravando um filme na França, havia alguns anos. Ele se lembrou imediatamente disso porque estava com ela naquele dia, acompanhando as filmagens. Seus olhos se encheram de lágrimas ao ver a notícia e, assim que terminou de ler a matéria, ele se levantou e telefonou para o La Pitié Salpêtrière. A ligação foi transferida para a unidade de *réanimation,* então ele perguntou por Carole. Eles lhe informaram que seu estado era estável, mas que não estavam autorizados a dar mais detalhes por telefone. Ele pensou em ligar para o diretor do hospital, mas decidiu ir até lá.

Era um homem alto e elegante. Tinha o cabelo grisalho e seus olhos, protegidos pelos óculos, eram azuis e brilhantes. Embora já não fosse mais jovem, ainda era um sujeito bonito. Seu modo de andar e de falar era típico de alguém acostumado a dar ordens. Tinha uma aura de autoridade em torno de si. Ele se chamava Matthieu de Billancourt e era ex-ministro do Interior da França.

Em menos de vinte minutos, vestiu o sobretudo, saiu e pegou o carro, abalado com a notícia. As lembranças que tinha de Carole ainda eram bem nítidas, como se a tivesse visto na véspera, embora fizesse 15 anos que os dois não se encontravam, desde que ela deixara Paris, e 14 anos que falara com ela pela última vez. Desde então, não tivera mais notícias dela, exceto o que lia nos jornais. Ele sabia que a atriz havia se casado novamente com um produtor de Hollywood e sentira-se desolado, embora tivesse ficado feliz por ela. Dezoito anos antes, Carole Barber fora o amor de sua vida.

Matthieu de Billancourt estacionou o carro em frente ao hospital, dirigiu-se rapidamente à entrada e perguntou à recepcionista o número do quarto de Carole. Imediatamente foi interceptado e informado de que não seria emitido nenhum boletim sobre o estado de saúde da atriz e de que as visitas estavam proibidas. Então, pediu para falar com o diretor do hospital e entregou seu cartão à recepcionista. Ela olhou o cartão, viu o nome impresso e, em seguida, desapareceu.

Em menos de três minutos, o diretor apareceu. Ele olhou para Matthieu como se tentasse se certificar de que o nome no cartão era verdadeiro. Matthieu usara o cartão do escritório de advocacia de família, onde trabalhava havia dez anos, desde que deixara o cargo no governo. Tinha 68 anos, mas possuía a aparência e o porte de um homem mais jovem.

— *Monsieur le ministre?* — perguntou o diretor do hospital, torcendo as mãos de nervosismo. Ele não fazia ideia do que trouxera Matthieu até ali, mas sua reputação era lendária como ministro do Interior e seu nome era citado vez ou outra pela imprensa. Frequentemente era consultado e sempre colaborava como fonte nas matérias. Fora um homem poderoso durante trinta anos e expressava uma autoridade inquestionável.

— Em que posso ajudá-lo, senhor?

O olhar de Matthieu era quase assustador. Ele parecia preocupado e profundamente transtornado.

— Estou aqui para visitar uma pessoa conhecida — disse, em tom melancólico. — Ela era amiga de minha esposa. — Ele não queria que sua visita chamasse a atenção das pessoas, embora o simples fato de pedir para falar com o diretor do hospital fosse o suficiente para despertar curiosidade. Mas esperava que o funcionário fosse discreto. Também não queria acabar virando notícia, mas, a essa altura, teria arriscado tudo para ver Carole novamente. Sabia que aquela poderia ser sua última chance. Segundo os jornais, o estado dela ainda era crítico, e Carole corria risco de morte. — Fiquei sabendo que ela não pode receber visitas. Nossas famílias eram muito próximas — explicou Matthieu, e o diretor do La Pitié Salpêtrière adivinhou imediatamente quem era a paciente.

Matthieu estava sério mas parecia desesperado, o que não passou despercebido pelo homem baixinho e atento.

— Estou certo de que podemos abrir uma exceção, senhor. Não há o menor problema. O senhor quer que eu o acompanhe até o quarto da paciente? Estamos falando da Sra. Waterman... Srta. Barber... certo?

— Exatamente. Eu ficaria muito grato se o senhor me levasse até o quarto dela.

Sem dizer mais nada, o diretor do hospital o conduziu ao elevador, que chegou quase imediatamente, cheio de médicos, enfermeiras e visitantes. Ele e Matthieu esperaram que todos saíssem do elevador e entraram nele. Em seguida, o diretor apertou o botão e, logo depois, chegaram ao andar onde Carole estava internada. Matthieu sentiu o coração disparar. Não sabia o que encontraria quando entrasse no quarto, ou quem estaria lá. Achava pouco provável que os filhos dela se lembrassem dele, já que ambos eram muito pequenos na época. Ele supôs que o atual marido de Carole estivesse lá, mas torcia mesmo para que não houvesse ninguém.

O diretor parou na recepção e sussurrou algumas palavras à chefe da enfermaria. Ela assentiu com um gesto de cabeça, olhou para Matthieu com interesse e apontou para uma porta no final do corredor, o quarto de Carole. Sem dizer uma palavra sequer, Matthieu seguiu o diretor, tomado por preocupação e angústia. Na iluminação sombria do hospital, ele aparentava a idade que tinha. Ao chegarem ao fim do corredor, o diretor se deteve por um momento, abriu a porta que a enfermeira havia indicado e fez um gesto para que Matthieu entrasse, ao que ele hesitou e sussurrou:

— A família está com ela? Não quero atrapalhar se não for uma hora apropriada. — De repente, ele se deu conta de que poderia provocar uma situação constrangedora. Por um momento, havia se esquecido de que já não estavam mais juntos.

— O senhor quer que eu o anuncie, caso eles estejam com ela? — perguntou o diretor. Matthieu recusou a oferta, sem dar explicações, mas o homem entendeu e acrescentou: — Vou verificar. — Ele entrou e fechou a porta, e Matthieu não conseguiu ver o interior do quarto. Logo depois, o diretor saiu e confirmou: — A família está com ela. O senhor prefere aguardar na sala de espera?

Matthieu pareceu aliviado com a sugestão.

— Sim. Isso deve ser muito difícil para eles.

O diretor o conduziu de volta ao corredor, até uma pequena sala de espera privada, normalmente usada quando havia um número excessivo de visitas, ou quando alguém se encontrava muito angustiado e necessitava de privacidade. Era o local perfeito para Matthieu, que queria evitar olhares curiosos e preferia ficar sozinho, enquanto esperava para ver Carole. Não sabia quanto tempo a família ficaria com ela, mas estava pronto para esperar o dia todo, até de madrugada, contanto que conseguisse vê-la.

O diretor do hospital apontou para uma cadeira, e Matthieu se sentou nela.

— O senhor gostaria de algo para beber? Uma xícara de café?

— Não, obrigado. — Agradeço a ajuda. Fiquei surpreso quando tomei conhecimento dos fatos.

— Todos nós ficamos — comentou o diretor. — Fazia duas semanas que ela estava aqui, e não sabíamos de quem se tratava. Uma coisa terrível — acrescentou, com discrição.

— Ela vai se recuperar? — perguntou Matthieu, com o olhar triste.

— Ainda é cedo para sabermos. Lesões no cérebro são traiçoeiras e de difícil prognóstico. Ela continua em coma, mas já consegue respirar sozinha, o que é um bom sinal. Porém, não está fora de perigo. — Matthieu assentiu em silêncio. — Voltarei depois para ver se precisa de alguma coisa — prometeu o diretor. — As enfermeiras poderão lhe trazer o que o senhor precisar. — Matthieu agradeceu-lhe novamente, então o diretor saiu da sala. O homem que, durante uma época, tinha sido ministro do Interior da França estava naquela sala, sentindo-se triste, como qualquer outro visitante, perdido nas próprias reflexões, pensando em alguém que amava. Matthieu de Billancourt fora um dos homens mais poderosos, e ainda era um dos mais respeitados, do país. Ele estava assustado como qualquer outra pessoa ali na unidade de *réanimation*. Apavorado, por ela e por ele mesmo. Apenas saber que Carole estava ali, tão perto, fazia seu coração disparar novamente, como havia muito tempo não acontecia.

Jason, Stevie, Anthony e Chloe estavam com Carole havia horas. Revezavam-se em uma cadeira ao lado da cama, acariciando sua mão ou falando com ela.

Chloe beijou os dedos azulados da mãe, que estavam do lado de fora do gesso, e implorou a ela que despertasse.

— Vamos, mamãe. Por favor... queremos que você acorde.

Ela falava como uma criança e acabava caindo no choro, até Stevie abraçá-la, oferecer-lhe água, e outra pessoa tomar seu lugar ao lado da cama.

Anthony tentava ser corajoso, mas só conseguia falar algumas palavras e rapidamente caía em prantos. Jason ficava atrás da cadeira, transtornado. Insistiam em falar com ela, porque havia a remota possibilidade de que ela pudesse ouvi-los. E rezavam para que isso a trouxesse de volta. Até então, nada dera resultado. Jason, Chloe e Anthony pareciam exaustos; fatigados pelo voo e abatidos pelo sofrimento, enquanto Stevie tentava animá-los, embora não se encontrasse melhor do que eles. Ela estava decidida a fazer tudo que se encontrasse a seu alcance, por Carole e por eles. Porém, no fundo, se sentia tão arrasada quanto os outros. Carole era uma amiga querida.

— Vamos, Carole, você tem um livro para escrever. Não é hora de relaxar — disse ela, ao se sentar na cadeira, como se a amiga pudesse ouvi-la. Jason sorriu. Ele gostava de Stevie. Ela era uma mulher firme e estava sendo maravilhosa com todos eles. Era visível quanto ela se preocupava com Carole. — Sabe de uma coisa? Isso está realmente levando o conceito de bloqueio criativo ao extremo, não acha? Já pensou no livro? Acho que deveria fazer isso. As crianças estão aqui também. Chloe está linda, fez um corte de cabelo novo e está cheia de acessórios diferentes. Espere até você receber a conta para pagar! — disse ela, fazendo com que todos rissem. — Isso deveria acordá-la — comentou Stevie.

Foi uma tarde longa, e ficou óbvio que nada tinha mudado. Eles queriam muito que algo acontecesse. Era uma agonia ver o corpo inerte e o rosto mortalmente pálido de Carole.

— Talvez fosse melhor voltarmos para o hotel — sugeriu Stevie, finalmente. Jason parecia estar a ponto de desmaiar. Eles praticamente não haviam tocado no café da manhã e estavam sem comer nada desde então. Ele estava pálido, e Chloe parecia que não ia conseguir parar de chorar. Anthony não parecia muito melhor, e Stevie sentia-se fraca. — Acho que todos nós estamos precisando nos alimentar. Eles irão telefonar se algo acontecer, e podemos voltar à noite — disse ela de maneira sensata, então Jason assentiu em silêncio. Embora não fosse muito de beber, naquele momento ele queria um drinque. Seria uma forma de relaxar.

— Não quero ir — anunciou Chloe aos prantos.

— Ora, Clo — disse Anthony, abraçando-a. — A mamãe não gostaria de nos ver desse jeito. E temos que recuperar nossas forças. — Um pouco mais cedo, Stevie tinha sugerido que fossem à piscina do hotel quando voltassem, e Anthony gostou da ideia. Ele precisava de exercício para ajudá-lo a lidar com a forte tensão que enfrentava. Até Stevie queria nadar um pouco.

Com muito esforço, ela reuniu o grupo e saiu do quarto, despedindo-se da enfermeira com um aceno de cabeça. Não foi nada fácil convencê-los a voltar para o hotel, já que nenhum deles queria deixar Carole. Ela também não queria fazer isso, mas sabia que precisavam manter a esperança. Não havia previsão de quanto tempo Carole ficaria naquele estado, e não poderiam se deixar desanimar. Isso não ajudaria Carole em nada, e ela sabia muito bem disso. Portanto, tomou para si a responsabilidade de cuidar de todos. Demoraram uma eternidade para chegar ao elevador. Chloe tinha esquecido seu suéter; e Anthony, seu casaco. Eles voltaram um por um e, finalmente, entraram no elevador, prometendo um ao outro que estariam de volta em algumas horas. Odiavam ter de deixar Carole.

Da cadeira na sala de espera privada, Matthieu os viu sair. Não reconheceu ninguém, mas sabia quem eram. Percebeu que as duas mulheres e os dois homens tinham sotaque americano. E, assim que a porta do elevador se fechou, ele se dirigiu à enfermeira--chefe. Normalmente, todas as visitas seriam proibidas, mas ele era Matthieu de Billancourt, o respeitado ex-ministro do Interior. Além disso, o diretor do hospital determinara que a enfermeira se encarregasse de providenciar tudo de que ele precisasse. Ficara claro que as normas não se aplicavam a ele. E Matthieu não esperava menos. Sem dizer uma palavra, a enfermeira-chefe o conduziu ao quarto de Carole. Ela parecia uma princesa adormecida, recebendo medicamento intravenoso, com uma enfermeira ao seu lado para verificar os monitores. Carole estava inerte e mortalmente pálida. Ele se aproximou dela e tocou-lhe suavemente o rosto. Em seus olhos, estava estampado tudo o que um dia sentira por aquela mulher. A enfermeira permaneceu no quarto, mas se virou discretamente ao perceber que presenciava algo profundamente íntimo.

Ele ficou no quarto por um longo tempo, olhando para Carole, como se esperasse que ela fosse abrir os olhos. Finalmente, de cabeça baixa e com os olhos marejados, ele foi embora. Ela estava tão bonita, como a imagem que tinha dela na memória, e parecia intocada pela idade. Até seu cabelo era o mesmo. A atadura tinha sido retirada da cabeça, e Chloe havia escovado seu cabelo, antes de voltar para o hotel.

Quando saiu do hospital, Matthieu ficou alguns minutos sentado no carro. O ex-ministro do Interior da França enterrou o rosto entre as mãos e chorou como uma criança ao se lembrar de tudo o que havia acontecido entre eles e das promessas não cumpridas. Sentia uma imensa angústia ao imaginar como as coisas poderiam ter sido. Fora a única vez na vida que deixara de cumprir uma promessa, e lamentava isso profundamente. Apesar de tudo, estava convencido de que não havia outra escolha. Carole também sabia disso, por esse motivo resolveu partir. Matthieu nunca a culpou por deixá-lo, pois tinha plena consciência de suas responsabilidades na época. Só lamentava não poder falar com ela sobre isso agora. Quando foi embora, Carole levou seu coração — e ela ainda o tinha. Ele não conseguia suportar a ideia de que ela poderia morrer e, enquanto dirigia, certificava-se de que precisava vê-la novamente, de qualquer jeito. Apesar dos 15 anos transcorridos e de tudo o que tinha acontecido a ambos desde então, Matthieu ainda era obcecado por ela. Só de ver seu rosto, voltara a sentir a mesma emoção do passado.

# Capítulo 6

Cinco dias depois da chegada da família de Carole a Paris, Jason convocou uma reunião com todos os médicos para esclarecer a situação da ex-mulher. Ela permanecia em coma, e, fora o fato de não estar mais respirando com o auxílio de aparelhos, nada havia mudado. Não parecia estar nem perto de sair do estado em que se encontrava havia quase três semanas. A possibilidade de que ela nunca voltaria a si começava a aterrorizá-los.

Os médicos usaram de muito tato mas foram francos. Se ela não recuperasse a consciência logo, as lesões cerebrais seriam irreversíveis. Mesmo agora, aquela era uma possibilidade cada vez maior. As chances de recuperação se tornavam mais reduzidas a cada hora. A preocupação dos médicos expressara os piores temores de Jason. Nada poderia ser feito, em termos médicos, para alterar seu estado. Estava nas mãos de Deus. Eles sabiam que havia casos de pessoas que despertaram de coma depois de um período mais longo, mas, com o tempo, as chances de que Carole recuperasse a função cerebral diminuíam. Todos estavam chorando quando os médicos deixaram a sala de espera onde haviam se reunido. Chloe soluçava, e Anthony a abraçava, com lágrimas nos olhos. Jason permaneceu em um pranto silencioso, enquanto Stevie secou as lágrimas e respirou fundo.

— Bem, pessoal. Carole nunca foi de se entregar. Nós também não podemos nos entregar. Vocês sabem como ela é. Faz as coisas no próprio ritmo. Ela vai conseguir. Não podemos perder a fé agora. Que tal irmos a algum lugar hoje? Vocês precisam de um descanso de tudo isso.

Os outros a olharam como se ela estivesse ficando louca.

— Ir aonde? Fazer compras? — Chloe pareceu ofendida, e os dois homens estavam abatidos. Eles não tinham feito nada além do trajeto diário entre o hospital e o hotel. E a profunda tristeza os acompanhava por todo canto. O mesmo acontecia com Stevie, mas ela tentava animar o grupo.

— Qualquer lugar. Ao cinema. Ao Louvre. Podemos sair para almoçar. Versalhes. Notre Dame. Eu voto em algo divertido. Estamos em Paris. Vamos pensar no que ela gostaria que nós fizéssemos. Ela não iria querer vocês todos aqui, desse jeito, um dia após o outro.

No início, sua sugestão foi recebida sem nenhum entusiasmo.

— Não podemos simplesmente deixá-la aqui e nos esquecer dela — disse Jason, com o ar sisudo.

— Eu ficarei com ela. Vocês podem fazer alguma coisa por algumas horas. E, quanto à sua pergunta, Chloe, talvez fazer compras seja uma boa ideia. O que sua mãe faria?

— Faria as unhas e compraria sapatos — respondeu Chloe com um olhar irreverente. Então riu e acrescentou: — E depilaria as pernas.

— Perfeito — assentiu Stevie. — Quero que você compre, pelo menos, três pares de sapatos hoje. Sua mãe nunca compra menos do que isso. Pode até comprar mais. Vou marcar um horário com a manicure no hotel. Manicure, pedicure, depilação, serviço completo. E uma massagem. Para vocês também, cavalheiros, uma massagem faria bem. Que tal reservar a quadra de squash no clube do Ritz?

Stevie sabia que eles gostavam de jogar.

— Não acha um comportamento esquisito? — perguntou Anthony, em tom de culpa, embora tivesse de admitir que sentira falta de exercício físico a semana inteira. Parecia um animal preso em uma jaula, sem se movimentar.

— De jeito nenhum. E, depois do jogo, vocês dois poderiam nadar um pouco. Por que não almoçam os três juntos na piscina antes? Depois, enquanto os rapazes jogam squash, Chloe faz as unhas. E em seguida todo mundo vai para a massagem. Posso marcar as massagens nos quartos, se preferirem.

Jason disparou-lhe um sorriso agradecido. Apesar de tudo, ele gostava da ideia.

— E você, Stevie?

— Esse é o meu trabalho — disse ela tranquilamente. — Espero pacientemente e organizo tudo. — Fizera o mesmo por Carole quando Sean estava doente e permaneceu ao lado da cama dele por vários dias, especialmente depois da quimioterapia. — Algumas horas livres não farão mal a ninguém. Será muito bom para vocês. Eu fico com ela.

Todos se sentiam culpados sempre que deixavam Carole sozinha no hospital. E se ela acordasse enquanto estivessem longe? Infelizmente, essa não parecia uma possibilidade iminente. Stevie telefonou para o hotel, fez as reservas e, literalmente, ordenou a Chloe que parasse na rue Faubourg Saint-Honoré no caminho, antes de almoçar. O local era famoso por ter uma infinidade de lojas com variados modelos de sapatos, inclusive lojas masculinas. Vinte minutos depois, como se eles fossem crianças, ela os expulsou do hospital e voltou a se sentar calmamente na cadeira ao lado da cama de Carole. Eles ficaram agradecidos, e a enfermeira de serviço acenou para Stevie com a cabeça. Elas não falavam a mesma língua, mas, àquela altura, estavam familiarizadas uma com a outra. A enfermeira que cuidaria de Carole naquele dia tinha mais ou menos a idade de Stevie e queria muito poder conversar, mas, em vez disso, Stevie se aproximou do corpo inerte da amiga.

— Muito bem, mocinha. Já chega. Está na hora de se mexer. Os médicos estão perdendo a paciência. É hora de acordar. Você precisa fazer as unhas, seu cabelo está um horror e a mobília desse lugar é horrorosa. Você precisa voltar para o Ritz. Além disso, tem um livro para escrever. Você *tem* que acordar — disse Stevie em tom de desespero. O feriado de Ação de Graças estava chegando. — Não é justo com seus filhos. Nem com ninguém. Você não é de se entregar, Carole. E já dormiu demais. *Acorde!*

Ela havia falado algo parecido para a amiga nos dias sombrios, logo depois da morte de Sean. Na época, Carole dera a volta por cima rapidamente, porque sabia que esse era o desejo de Sean. Mas, dessa vez, Stevie não mencionou o nome dele. Só dos filhos dela.

— Estou perdendo a paciência — acrescentou. — E tenho certeza de que você também está. Quero dizer, isso tudo é muito cansativo. Essa rotina de Bela Adormecida está durando muito.

Carole não esboçou nenhum som ou movimento. Stevie se perguntou até que ponto era verdadeira a história de que pacientes em coma conseguem ouvir seus entes queridos falarem com eles. Se houvesse qualquer verdade nessa afirmação, ela iria se agarrar a isso. Então, continuou falando com Carole a tarde inteira, em tom normal, sobre coisas cotidianas, como se a amiga pudesse ouvi-la. A enfermeira executou suas tarefas normalmente, mas parecia sentir pena dela. A essa altura, o pessoal da enfermagem tinha perdido as esperanças, inclusive os médicos. Já havia se passado muito tempo desde o atentado, e as chances de recuperação diminuíam a cada hora. Stevie estava ciente disso, mas se recusava a desanimar.

Às seis da tarde, depois de passar oito horas ao lado de Carole, Stevie voltou ao hotel para ver como estavam os outros. Eles tinham ficado fora o dia todo, e ela esperava que essas horas livres tivessem sido proveitosas.

— Bem, eu já vou — despediu-se, exatamente como fazia quando ia para casa, após o trabalho, em Los Angeles. — Não quero saber de moleza amanhã, Carole. Chega. Hoje eu te dei folga. Mas já chega. Você já teve todo o tempo de que precisava. Amanhã voltaremos ao trabalho. Você acorda, dá uma olhada ao redor e toma seu café da manhã. Depois, vamos escrever algumas cartas. Você tem que dar um montão de telefonemas. Mike liga todos os dias. Já não tenho mais desculpas para dar. Você tem que telefonar para ele.

Stevie sabia que parecia uma louca, mas na verdade sentia-se melhor falando como se Carole estivesse ouvindo o que ela dizia. E o amigo e agente de Carole, Mike Appelsohn, realmente telefonava todos os dias. Desde que a imprensa noticiara a tragédia, ele ligava duas vezes por dia, parecendo abatido. Mike a conhecia desde que ela era uma menina, quando a descobriu em uma farmácia em Nova Orleans. Ele fora o responsável por mudar a vida dela para sempre. Mike era como um pai para Carole. Completara 70 anos recentemente, mas ainda era um homem forte. E agora tinha acontecido isso. Ele não tinha filhos e a considerava uma filha. Queria ir até Paris para vê-la, mas Jason pedira a ele que esperasse pelo menos alguns dias. A situação já era complicada o suficiente sem a presença de outras pessoas, por mais bem-intencionadas que fossem. Stevie estava agradecida por eles permitirem sua presença, mas ela não atrapalhava; pelo contrário, era muito prestativa. Todos estariam perdidos sem ela, assim como Carole. Assim era Stevie. Carole tinha outros amigos em Hollywood, mas, pelo tempo que ambas se conheciam — e por tudo o que haviam passado nos últimos 15 anos —, ela era mais chegada à sua assistente do que a qualquer outra pessoa.

— Muito bem, entendeu direitinho? Hoje foi seu último dia para dormir. Não vai ter mais essa coisa de ficar aí deitada como uma diva. Você é uma trabalhadora. Portanto, trate de acordar e escrever seu maldito livro. Eu não vou fazer isso por você. Você terá que escrevê-lo com suas próprias mãos. Chega de preguiça. Tenha uma boa noite de sono hoje e amanhã acorde. É isso. Chegou a hora. Essas férias *acabaram*. Fim. E, se você quer saber, em termos de férias, essas foram uma merda.

A enfermeira teria rido se tivesse entendido. Quando Stevie saiu, a moça se despediu dela com um sorriso. Dentro de uma hora, seu turno acabaria, e ela iria para casa cuidar do marido e dos três filhos.

Stevie tinha apenas um namorado e a mulher em coma por quem tinha um carinho enorme. Sentia-se exausta quando foi embora. Estivera falando com Carole o dia todo, mas não ousara fazer isso na presença dos outros. Limitara-se a dizer algumas palavras de carinho e pronto. Não tinha planejado nada, mas, quando eles saíram, decidiu tentar. Afinal, não tinham nada a perder, e aquilo não iria fazer mal nenhum.

Quando o táxi arrancou, Stevie fechou os olhos e reclinou a cabeça. Os mesmos paparazzi permaneciam na entrada do Ritz, na expectativa de tirar fotos dos filhos de Carole e de Harrison Ford e sua família, que haviam acabado de chegar dos Estados Unidos. A chegada de Madonna era esperada para o dia seguinte. Por razões pessoais, essas pessoas iriam passar o dia de Ação de Graças em Paris, assim como a família de Carole, porém, nesse caso, por um triste motivo, considerando a tragédia que os mantinha ali. Stevie já tinha pedido ao chefe de cozinha para preparar um verdadeiro jantar de Ação de Graças para eles, em um ambiente reservado. Era o mínimo que ela podia fazer. Era impossível achar os marshmallows para preparar as batatas-doces em Paris, então ela pediu ao namorado, Alan, para enviá-los, via FedEx, dos Estados Unidos. Stevie falava com ele diariamente por telefone para mantê-lo informado da situação e, assim como as outras pessoas, ele desejava que Carole se restabelecesse logo e dizia que rezava por ela. Ele era um cara bacana, porém Stevie não conseguia se imaginar casada com ele, nem com qualquer outro homem. Era comprometida com o trabalho e com Carole, sobretudo agora, quando a atriz precisava tanto de sua ajuda e sua vida estava em risco.

Jason, Anthony e Chloe estavam bem mais animados e, seguindo antigas recomendações de Carole, que costumava exaltar o Espadon, resolveram jantar lá, no restaurante principal do hotel. O lugar era animado, concorrido; e a comida, fabulosa. Stevie não se juntou ao grupo. Ela fez uma massagem, pediu uma sopa no quarto e foi dormir. Todos estavam agradecidos pelas atividades que ela planejara para eles. Sentiam-se vivos novamente. Tomada pela agitação, Chloe acabou comprando seis pares de sapatos e um vestido, na Yves Saint Laurent. Surpreso consigo mesmo, Jason comprara dois pares da marca John Lobb na Hermès, enquanto esperava pela filha, e Anthony, que odiava fazer compras, voltou com quatro camisas. Ele e Jason compraram umas peças de roupa, na maioria suéteres e jeans para usar naqueles dias em Paris, já que haviam trazido pouca coisa. Sentiam-se renovados depois de nadar e receber uma massagem. Na partida de squash, Jason venceu o filho, um fato raro, portanto uma importante vitória para ele. Apesar das terríveis circunstâncias que os haviam trazido àquela cidade, tiveram um dia satisfatório, graças a Stevie e sua positividade em relação a tudo. Ela mesma se sentia exausta quando foi para a cama e, às nove da noite, já estava dormindo profundamente.

Na manhã seguinte, ao ouvir o telefone tocar, seu coração disparou. Era Jason. O hospital havia ligado para ele às seis da manhã. Um telefonema àquela hora só podia ser por um motivo. E ele estava chorando quando Stevie atendeu.

— Ah, meu Deus... — disse Stevie, ainda sonolenta, porém imediatamente alerta.

— Ela acordou — disse ele, soluçando. — Abriu os olhos. Não está falando, mas abriu os olhos e acenou com a cabeça para o médico.

— Ah, meu Deus... ah, meu *Deus*... — Foi tudo o que Stevie conseguiu dizer. Por um momento, chegou a pensar que Carole havia morrido.

— Estou indo para lá. Quer ir comigo? Achei melhor deixar Chloe e Anthony dormindo. Não quero criar esperanças até vermos como ela está.

— Sim. Estarei pronta em cinco minutos — disse, rindo em meio às lágrimas. — Ela deve ter me ouvido.

Stevie sabia que seu monólogo de oito horas não era o causador do despertar de Carole. Deus e o tempo tinham, finalmente, agido. Mas talvez suas palavras tivessem ajudado.

97

— O que você falou para ela? — perguntou Jason, secando as lágrimas do rosto. Ele tinha perdido as esperanças após ouvir as explicações do médico, no dia anterior. Mas agora ela havia despertado. Era uma resposta às preces de todos eles.

— Eu disse que estávamos todos cansados daquela merda, falei que ela precisava levantar a bunda daquela cama e voltar ao trabalho. Algo assim.

— Bom trabalho — elogiou ele, rindo. — Deveríamos ter tentado essa estratégia antes. Acho que você a fez se sentir culpada.

— Espero que sim.

O despertar de Carole seria um presente de Ação de Graças maravilhoso para todos eles.

— Em cinco minutos estarei batendo à sua porta — disse Jason, antes de desligar.

Stevie havia colocado jeans e um suéter. Além de levar consigo o pesado casaco que tinha trazido, estava usando as botas de vaqueiro que comprara em um brechó e que frequentemente usava para trabalhar. Ela as adorava e dizia que eram suas botas da sorte. Como as usara no dia anterior, agora tinha certeza de que davam sorte.

Eles conversaram animadamente no trajeto até o hospital, passando por todos os marcos que agora lhes eram familiares. Mal podiam esperar para ver Carole. Jason lembrou a Stevie que o médico havia dito que ela ainda não estava falando e que isso poderia levar algum tempo. Mas ela estava acordada. Tudo tinha mudado durante a noite. No hospital silencioso, eles correram até o quarto de Carole, guardado por um segurança do lado de fora dia e noite. Ele os cumprimentou com um aceno de cabeça e supôs que a chegada deles, tão cedo, fosse um mau sinal. Era uma manhã fria, embora ensolarada, e o dia mais feliz da vida de Stevie. Para Jason, aquele dia só ficava atrás do dia do nascimento dos seus filhos. Dessa vez, Carole tinha nascido de novo. Estava acordada!

Quando eles chegaram, Carole estava deitada na cama, com os olhos abertos, e a médica responsável estava ao seu lado. Ela havia acabado de chegar. Tinha vindo assim que o hospital telefonou. Ela os recebeu com um sorriso, que se estendeu para sua paciente. Carole olhou para a médica, quando esta falou com ela em inglês, com um forte sotaque, mas não respondeu. Não emitiu nenhum som nem sorriu. Apenas olhava, mas, quando solicitada, apertava a mão da médica, fazendo uma leve pressão. Também virava o olhar aos dois visitantes quando ouvia suas vozes, mas também não lhes sorria. Seu rosto era inexpressivo, como uma máscara. Stevie falava com ela como se Carole fosse a mesma pessoa de sempre, e Jason se curvou para beijá-la na face. Carole também não reagiu a esse gesto. Por fim, ela fechou os olhos e voltou a dormir. Jason, Stevie e a médica saíram do quarto para conversar.

— Ela não está expressando reação — comentou Jason, preocupado. Stevie estava animada, decidida a não se deixar abater pelo que havia acontecido. Aquilo era apenas o começo e já era muito melhor do que a situação em que a querida amiga estava antes.

— Isso é só o começo — disse a médica a Jason. — É possível que por enquanto ela não os reconheça. Ela pode ter perdido boa parte da memória. O córtex cerebral e o hipocampo foram afetados, e ambos guardam memórias. Não sabemos ao certo o que restou, ou se ela irá acessá-los novamente com facilidade. Com sorte, a memória e a função cerebral voltarão ao normal, mas isso levará tempo. Agora, ela precisa se lembrar de tudo, como se mover, como falar, como andar. O cérebro sofreu um choque muito grande. Mas agora existe uma possibilidade. Agora, o processo começou.

A médica pareceu muito animada. Eles já tinham quase perdido as esperanças de que ela recobrasse a consciência. Isso mostrou a todos que milagres realmente acontecem quando menos se espera. Então a médica se virou para Stevie e sorriu.

— As enfermeiras disseram que você falou com ela o dia todo ontem. Nunca se sabe o que os pacientes ouvem, ou o que pode fazer as coisas mudarem.

— Acho que chegou o momento — disse Stevie modestamente. Na verdade, já não era sem tempo, na visão deles. Afinal, haviam sido três semanas de pesadelo para Carole e uma semana de agonia para eles. Só que Carole não tinha consciência do que estava acontecendo, enquanto os outros tiveram de enfrentar o medo de perdê-la. Aqueles tinham sido os piores dias da vida de Stevie, que, agora, tinha uma nova interpretação para o sentido da vida.

— Queremos fazer mais algumas tomografias computadorizadas e ressonâncias magnéticas ainda hoje, e vou chamar uma fonoaudióloga para ver como ela responde. É possível que ela não se lembre das palavras por ora, mas nós vamos dar um empurrãozinho para que ela possa começar. Estou tentando encontrar alguém que fale inglês — explicou a médica.

Stevie dissera que Carole falava francês, mas eles queriam reeducá-la em seu idioma. Fazer isso em francês seria muito mais difícil.

— Posso trabalhar com ela se alguém me mostrar como fazer — ofereceu-se Stevie, e a médica sorriu novamente. Aquela era uma enorme vitória para ela.

— Acho que você fez um excelente trabalho com ela ontem. — A médica foi generosa no elogio. Quem poderia afirmar, com certeza, o que a tinha despertado?

Jason e Stevie voltaram ao hotel para contar as novidades a Anthony e Chloe. Jason os acordou, e ambos tiveram a mesma reação de Stevie quando ele lhe telefonou para contar sobre o estado de Carole. Um terror indisfarçável se estampou em seus rostos e em seus olhos, no momento em que acordaram.

— É a mamãe? — perguntou Anthony, apavorado. Ele tinha 26 anos, era um homem feito, mas Carole ainda era sua "mamãe".

— Ela acordou — disse Jason, chorando novamente. — Ainda não consegue falar, mas ela nos viu. Sua mãe vai se recuperar, filho. — Anthony irrompeu em soluços. Nenhum deles sabia, ao certo, se ela iria se recuperar totalmente, mas estava viva. E tinha saído do coma. Era definitivamente um começo e um enorme alívio para todos.

Chloe abraçou o pai e, em meio às lágrimas, sorriu como uma criança. Em seguida, pulou da cama e começou a dançar. E depois correu para abraçar Stevie.

Todos estavam sorridentes e falantes durante o café da manhã e, às dez horas, foram para o hospital. Quando entraram no quarto, Carole estava acordada e olhou para eles, parecendo curiosa.

— Oi, mãe — cumprimentou-a Chloe com o ar tranquilo, ao se aproximar da cama. Em seguida, segurou a mão de Carole e curvou-se para beijar seu rosto. Não houve nenhuma reação visível por parte de Carole. Ela parecia no máximo surpresa. Mas até suas expressões faciais eram limitadas. A atadura do rosto fora retirada havia vários dias, mas o corte profundo tinha deixado uma feia cicatriz, que era o menor de seus problemas. Àquela altura, eles estavam acostumados com a marca, embora Stevie soubesse que Carole ficaria aflita quando a visse, mas isso não aconteceria tão cedo. E como Jason tinha dito, um bom cirurgião plástico daria um jeito quando eles voltassem para Los Angeles.

Carole permaneceu deitada, olhando para eles e virando a cabeça, várias vezes, para acompanhá-los com os olhos. Anthony a beijou também, e ela pareceu intrigada. Jason se aproximou da cama e segurou a mão dela. Stevie se manteve um pouco afastada, encostada na parede, sorrindo para a amiga, mas Carole não pareceu notá-la. Havia a possibilidade de que ela ainda não conseguisse enxergar com muita nitidez, a certa distância.

— Você nos deixou muito felizes hoje — disse Jason à ex-mulher, com um sorriso cheio de amor, enquanto segurava a mão dela. Carole lançou-lhe um olhar inexpressivo. Levou algum tempo, mas ela finalmente conseguiu articular uma palavra.

— Can... ssa... dda... cansada.

— Sei que está cansada, querida — disse ele com carinho. — Você dormiu durante muito tempo.

— Te amo, mãe — acrescentou Chloe, e Anthony repetiu as palavras da irmã. Carole os fitou como se não soubesse o significado do que fora dito e falou mais uma palavra.

— Á... gua. — Com a mão trêmula, ela apontou para o copo, e a enfermeira o levou aos seus lábios. A cena fez Stevie se lembrar de Anne Bancroft no filme *O milagre de Anne Sullivan*. Eles estavam voltando ao início de tudo. Mas, pelo menos, agora estavam na direção certa. Carole não falou nada diretamente a nenhum deles, nem disse seus nomes. Apenas permaneceu observando-os. Eles ficaram no quarto até o meio-dia e depois foram embora. Carole parecia esgotada e, nas duas vezes que falou, sua voz parecia estranha. Stevie suspeitou que ela ainda estivesse rouca por causa do respirador, que tinha sido retirado havia pouco tempo. Sua garganta provavelmente estava irritada, e seus olhos pareciam enormes em relação ao rosto. Antes do atentado, ela já estava magra e, logo depois, perdera muito peso. Mas continuava linda. Mais do que nunca, embora um tanto pálida. Seu rosto lembrava o de Mimi em *La Bohème*. Parecia uma heroína trágica ali, deitada, mas, felizmente, a tragédia havia acabado.

Naquela tarde, Jason conversou com a médica novamente. Chloe tinha decidido fazer compras, dessa vez para comemorar. Fazer o que Stevie chamou de "terapia das compras". E Anthony estava no ginásio esportivo, exercitando-se. Sentiam-se bem melhor e menos culpados em voltar à vida normal. Tinham inclusive desfrutado de um farto almoço no Le Voltaire, o restaurante favorito de Carole em Paris. Jason disse que o almoço era em homenagem a ela.

A médica responsável por Carole falou que os resultados dos exames de ressonância e tomografia estavam bons. Não havia sinais visíveis de danos no cérebro, o que era excelente. As pequenas rupturas iniciais nos nervos já haviam cicatrizado. Por outro lado, não tinham como avaliar a extensão da perda de memória nem prever o nível de recuperação das funções cerebrais normais. Só o tempo poderia dizer. Ela começava a se dar conta das pessoas, quando elas falavam, e conseguiu proferir mais algumas palavras naquela tarde, a maior parte relacionada ao seu estado físico, e nada mais. Pronunciara "frio" quando a enfermeira abriu a janela, e "ai" quando espetaram uma agulha em seu braço para colher sangue e, novamente, quando ajustaram o soro. Reagia à dor e a estímulos físicos, mas se mantinha inexpressiva quando a médica fazia perguntas cujas respostas iam além de "sim" e "não". Quando perguntaram o seu nome, ela fez um gesto negativo com a cabeça. Eles lhe disseram que era "Carole", e ela deu de ombros. Aparentemente, isso não lhe despertava nenhum interesse. A enfermeira dissera que ela não esboçava reação quando era chamada pelo nome. E, como não sabia o próprio nome, era improvável que se lembrasse do nome dos outros. Além disso, a médica estava praticamente certa de que, por enquanto, Carole não tinha nenhuma lembrança de quem eram aquelas pessoas.

Jason se recusava a se deixar desanimar e, mais tarde, quando falou com Stevie, disse que a recuperação de Carole era somente uma questão de tempo. Agarrava-se firmemente às suas esperanças. Talvez até demais, na opinião de Stevie, para quem a possibilidade de Carole nunca mais voltar a ser a mesma não era de todo improvável. Ela saíra do coma, mas ainda havia um longo caminho antes de voltar a ser quem era, se é que isso um dia iria acontecer.

Um novo vazamento de informação naquele dia fez com que a imprensa, na manhã seguinte, divulgasse que Carole Barber havia saído do coma. Ela já estava fora de perigo fazia alguns dias, porém continuava sendo notícia. Para Stevie, era óbvio que alguém no hospital estava sendo pago para fornecer informações sobre o estado de saúde dela, algo que seria comum em qualquer lugar do mundo, mas que, mesmo assim, lhe causava repulsa. Embora esse tipo de atitude fizesse parte do pacote da vida de uma estrela, era um preço muito alto a se pagar. A matéria dava a entender que existia a possibilidade de Carole ter danos cerebrais permanentes. Mas a foto dela na reportagem era magnífica. Tinha sido tirada havia dez anos, no auge da sua beleza, porém, mesmo depois de todo esse tempo, ela continuava sendo uma mulher muito bonita. E, levando-se em conta as circunstâncias, sua aparência atual era muito boa para alguém que tinha sobrevivido a um atentado terrorista.

Quando soube que ela havia saído do coma, a polícia foi ao hospital. A médica permitiu que eles falassem com ela por pouco tempo, mas, em alguns minutos, ficou claro que ela não se lembrava do atentado, nem de qualquer outra coisa, então os agentes foram embora sem nenhuma informação nova.

Jason, Chloe, Anthony e Stevie continuaram com suas visitas diárias a Carole, que, a cada dia, acrescentava palavras ao seu repertório: *Livro. Manta. Sede. Não!* Nesta última, era sempre muito enfática, em particular quando vinham colher sangue. Na última vez, ela chegou a puxar o braço, encarou a enfermeira e a chamou de "má", o que fez todos rirem. Eles colheram o sangue mesmo assim, Carole caiu em lágrimas, pareceu surpresa e disse a palavra "chorando". Stevie falava com a amiga como se ela estivesse perfeitamente bem, e, às vezes, Carole se limitava a fitá-la por horas, sem dizer nada. Ela já conseguia ficar sentada, mas ainda não era capaz de formar uma frase, nem de dizer os nomes das pessoas. Na véspera do dia de Ação de Graças, três dias depois de sair do coma, era evidente que ela ainda não sabia quem eram aquelas pessoas. Não reconhecera ninguém, nem os próprios filhos, o que os deixava angustiados. Chloe era a mais aflita de todos.

— Ela não reconhece nem a mim! — disse Chloe com lágrimas nos olhos, quando saiu do hospital acompanhada do pai, a caminho do hotel.

— Ela vai lembrar, querida. Tenha um pouco de paciência.

— E se ela ficar assim para sempre? — perguntou, expressando o que todos mais temiam. Ninguém mais ousara dizê-lo.

— Nós a levaremos aos melhores médicos do mundo — assegurou-lhe Jason, falando do fundo do coração.

Stevie também estava preocupada. Continuava suas conversas com Carole, porém sua chefe e amiga não expressava nenhuma reação. De vez em quando, achava graça das coisas que Stevie dizia, mas não havia sequer uma faísca de lembrança em seus olhos que demonstrasse reconhecer a assistente. Sorrir era uma novidade para ela. E rir também. Carole se assustou na primeira vez que riu e, imediatamente, desatou a chorar. Era como um bebê. Tinha um longo caminho a ser percorrido, o que demandava muito esforço. O hospital havia encontrado uma fonoaudióloga inglesa que a submetia a um trabalho intenso. Ela dizia o seu nome e pedia a Carole que o repetisse várias vezes, na esperança de que aquilo provocasse um lampejo, mas, até o momento, nada havia acontecido.

Na manhã do dia de Ação de Graças, Stevie falou com Carole sobre a data e seu significado nos Estados Unidos. Quando mencionou o que eles teriam no jantar, Carole pareceu intrigada. Stevie achou que tivesse despertado alguma lembrança, mas estava enganada.

— Peru? O que é isso? — perguntou ela, como se nunca tivesse ouvido a palavra antes. Stevie sorriu.

— É uma ave que costumamos comer no almoço.

— Parece nojento — disse Carole, fazendo uma careta, o que fez Stevie rir mais uma vez.

— Às vezes é, sim. Mas é uma tradição.

— Penas? — perguntou Carole com interesse, focando no elemento básico: aves possuem penas. Pelo menos disso ela se lembrava.

— Não. Recheado. Huuum, é delicioso! — Stevie descreveu o recheio para Carole, que ouviu atentamente.

— É difícil — disse ela, com lágrimas nos olhos. — Falar. Não consigo achar palavras.

Pela primeira vez, ela pareceu frustrada.

— Eu sei. Tenha paciência. Você vai lembrar. Que tal começarmos com as obscenas? Talvez seja mais divertido. Sabe, tipo: *merda, foda, filho da puta*; as boas. Para que se preocupar com *peru* e *recheio*?

— Palavras obscenas? — perguntou Carole. Stevie assentiu com a cabeça, e ambas riram. — Merda — disse Carole, com orgulho.

— Foda. — Era evidente que ela não fazia a menor ideia do significado daqueles termos.

105

— Muito bem — elogiou Stevie, olhando para a amiga de forma carinhosa. Ela gostava de Carole mais do que da própria mãe ou de sua irmã. Ela era realmente sua melhor amiga.

— Nome? — perguntou Carole, com um ar triste novamente.

— O *seu* nome — corrigiu-se, enfatizando o pronome, na tentativa de aumentar seu vocabulário. A fonoaudióloga queria que ela formasse frases. Porém, na maior parte das vezes, ela não conseguia. Pelo menos por enquanto.

— Stevie. Stephanie Morrow. Trabalho para você em Los Angeles, e nós somos amigas. — Seus olhos estavam cheios de lágrimas; ela acrescentou: — Gosto muito de você. Muito. Acho que você gosta muito de mim também.

— Legal — disse Carole. — Stevie — repetiu, pronunciando cuidadosamente o nome. — Você é minha amiga. — Foi a frase mais longa que ela havia formado até aquele momento.

— Sim, eu sou sua amiga.

Jason foi ao hospital dar um beijo em Carole, antes do jantar de Ação de Graças, no hotel. Chloe e Anthony estavam no Ritz se arrumando, depois de terem ido nadar naquela manhã. Carole olhou para ele e sorriu.

— Merda. Foda — disse ela. Jason pareceu assustado e, sem saber o que tinha acontecido, olhou para Stevie, temendo que Carole tivesse piorado.

— Palavras novas para aumentar o vocabulário — explicou Stevie com um largo sorriso.

— Ah. Ótimo. Devem ser muito úteis. — Ele riu e se sentou.

— O seu nome? — perguntou ela. Jason já havia falado seu nome, mas ela esquecera.

— Jason.

Por um momento, ele pareceu triste.

— Você é meu amigo?

Ele hesitou um instante antes de responder, tentando soar normal e descontraído, apesar do peso daquela pergunta, que indicava, mais uma vez, que ela não se lembrava de nada do passado.

— Fui seu marido. Nós fomos casados. Temos dois filhos, Anthony e Chloe. Eles estiveram aqui ontem.

Ele respondeu com ar cansado, mas, acima de tudo, triste.

— Filhos? — perguntou Carole em tom inexpressivo, e ele então compreendeu.

— Eles estão crescidos. São adultos. A menina tem 22 anos, e o menino, 26. Eles vieram visitar você. Estavam aqui comigo. Chloe mora em Londres, e Anthony, em Nova York, e ele trabalha comigo. Eu moro em Nova York também.

Tomar conhecimento daqueles detalhes todos de uma só vez era demais para ela.

— Onde eu moro? Com você?

— Não. Você mora em Los Angeles. Não somos mais casados. Nosso casamento não durou muito tempo.

— Por quê? — perguntou Carole, olhando bem nos olhos de Jason. Ela precisava saber tudo agora, para descobrir quem era, uma vez que se sentia completamente perdida.

— É uma longa história. Talvez seja melhor deixarmos isso para outra hora. Nós nos divorciamos.

E ninguém queria falar sobre Sean. Era cedo demais. Ela nem sequer se lembrava da existência dele, portanto não precisava saber que o perdera havia dois anos.

— Isso é muito triste — comentou ela, parecendo entender o significado da palavra *divorciados*, o que deixou Stevie intrigada. Havia palavras e conceitos que Carole conseguia compreender. Alguns, porém, pareciam ter sido completamente esquecidos. Era estranho aquilo.

— É mesmo — concordou Jason. Depois, ele falou também sobre o dia de Ação de Graças e sobre o jantar que teriam no hotel.

— Parece comida demais. Horrível — disse ela, e ele assentiu com a cabeça e riu.

— É, tem razão. Mas é uma data bonita. É um dia para se agradecer as coisas boas que aconteceram e as bênçãos que recebemos.

Como ter você agora falando comigo — disse ele, olhando para a ex-mulher de forma carinhosa. — Esse ano vou agradecer por você. Todos nós estamos gratos. — Nesse instante, Stevie se levantou para sair do quarto discretamente, mas ele insistiu com ela para que ficasse. Não havia segredo entre eles naquelas circunstâncias.

— Eu sou agradecida a vocês — disse ela, olhando para os dois. Embora não soubesse muito bem quem eram aquelas pessoas, podia sentir o carinho deles, que enchia o ambiente e a fazia se sentir muito bem.

Eles conversaram durante algum tempo, e ela se lembrou de mais algumas palavras, a maioria relacionada ao dia de Ação de Graças. As palavras *tortinhas de frutas* e *torta de abóbora* vieram à sua mente, mas ela não sabia o significado delas. Stevie só tinha mencionado a torta de maçã para ela porque o hotel não conseguira fazer as outras. Por fim, Stevie e Jason se levantaram para ir embora.

— Nós vamos voltar ao hotel para o jantar de Ação de Graças com Anthony e Chloe — explicou Jason, com uma expressão carinhosa, enquanto segurava a mão de Carole. — Gostaria que você pudesse vir com a gente.

Ela franziu a testa quando ele mencionou o hotel, como se tentasse puxar algo do seu computador mental, mas nada aconteceu.

— Que hotel?

— O Ritz. É onde você sempre fica quando vem a Paris. Você adora esse hotel. É muito bonito. Eles estão assando um peru para o nosso jantar, em um ambiente reservado.

E, aquele ano, a família de Carole tinha muito pelo que agradecer.

— Parece legal — comentou ela, com ar triste. — Não consigo me lembrar de nada... quem eu sou, quem você é, onde moro... o hotel... não me lembro nem do que seja Ação de Graças, peru, tortas. — Havia lágrimas de tristeza e frustração em seus olhos. E vê-la daquele jeito deixava todos arrasados.

— Você vai conseguir — disse Stevie, tranquilizando-a. — Dê tempo ao tempo. É muita informação para tentar acessar de repente.

Vá com calma — acrescentou, com um sorriso carinhoso. — Você vai chegar lá. Prometo.

— Você costuma cumprir as suas promessas? — perguntou ela, olhando Stevie bem nos olhos. Carole sabia o que uma promessa representava, embora não lembrasse o nome do hotel onde costumava se hospedar.

— Sempre — respondeu Stevie, erguendo a mão, em um juramento solene. Em seguida, com dois dedos, formou um X no peito, então Carole deu um sorriso e falou junto com ela:

— Juro por tudo o que é mais sagrado! Eu me lembro disso! — acrescentou com uma expressão de vitória. E Stevie e Jason riram.

— Viu! Você se lembra de coisas importantes, como "Juro por tudo o que é mais sagrado". Vai se lembrar também do resto — disse Stevie com carinho.

— Assim espero — falou Carole em tom fervoroso. Jason deu-lhe um beijo na testa e Stevie apertou a mão dela. — Tenham um jantar maravilhoso. Comam peru por mim.

— Nós traremos um pedaço para você ainda essa noite — prometeu Jason.

Ele, Chloe e Anthony planejavam voltar ao hospital depois do jantar.

— Feliz Dia de Ação de Graças — desejou Stevie ao se inclinar para beijar Carole.

Esse gesto soou um tanto esquisito, já que, para Carole, Stevie era uma estranha. Mas Stevie não se importou, e Carole retribuiu apertando a mão dela.

— Você é bem alta — comentou ela, e Stevie sorriu.

De salto alto, ela ficava ainda mais alta do que Jason, e ele tinha mais de um metro e oitenta.

— É, sou mesmo. Você também é, mas não tanto quanto eu. Feliz Dia de Ação de Graças, Carole. Bem-vinda de volta.

— Merda — disse Carole, com um sorriso, e ambas riram.

Havia uma faísca de malícia em seus olhos dessa vez. Além da profunda gratidão pelo fato de Carole estar viva e fora de perigo,

Stevie só queria que ela voltasse a ser quem era e que pudessem ter aqueles bons momentos novamente. A essa altura, Jason já havia saído do quarto, mas Stevie ainda sorria para a amiga.

— Foda-se — disse Stevie. — Essa também é boa. E muito útil.

Carole abriu um largo sorriso e olhou bem nos olhos da mulher que era sua amiga havia 15 anos.

— Foda-se também — disse ela claramente, e ambas deram uma risada. Em seguida, Stevie soprou-lhe um beijo e saiu. Aquele não era o Dia de Ação de Graças que esperavam ter, mas foi o melhor da vida de Stevie. E talvez da vida de Carole também.

# Capítulo 7

A ida de Matthieu ao hospital no Dia de Ação de Graças, justamente quando Stevie e a família de Carole jantavam no hotel, foi pura coincidência. Ele tinha tomado todo o cuidado para evitar dar de cara com os filhos dela e, mesmo agora, sentia-se pouco à vontade. Afinal de contas, era uma situação muito desesperadora, e ele não queria importuná-los em um momento de choque e sofrimento. Mas, ao ler nos jornais que ela havia saído do coma e estava se recuperando, não conseguiu resistir e decidiu vê-la novamente.

Ele entrou no quarto com todo o cuidado e ficou parado, observando-a. Era a primeira vez que a via acordada, o que fez seu coração disparar. Porém, não havia o menor sinal de reconhecimento nos olhos dela. A princípio, não sabia se isso se devia ao fato de que não se viam fazia muito tempo, ou ao acidente em si. Mas, depois de tudo o que viveram juntos, ele não podia imaginar que Carole não se lembrasse dele. Pensara nela todos os dias e não conseguia acreditar que, em seu estado normal, ela não fizesse o mesmo ou, pelo menos, não se lembrasse do seu rosto.

Quando ele entrou, ela se virou em sua direção com uma expressão de surpresa e curiosidade, mas não se lembrou dele. Era um homem alto, bonito, tinha o cabelo grisalho, penetrantes olhos azuis e um ar sério. Parecia uma pessoa importante, e ela pensou que fosse um médico.

— Olá, Carole.

Ele se adiantou em cumprimentá-la em inglês, ainda que com um forte sotaque, por não saber se ela iria entendê-lo em francês.

— Olá — respondeu Carole, de forma inexpressiva, e ficou claro que ela não o reconhecera, o que o deixou desolado.

— Eu devo ter mudado muito — comentou ele. — Faz muito tempo que não nos vemos. Meu nome é Matthieu de Billancourt.

Carole permaneceu impassível, mas lhe dirigiu um sorriso amável. Todos eram desconhecidos para ela, até seu ex-marido e os próprios filhos. E agora aquele homem.

— Você é médico? — perguntou ela, o que ele negou com um gesto de cabeça. — É meu amigo? — arriscou Carole, hesitante, dando-se conta de que, se ele não fosse um conhecido, não estaria ali. Mas foi a maneira que encontrou para perguntar se o conhecia. Afinal, dependia dos outros para saber de tudo. Mas ele pareceu assustado diante da pergunta. Só de vê-la novamente, percebeu que ainda a amava, e achou que, para Carole, não havia restado nada. Matthieu não pôde deixar de se perguntar qual seria a reação dela ao vê-lo se não estivesse naquele estado.

— Sim... sim... sou. Um amigo. Não nos vemos faz um bom tempo. — Ele percebeu imediatamente que ela ainda não tinha recuperado a memória e passou a ter mais cuidado com as palavras, para não assustá-la. Carole ainda parecia muito frágil ali, deitada naquela cama de hospital. Ele também não queria dizer muita coisa, já que a enfermeira estava presente. Como não sabia se ela falava inglês, resolveu ser cauteloso. Além do mais, não iria fazer confidências a uma mulher que nem sequer se lembrava de tê-lo visto antes.

— Nós nos conhecemos quando você morava em Paris — explicou ele, ao entregar à enfermeira o enorme buquê de rosas que havia trazido.

— Eu morei em Paris? — Aquilo era novidade para Carole. Ninguém havia mencionado esse detalhe para ela. Tinha tanta coisa que ela não sabia sobre si mesma que ficava frustrada quando se dava conta disso. Matthieu percebeu isso em seus olhos. — E quando foi?

— Você morou aqui durante dois anos e meio. E partiu há 15 anos.

— Ah, sim — assentiu Carole sem fazer mais perguntas, limitando-se a olhar para ele. Algo no olhar daquele homem a deixava perturbada, mas, ao mesmo tempo, parecia uma coisa fora de alcance, porém visível à distância. Não sabia exatamente do que se tratava, nem se era bom ou ruim. Ele transmitia algo muito intenso. Isso não a assustava, e sim a intrigava, mesmo ela não sabendo identificar aquela sensação pelo nome.

— Como você se sente? — perguntou ele, educadamente. Era mais seguro falar sobre o presente do que sobre o passado.

Carole pensou por algum tempo, procurando a palavra certa. A maneira como ele falava, parecendo um velho amigo, dava-lhe a impressão de que ela o conhecia bastante. Ela sentia algo parecido em relação a Jason, mas que não era exatamente a mesma coisa.

— Confusa — respondeu, finalmente. — Não me lembro de nada. Não consigo me lembrar das palavras, das pessoas... Sei que tenho dois filhos — acrescentou, ainda parecendo surpresa. — Eles já são adultos — explicou, como se lembrasse a si mesma desse detalhe. — Anthony e Chloe.

Ela estava orgulhosa por se lembrar dos nomes agora. Tentava apreender tudo o que lhe diziam, embora tivesse muita coisa para absorver.

— Eu sei. Eu os conheci. Eram maravilhosos. E você também.

Carole ainda era uma mulher muito bonita. Era impressionante como praticamente não havia mudado com o passar do tempo. Matthieu notou a cicatriz em seu rosto, mas não falou nada a respeito. Parecia recente.

— Você vai conseguir, vai se lembrar aos poucos. — Ela assentiu em silêncio, sem muita convicção. Ainda tinha um longo caminho pela frente.

— Nós éramos bons amigos? — perguntou ela, como se buscasse alguma recordação. Fosse o que fosse, não era capaz de acessá-la. Não conseguia encontrar aquele homem em sua mente. O que quer que ele representasse para ela havia sido esquecido, junto com tudo o mais que acontecera em sua vida. Sua mente era um quadro em branco.

— Claro que sim — respondeu Matthieu.

Em seguida, ficaram em silêncio por algum tempo, até que, finalmente, ele se aproximou da cama, devagar, e segurou a mão dela com delicadeza. Carole não sabia o que fazer, mas não resistiu.

— Estou muito feliz por saber que você está se recuperando. Eu vim aqui quando você estava em coma. É um presente vê-la acordada. — Ela sabia que sua família sentia a mesma coisa. — Senti sua falta, Carole. Pensei em você todos esses anos.

Ela quis perguntar a ele por que, mas não se atreveu. Parecia uma situação complicada. O modo como ele a olhava a deixava tensa. Carole não sabia identificar a sensação, mas era bem diferente da forma como Jason ou seus filhos a olhavam. Eles pareciam muito mais diretos. No caso daquele homem, no entanto, havia algo obscuro, como se houvesse muitas coisas que ele não dizia mas expressava com o olhar. Algo que ela não conseguia decifrar.

— É muita gentileza sua vir me visitar — disse ela de uma forma educada, encontrando uma frase que pareceu surgir de repente. Isso acontecia às vezes, mas, em outros momentos, ela precisava se esforçar muito para conseguir dizer uma única palavra.

— Posso vir de novo?

Ela assentiu com a cabeça, sem saber o que dizer. As sutilezas sociais lhe eram confusas, e ela continuava sem ter a menor ideia de quem era aquele homem. Tinha a impressão de que ele havia sido mais que um simples amigo, mas ele não disse que tinham sido casados. Era difícil adivinhar quem e o que ele fora em sua vida.

— Obrigado pelas flores. São lindas — elogiou Carole, procurando nos olhos dele as respostas que ele não expressava em palavras.

114

— Lindas como você, meu anjo — falou ele, ainda segurando a mão dela. — Você sempre foi linda, e ainda é. Parece uma menina.

Ela se surpreendeu ao se dar conta de algo no qual não tinha pensado antes.

— Não sei quantos anos eu tenho. Você sabe?

Foi fácil para ele fazer o cálculo. Matthieu acrescentou 15 anos à idade dela quando foi embora de Paris. Concluiu que ela devia ter 50 anos, embora não parecesse, mas não sabia se deveria lhe dizer isso.

— Não acho que isso seja importante. Você ainda é muito nova. Eu sou um velho agora. Tenho 68 anos. — Embora seu rosto mostrasse a sua idade, sua vitalidade a ocultava. Ele estava impregnado de tanta força e energia que aparentava ser bem mais novo.

— Você parece mais jovem — comentou ela, num tom amável. — Se você não é médico, qual é a sua profissão? — Para Carole, ele parecia um médico, mesmo sem o jaleco branco. Estava usando um terno azul-escuro, bem-cortado, e um sobretudo cinza escuro. Estava bem-vestido, com uma camisa branca e uma gravata discreta. Seu cabelo grisalho era impecável, e seus óculos sem aro eram tipicamente franceses.

— Sou advogado — respondeu, omitindo o cargo que um dia ocupara no governo. Aquilo já não importava mais.

Ela assentiu em silêncio, observando-o novamente. Ele levou a mão de Carole aos lábios e beijou suavemente seus dedos, ainda feridos.

— Eu voltarei. A partir de agora, você vai se recuperar. — Depois acrescentou: — Penso em você o tempo todo.

Ela não entendia por quê. Era tão frustrante não se lembrar de nada do seu passado, nem mesmo de quantos anos tinha ou de quem era. Isso a deixava em desvantagem em relação a todo mundo. Eles sabiam tudo a seu respeito. E agora aquele desconhecido também parecia saber uma parte do seu passado.

— Obrigada.

Foi tudo o que ela conseguiu dizer quando ele pousou delicadamente sua mão na cama. Matthieu sorriu para ela novamente e logo depois foi embora. A enfermeira o reconhecera, mas não disse nada a Carole. Não era seu papel ficar comentando sobre ex-ministros que vinham visitar seus pacientes. Afinal, ela era uma estrela de cinema e provavelmente conhecia muita gente importante. Mas era óbvio que Matthieu de Billancourt havia sido muito próximo dela e a conhecia bem. Até Carole conseguiu notar isso.

Jason, Stevie e os filhos de Carole voltaram ao hospital naquela noite, depois do jantar. Estavam de bom humor, e Stevie trouxe uma pequena porção de tudo o que havia sido servido. Ela apresentou cada item a Carole, que pareceu interessada e provou tudo. Ela não gostou muito do peru, mas achou os marshmallows deliciosos.

— Você odeia marshmallows, mãe — falou Chloe, surpresa. — Você sempre dizia que eram uma porcaria e não nos deixava comê-los quando éramos crianças.

— Que pena! Eu gostei — disse ela com um sorriso tímido e estendendo a mão para a filha. — Desculpe não saber de nada. Tentarei me lembrar. — Chloe assentiu com os olhos marejados.

— Tudo bem, mãe. Nós vamos contando tudo aos poucos. Não tem muita coisa importante.

— Tem, sim — disse Carole em tom carinhoso. — Quero saber tudo. Do que você gosta, do que não gosta, o que normalmente fazemos juntas, o que fazíamos quando você era pequena.

— Você passava muito tempo fora de casa — disse Chloe delicadamente, e Jason lhe disparou um olhar de advertência. Ainda era muito cedo para falar sobre essas coisas.

— Por que eu ficava tanto tempo fora de casa?

— Você trabalhava muito — respondeu a filha, sem rodeios, e Anthony estremeceu. Ouvira aquelas acusações durante muitos anos e sabia que aquelas conversas entre a mãe e a irmã nunca acabavam bem. Esperava que elas não começassem a brigar agora. Não queria que Chloe perturbasse sua mãe naquele momento. Ela ainda estava muito frágil e seria injusto acusá-la de coisas das quais ela não se lembrava. Carole não tinha como se defender.

— Fazendo o quê? Onde eu trabalhava? — Carole olhou para Stevie, como se lhe pedisse ajuda. Ela já havia captado o vínculo que tinha com aquela mulher, embora não se lembrasse de detalhes, do seu rosto nem do seu nome.

— Você é atriz — contou Stevie. Ninguém havia mencionado essa informação. — Uma atriz muito famosa. É uma grande estrela.

— É mesmo? — Carole parecia perplexa. — Quer dizer que sou conhecida? — Aquilo tudo era novidade para ela.

Todos riram diante da situação, e Jason disse:

— Você provavelmente é uma das pessoas mais famosas do mundo.

— Que esquisito! — Era a primeira vez que usava a palavra *esquisito*, e todos acharam isso engraçado.

— Não é nada esquisito — retrucou Jason. — Você é uma excelente atriz, fez vários filmes e ganhou alguns prêmios muito importantes. Duas estatuetas do Oscar e um Globo de Ouro. O mundo inteiro conhece você.

Ele não sabia se Carole se lembrava do significado desses prêmios, e, a julgar pela expressão dela, a resposta era não. Mas a palavra *filmes* acendeu uma faísca. Isso, ela sabia o que era.

— Como você lida com isso? — perguntou ela à filha ao se virar e, por um momento, parecia a antiga Carole. Todos no quarto estremeceram, enquanto esperavam pela resposta de Chloe.

— Não acho muito legal. Foi muito difícil para mim quando éramos pequenos.

Carole de repente sentiu pena da filha.

— Não seja boba — interrompeu Anthony, tentando mudar o rumo da conversa. — Era muito bom ter uma mãe famosa. Todo mundo ficava com inveja de nós, íamos a lugares bacanas e a mamãe era linda. Continua linda, na verdade — acrescentou, dando um sorriso.

Ele detestava a desavença entre as duas e o ressentimento que a irmã carregava da infância e da adolescência, embora isso tivesse melhorado nos últimos anos.

— Talvez tenha sido bom para você — rosnou Chloe. — Para mim, não foi. — Ela se virou para Carole, que olhava para ela com compaixão, e apertou sua mão.

— Sinto muito — disse Carole. — Também acho que não deve ter sido nada bom. Se eu fosse criança, ia querer minha mãe por perto o tempo todo. — De repente, ela olhou para Jason. Acabara de se lembrar de outra pergunta importante. Era terrível não saber de nada. — Eu ainda tenho mãe? — Ele fez um gesto negativo com a cabeça, aliviado ao perceber que o foco da conversa havia mudado.

Carole acabara de voltar do mundo dos mortos, após semanas que haviam sido um verdadeiro terror para todos. Ele não queria que Chloe a afligisse, ou pior, que começasse uma briga. E todos sabiam que ela era capaz disso. Havia muito ressentimento entre mãe e filha. Com Anthony, era diferente. Ele nunca se ressentira da carreira da mãe e nunca exigira tanta atenção quanto a irmã. Sempre fora mais independente, mesmo quando ainda era criança.

— Sua mãe morreu quando você tinha 2 anos — explicou Jason. — E seu pai, quando você tinha 18.

Ela era órfã. A palavra logo lhe veio à mente.

— Onde eu cresci?

— Em uma fazenda no Mississippi. — Ela não se lembrava de nada. — Aos 18 anos, foi descoberta e se mudou para Hollywood. Na época você morava em Nova Orleans.

Ela apenas assentiu em silêncio e voltou a atenção para Chloe. Estava mais preocupada com a filha do que com a própria história. Isso era algo novo. Era como se tivesse voltado como outra pessoa, sutilmente diferente, mas talvez mudada para sempre. Era muito cedo para se saber. Estava começando do zero e contava com aquelas pessoas para lhe fornecerem informações a seu respeito. Chloe fizera sua parte ao falar com sua habitual franqueza. A princípio, todos ficaram apreensivos com sua atitude, mas Stevie chegou à conclusão de que talvez fosse melhor assim. Carole estava reagindo bem. Queria saber tudo a seu respeito e a respeito de sua família, tanto as coisas boas como as ruins. Tinha necessidade de preencher as lacunas em sua mente, e agora havia muitos espaços em branco.

— Sinto muito não ter sido uma mãe presente. Você vai ter que me contar tudo. Quero saber como você se sentia em relação a isso. Sei que é um pouco tarde, que vocês já estão crescidos. Mas talvez possamos mudar algumas coisas. Como você se sente agora?

— Normal — respondeu Chloe com sinceridade. — Eu moro em Londres. Você me visita de vez em quando, e eu passo o Natal e o dia de Ação de Graças em Los Angeles, com você. Não gosto mais de Los Angeles. Prefiro Londres.

— Em que universidade você estudou? — perguntou Carole.

— Stanford.

Carole se mostrou inexpressiva, não parecia se lembrar do nome.

— É uma excelente universidade — completou Jason, ao que Carole assentiu com um sorriso para a filha.

— Não esperaria menos de você.

Dessa vez, Chloe sorriu.

Em seguida, eles conversaram sobre futilidades e, mais tarde, voltaram para o hotel. Carole parecia cansada. Stevie foi a última a se retirar e, ao se aproximar da amiga, sussurrou:

— Você se saiu muito bem com a sua filha.

— Preciso que me conte algumas coisas. Não me lembro de absolutamente nada.

— Nós vamos conversar — prometeu Stevie. Então notou as flores na mesinha de canto. Havia pelo menos duas dúzias de rosas vermelhas, de caule longo. — Quem trouxe essas flores?

— Não sei. Um francês que veio me visitar. Esqueci o nome dele. Disse que éramos velhos amigos.

— Não sei como o segurança o deixou entrar. Eles têm ordem para proibir visitas. Qualquer um pode se apresentar como um velho amigo seu. Se não tiverem cuidado, o hospital pode ser invadido por fãs.

Apenas membros da família tinham permissão para visitá-la, mas nenhum guarda de segurança francês iria proibir a entrada de um ex-ministro da França. Na recepção, haviam interceptado centenas de buquês de flores que, a pedido de Stevie e Jason, foram distribuídos a todos os outros pacientes. Tinha flor suficiente para encher cada quarto do hospital.

— Você não o reconheceu? — perguntou Stevie.

Aquela era uma pergunta idiota, porém, mesmo assim, Stevie teve de fazê-la. Não dava para se saber o que Carole poderia ou não lembrar. Mais cedo ou mais tarde, algumas lembranças do passado voltariam. E isso poderia acontecer a qualquer momento, era o que Stevie esperava, na verdade.

— Claro que não — respondeu Carole, imediatamente. — Eu não consigo me lembrar nem dos meus próprios filhos, como iria reconhecê-lo?

— Perguntei por perguntar. Vou pedir ao segurança que fique mais atento.

Stevie já havia notado algumas falhas em relação à segurança e chegara até a reclamar. Quando o guarda de serviço estava no intervalo, ninguém o substituía, e, nesse meio-tempo, qualquer pessoa poderia entrar no quarto. O que, aparentemente, tinha acontecido. A família de Carole queria que a segurança fosse mais eficiente.

— De qualquer maneira, as flores são lindas.

— Ele é muito gentil. Não ficou muito tempo. Disse que conhecia meus filhos.

— Qualquer um pode dizer isso.

Eles tinham de protegê-la de curiosos, paparazzi e fãs; ou até de coisa pior. Afinal de contas, ela era Carole Barber, e o hospital nunca tinha lidado com uma estrela de sua magnitude. Stevie e Jason haviam pensado em contratar um segurança particular, mas o hospital insistira em cuidar do assunto. Stevie iria recomendar

120

que intensificassem a vigilância. A última coisa que queriam era que um fotógrafo entrasse no quarto dela e tirasse uma foto. Embora estivesse acostumada a lidar com esse tipo de coisa diariamente, antes do atentado, na atual situação em que se encontrava, isso deixaria Carole transtornada.

— Vejo você amanhã. Feliz Dia de Ação de Graças, querida — desejou Stevie com um sorriso carinhoso.

— Foda-se — respondeu Carole em tom alegre, e ambas riram. A cada hora, ela se mostrava melhor. Por um minuto, quase pareceu a mulher que costumava ser.

# Capítulo 8

No dia seguinte, Jason, Chloe e Anthony foram ao Louvre e, mais tarde, saíram para fazer compras outra vez. Em seguida, voltaram ao hotel e almoçaram no restaurante que ficava no térreo. Depois do almoço, Jason e Anthony foram para seus respectivos quartos, telefonaram para o escritório e trabalharam um pouco. Ambos tinham tarefas acumuladas, mas, devido às circunstâncias, seus clientes se mostravam compreensivos diante do atraso. Alguns sócios de Jason ficaram encarregados de diversos clientes e tanto ele como o filho planejavam retomar as atividades assim que voltassem a Nova York.

Chloe foi à piscina e depois fez uma massagem, enquanto seu irmão e seu pai estavam trabalhando. Seu chefe fora muito compreensivo e gentil e lhe concedera uma licença no trabalho, com permissão para ficar em Paris com a mãe pelo tempo que precisasse. Naquela tarde, dispunha de tempo e estava, finalmente, disposta a telefonar para um rapaz que havia conhecido recentemente, em Londres, chamado Jake. Eles conversaram durante meia hora, e Chloe gostou dele. Ela falara do acidente de sua mãe, e ele fora muito solidário com ela. Jake prometeu telefonar em breve e disse que gostaria de vê-la quando ela voltasse para Londres. Tinha pensado em ligar para Chloe, e ficara feliz quando ela ligou.

Como todos estavam ocupados, Stevie teve a oportunidade de passar um tempo sozinha com Carole. Os médicos haviam recomendado que ela contasse à amiga o máximo possível sobre seu passado, na esperança de refrescar sua memória. Stevie estava disposta a fazê-lo, mas não queria afligir Carole lembrando-a de fatos tristes, o que, em sua vida, não eram raros.

Stevie pegou um sanduíche e se sentou diante da amiga para conversar. Não tinha nada específico em mente; em especial porque, no dia anterior, Carole havia feito muitas perguntas, inclusive sobre seus pais. Ela estava começando do início.

Stevie havia comido metade do sanduíche quando Carole lhe perguntou sobre o fim de seu casamento com Jason, e ela teve de admitir que não sabia muita coisa a esse respeito.

— Eu não trabalhava para você nessa época. Sei que ele se casou com outra pessoa depois da separação; uma top model russa, se não me engano. Mas se divorciou dela cerca de um ano depois que você voltou da França. Aí eu já estava trabalhando para você, mas tinha pouco tempo, e não conversávamos sobre essas coisas. Creio que ele apareceu algumas vezes para vê-la e acho que pediu para voltar. Mas isso é apenas suposição minha, já que você nunca me contou nada a respeito. Só sei que você não voltou para ele. Estava muito ressentida. Levou anos para esquecer toda a mágoa. Antes disso, vocês sempre brigavam por telefone, sobre as crianças. Mas, nos últimos dez anos, a relação de vocês tem sido amigável.

Para Carole, essa realidade era clara agora, e ela assentiu em silêncio enquanto ouvia, tentando puxar pela memória alguma lembrança do casamento com Jason, mas não encontrou nada. Sua mente era um espaço em branco.

— Eu o deixei ou ele me deixou?

— Isso, eu também não sei. Você vai ter que perguntar para ele. Sei que você morava em Nova York no período em que foram casados. O casamento durou dez anos. Depois, você foi para a

França, onde fez um filme de grande sucesso. Nessa época, acho que já estava se divorciando. Quando acabou de gravar o filme, ficou em Paris por mais dois anos, com seus filhos, e comprou uma casa lá. Um ano depois de voltar para Los Angeles, você a vendeu. A casa era linda.

— Como você sabe? — perguntou Carole, intrigada. — Você trabalhou para mim em Paris?

Estava confusa novamente. Havia muitas informações a serem organizadas em ordem cronológica.

— Não, eu fui lá só para fazer o restante da mudança. Você ficou alguns dias na cidade, me deu as instruções a respeito dos objetos que deveriam ser enviados para Los Angeles, e eu cuidei do restante. A casa era pequena mas muito bonita; do século XVIII, se não me engano, com revestimento de madeira e piso de parquete; imensas janelas francesas que davam para um jardim e lareiras por toda parte. Eu fiquei triste quando você decidiu vendê-la.

— Por que eu fiz isso? — perguntou Carole, franzindo o cenho. Queria se lembrar dessas coisas, mas não conseguia.

— Você dizia que era muito longe e, como trabalhava muito, não tinha tempo de ir a Paris entre um filme e outro. Agora isso não é problema, mas na época era complicado. E acho que você não queria voltar. — Stevie evitou entrar em detalhes. — Estava tentando se dedicar mais a seus filhos, especialmente a Chloe, já que Anthony sempre foi mais independente.

Stevie o conhecia desde que ele tinha 11 anos, e, mesmo com essa idade, Anthony se contentava em ficar sozinho ou com os amigos e visitar o pai em Nova York durante as férias. Chloe exigia mais da mãe e, por mais que Carole tentasse satisfazer essa carência, nunca parecia ser o bastante. Na opinião de Stevie, ela fora uma criança muito carente de atenção, e continuava sendo, embora menos, agora que tinha a própria vida e não cobrava tanto da mãe. Mas ainda gostava de ser o centro das atenções quando estava com Carole.

— E aquilo que ela disse ontem a meu respeito. É verdade? — perguntou Carole, parecendo preocupada. Queria saber se era uma pessoa boa ou ruim. Era assustador não conhecer a si própria.

— Nem tudo. Uma parte talvez. Acho que, quando ela era pequena, você trabalhava muito. Tinha 28 anos quando ela nasceu e estava no auge da sua carreira. Eu não conhecia você nessa época. Quando comecei a trabalhar para você, Chloe tinha 7 anos. Mas já era revoltada. Até onde eu sei, sempre que podia, você levava as crianças para as gravações, sempre acompanhadas de um professor particular. A menos que fosse para algum lugar muito diferente daquele ao qual eles estavam acostumados, como o Quênia, por exemplo. Mas, se fosse filmar em um lugar mais urbano, você os levava, até quando eu já estava trabalhando para você. Depois de um tempo, Anthony passou a não querer mais ir e, quando eles começaram o ensino médio, não podiam ficar faltando às aulas. Mas, antes disso, eles a acompanhavam nas viagens e ficavam longos períodos afastados da escola, o que deixava a diretora com muita raiva. Por outro lado, Chloe também ficava uma fera quando você não os levava.

E tinha mais: à medida que Chloe foi crescendo, Stevie muitas vezes teve a impressão de que ela queria *ser* Carole, o que era um problema ainda mais grave, porém não mencionou esse detalhe durante a conversa.

— Sei que não é fácil ser filha de uma celebridade, mas você sempre se esforçava muito e tentava dedicar o máximo possível de tempo aos dois. Inclusive atualmente. Você nunca viaja sem dar uma passadinha em Nova York e em Londres só para vê-los. Não sei se Chloe percebe isso, ou se ela se dá conta do sacrifício que isso requer. Ela não dá muito crédito, pelo menos ao tempo que você dedicou a ela durante a infância. E, até onde eu sei, você fez o que pôde. Mas acho que ela queria mais.

— Por quê?

— Algumas pessoas são assim. Ela ainda é jovem. Pode mudar. Mas, no fundo, é uma boa garota. Só fico chateada quando ela exige demais de você. Acho que não é justo. Em muitos aspectos, ela ainda é um bebê e precisa amadurecer. — Stevie sorriu. — Além disso, você sempre a mimou muito. Dá tudo o que ela quer. Eu sei disso porque sou em quem paga as contas.

— Que vergonha — disse Carole, conseguindo se expressar adequadamente. Ela conseguia se lembrar das palavras, mas não do significado relacionado a elas. — Por que você acha que eu a trato dessa maneira?

— Culpa. Generosidade. Você ama seus filhos. Tem uma vida cheia de conquistas e quer que eles também desfrutem das vantagens que isso traz. De vez em quando, Chloe se aproveita disso tentando fazer você se sentir culpada. Mas, às vezes, acho que ela realmente sente que foi deixada de lado quando criança. Na minha opinião, ela queria que a mãe fosse uma dona de casa comum, que a levasse e a buscasse na escola todos os dias e que não tivesse mais nada para fazer. Você a buscava na escola sempre que estava na cidade, mas fazia outras coisas além de ser atriz. Tinha uma vida muito agitada.

— O que eu fazia além de ser atriz?

Ouvir o relato de Stevie era como escutar uma história sobre outra pessoa. Carole não tinha a sensação de que o que estava sendo falado era sobre ela. A mulher que Stevie descrevia era uma completa desconhecida.

— Durante muitos anos você trabalhou em defesa dos direitos das mulheres. Viajou para países subdesenvolvidos, discursou no Senado, deu palestras na ONU. Quando acredita em uma causa, você se empenha muito e luta por ela. Eu considero isso fantástico e por esse motivo sempre a admirei.

— E Chloe? Ela também me admira por isso? — perguntou Carole, com a expressão triste. Pelo que Stevie havia dito, isso parecia pouco provável.

— Não. Acho que qualquer coisa que demande tempo ou dinheiro dela a deixa furiosa. Talvez ela seja muito jovem para entender essas coisas. E, vamos admitir, entre um filme e outro, você viajava bastante para defender essas causas.

— Talvez eu devesse mesmo ter sido mais presente — comentou Carole, enquanto perguntava a si mesma se o estrago ainda poderia ser reparado. Esperava que sim. Tinha a sensação de que precisava se redimir com a filha, mesmo Chloe sendo tão mimada.

— Mas essa não seria você. Você sempre se envolveu em diversas atividades.

— E agora?

— Agora não muito. Seu ritmo diminuiu nos últimos anos.

Stevie era cautelosa com o que dizia, por causa de Sean. Não sabia se Carole estava pronta para ouvir a respeito do falecido marido e lidar com os sentimentos que viriam com essas lembranças.

— É mesmo? Por quê? Por que eu diminuí o ritmo? — perguntou Carole, intrigada, tentando refrescar a memória.

— Talvez estivesse cansada. E ficou mais exigente em relação aos filmes. O último que fez foi há três anos. Desde então, recusou vários papéis. Costumava dizer que só queria interpretar personagens que tivessem algum significado para você, não somente algo pomposo e comercial. Além disso, você está escrevendo um livro, ou pelo menos estava tentando — acrescentou Stevie com um sorriso. — Por isso voltou a Paris. Achava que aqui iria conseguir se inspirar. — Porém, em vez disso, aquela decisão quase lhe custara a vida. Stevie iria lamentar para sempre o fato de Carole ter feito aquela viagem. Ainda estava traumatizada por quase ter perdido a amiga a quem tanto admirava. — Creio que você voltará a atuar depois de terminar o livro. É um romance, mas deve ter muito de você na história. Talvez por isso se sinta bloqueada.

— Foi só por isso que reduzi meu ritmo de vida? — perguntou Carole com o olhar inocente de uma criança.

Stevie fez uma longa pausa, sem saber o que dizer. Por fim, decidiu falar a verdade.

— Não, não foi só por isso. Houve outra razão. — Stevie suspirou. Não queria contar a ela. Porém, mais cedo ou mais tarde, alguém iria fazê-lo; então melhor que fosse ela. — Você era casada com um homem maravilhoso. Uma pessoa realmente incrível.

— Não me diga que eu me divorciei pela segunda vez — quis saber, aflita. Dois divórcios pareciam demais. Um só já era triste o bastante.

— Não — respondeu Stevie, tranquilizando-a, se é que se poderia ver a coisa dessa forma. Ficar viúva de um homem que amava era muito pior do que um divórcio. — Você foi casada durante oito anos. O nome dele era Sean. Sean Clarke. Você estava com 40 anos, e ele com 35 quando se casaram. Ele era um produtor bem-sucedido, mas vocês nunca fizeram um filme juntos. Era um homem incrivelmente gentil, e acho que vocês eram muito felizes. Anthony e Chloe o adoravam. Ele não tinha filhos, e vocês não tiveram nenhum juntos. Enfim, ele adoeceu há três anos. Ficou muito mal. Teve câncer no fígado. Ficou em tratamento durante um ano, mas tinha uma postura muito tranquila e serena em relação à doença. Aceitou tudo de uma forma muito digna. — Stevie suspirou antes de continuar. — Ele morreu, Carole. Nos seus braços. Um ano depois de ficar doente, e isso faz dois anos. Desde então, você teve que se esforçar muito para aprender a viver sem ele. Começou a escrever, viajou, passou um tempo com seus filhos. Recusou papéis em filmes, embora afirmasse que voltaria a trabalhar depois que terminasse o livro. E acredito que você vai terminar de escrever o livro e voltar a fazer filmes. Essa viagem era parte desse processo. Acho que você amadureceu muito desde a morte de Sean. Creio que está mais fortalecida agora.

Pelo menos estava até o dia do atentado. Era impressionante o fato de Carole ter sobrevivido, e ninguém sabia o que poderia acontecer com ela agora. Ainda era muito cedo para afirmar qualquer coisa. Quando Stevie olhou para ela, viu que lágrimas rolavam em seu rosto, então segurou a mão da amiga.

— Sinto muito. Preferia não ter que contar. Ele era um homem encantador.

— Fico feliz que tenha me contado. Tudo isso é muito triste. Perdi um marido que provavelmente amei muito e de quem nem sequer me lembro. É como perder tudo o que um dia você já amou ou possuiu. Perdi todas as pessoas da minha vida e a história que nos ligava. Eu nem me lembro do rosto nem do nome dele, muito menos de ter me casado com Jason. Também não me lembro do nascimento dos meus filhos.

Era uma sensação terrível, mais forte até que o impacto do atentado. Os médicos haviam explicado tudo a ela, mas lhe parecia irreal demais, assim como todo o resto. Como se fosse a vida de outra pessoa, e não a sua.

— Você não perdeu ninguém, exceto Sean. Todo mundo continua aqui. Além disso, você passou momentos maravilhosos ao lado dele e, um dia, certamente, vai se lembrar de tudo. Seus filhos, Jason e o seu trabalho, de um jeito ou de outro, estão aqui. Seu passado também, embora você ainda não se lembre dele. O laço que une vocês permanece vivo. As pessoas que a amam ficarão sempre do seu lado.

— Eu nem sei o que um dia representei para eles, quem sou... ou quem eles foram para mim — confessou Carole, desolada, assoando o nariz no lenço de papel cedido pela enfermeira. — Sinto como se um barco tivesse afundado com tudo o que eu tinha.

— Ele não afundou. Está lá fora, em algum lugar, no meio de um nevoeiro. Quando o nevoeiro se dissipar, você encontrará todas as suas coisas e todas as pessoas. Mas a maior parte do que há no barco é apenas bagagem. Talvez seja melhor seguir sem ela.

— E você? — perguntou Carole, olhando para Stevie. — O que sou para você? Sou uma boa patroa? Trato você bem? Você gosta do seu emprego? E que tipo de vida você tem?

Carole queria saber quem era Stevie como pessoa, não somente em relação a ela. Estava realmente interessada em descobrir isso.

Mesmo sem memória, Carole continuava sendo a mulher generosa que sempre fora e que Stevie admirava.

— Gosto muito do meu emprego, e de você também. Acho que até demais. Prefiro trabalhar para você a fazer qualquer outra coisa na vida. Adoro seus filhos, o trabalho que fazemos, as causas que você defende. Gosto do ser humano que você é e por isso a admiro tanto. Você é uma excelente pessoa, Carole. E uma boa mãe também. Não deixe que Chloe a convença do contrário.

Stevie estava chateada. Chloe contribuíra, em grande parte, para as desavenças entre as duas. Era impiedosa com a mãe e muitas vezes amarga em relação à vida que teve na infância. Para Stevie, já havia passado da hora de a jovem esquecer o passado e achava que não tinha sido legal da parte dela fazer aqueles comentários.

— Não sei se Chloe recebeu tanta atenção de mim — disse Carole, baixinho —, mas fico feliz em saber que você me considera uma boa pessoa. É horrível não ter ideia de quem eu sou ou do que fiz com os outros. Parece que sou uma péssima pessoa e que você está sendo gentil comigo. Odeio não me lembrar de nada... nem mesmo das pessoas mais importantes da minha vida. É assustador.

— Isso realmente a deixava assustada. Era como voar no escuro. Não sabia quando poderia bater em uma parede, exatamente como acontecera quando a bomba explodiu. — E você? — perguntou ela a Stevie. — É casada?

— Não. Moro com meu namorado — respondeu Stevie, fazendo uma pausa antes de prosseguir.

— Você o ama? — perguntou Carole, com curiosidade. Queria saber tudo, sobre todos. Tinha de saber quem eram e descobrir quem ela era.

— Não sei. Não sei bem o que sinto por ele, e é justamente isso o que me impede de me casar. Bom, mas já estou casada com o meu trabalho. O nome do meu namorado é Alan, e ele é jornalista. Viaja muito, o que eu acho ótimo. Nosso relacionamento é conveniente e cômodo. Não sei se chamaria de amor. E, quando penso na possibilidade de me casar com ele, me dá vontade de correr como o diabo foge da cruz. Nunca considerei o casamento uma grande coisa, principalmente no meu caso, já que não quero ter filhos.

— Por quê?

— Eu já tenho você — respondeu Stevie em tom de brincadeira. Então voltou a ficar séria. — Sempre achei que isso não fazia parte da minha essência... nunca senti necessidade de ser mãe. Estou feliz da maneira que sou. Tenho um gato, um cachorro, um emprego que adoro e um homem com quem durmo às vezes. Acho que para mim isso basta. Gosto de ter uma vida descomplicada.

— E para ele isso é suficiente?

Carole estava curiosa em relação à vida de Stevie. O que ela descrevera parecia pouco. Stevie obviamente tinha medo de alguma coisa, que Carole não conseguia identificar.

— Acho que, por algum tempo, sim. Ele diz que quer filhos. Mas provavelmente não será comigo — falou Stevie, sem meias palavras. — Ele vai fazer 40 anos e acha que deveríamos nos casar. Isso pode acabar com o relacionamento. Não quero ter filhos. Nunca quis. Tomei essa decisão há muito tempo. Tive uma infância terrível e prometi a mim mesma que não faria isso com ninguém. Estou satisfeita como adulta, cuidando apenas de mim, sem nada que me prenda, sem uma pessoa que vai se queixar de mim mais tarde e reclamar de tudo o que fiz de errado. Veja a Chloe, por exemplo. Não sei se a minha opinião interessa, mas acho que você foi uma ótima mãe e, ainda assim, ela é revoltada. Não quero correr o risco de passar por isso. Prefiro ficar com o meu cachorro. E, se eu perder o Alan por causa disso, é porque não era para ser. Eu avisei a ele desde o início que não queria filhos, e ele aceitou ficar comigo. Agora, talvez o relógio biológico dele esteja cobrando, mas o meu não está. Acho que nem tenho relógio biológico. Eu o joguei fora há muito tempo. Aliás, estava tão certa disso que pedi ao médico para ligar as trompas quando estava na universidade e não pretendo reverter o processo. Nem quero adotar uma criança. Gosto da minha vida do jeito que ela é.

Ela parecia absolutamente segura do que dizia, e Carole a observava atentamente, tentando identificar o que era medo e o que era verdade. Havia um pouco de ambos.

— E se acontecer alguma coisa comigo? Sou mais velha do que você. E se eu morrer? Ou melhor, quando eu morrer? Eu poderia ter morrido a qualquer instante nas últimas três semanas. E aí? Se eu sou a coisa mais importante na sua vida, o que será de você quando eu não estiver mais aqui? Não acha que está numa situação muito ruim?

E era verdade, independentemente de Stevie aceitar isso ou não.

— É assim com todo mundo. O que acontece quando se perde o marido? Ou um filho? Ou se seu marido a abandona e você acaba sozinha? Todos nós temos que enfrentar uma situação dessas um dia. Talvez eu morra antes de você. Ou você pode perder a paciência e me despedir, se eu fizer alguma besteira. Não há garantias na vida, a menos que todos pulemos de uma ponte ao mesmo tempo quando tivermos 90 anos. A vida é feita de riscos. A pessoa tem que ser honesta e saber o que quer. Eu procuro agir de acordo com as minhas convicções.

"Fui honesta com Alan — continuou Stevie. — Se ele não aceita a minha posição, então que vá embora. Nunca menti para ele em relação a esse assunto. Desde o começo, disse que não queria me casar e que o meu trabalho era a coisa mais importante para mim. E não mudei de ideia. Agora, se para ele isso é importante, acho que deve ir em busca do que deseja. Não dá para ser de outra forma. Às vezes, as peças só se ajustam durante algum tempo.

"Deve ter sido assim com você e com o Jason. Caso contrário, ainda estariam casados. Tem coisas que não duram para sempre. Já me conformei com isso e estou disposta a dar o melhor de mim. É tudo o que posso fazer. E, realmente, às vezes Alan acaba ficando em segundo plano. E às vezes eu também fico em segundo plano na vida dele. Para mim, está tudo bem, mas talvez não esteja para ele. E, se esse for o caso, o relacionamento vai terminar e vamos dizer que foi bom enquanto durou. Não estou à procura de um príncipe encantado ou de uma história de amor perfeita. Só quero algo prático e verdadeiro, que seja bom para mim. Para as duas partes, na verdade. Ele não é meu escravo, nem eu quero ser escrava dele. E o casamento me dá essa sensação."

Stevie fora sincera, como sempre. Ela não mentia para ninguém, nem enganava a si mesma. Era direta e prática em relação à vida, ao emprego e aos relacionamentos. Isso a tornava uma pessoa segura, verdadeira e agradável. Carole podia ver essa característica nela. Stevie era totalmente autêntica e profundamente honesta.

— E eu? Também tinha essa sensação em relação ao casamento? — perguntou Carole, demonstrando novamente estar confusa.

— Pelo que sei, acho que você também sempre agiu de acordo com suas convicções. Poderia ter reatado com Jason quando voltou de Paris, mas por alguma razão não quis. Acho que você é melhor em fazer concessões do que eu, e talvez por isso consiga se adaptar a um casamento. Mas não creio que você sacrificaria seus valores, seus princípios, ou quem você é por nada nem por ninguém. Quando acredita em algo, você vai até o fim. Admiro muito a sua postura. Você se dispõe a lutar pelo que acredita, não importa quantas vezes seja derrotada. É uma característica nobre. A coisa mais importante numa pessoa é o tipo de ser humano que ela é.

— Para mim, é importante saber que fui uma boa mãe — disse Carole baixinho. Mesmo sem poder contar com a sua memória, ela sabia que isso era uma parte importante da sua personalidade.

— Você é uma boa mãe — garantiu-lhe Stevie, tranquilizando-a.

— Talvez. Sinto que tenho muito que compensar Chloe e estou disposta a aceitar isso. Talvez eu não visse as coisas assim antes.

Carole tinha a oportunidade de recomeçar e pretendia ver as coisas com um olhar mais aguçado e fazer tudo melhor dessa vez. Essa oportunidade era uma dádiva, e ela queria fazer por merecê-la; não iria desperdiçá-la. Pelo menos Anthony parecia satisfeito com a atenção que recebera dela, ou quem sabe só tenha sido mais educado. Talvez meninos não precisassem tanto assim de suas mães. Mas Chloe, com certeza, precisou, e Carole poderia tentar preencher a lacuna que havia entre as duas. E ela ansiava por isso.

Naquela noite, as duas conversaram bastante. Stevie falou sobre várias passagens da vida de Carole da qual se lembrava. Conversaram sobre seus filhos, seus dois maridos, então Carole perguntou se havia tido algum relacionamento quando morou em Paris. A amiga deu uma resposta vaga.

— O que quer que tenha acontecido, a coisa não terminou bem. Você não falava muito sobre isso. Mas, quando viemos tirar as últimas coisas da casa, você estava ansiosa para deixar a cidade. Parecia abatida durante todo o tempo em que estivemos aqui. Não falou com ninguém e, assim que terminou de me dar as instruções sobre a casa, fez check out no hotel e voltou para Los Angeles. Acho que você fez de tudo para não reencontrar esse homem, quem quer que ele tenha sido. Também não teve nenhum relacionamento sério nos cinco primeiros anos que trabalhei para você, até se apaixonar por Sean. Eu sempre tive a sensação de que você tinha sofrido muito em seus relacionamentos anteriores, mas não sabia se fora com Jason ou com outra pessoa, e não tinha intimidade o bastante com você para perguntar. — Agora, Carole lamentava que Stevie não tivesse perguntado, já que não havia outra maneira de descobrir o que exatamente acontecera em Paris.

— Então não tenho como saber — disse Carole, triste. — Se eu tive um relacionamento em Paris, está perdido, para sempre, na minha memória. Mas talvez não faça mais diferença.

— Você era muito jovem. Tinha 35 anos quando voltou e 40 quando conheceu Sean. Antes de conhecê-lo, teve apenas alguns relacionamentos superficiais. Na época, você só se preocupava com seus filhos, com seu trabalho e com as causas que defendia.

Passamos um ano em Nova York, enquanto você atuava em uma peça na Broadway. Foi muito bom.

— Gostaria de lembrar pelo menos uma parte dessa época — disse Carole, sentindo-se frustrada. Ainda não conseguia se recordar de nada.

— Sua memória vai voltar — disse Stevie confiante e rindo. — Pode acreditar, há muita coisa na minha vida que eu gostaria de esquecer. Como a minha infância, por exemplo. Nossa, como foi tumultuada! Meus pais eram alcoólatras. Minha irmã engravidou aos 15 anos, foi parar em um reformatório feminino e deu o bebê para adoção. Depois, teve mais dois filhos e os deu também. Por fim, teve um colapso mental e acabou em um instituto psiquiátrico quando tinha 21 anos. Aos 23, ela se suicidou. Minha família era um pesadelo. Não sei como consegui sobreviver. Acho que por isso a ideia de casamento e família não me atraem. Só me trazem muita mágoa, dor de cabeça e sofrimento.

— Nem sempre é assim — disse Carole, em tom amável. — Sinto muito por isso. Deve ter sido muito doloroso.

— Sim — concordou Stevie com um suspiro. — Gastei uma fortuna em terapia para superar tudo. Acho que consegui, mas prefiro levar uma vida descomplicada. Estou satisfeita em viver indiretamente através de você. É emocionante ser sua assistente.

— Não consigo entender por quê. Não tenho essa impressão. Acho que deve ter sido emocionante fazer tantos filmes. Mas divórcio, viuvez, relacionamento sofrido em Paris... nada disso me parece divertido. Está mais para vida real.

— É verdade. Ninguém escapa dessas coisas. Famoso ou não, todo mundo tem problemas. Mas você lida muito bem com a fama. É extremamente discreta.

— Pelo menos já é alguma coisa. Graças a Deus. E quanto à religião? Sou uma pessoa religiosa? — perguntou Carole, curiosa.

— Não muito. Acho que foi mais na época em que Sean estava bem doente e um pouco depois da morte dele. Fora isso, você não é muito de ir à igreja. Foi criada na religião católica, mas creio que está mais para uma pessoa espiritualista do que religiosa. Conduz a vida dentro desse conceito e é uma boa pessoa. Não é preciso ir à igreja para ser assim.

Stevie tornara-se o espelho de Carole e lhe mostrava quem ela tinha sido e quem ainda era.

— Acho que quero ir à igreja quando sair do hospital. Tenho muito o que agradecer.

— Eu também — disse Stevie, com um sorriso. Em seguida se despediu da amiga e voltou ao hotel, pensando em tudo o que haviam conversado. Carole estava tão cansada que caiu num sono profundo antes de Stevie chegar ao Ritz. Tentar reconstruir uma vida que desaparecera na fumaça era uma tarefa extremamente desgastante.

# Capítulo 9

No sábado depois do Dia de Ação de Graças, a família de Carole foi ao hospital para uma breve visita, mas ela ainda estava cansada do dia anterior. A longa conversa com Stevie e os milhares de perguntas sobre sua vida e sua personalidade a deixaram exaurida. Era evidente que ela precisava descansar, então eles acabaram ficando pouco tempo lá. Ela adormeceu novamente quando os familiares ainda estavam no quarto, e Stevie sentiu-se culpada por não ter interrompido a conversa no dia anterior, mas, por outro lado, Carole queria saber muita coisa.

No domingo, Chloe e Anthony resolveram passar o dia em Deauville e convenceram Stevie a acompanhá-los. Ela gostou da ideia e, como Jason havia dito que queria ficar um tempo sozinho com a ex-mulher, aceitou o convite. Carole sentia-se melhor novamente, depois do descanso no dia anterior, e estava feliz em poder conversar com Jason. Tinha muitas perguntas a fazer, havia muitos detalhes do relacionamento dos dois que gostaria de saber.

Quando ele chegou, deu um beijo em seu rosto e se sentou ao seu lado. No início, eles falaram sobre os filhos e suas qualidades. Jason comentou que Chloe parecia empolgada com o primeiro emprego e que Anthony trabalhava com ele, em Nova York, e era muito esforçado, o que não era surpresa.

— Ele sempre foi um ótimo garoto — elogiou o pai, orgulhoso. — Responsável, gentil. Na universidade, jogava basquete e era um excelente aluno. Também foi um adolescente tranquilo e sempre adorou você. Ele acha você o máximo. Assistiu a todos os seus filmes umas três ou quatro vezes. Teve um que ele viu dez vezes e ainda levou todos os amigos ao cinema. Todo ano, no dia do aniversário dele, sempre assistíamos ao seu filme mais recente. Era o presente preferido dele. Não creio que nosso filho tenha experimentado sequer um minuto de ressentimento na vida. Ele aceita as coisas da maneira que são. E, quando algo ruim acontece, tenta lidar com o problema da melhor forma possível. É uma qualidade fantástica. Ele tem uma atitude positiva em relação à vida e sempre se sai bem. Por mais estranho que possa parecer, acho que foi bom para ele o fato de você trabalhar tanto. Fez com que ele se tornasse uma pessoa bastante independente. Só não posso dizer o mesmo da Chloe. Acho que, quando era pequena, foi difícil para ela aceitar a sua carreira. Chloe está sempre carente e quer mais do que lhe é oferecido. Enquanto, para ela, o copo nunca está nem pela metade, para Anthony está sempre transbordando. É engraçado como filhos dos mesmos pais podem ser tão diferentes.

— Eu ficava fora o tempo todo? — perguntou Carole, parecendo preocupada.

— Não. Mas viajava bastante. Muitas vezes levava Chloe para as gravações, aliás, mais do que deveria. Você a tirava da escola e contratava um professor particular para viajar com vocês. Mas nem isso ajudou. Chloe é muito carente. Sempre foi.

— Talvez exista uma explicação para o fato de ela ser assim. — Não consigo entender como posso ter feito tantos filmes e ter sido uma boa mãe.

Essa ideia parecia realmente afligi-la, e Jason tentou tranquilizá-la.

— Você se virava. Aliás, muito bem. Considero você mais que uma boa mãe, uma mãe maravilhosa.

— Não posso ser maravilhosa se minha filha, quer dizer, nossa filha — corrigiu ela com um sorriso — é infeliz.

— Ela não é infeliz. Só exige muita atenção. Para atender às suas necessidades, é preciso dispor de tempo integral. Ninguém pode parar tudo o que está fazendo e concentrar toda a atenção em uma criança. Quando éramos casados, eu também queria um pouco de atenção. Tudo bem, você trabalhava muito quando eles eram pequenos, mas cuidava bem de ambos, principalmente quando não estava gravando. Houve um período complicado, na época em que você ganhou os prêmios da academia e fazia um filme atrás do outro. Mas, mesmo nessa época, você os levava para os sets de gravação. Quando fez um filme de época na França, ficou com eles o tempo todo. Se você fosse médica ou advogada, teria sido pior. Conheço mulheres que têm empregos normais, alguns deles em Wall Street, por exemplo, que nunca ficam com os filhos. Você sempre arrumava tempo para eles. Acho que Chloe queria uma mãe em tempo integral, que não trabalhasse, que ficasse em casa assando biscoitos com ela nos fins de semana e não fizesse nada além de levá-la para a escola de carro e depois fosse buscá-la. E isso não seria maçante?

— Talvez não tanto — disse Carole, triste —, se era disso o que ela precisava. Por que eu não larguei a carreira de atriz quando nos casamos?

Agora essa ideia lhe parecia sensata, mas Jason riu e fez um gesto negativo com a cabeça.

— Acho que você ainda não se deu conta do quanto é famosa. Quando nos conhecemos, você estava no auge da carreira. Você chegou ao topo, Carole. Teria sido uma pena abandonar tudo. É uma realização incrível chegar aonde chegou, conseguir trabalhar em defesa de causas que são importantes para você e para o mundo, e fazer bom uso do seu nome. Além disso, ainda foi uma ótima mãe. Acho que é por isso que o Anthony tem tanto orgulho de você. Todos nós temos, na verdade. Creio que Chloe continuaria achando que não recebeu a atenção que merecia mesmo que as coisas tivessem sido diferentes. É o jeito dela. Talvez seja a forma de

141

conseguir o que quer, ou o que precisa. Pode acreditar, seus filhos jamais deixaram de receber carinho e atenção. Longe disso.

— Só queria que Chloe se sentisse feliz. Ela parece muito triste quando fala sobre a infância.

Isso fizera Carole se sentir culpada, mesmo não sabendo o que tinha feito ou o que havia deixado de fazer.

— Ela faz terapia — disse Jason, baixinho. — Há um ano. Vai superar tudo. Talvez esse atentado faça com que ela finalmente se dê conta da sorte que tem de ser sua filha. Você é uma mãe incrível.

E, mesmo naquele momento, sem se lembrar de nada, Carole estava preocupada com os filhos e se sentia confortada pelas palavras de Jason. Enquanto ouvia o que ele dizia, ficou imaginando se a filha iria gostar se ela fosse a Londres visitá-la e passasse uns dias lá, quando estivesse recuperada. Talvez pudesse lhe mostrar o quanto realmente se preocupava com ela e quanto passar um tempo em sua companhia lhe era agradável.

Carole sabia que não podia resgatar o passado nem reviver sua história, mas podia, pelo menos, tentar melhorar as coisas no futuro. Para ela, ficara evidente que Chloe sentia que sua infância havia sido prejudicada, e talvez aquela fosse a chance de compensá-la por tudo e lhe dar o que a filha achava nunca ter recebido. Carole estava disposta a fazer isso. Era seu projeto mais importante. O livro que estava tentando escrever, se algum dia o retomasse, podia esperar. Suas prioridades haviam mudado desde o atentado, que acabara sendo um forte grito de alerta e uma nova chance para fazer as coisas direito. E ela queria agarrar essa oportunidade enquanto ainda havia tempo.

Os dois conversaram sobre vários assuntos, depois ela ficou observando-o em silêncio, enquanto ele se sentava na cadeira que Stevie ocupara no dia anterior e falava da sua vida. Carole queria ouvir o lado dele também.

— O que aconteceu com o nosso casamento? — A história deles obviamente não tivera um final feliz, já que haviam se divorciado.

— Puxa... essa é uma pergunta complicada...

Jason não sabia se ela estava preparada para ouvir o que ele tinha a dizer, embora afirmasse estar em condições de saber a verdade. Ela precisava saber como viviam, o que havia acontecido com o relacionamento deles e por que tinham se divorciado. Queria saber também tudo o que acontecera depois da separação. Stevie já havia falado sobre Sean, mas Carole sabia muito pouco sobre seu relacionamento com Jason, exceto que eles tinham sido casados por dez anos, morado em Nova York e que tiveram dois filhos. O resto era um mistério. Stevie não conhecia os detalhes, e Carole não se atreveria a perguntar nada aos seus filhos, que provavelmente eram pequenos na época.

— Para ser franco, não sei ao certo — respondeu ele, finalmente. — Passei anos tentando entender. Acho que, na verdade, tive uma crise de meia-idade quando você estava fazendo muito sucesso. Esses dois elementos colidiram e nos destruíram. Mas a história não se resume a isso. No começo foi maravilhoso. Você já era famosa quando nos casamos. Eu tinha 31 anos, e você, 22. Eu estava tendo bastante lucro em Wall Street fazia uns cinco anos e resolvi financiar um filme. Isso não iria me dar dinheiro nenhum, só parecia divertido. Eu era jovem e queria conhecer mulheres bonitas. Não havia nenhuma razão muito profunda. Então, conheci Mike Appelsohn numa reunião em Nova York. Na época, ele era um grande produtor e seu agente, desde que a descobriu. Aliás, ele ainda é seu agente — acrescentou Jason. — Ele me convidou para ir a Los Angeles para assinarmos um contrato. Então eu fui, assinei na linha pontilhada e conheci você.

"Você era a mulher mais bonita que eu já tinha visto na vida — continuou Jason. — E, além de tudo, simpática. Era jovem, doce e inocente, embora tivesse características tipicamente sulistas. Estava em Hollywood havia quatro anos e continuava sendo uma garota adorável e inocente, embora já fosse uma grande estrela. Era como se nem o estrelato nem a fama a tivessem afetado. Continuava sendo a pessoa decente, afetuosa e honesta que provavelmente foi quando morava na fazenda do seu pai, no Mississipi. Na época, ainda tinha um sotaque do Sul, que eu também adorava. Depois, Mike fez você mudar seu jeito de falar. Eu senti saudades do seu sotaque. Fazia parte da sua doçura que eu tanto adorava. Você era muito jovem e acabamos nos apaixonando perdidamente.

"Enquanto você estava gravando o filme, viajei dezenas de vezes até o local das filmagens só para vê-la. Os tabloides trataram logo de anunciar que uma jovem promessa de Wall Street cortejava a estrela mais sexy de Hollywood. Você era o máximo. Lindíssima — disse ele, sorrindo. — E continua sendo — acrescentou, de forma generosa. — Eu ainda não estava acostumado com aquela nova realidade. Na verdade, acho que nunca me acostumei. Acordava de manhã e me beliscava, incapaz de acreditar que estava casado com Carole Barber. O que mais eu poderia querer?

"Casamos seis meses depois de nos conhecermos, assim que vocês acabaram de rodar o filme. No início, você dizia que era muito jovem para se casar, e acho que era mesmo. Eu a convenci, só que você não cedeu. Disse que não estava pronta para abandonar a carreira. Queria fazer filmes e estava curtindo a vida. Eu também, por estar com você. Nunca fui tão feliz quanto naquela época.

"Mike nos levou a Las Vegas num fim de semana, no avião dele, e nos casamos lá. Ele foi testemunha, junto com uma amiga sua, na ocasião, que dividia o apartamento com você, mas não consigo lembrar o nome dela... Ela foi dama de honra também. E você foi a noiva mais linda que eu já vi. Estava usando um vestido do figurino de um filme dos anos 1930. Parecia uma rainha.

"Passamos a lua de mel no México. Ficamos duas semanas em Acapulco e, depois, você voltou a trabalhar. Você fazia aproximadamente três filmes por ano. Era muita coisa. Os estúdios a faziam atuar em uma produção atrás da outra, com grandes estrelas, nomes importantes, os maiores produtores do momento, e você acabava recusando roteiros com a mesma rapidez com que eles surgiam.

Você era uma verdadeira máquina. Nunca tinha visto nada igual. Era a mulher mais sexy do mundo, e eu era seu marido. Estávamos constantemente na mídia, o que pode ser fascinante para dois jovens, mas acho que um dia isso acaba cansando. Só que não aconteceu com você. Você adorava cada minuto, e quem poderia culpá-la? Era a queridinha de todos, a mulher mais desejada do planeta... e era minha mulher.

"Você passava a maior parte do tempo nas locações externas, e, entre um filme e outro, passávamos um tempo juntos em Nova York. Tínhamos um ótimo apartamento na Park Avenue, e, sempre que podia, eu viajava até o set de filmagem para vê-la. Na verdade, nós nos víamos bastante. Pensávamos em ter filhos, mas não tínhamos tempo. Havia sempre outro filme. Então, Anthony nasceu. Foi uma surpresa, embora estivéssemos casados havia dois anos. Você tirou aproximadamente seis meses de licença, logo que a barriga começou a aparecer, e voltou a trabalhar quando ele estava com três semanas. Estava fazendo um filme na Inglaterra e o levou para lá, juntamente com uma babá. Ficou lá durante cinco meses, e eu ia vê-la a cada duas semanas. Era uma vida meio louca, mas sua carreira estava em ascensão e seria uma pena se fosse interrompida. Além disso, você era muito jovem para querer abandoná-la. Eu entendia sua posição. Para falar a verdade, você tirou alguns meses de licença quando engravidou da Chloe também. Anthony tinha 3 anos. Você o levava ao parque, como qualquer outra mãe. Eu achava aquilo maravilhoso. Estar casado com você era como brincar de casinha com uma estrela de cinema. A mulher mais linda do mundo era minha."

De sua cama, Carole percebeu que os olhos de Jason ainda brilhavam ao falar do relacionamento deles e se perguntou por que não desacelerara o ritmo de vida. Ele não parecia se questionar tanto quanto ela. Pelo menos para Carole agora sua carreira não parecia mais tão importante. Mas ele deixou bem claro que na época ela pensava diferente.

— Bem, um ano após o nascimento de Chloe, quando Anthony estava com 5 anos, você engravidou novamente. Dessa vez, por acidente, e ficamos ambos aflitos. Eu estava montando meu próprio negócio, trabalhava como um louco, e você viajava para gravar em todos os cantos do mundo. Estávamos satisfeitos com apenas dois filhos, porém, mesmo assim, resolvemos seguir em frente com a gravidez. Mas você perdeu o bebê. Ficou arrasada, e eu também, na verdade. Àquela altura, já havia me acostumado com a ideia de um terceiro filho. Você estava na África, num set de filmagem, e teve que rodar umas cenas um tanto perigosas, o que era uma loucura, e acabou abortando. Eles a fizeram voltar a gravar quatro semanas depois. Seu contrato era péssimo e ainda a obrigava a fazer mais dois filmes. Era uma roda-viva constante. Então, dois anos depois, você ganhou seu primeiro Oscar, e a pressão só aumentou. Acho que foi naquele momento que algo aconteceu. Não com você, e sim comigo.

"Você ainda era jovem. Tinha 30 anos quando ganhou o Oscar. Eu ia fazer 40 e, na época, não admiti... mas acho que estava revoltado por ter uma esposa mais bem-sucedida do que eu. Você ganhava uma fortuna, era conhecida no mundo inteiro, e acho que eu estava ficando cansado de lidar com a imprensa, com as fofocas, com os olhares se voltando para você sempre que íamos a algum lugar. Você roubava todas as atenções, e isso acaba com o ego de um homem. Talvez eu também quisesse ser famoso, sei lá. Só queria uma vida normal, uma esposa, filhos, uma casa em Connecticut ou no Maine, para onde pudesse ir passar o verão. Em vez disso, eu viajava o mundo inteiro só para vê-la, pois você levava as crianças para as gravações; e, quando eles ficavam comigo, você ficava triste. Começamos a brigar muito. Eu queria que você largasse sua carreira, mas não tive coragem de pedir, portanto descontei toda a frustração em você. Passamos a nos ver menos e, quando estávamos juntos, brigávamos. Então, dois anos depois, você ganhou outro Oscar, e acho que foi a gota d'água. Foi o fim. Fiquei desesperado depois disso. Sabia que você nunca iria parar, pelo menos não tão cedo. Aí você assinou um contrato para fazer um filme em Paris, onde passaria oito meses, e eu fiquei transtornado. Devia ter me aberto com você, mas não o fiz. Creio que você nem sabia o que estava acontecendo comigo. Estava muito ocupada para perceber qualquer coisa, e eu nunca disse quanto me sentia triste. Você fazia filmes, tentava manter nossos filhos ao seu lado e viajava para me ver sempre que tinha alguns dias de folga. Suas intenções eram as melhores. Apenas não havia dias suficientes no ano para fazer tudo o que você queria: continuar com a carreira, cuidar das crianças e manter nosso relacionamento. Talvez você tivesse largado tudo se eu pedisse. Quem sabe? Mas eu não falei nada."

Jason parecia arrependido por não ter feito isso. Levara anos para ter o discernimento que possuía agora, e o estava compartilhando com Carole. Ele prosseguiu seu relato com um ar sombrio, enquanto a ex-mulher o observava, atenta e em silêncio. Não queria interrompê-lo.

— Então, comecei a beber e ir a festas, e devo admitir que saí da linha algumas vezes. Eu sempre saía nas revistas de fofocas, mas você nunca se queixou. Às vezes, até me perguntava o que estava acontecendo, e eu falava que era só diversão. E estava falando a verdade. Você tentou vir mais vezes para casa, mas, como tinha começado a rodar o filme em Paris, precisava ficar lá, porque gravava seis dias por semana. Anthony estava com 8 anos, e você o matriculou em uma escola lá mesmo. Chloe tinha 4 anos e ficava no jardim de infância uma parte do dia e o resto do tempo passava no set com você e com a babá. Passei a me comportar como solteiro. Como um babaca, na verdade — acrescentou, envergonhado, olhando para a ex-mulher. Ela apenas sorriu para ele.

— Parece que éramos ambos jovens e tolos — comentou ela em um tom amável. — Deve ter sido uma péssima experiência ser casado com alguém que ficava fora a maior parte do tempo e que trabalhava tanto.

Ele assentiu em silêncio, agradecido pelas palavras de Carole.

— Foi difícil. Quanto mais penso a respeito, mais me conscientizo de que deveria ter pedido a você que largasse tudo, ou pelo menos que diminuísse o ritmo. Mas, com duas estatuetas do Oscar no currículo, sua carreira estava a pleno vapor. Eu não tinha o direito de acabar com ela, então, em vez disso, destruí nosso casamento. E só para você saber, jamais vou me perdoar por isso. Nunca disse antes... mas é assim que eu me sinto.

Carole escutava em silêncio e, quando Jason terminou, apenas assentiu. Admirava a sinceridade dele e, embora não se lembrasse de nada, estava agradecida por sua franqueza, inclusive ao falar de si mesmo. Ele parecia um homem verdadeiramente gentil, e o desenrolar da história deles era fascinante. Como sempre, era como se Carole ouvisse o relato da vida de outra pessoa, e não teve nenhum lampejo de memória visual em sua mente. Enquanto ouvia, ficava se perguntando por que ela mesma não tivera o discernimento de largar a carreira e salvar seu casamento, mas a história parecia uma avalanche impossível de ser interrompida. Os sinais de alerta estavam visíveis desde o começo, mas, ao que parece, sua carreira era muito imponente na época. Uma força independente, com vida própria. Agora, Carole podia ver como os problemas no casamento tinham surgido, e Jason também. Era uma pena não terem feito nada antes. Ela havia sido omissa, focada demais na carreira, e ele estava ressentido, mas se mantivera em silêncio, corroído por dentro, e acabou descontando nela. Jason levara anos para reconhecer isso, até para si mesmo. Era a clássica e trágica história do fim de um casamento. Ela lamentava não ter sido mais sensata, mas era muito jovem, se é que se podia considerar isso uma desculpa.

— Você foi para Paris com as crianças, para fazer um filme no qual interpretaria Maria Antonieta. Foi um dos filmes de época mais famosos do cinema. Então, uma semana depois que partiu, fui a uma festa na casa de Hugh Hefner. Eu nunca tinha visto mulheres tão bonitas, quase tão lindas quanto você — disse ele,

148

com um sorriso arrependido, e ela retribuiu o gesto. Era um relato triste de se ouvir; o final era previsível. Sem surpresas. Ela sabia o fim do filme: não viveram felizes para sempre, ou ele não estaria contando essa história.

"Mas elas não eram como você — prosseguiu. — Você sempre foi decente, gentil, sincera e generosa comigo. Trabalhava demais e ficava fora durante muito tempo, mas era uma boa mulher. Sempre foi. Aquelas garotas eram diferentes: interesseiras, profissionais; algumas delas, até prostitutas, disfarçadas de atrizes ou modelos. Na realidade, vagabundas. Eu era casado com uma mulher autêntica. Aquelas mulheres não passavam de umas falsas, que conseguiam conquistar uma plateia como ninguém. Então, conheci uma top model russa chamada Natalya. Ela era a grande sensação do momento em Nova York. Todo mundo a conhecia. Surgiu de repente, vinda de Moscou, via Paris, e estava à caça de dinheiro a todo custo. Meu e de todo mundo. Se não me engano, tinha sido amante de um playboy em Paris, não lembro muito bem agora. Enfim, ela se envolveu com vários homens ricos como ele, depois. Atualmente está casada com o quarto marido, em Hong Kong. Acho que ele é brasileiro e traficante de armas ou algo assim, mas tem muito dinheiro. Ele diz que é banqueiro, mas acho que os negócios dele são bem mais escusos. Enfim, fiquei muito empolgado. Para falar a verdade, bebi demais, usei um pouco de cocaína que alguém me ofereceu e acabei na cama com ela. Não estávamos na casa de Hefner. Estávamos no iate de alguém no rio Hudson. Era um pessoal animado. Eu tinha 41 anos, e ela, 21. Você estava com 32 anos e trabalhava em Paris, tentando ser uma boa mãe, embora fosse uma esposa ausente. Não acho que tenha me traído. Acho que isso nunca sequer passou pela sua cabeça. Não tinha nem tempo para isso. Tinha uma reputação impecável em Hollywood, mas não posso dizer o mesmo de mim.

"Todos os jornais noticiaram o meu caso com ela. Acho que ela arranjou tudo aquilo. Tivemos um romance tórrido, que você, de maneira civilizada, ignorou. O que foi uma atitude inacreditavelmente educada e generosa. Então, duas semanas depois de nos conhecermos, ela engravidou. Ela se recusou a abortar e queria casar. Dizia que me amava e que estava disposta a largar tudo por mim: a carreira de modelo, seu país, sua vida. E iria ficar em casa para criar nossos filhos. Aquela declaração soou como música para os meus ouvidos. Uma esposa em tempo integral era tudo o que eu queria na época; e você não estava pronta para isso, nem dava sinais de que poderia haver uma possibilidade. Mas quem poderia saber? Nós nunca conversamos sobre o assunto. Aí fiquei apaixonado por ela.

"Ela ia ter um filho meu. Eu queria ter mais filhos, e o nascimento de Chloe tinha sido problemático para você. Além disso, considerando a vida agitada que você levava, teria sido loucura ter mais filhos. Já era complicado carregar duas crianças para todos os lugares. Era impossível vê-la fazendo isso com três ou quatro. Anthony estava crescendo, e eu queria meus filhos em casa, comigo. Não me pergunte como, mas ela me convenceu de que o casamento seria a melhor solução... para ela. Seríamos um casal apaixonado com um monte de bebês. Então, comprei uma casa em Greenwich e contratei um advogado. Acho que estava fora de mim. Caso clássico de crise de meia-idade: *financista de Wall Street enlouquece, destrói a própria vida e sacaneia a esposa*. Depois, fui para Paris pedir o divórcio a você. Nunca vi ninguém chorar tanto na vida. Durante aproximadamente cinco minutos, eu me questionei sobre o que estava fazendo. Passei a noite com você e quase recobrei a razão. Nossos filhos eram adoráveis, e eu não queria causar sofrimento a eles nem a você. Então, ela telefonou para mim. Natalya era como uma feiticeira tramando um encanto; e funcionou.

"Depois, voltei a Nova York e entrei com o pedido de divórcio. Você não exigiu nada, a não ser a pensão das crianças. Ganhava muito dinheiro e era orgulhosa demais para tomar qualquer coisa de mim. Eu contei a você que Natalya estava grávida e acho que isso quase a matou. Fui o filho da puta mais cruel do mundo. Creio que estava indo à forra por cada minuto do seu sucesso, ou cada segundo que você não passou comigo. Seis meses depois, estava casado com Natalya, e você ainda morava em Paris. Recusava-se a falar comigo, o que acho compreensível. Fui até Paris algumas vezes para ver as crianças, mas você sempre mandava a babá levá-los ao hotel onde eu estava hospedado. Evitava qualquer tipo de contato comigo. Para falar a verdade, ficamos sem nos falar por dois anos. Só nos falávamos através de advogados, secretárias e babás, e você dispunha de vários desses três profissionais. A parte triste da história é que, dois anos e meio depois, quando voltou para Los Angeles, você reduziu drasticamente o ritmo de trabalho. Continuava a fazer filmes, mas aceitava bem menos papéis e passava mais tempo com as crianças. Era uma situação perfeitamente suportável para mim, já que era um ritmo mais tranquilo do que o que levava antes. Eu nunca poderia imaginar que você faria aquilo. Mas não tive coragem para esperar ou pedir isso a você.

"Natalya teve nossa filha dois dias depois de nos casarmos; um ano mais tarde, teve outra menina. Ficou dois anos longe das passarelas, mas então disse que estava entediada. Então me abandonou e retomou a carreira. Ela deixou as crianças comigo durante um tempo, mas as pegou de volta. Conheceu um playboy muito rico, pediu o divórcio, casou-se com ele e levou todo o meu dinheiro. Não me pergunte por que, mas não me preocupei em fazer um acordo pré-nupcial. Então, ela pegou o que lhe era devido e seguiu em frente. Eu nem sequer vi aquelas crianças durante cinco anos. Ela não deixava. Estavam fora da nossa jurisdição, enquanto ela passeava pela Europa e pela América do Sul colecionando maridos. Era basicamente prostituição de luxo, e ela se mostrou muito boa nisso. Enquanto isso, eu tinha arruinado você e o nosso casamento.

"Quando você voltou para Los Angeles, esperei a poeira baixar e fui visitá-la com a desculpa de ver as crianças, mas, na verdade, queria vê-la. Você estava mais calma e nós conversamos sobre tudo o que tinha acontecido. Fui sincero e contei a verdade como eu a via. Acho que não tinha o discernimento que tenho agora, a compreensão de que, no fundo, estava com ciúmes da sua carreira e do seu sucesso. Pedi a você que me desse uma chance pelo bem das crianças, mas, na verdade, era para o meu próprio bem. Eu ainda a amava. Ainda amo — disse ele, sem meias palavras. — Sempre amei.

"Fiquei completamente louco por aquela modelo russa. Mas você não aceitou quando pedi para reatarmos. E não a culpo. Meu comportamento foi execrável. Você foi educada, gentil e, sutilmente, mandou que eu me fodesse de várias maneiras. Disse que nosso relacionamento estava acabado e que eu havia destruído tudo o que você sentia por mim. Falou também que tinha me amado muito e que lamentava que a sua carreira e o fato de passar tanto tempo fora de casa tivessem me atormentado tanto. E afirmou que teria trabalhado menos se eu tivesse pedido, embora eu não tenha tanta certeza de que estivesse falando a verdade, pelo menos no início do casamento. Você tinha muita energia para o trabalho e, naquele momento, teria sido difícil largar tudo.

"Então voltei a Nova York, e você ficou em Los Angeles. Por fim, nos tornamos amigos. As crianças cresceram, e nós também. Você se casou com Sean uns quatro anos depois que eu pedi para voltarmos, e fiquei feliz por você. Ele era um cara bacana e um excelente padrasto para os nossos filhos. Fiquei triste por você quando ele morreu. Você merecia um homem como ele; um cara realmente bom, não um safado como eu. Só que ele morreu, e agora aqui estamos, somos apenas amigos. Vou fazer 60 anos e fui inteligente o bastante para não me casar de novo depois que me separei da Natalya. Ela mora em Hong Kong, e eu só vejo as meninas duas vezes por ano. Elas me tratam como um estranho... bom, é isso o que na verdade eu sou para elas. Natalya continua linda, à custa de muita plástica. Porra, ela só tem 39 anos. As meninas têm 17 e 18 anos e uma beleza muito exótica. A pensão que eu ainda pago para elas poderia financiar uma pequena nação, mas elas têm um estilo de vida bastante sofisticado. Ambas são modelos. Chloe e Anthony nunca as conheceram, ainda bem.

"Agora estamos aqui. Sou uma espécie de meio-irmão, meio-amigo; um ex-marido que ainda a ama, e acho que você é feliz. Nunca tive a sensação de que você se arrependeu de não ter voltado para mim e me dado outra chance, principalmente depois de conhecer Sean. Você não precisa de mim, Carole. Tem o próprio dinheiro, que investi muito bem para você, há um bom tempo, e continuo a lhe dar consultoria financeira. Nós nos amamos de um modo peculiar. Você pode contar comigo sempre que precisar, e acho que faria o mesmo por mim. Nosso relacionamento nunca passará disso, mas tenho algumas lembranças incríveis dos momentos que passamos juntos e que nunca esquecerei. Fico triste por você não se lembrar de nada, porque tivemos fases maravilhosas. Espero que, um dia, volte a se lembrar. Guardo com carinho cada momento que passamos juntos e nunca deixarei de lamentar quanto fiz você sofrer. Paguei em dobro, e mereci isso."

Ele tinha feito uma confissão minuciosa, deixando Carole profundamente emocionada.

— Espero que um dia você me perdoe. Bom, acho que até já perdoou, há muito tempo. Não há ressentimentos entre a gente agora, nenhuma mágoa. Tudo se acalmou com o passar do tempo, em parte por causa da pessoa que você é. Você tem um coração enorme, foi uma boa esposa para mim e é uma mãe maravilhosa. Sou muito grato a você.

Em seguida, Jason parou de falar e olhou para ela, que o observava com profunda compaixão.

— Você passou por muita coisa — comentou Carole, em tom carinhoso. — Obrigada por me contar isso tudo. Me perdoe por não ter sido inteligente o bastante para ser a esposa que você precisava que eu fosse. Nós fazemos muitas coisas estúpidas na juventude.

Carole estava muito fraca depois de ouvi-lo por duas horas. Apesar de cansada, tinha muito sobre o que refletir. Durante o

153

relato, não conseguiu se lembrar de nada, mas tinha a forte sensação de que Jason tentara ser justo em relação a ambos. A única pessoa duramente criticada por ele fora a top model russa, que, pelo visto, fizera por merecer. Jason havia entrado em uma furada e tinha consciência disso. Ela era perigosa, mas Carole, conforme ele deixara bem claro, sempre tentou ser uma esposa carinhosa e fiel. Ela não tinha muitos motivos para se culpar, exceto o fato de trabalhar demais e viajar com muita frequência.

— Estou feliz por você ter sobrevivido, querida — disse ele em tom carinhoso, antes de ir embora, e ela percebeu que suas palavras eram sinceras. — Nossos filhos e eu estaríamos arrasados se aquela bomba tivesse matado você. Espero que recupere sua memória logo. Mas, mesmo que isso não aconteça, saiba que todos nós te amamos.

— Eu sei — assentiu Carole, baixinho. Tivera prova do carinho de todos, inclusive do dele, mesmo os dois não sendo mais casados.

— Eu te amo também — acrescentou ela.

Jason lhe deu um beijo no rosto e foi embora.

Aquele homem acrescentara algo à sua vida, não somente lembranças e informações sobre o passado, e sim uma amizade sincera com um sabor todo especial.

# Capítulo 10

Depois do feriado de Ação de Graças, Jason e Anthony anunciaram que precisavam voltar a Nova York; e Chloe achou que deveria retornar ao trabalho. Jake já havia telefonado várias vezes. Não tinha nada que pudessem fazer por Carole, e todos sabiam que ela estava fora de perigo. Sua recuperação era uma questão de tempo e poderia até demorar.

Chloe e Anthony iriam para Los Angeles em um mês, para passar o Natal com Carole. Eles esperavam que, até lá, o hospital já tivesse dado alta à mãe e que ela estivesse em condições de ir para casa. Ela convidou Jason para passar o Natal com eles, e o ex-marido aceitou o convite de bom grado. Era um esquema incomum, mas, de alguma forma, sentiam-se como uma família de novo. Ele levaria Chloe e Anthony para passar o Ano-Novo em St. Barth e propôs a Carole que os acompanhasse, mas, por recomendação médica, ela não poderia viajar depois que chegasse a Los Angeles. Ainda estava muito frágil, e a agitação poderia deixá-la confusa. Não conseguia andar e, sem memória, tudo o que fizesse seria um sacrifício a mais. Além disso, ela preferia ficar em casa, quando chegasse a Los Angeles, mas não queria privar os filhos da viagem com o pai. Já tinham sofrido muito desde o atentado. Ela sabia que uns dias de férias seriam algo ótimo para eles.

Na sua última noite em Paris, Jason passou uma hora sozinho com Carole. Nessa oportunidade, admitiu ser cedo demais para tocar no assunto, mas esperava que, tão logo ela se recuperasse, pudesse lhe dar uma nova chance. Mesmo sem se lembrar do passado e sabendo do profundo afeto que tinha por ele, ela hesitou. Estava agradecida pelo tempo que ele permanecera em Paris ao seu lado, e por poder ver quanto o ex-marido era generoso. Porém, não sentia mais nada por Jason e duvidava de que seus sentimentos mudariam com o passar do tempo. Não queria iludi-lo, ou estimulá-lo a esperar algo que ela não poderia lhe dar. Precisava se concentrar em sua recuperação e voltar à sua vida de antes. Também queria passar um tempo com os filhos e não estava em condições de pensar em relacionamentos. Além disso, a história deles parecia muito complicada. Tinham estabelecido laços de amizade antes do acidente, e ela não queria estragar aquilo ou arriscar tudo novamente.

Havia lágrimas em seus olhos quando ela respondeu.

— Não sei bem por que, mas tenho a sensação de que seria uma atitude inteligente se deixássemos as coisas como estão. Ainda não sei muito sobre a minha vida, mas sei que adoro você e que a nossa separação foi muito triste. E algo nos manteve separados desde então, embora eu não lembre o que foi. Eu me casei com outro homem, e todo mundo diz que fui feliz com ele. Você também deve ter tido outros relacionamentos, creio que ambos tivemos. E posso sentir a intensidade do sentimento que nos une, mas hoje somos só amigos. Nossos filhos já vão nos manter unidos para sempre. Eu jamais poderia destruir esse vínculo ou magoar você.

"De alguma forma, devo ter deixado a desejar como esposa, ou decepcionado você, para ter me trocado por outra mulher — continuou Carole. — Acho maravilhoso o carinho que temos um pelo outro. Não quero perder isso por nada neste mundo. Algo me diz que tentar retomar o nosso casamento seria muito arriscado, ou até desastroso para nós dois. Se você não se importa — acrescentou ela com um sorriso carinhoso —, eu gostaria de manter as coisas como estão. Parece que já temos uma fórmula vitoriosa. Se eu não for vítima de outro atentado, saiba que pode contar comigo para sempre. Espero que seja o bastante para você, Jason. Para mim, a amizade que nos une é como uma bênção incrível. Não quero pôr tudo a perder."

Por mais atraente e gentil que Jason fosse, ou mostrasse quanto estava apaixonado, Carole simplesmente não se sentia atraída por ele. Não o amava mais, embora tivesse certeza de que, no passado, fora muito apaixonada pelo ex-marido. Ela estava totalmente certa de seus sentimentos.

— Eu temia que você me desse essa resposta — disse ele com tristeza. — E talvez você tenha razão. Eu propus exatamente isso logo depois que me separei da Natalya, quando você voltou a Los Angeles. Sua resposta foi basicamente a mesma, embora, talvez, você ainda estivesse zangada comigo. E tinha todo o direito de estar. Fui um sacana quando a deixei e mereci tudo o que aconteceu comigo. Ah, os arroubos da juventude... ou, no meu caso, da meia-idade. Não tenho nenhum direito de pedir o que pedi a você, mas tinha que tentar. Bom, saiba que pode contar comigo também, para sempre.

— Eu sei disso. Acabei de ter uma prova — disse ela, com lágrimas nos olhos. Desde o acidente, Jason fora extremamente atencioso com a ex-mulher. — Eu te amo, Jason, de uma forma muito especial.

— Eu também — confessou ele, antes de lhe dar um beijo carinhoso. No fim, deixar tudo como estava era o melhor para ela. E para ele também. O que aconteceu foi que, por um instante, Jason vislumbrou uma centelha de esperança, ou desejou vislumbrar, e resolveu tentar. Se houvesse uma possibilidade, ele não iria desperdiçá-la. Ficando com ela ou não, ele sempre iria amá-la. Estava triste por ter de deixar Paris. Apesar das circunstâncias, estava gostando de passar um tempo com Carole. E sabia que sentiria sua falta quando partisse. Mas pelo menos passariam o Natal juntos, na companhia dos filhos.

Stevie planejava permanecer em Paris com Carole até que ela recebesse alta para voltar a Los Angeles, mesmo que isso fosse demorar. Já havia falado com Alan várias vezes e ele se mostrara compreensivo quanto à permanência da namorada na cidade. Ele entendia a situação e não reclamou. Stevie ficou agradecida. Em certas ocasiões, Alan era realmente compreensivo, por mais que suas necessidades e seus objetivos, bem como sua postura em relação ao casamento, não coincidissem com as expectativas de Stevie.

Antes de partir para Nova York, Anthony foi ao hospital. Passou uma hora com a mãe e, assim como Jason, disse a ela quanto estava feliz por vê-la viva. Chloe havia dito a mesma coisa ao se despedir, uma hora antes. Todos estavam profundamente aliviados por ela ter sobrevivido.

— Trate de não se meter em nenhuma encrenca, pelo menos por um tempo, até eu chegar a Los Angeles. Nada de viajar sozinha. Da próxima vez, leve Stevie com você pelo menos. — Anthony achava que talvez isso não tivesse feito muita diferença, pois Carole havia estado no lugar errado na hora errada. Mas só de pensar que quase perdera a mãe em um atentado terrorista, ele começava a tremer. — Obrigado por convidar o papai para passar o Natal com a gente. Foi muito gentil da sua parte. — Ele sabia que, se não fosse esse convite, seu pai ficaria sozinho. Jason não tinha um relacionamento sério havia algum tempo. Além disso, este seria o primeiro Natal que os quatro passariam juntos, após 18 anos. E, como não sabia se os quatro se reuniriam novamente para comemorar as festas de fim de ano, este Natal era muito importante para ele, e para seu pai também.

— Vou me comportar — prometeu Carole, olhando para o filho, cheia de orgulho. Embora não se lembrasse dos detalhes de sua infância, ficava evidente que Anthony era um jovem maravilhoso, exatamente como Jason descrevera. E o amor pela mãe estava estampado em seus olhos, assim como o amor de Carole por ele.

Ambos choraram quando se abraçaram pela última vez, embora ela soubesse que o veria em breve. Agora Carole chorava com facilidade, e tudo lhe parecia mais comovente. Tinha muito o que aprender e assimilar. Era como se tivesse nascido de novo.

158

Quando Anthony estava saindo, depois de se despedirem, um homem entrou no quarto. Era o francês alto e elegante que a visitara anteriormente e que havia levado as flores. Carole não se lembrava do nome dele e tinha esquecido completamente todas as palavras que sabia em francês. Entendia o que os médicos e as enfermeiras diziam, mas não conseguia responder. Já era bem difícil falar no próprio idioma e se lembrar de todas as palavras, mas, àquela altura, conseguia se expressar. No entanto, comunicar-se em francês estava além de suas possibilidades.

Ao dar de cara com o visitante, Anthony ficou paralisado. O francês o cumprimentou com um breve sorriso e um aceno de cabeça, mas, ao ver a reação e o olhar frio do filho, Carole percebeu que ele havia reconhecido aquele homem. Era nítido que Anthony não estava feliz em vê-lo. O francês dissera que era amigo da família e que conhecia seus filhos, portanto ela não ficou surpresa por eles se reconhecerem. Mas ficou intrigada diante da perplexidade de Anthony.

— Olá, Anthony — cumprimentou Matthieu calmamente. — Há quanto tempo!

— O que você está fazendo aqui? — perguntou Anthony, parecendo furioso. Não o via desde que era criança. Ele se virou para a mãe com um olhar protetor, enquanto Carole os observava, tentando entender o que estava se passando entre os dois.

— Vim visitar sua mãe. Estive aqui algumas vezes.

Havia uma antipatia visível entre os dois homens, e Carole não sabia o motivo.

— Ela se lembra de você? — perguntou Anthony, friamente.

— Não — respondeu Matthieu.

Mas Anthony, sim, se lembrava muito bem daquele homem, e de quanto ele havia feito sua mãe chorar. Fazia 15 anos que não o via, mas se lembrou, como se fosse na véspera, de quanto ela estava arrasada quando disse a ele e à irmã que iriam embora de Paris. Carole havia chorado muito, e Anthony nunca conseguira esquecer aquela cena.

Anthony gostava de Matthieu; muito. Até jogava futebol com ele, mas passou a odiá-lo quando viu sua mãe chorando, e ela lhe disse que Matthieu era a causa de suas lágrimas. Só agora lhe vieram à mente as lembranças de que, muitos meses antes, ela já chorava. Ele tinha ficado feliz de voltar aos Estados Unidos, mas não de ver sua mãe tão atormentada quando partiram. Pelo que lembrava, ela sofreu por muito tempo, mesmo depois de chegarem a Los Angeles. Carole acabou vendendo a casa e disse que a família nunca mais voltaria a Paris. Na época, ele não ficou triste, embora tivesse feito alguns amigos na cidade. Mas sabia que sua mãe ficara aborrecida, e, se ela não tivesse perdido a memória, estaria triste agora. Anthony ficara profundamente transtornado ao ver Matthieu no quarto de sua mãe.

O francês tinha um ar arrogante, portando-se como se tivesse o direito de fazer o que bem entendesse. Não hesitava diante de nada, queria que todos o ouvissem e agissem conforme seus desejos. Anthony lembrou que, quando criança, não gostava nada dessa postura. Uma vez, Matthieu o colocou de castigo no quarto por ter sido grosseiro com Carole, e Anthony gritara com ele dizendo que não era seu pai. Mais tarde, Matthieu pediu desculpas a ele. Mesmo assim, depois de todos aqueles anos, Anthony ainda podia sentir a prepotência daquele homem, como se fosse um visitante bem-vindo, o que não era verdade. E era óbvio que Carole não tinha ideia de quem ele era.

— Só vou ficar alguns minutos — disse Matthieu educadamente, quando Anthony se aproximou da mãe para abraçá-la, mais uma vez, como se quisesse protegê-la. Ele queria Matthieu fora daquele quarto e da vida deles, para sempre.

— Volto logo, mãe — prometeu. — Se cuide. Vou telefonar de Nova York.

Anthony pronunciou aquelas palavras olhando para Matthieu. Estava inconformado por ter de deixar sua mãe com aquele homem, embora soubesse que ele não poderia lhe causar nenhum transtorno, pois ela não se lembrava dele e havia uma enfermeira no quarto o tempo todo. Mesmo assim, não gostava da ideia. Matthieu saíra da vida de Carole havia um bom tempo, depois de lhe causar muito sofrimento. Não havia razão para voltar, pelo menos na opinião de Anthony. Além disso, ela estava vulnerável, e isso cortava seu coração.

Assim que Anthony saiu, Carole virou-se para Matthieu, intrigada:

— Ele se lembrou de você — comentou ela, olhando nos olhos dele. Ela não tinha a menor dúvida de que o filho não gostava daquele homem. — Por que ele não gosta de você? — perguntou Carole. Tinha de confiar em outras pessoas para descobrir o que precisava saber. Acima de tudo, precisava que dissessem a verdade, como Jason havia feito. Ela o admirava por sua sinceridade e sabia que tinha sido difícil contar a história toda. Matthieu parecia muito mais cauteloso e menos inclinado a se expor. Carole tinha a sensação de que ele se mostrara prudente quando foi visitá-la. Também notou a reação das enfermeiras. Ficara evidente que elas o conheciam, e, agora mais do que nunca, ela queria saber quem ele era. Pensou em perguntar a Anthony, quando ele telefonasse de Nova York.

— Ele era um menino quando o vi pela última vez — explicou Matthieu, suspirando ao se sentar. — Via o mundo com os olhos de uma criança. Sempre foi muito protetor em relação a você. Era um garoto maravilhoso. — Disso, ela sabia muito bem. — Eu a fiz sofrer, Carole.

Não havia razão para esconder esse fato dela. Anthony certamente diria isso a ela, embora não conhecesse a história toda. Apenas ele e Carole sabiam todos os detalhes, mas Matthieu ainda não estava pronto para lhe contar. Não queria se apaixonar de novo e temia que isso pudesse acontecer.

— Nossas vidas eram muito complicadas — continuou ele. Nós nos conhecemos quando você estava fazendo um filme em Paris, logo depois que seu marido a deixou. E nos apaixonamos — lembrou ele, com ar saudoso.

Ele ainda a amava. Aquilo era nítido para Carole. Seus olhos demonstravam um sentimento diferente do que ela via no olhar de Jason. Aquele homem era mais intenso e, de certa forma, implacável; quase assustador. Jason tinha uma simpatia e uma bondade que Matthieu não possuía. Ele a afetava de um modo estranho, e ela não sabia se o temia, se confiava nele ou se até gostava dele. Tinha um ar de mistério, uma paixão reprimida, e, qualquer que tenha sido a história dos dois, estava claro que a chama permanecia acesa. Isso a perturbava. Carole não se lembrava dele, mas sentia algo que não conseguia identificar, não sabia se era medo ou amor. Não tinha ideia de quem ele era e, ao contrário das enfermeiras, para ela, seu nome não fazia diferença. Era apenas um homem que afirmava ter vivido um romance com ela. Carole tentava, mas não se lembrava de nada, não tinha recordação nenhuma, nem boa nem ruim. Mesmo assim, sabia que ele despertava algo nela que a abalava, ela só não entendia por quê. Tudo o que sabia a respeito dele ou sentia por aquele homem estava além de seu alcance.

— O que aconteceu quando nos apaixonamos? — perguntou Carole no instante em que Stevie entrou no quarto e pareceu assustada ao dar de cara com Matthieu. Carole os apresentou e, em seguida, com uma expressão de curiosidade, Stevie deixou os dois sozinhos e foi esperar no corredor. Mas não sem antes dizer que estaria ali perto, deixando Carole mais tranquila. Embora soubesse que ele não poderia magoá-la, era como se estivesse nua, sozinha no quarto com aquele homem, que não tirava os olhos dela um minuto sequer.

— Muitas coisas aconteceram. Você foi o amor da minha vida. Quero conversar sobre isso, mas não agora.

— Por que não? — A postura reservada de Matthieu em relação ao passado a intrigava. Ele tentava se conter, e isso parecia esquisito.

— Porque há muita coisa para ser contada. Eu esperava que você se lembrasse de tudo quando acordasse do coma, mas vejo que isso não aconteceu. Eu gostaria de vir outro dia para que pudéssemos

conversar. — O que ele disse em seguida a tomou de sobressalto.
— Nós moramos juntos durante dois anos.

— É mesmo? — perguntou ela, atordoada. — Éramos casados?
Ele sorriu e fez um gesto negativo com a cabeça.

Carole começava a achar que seu passado era recheado de maridos: Jason, Sean e agora aquele homem, que afirmava ter morado com ela. Ele não era um simples admirador, e sim um homem com quem ela, obviamente, tivera um relacionamento. Ninguém havia comentado sobre ele. Talvez não soubessem, mas Anthony, com certeza, sabia, e sua reação ao vê-lo não tinha sido nada boa, o que indicava alguma coisa. Provavelmente não fora um relacionamento feliz.

— Não, não éramos casados. Eu queria me casar com você, e você também queria se casar comigo. Mas não podíamos. Eu tinha problemas de família e um emprego difícil de conciliar com um relacionamento. Não era o momento certo.

Fazer as coisas no momento certo parecia ser fundamental. E não perceber esse detalhe tinha sido exatamente o erro de Jason. Isso era tudo o que Matthieu queria revelar por enquanto. Então, ele se levantou e prometeu voltar. Carole não tinha certeza se queria vê-lo de novo. Provavelmente iria contar uma história que ela preferia não ouvir. O quarto parecia tomado de tristeza e desgosto enquanto ele falava. Em seguida ele sorriu. Tinha um olhar profundamente penetrante e, de repente, ela se lembrou de algo, mas não sabia exatamente o quê. Não queria que ele voltasse, mas não tinha coragem de dizer aquilo. Se ele a visitasse de novo, ela pediria a Stevie para ficar no quarto, para protegê-la. Sentia que precisava disso. Ele a deixava assustada. Tinha um poder inacreditável.

Matthieu inclinou-se para beijar a mão de Carole enquanto ela o observava. Ele era formal à sua maneira, muito peculiar, embora, ao mesmo tempo, bem audacioso. Afinal, estava no quarto de uma mulher que não se lembrava dele e, mesmo assim, afirmava que haviam tido um relacionamento, morado juntos e pensado em se casar. E, quando a fitava, deixava clara a atração que ainda sentia por ela.

Assim que ele saiu, Stevie entrou no quarto.

— Quem é esse homem? — perguntou ela, intrigada, e Carole respondeu que não sabia. — Talvez seja o tal francês misterioso que partiu seu coração e sobre quem você nunca entrou em detalhes comigo — disse Stevie com ar de curiosidade. Carole apenas riu.

— Nossa, eles estão mesmo surgindo de todos os lados, não é? Maridos, namorados, franceses misteriosos. Ele falou que moramos juntos e que pensávamos em nos casar, e mesmo assim eu não me lembro dele de jeito nenhum. Talvez, nesse caso, seja bom não ter memória. Ele me parece um pouco estranho.

— Ele é apenas francês. São todos meio estranhos — disse Stevie, de forma um tanto indelicada — e muito intensos! Não é o meu estilo.

— Acho que também não é o meu. Mas talvez fosse, na época.

— Talvez tenha sido com ele que você morou na casa que acabou vendendo.

— Talvez. Anthony pareceu furioso ao vê-lo. E ele admitiu que me fez muito infeliz — disse Carole, com ar pensativo.

— Pelo menos ele é sincero.

— Eu gostaria de me lembrar um pouco dessa época da minha vida — confessou Carole, parecendo inquieta.

— Alguma lembrança do passado?

— Não. Absolutamente nada. As histórias são fascinantes, mas é como escutar sobre a vida de outra pessoa. Pelo que posso concluir, eu trabalhava muito e nunca ficava em casa com o meu marido. Eu o perdi para uma top model de 21 anos que o abandonou depois que ele me largou. Ao que parece, logo depois, eu me apaixonei por um francês, que me fez sofrer muito e que meu filho odiava. Em seguida, eu me casei com um homem encantador que morreu ainda jovem, e agora aqui estou.

Havia um traço de humor em seus olhos, enquanto resumia o que sabia sobre seu passado, o que fez Stevie sorrir.

— Parece uma vida bem interessante. Queria saber se houve mais algum relacionamento — comentou ela, parecendo esperançosa, e Carole a fitou, horrorizada.

— Espero que não! Isso já é demais para mim. Estou cansada só de pensar nesses três. Além dos meus filhos.

Ela ainda estava preocupada com Chloe. Não parava de pensar na filha. Essa era sua prioridade por ora. Jason já não era mais uma preocupação, embora ela o amasse. Sean havia morrido e, quanto ao francês, fosse ele quem fosse, seu interesse não ia além da curiosidade sobre o que ele significara para ela. Mas, de alguma forma, ela achava que seria melhor não saber. Não lhe parecia boa coisa. Queria evitar que lembranças dolorosas se somassem ao restante. A história que Jason lhe contara havia sido o bastante. Dava-lhe uma ideia de quanto tinha sofrido no passado. Depois ainda viera o francês. Deve ter sido uma época terrível em sua vida. Dava graças a Deus por ter conhecido Sean, já que as opiniões sobre ele eram unanimemente positivas. Mas também o perdera. Parecia não ter tido muita sorte com os homens, embora se considerasse afortunada pelos filhos que possuía.

Com o auxílio da enfermeira, Stevie ajudou-a a se levantar da cama. Os médicos estavam tentando fazer Carole andar.

Ela ficou espantada ao notar quanto era difícil. Era como se suas pernas tivessem esquecido suas funções. Sentia-se como uma criança pequena ao tropeçar e cair, que precisava aprender a se levantar. Quando finalmente sua memória motora pareceu começar a funcionar, ela cambaleou pelo corredor, com a ajuda de Stevie e de uma enfermeira. Aprender a andar novamente exigia um tremendo esforço. Tudo era complicado. Todos os dias, ao anoitecer, estava esgotada e dormia antes de Stevie ir embora.

Anthony cumpriu o que havia prometido e telefonou assim que chegou a Nova York. Ainda estava furioso por ter visto Matthieu no hospital.

— Ele não tem o direito de visitar você, mãe. Ele te fez sofrer muito. Por isso fomos embora da França.

— O que ele fez? — perguntou Carole, mas as lembranças de Anthony eram as de uma criança.

— Ele foi cruel com você e te fez chorar — resumiu o filho de forma tão simples que ela sorriu.

— Bem, ele não pode me magoar agora — disse ela, tranquilizando-o.

— Eu o mato se ele fizer isso. — Embora Anthony não se lembrasse dos detalhes, ainda tinha muito ressentimento. — Diga a ele para não aparecer mais.

— Prometo. Se ele não me tratar bem, eu pedirei que o expulsem do meu quarto.

Mas ela queria saber mais. Dois dias depois que Jason e Anthony voltaram para os Estados Unidos, Mike Appelsohn disse que iria a Paris para vê-la. Ele telefonava todos os dias e falava com Stevie, que afirmara que Carole estava em condições de recebê-lo, mas que voltaria para Los Angeles em algumas semanas, então ele poderia visitá-la em casa. Porém, Mike insistiu, ele não queria esperar e pegou um avião. Chegou a Paris no dia seguinte, após semanas de preocupação. Considerava Carole uma filha. Eles tinham uma relação muito antiga.

Mike Appelsohn era um homem bonito, forte, dono de um olhar aguçado e de uma risada alta. Tinha um grande senso de humor e produzia filmes havia cinquenta anos. Conheceu Carole em Nova Orleans, 32 anos atrás, e a convenceu a ir para Hollywood fazer um teste. O resto era história de cinema. O teste tinha sido perfeito, e, graças a ele, ela foi lançada ao estrelato como um meteoro, logo nos primeiros filmes. Ele a protegia como um verdadeiro pai. Estava presente na ocasião em que ela conheceu Jason. Foi ele, inclusive, quem os apresentou, sem imaginar no que aquele encontro iria resultar. Era o padrinho de Anthony, que, assim como Chloe, o adorava como um avô. Além disso, era agente de Carole desde que a lançara no cinema. Ela não assinava nenhum contrato nem se aventurava em um único projeto sem a prévia aprovação e o sábio conselho dele. Quando Mike soube do acidente e do estado em que ela se encontrava, ficou arrasado. Queria vê-la com os próprios olhos. Stevie fez questão de avisá-lo de que Carole ainda não tinha nenhuma recordação, que não iria reconhecê-lo nem se lembrar de nada da história deles, mas a assistente da grande atriz tinha certeza de que, quando ela soubesse quanto era importante na vida dele, e vice-versa, ficaria feliz em vê-lo.

— Ela ainda não se lembra de nada? — perguntou ele, preocupado, ao telefone. — Será que vai conseguir recuperar a memória?

Ele estava preocupado desde que Stevie telefonara ao chegar a Paris, para contar o que havia acontecido, antes que ele soubesse pela imprensa. E chorou quando soube da tragédia.

— Esperamos que sim. Por enquanto, continua tudo na mesma, mas estamos todos tentando ajudá-la.

Carole também se esforçava bastante. Às vezes ficava horas tentando se lembrar das coisas que tinha ouvido desde que saíra do coma, embora não conseguisse acessar alguns fragmentos da memória. Jason pedira à sua secretária que enviasse fotos e um álbum com registros dos filhos quando bebês. As fotografias eram bonitas, mas Carole as fitava sem ter ao menos uma faísca de lembrança. Apesar disso, os médicos permaneciam esperançosos. O neurologista afirmara que sua melhora poderia levar muito tempo e que algumas áreas da memória talvez nunca fossem recuperadas. Tanto a pancada na cabeça como o trauma e o posterior estado de coma tinham causado danos severos. A extensão do dano, bem como sua duração, ainda eram uma incógnita. A situação era frustrante, especialmente para Carole.

Mas, apesar dos alertas de Stevie, Mike Appelsohn não estava preparado para o que viu quando entrou no quarto. Ele esperava que Carole se lembrasse de alguma coisa, fosse de seu rosto, ou da amizade de tantos anos. Porém, ela não esboçou nenhuma reação quando Mike chegou, e a decepção ficou visível nos olhos dele. Por sorte, Stevie estava presente. Ela havia avisado a Carole que ele viria.

Apesar de tentar evitar a todo custo, Mike desatou a chorar quando a abraçou. Parecia um urso grandalhão e carinhoso.

— Graças a Deus! — Foi tudo que ele conseguiu dizer a princípio e, então, finalmente se acalmou ao se afastar de Carole.

— Você é o Mike? — perguntou Carole lentamente, como se o visse pela primeira vez. — Stevie falou muito a seu respeito. Você foi maravilhoso para mim. — Ela pareceu agradecida, embora tivesse ficado sabendo dos detalhes por meio de outras pessoas.

— Adoro você, garota. Sempre adorei. Você é a mulher mais doce que eu conheço. — Ele precisou conter as lágrimas enquanto olhava para ela, que só conseguia sorrir. — Você era uma beleza quando tinha 18 anos — disse ele, todo orgulhoso. — E ainda é.

— Stevie falou que foi você quem me descobriu. Isso faz com que eu pareça um país, uma flor ou um pássaro raro.

— Você é um pássaro raro. E uma flor — disse ele, sentando-se na única cadeira confortável que havia no quarto, enquanto Stevie permaneceu de pé, ao seu lado, a pedido de Carole. Apesar de não se lembrar do que Stevie fazia por ela, Carole confiava em sua assistente e sentia-se segura e protegida pela jovem alta e de cabelos escuros.

— Adoro você, Carole — disse ele, agora convencido de que ela não o reconhecia. — Você tem um talento incrível. Fizemos grandes filmes juntos ao longo de todos esses anos. E vamos fazer mais, assim que você melhorar. — Mike era um agente muito respeitado e ativo desde que ingressara na indústria cinematográfica, havia meio século, quando Carole nasceu. — Mal posso esperar para ver você de volta a Los Angeles. Entrei em contato com os melhores médicos no Cedars-Sinai. — Os médicos em Paris iriam recomendar profissionais nos Estados Unidos, mas Mike gostava de se sentir útil e de estar no comando. — Então, por onde começamos? — perguntou, cheio de expectativas. Estava disposto a fazer o possível para ajudá-la. Sabia muito do início de sua carreira e de fatos anteriores à sua chegada a Hollywood. Mais que qualquer outra pessoa. Stevie havia explicado esses detalhes a Carole.

— Como nós nos conhecemos? — perguntou ela, ansiosa para ouvir a história.

— Eu estava comprando pasta de dentes em uma farmácia em Nova Orleans e fui atendido por você, a moça mais bonita que eu já vi na vida — explicou, em tom carinhoso.

Ele não mencionou a cicatriz no rosto de Carole, mas ela já a tinha visto, quando foi ao banheiro e se olhou no espelho. A princípio, ficara chocada, mas logo decidiu que não ligaria para aquilo. Ela estava viva, e aquela cicatriz era um pequeno preço a pagar por ter sobrevivido. Estava mais preocupada em recuperar a memória, e não com sua beleza perfeita.

— Então, convidei você para ir a Los Angeles fazer um teste — prosseguiu Mike. — Um tempo depois você me disse que achou que eu fosse cafetão. — Ele era um homem alegre e, ao se lembrar desse fato, deu uma sonora risada. Já havia contado essa história um milhão de vezes. — Era a primeira vez que alguém me confundia com um cafetão — disse ele, rindo. Carole riu também. Ela já havia recobrado todo o seu vocabulário e entendera o termo.

— Você tinha acabado de chegar do Mississipi, da fazenda do seu pai, que havia morrido alguns meses antes. Vivia do dinheiro da venda da propriedade, nem me deixou pagar a passagem. Disse que não queria se sentir "em dívida" comigo. Tinha uma fala bem arrastada que eu adorava, mas que não soava bem nos filmes. — Carole acenou com a cabeça ao lembrar que Jason tinha dito a mesma coisa. Ela ainda mantinha um pouco da fala arrastada do Mississipi quando se casou com ele, mas já havia perdido o sotaque fazia muitos anos.

— Você foi para Los Angeles, e o seu teste foi incrível.

— E antes disso? — perguntou Carole.

Ele a conhecia havia mais tempo do que qualquer pessoa, o que a fez pensar que ele poderia saber algo sobre sua infância. Jason tinha sido vago nesse ponto, pois não conhecia todos os detalhes.

— Não sei muito bem — disse ele, com franqueza. — Você falava muito do seu pai e de quando era pequena. Parece que ele era um bom pai e que você gostou de ter sido criada na fazenda, em uma cidade pequena nas redondezas de Biloxi. — Quando ele disse o nome da cidade, Carole teve um estalo. Ela não sabia exatamente por que, mas uma palavra lhe veio à memória:

— Norton — disse ela, surpresa, ao fitá-lo. Stevie também se surpreendeu.

— É isso mesmo. Norton — confirmou Mike, completamente admirado. — Havia porcos, vacas, frangos e... — Ela o interrompeu.

— Uma lhama — completou Carole, com uma expressão atordoada. Era a primeira coisa de que se lembrava sem a ajuda de ninguém.

Mike se virou para Stevie, que os observava atentamente. Carole assentiu com a cabeça enquanto fitava seu agente. Ele havia aberto uma porta que ninguém conseguira abrir.

— Meu pai uma vez me deu uma lhama de aniversário — prosseguiu Carole. — Ele dizia que ela era parecida comigo, porque eu tinha olhos grandes, cílios longos e um pescoço comprido. Ele costumava falar que eu tinha uma aparência engraçada. — Carole falava como se pudesse ouvi-lo. — O nome do meu pai era Conway. — Mike assentiu em silêncio, temendo interrompê-la. Algo importante estava acontecendo, e os três tinham consciência disso. Eram as primeiras recordações de Carole. Ela precisava voltar ao início. — Minha mãe morreu quando eu era pequena. Em cima do piano, havia uma foto dela comigo no colo. Ela era muito bonita. O nome dela era Jane, e eu pareço com ela — acrescentou, com lágrimas nos olhos. — Eu tinha uma avó chamada Ruth, que fazia biscoitos para mim e que morreu quando eu tinha 10 anos. A lembrança era nítida na mente de Carole.

— Eu não sabia — disse Mike, baixinho.

— Ela também era muito bonita. Meu pai morreu pouco antes da minha formatura. — Agora ela se lembrava com clareza. — O caminhão dele caiu numa vala. Então, disseram que eu tinha que vender a fazenda, e... — De repente, ela pareceu confusa e se virou para Stevie e Mike. — Depois não sei o que aconteceu.

— Você a vendeu e foi para Nova Orleans, onde nos conhecemos. — Ele a ajudou a se lembrar da história, mas ela queria extrair os fatos da própria mente. No entanto, não passou daquele ponto. Era tudo o que havia em sua memória. Por mais que se esforçasse, simplesmente não conseguia ir além. Mas já havia se lembrado de muita coisa em um curto espaço de tempo. Se fechasse os olhos, podia ver a foto de sua mãe e o rosto da vovó Ruth.

Durante mais algum tempo, eles conversaram sobre outras coisas, então Mike segurou a mão de Carole. Ele não disse nada, mas vê-la tão confusa o deixara arrasado. Ele rezou para que ela recobrasse a memória e voltasse a ser a mulher inteligente, ativa, brilhante e talentosa que sempre fora. Era assustador imaginar que ela poderia ficar, para sempre, limitada, sem se lembrar de nada de seu passado. Ela também apresentava falhas de memória de fatos recentes e, caso não melhorasse, nunca mais poderia atuar de novo. Seria o fim de uma carreira importante e de uma mulher encantadora. Todos estavam preocupados; e, a seu próprio modo, Carole também. Ela lutava por cada fragmento de lembrança que pudesse adquirir, e a conversa com Mike resultara em uma importante vitória. Era a primeira vez que evocava tantos fatos de sua vida de forma extraordinária. Mike abrira portas que, até então, estavam fechadas, e Carole queria ir adiante.

Ela e Stevie conversaram sobre a volta a Los Angeles e sobre sua casa, cujos detalhes Carole não lembrava em absoluto. Conforme já tinha feito várias vezes, Stevie a descreveu. Quando falou sobre o jardim, ela olhou para a amiga e secretária de um modo estranho e disse:

— Acho que eu tinha um jardim em Paris.

— Exatamente — assentiu Stevie. — Você se lembra da casa em Paris?

— Não — respondeu Carole com um gesto negativo de cabeça.

— Eu me lembro do celeiro do meu pai, onde ordenhava as vacas.

Algumas imagens começavam a surgir em sua mente, como peças de um quebra-cabeça. Mas a maior parte delas não se encaixava. *Será que, assim como Carole conseguiu se lembrar do jardim em Paris, vai se lembrar de Matthieu?*, Stevie se perguntou. Era difícil prever. Stevie chegava a torcer para que isso não acontecesse, já que ele a fizera sofrer tanto. Ela se lembrou de quanto Carole estava angustiada quando esvaziaram a casa.

— Quanto tempo você vai ficar em Paris? — perguntou Stevie a Mike.

— Só até amanhã. Eu queria ver minha garota, mas agora preciso voltar para Los Angeles.

Para um homem da sua idade, tinha sido uma viagem longa, principalmente para passar apenas uma noite. Mas ele teria dado a volta ao mundo por Carole sem pensar duas vezes, e foi exatamente isso que decidiu fazer assim que Stevie telefonou. Jason insistira para que ele aguardasse, Mike até se segurou por um tempo, mas estava louco para vê-la.

— Fico contente por você ter vindo — disse Carole, sorrindo. — Até então, eu não tinha conseguido me lembrar de nada.

— Você vai conseguir quando voltar para casa — disse Mike com uma confiança que não sentia, pois estava muito preocupado. Embora tivesse sido alertado sobre o estado de Carole, de alguma forma, para ele, a situação era pior do que esperava. Olhar no fundo dos seus olhos e saber que ela não se lembrava de nada, nem da carreira, nem das pessoas que a amavam, era muito triste. — Até eu, se ficasse isolado aqui, iria acabar tendo lapsos de memória.

Assim como Sean, Mike não gostava de Paris. A única coisa que apreciava era a comida. Quanto aos franceses, ele achava que eram pessoas difíceis para fazer negócios, além de serem desorganizados e até mesmo pouco confiáveis. Para ele, o que tornava a cidade suportável era o Ritz, que ele considerava o melhor hotel do mundo. Fora isso, sentia-se mais feliz nos Estados Unidos. E queria que Carole voltasse para Los Angeles a fim de que pudesse levá-la aos médicos que ele conhecia. Já tinha até marcado consulta com alguns dos melhores especialistas da cidade. Hipocondríaco assumido, era membro do conselho de dois hospitais e de uma faculdade de medicina.

Ele detestava a ideia de deixá-la e voltar para o hotel, mas via que Carole estava cansada. Ele também se sentia exausto. Passara a tarde toda tentando ativar um pouco mais a sua memória, com histórias dos seus primeiros passos em Hollywood, mas ela não se lembrava de nada, a não ser dos trechos da sua infância, no Mississipi. Só conseguia se recordar de fatos ocorridos até seus 18 anos, quando deixara a fazenda, o que, de qualquer maneira, já era um começo.

Conversar durante muitas horas ainda era uma atividade cansativa para Carole, e tentar forçar a memória a deixava exaurida. Ela estava quase adormecendo quando Mike se preparava para ir embora. Antes de sair, porém, ele parou ao lado dela por um momento, acariciando seu longo cabelo loiro.

— Adoro você, garota. — Ele a chamava de garota desde que a conhecera. — Agora trate de melhorar e voltar logo para casa. Estarei esperando por você em Los Angeles — disse novamente, se controlando para conter as lágrimas ao abraçá-la. Em seguida, foi embora. Um motorista o aguardava para levá-lo ao hotel.

Stevie ficou no quarto até Carole cair no sono e então foi embora. Quando chegou ao hotel, Mike telefonou para o quarto dela, aflito.

— Minha Nossa! — desabafou. — Ela não se lembra de nada mesmo.

— A lhama, sua cidade natal, sua avó, a foto da mãe e o celeiro do pai foram os primeiros raios de esperança até agora. Acho que a sua visita foi muito proveitosa — disse Stevie, do fundo do coração.

— Espero que ela consiga recuperar a memória.

Mike desejava que ela voltasse a ser a mulher de antes e retomasse sua carreira. Não queria que as coisas terminassem daquela forma, com Carole debilitada por uma lesão cerebral.

— Eu também — concordou Stevie.

173

Em seguida, Mike contou-lhe que, quando estava saindo do hospital, concedera uma breve entrevista a um jornalista americano que, ao reconhecê-lo, quis saber sobre o estado de Carole e perguntou se ele tinha ido lá para vê-la. Ele confirmou aquilo e contou que ela estava melhorando. Disse ao repórter também que ela já se lembrava de quase de tudo. Tentava evitar que o rumor de que ela havia perdido a memória se espalhasse. Achava importante para a carreira dela montar um quadro favorável da sua recuperação. Stevie não tinha certeza se ele estava certo, mas sabia que aquela atitude não iria piorar a situação. Carole não falava com os repórteres, e os médicos não tinham autorização para dar entrevistas, portanto ninguém tinha como saber a verdade. Embora sua maior preocupação fosse com Carole, Mike não se descuidava da carreira dela.

Uma breve reportagem sobre a conversa com o jornalista foi publicada em todas as redes de notícias da Associated Press, no dia seguinte, e nos jornais do mundo todo. "A estrela Carole Barber se recupera em Paris e já recobrou a memória", segundo Mike Appelsohn, produtor e agente da atriz. A matéria dizia também que ela voltaria para Los Angeles em breve, para retomar a carreira, sem mencionar o fato de que não fazia um filme havia três anos. Dizia apenas que tinha recuperado a memória, o que, para Mike, era o mais importante. Como sempre fizera, Mike Appelsohn a protegera, sem deixar de lado os interesses dela.

# Capítulo 11

Durante os dias que se seguiram à visita de Mike, Carole ficou debilitada por causa de um forte resfriado. Como se não bastassem o dano neurológico que tentava superar e a necessidade de reaprender a andar, ela também estava vulnerável a enfermidades comuns, como qualquer outra pessoa. Além de dois fisioterapeutas que acompanhavam seu caso, um fonoaudiólogo a atendia todos os dias. Estava caminhando com mais desenvoltura, porém o resfriado a deixava enfraquecida. Stevie também estava resfriada e, para evitar que Carole piorasse, ficou no hotel, repousando. O médico do Ritz a examinou e prescreveu antibióticos, caso ela piorasse. Estava com uma forte sinusite e uma tosse terrível, então telefonou para Carole, que estava praticamente tão mal quanto ela.

A nova enfermeira de serviço a deixava sozinha na hora do almoço, e Carole se sentia solitária sem Stevie por perto para conversar. Então, pela primeira vez desde que acordara do coma, ligou a televisão para assistir ao noticiário na CNN. Pelo menos seria uma distração. Ainda não conseguia se concentrar o suficiente para ler um livro. Se ler, para ela, era muito difícil, escrever era ainda pior. Sua caligrafia também fora afetada. Já fazia um tempo que Stevie se dera conta de que ela não poderia escrever o livro tão cedo, mas não tocou no assunto. Afinal, Carole não teria como retomá-lo agora, já que não se lembrava da trama, e seu computador estava

175

no hotel. Tinha coisa mais importante com que se preocupar. Mas, por enquanto, Carole estava gostando de ver televisão quando ficava sozinha. A nova enfermeira não era boa companhia; além disso, parecia meio austera.

Com o som da televisão, Carole não ouviu a porta do quarto se abrir e se assustou ao ver uma pessoa ao pé de sua cama. Quando virou a cabeça, lá estava ele, observando-a. Era um jovem de jeans, que parecia ter uns 16 anos. Tinha a pele escura e os olhos grandes e amendoados. Ao olhar para o rapaz, percebeu que ele parecia malnutrido e assustado. Não conseguia entender o que ele, que não tirava os olhos dela, queria em seu quarto. Carole presumiu que o segurança o deixara entrar. Provavelmente era um entregador que tinha ido levar flores para ela, mas não viu nenhum buquê. Carole tentou falar com ele em francês, mas o rapaz não deu sinais de que estava entendendo. Então, ela resolveu lhe perguntar algo em inglês. Não sabia sua nacionalidade.

— Posso ajudá-lo? Você está procurando alguém? — Quem sabe ele estivesse perdido, ou fosse um fã. Não seria a primeira vez que um fã ia ao hospital tentar vê-la, embora o segurança fosse orientado a barrar a entrada de estranhos.

— Você é uma estrela do cinema? — perguntou ele, com um sotaque indefinido. O rapaz parecia espanhol ou português, mas ela não se lembrava de nada do idioma espanhol. Também poderia ser italiano. Tinha a pele bem morena.

— Sim, sou — respondeu Carole com um sorriso. Ele parecia muito jovem. Estava com uma jaqueta larga, que parecia ter o dobro do seu tamanho, por cima de um suéter azul-marinho. Usava tênis de corrida, como os que Anthony costumava usar, só que estavam rasgados. Seu filho dizia que eram seus sapatos da sorte e os trouxera para Paris. Mas aquele garoto parecia não ter nada melhor para usar. — O que você está fazendo aqui? — perguntou ela, em tom amável, imaginando que ele poderia querer um autógrafo. Já havia distribuído alguns no hospital, embora com péssima caligrafia.

Sua assinatura atual não tinha nenhuma semelhança com sua letra habitual. Era outra sequela do atentado. Escrever ainda era uma tarefa difícil.

— Procurando você — respondeu ele, sem rodeios, encarando-a.

Carole sabia que nunca o tinha visto antes. No entanto, havia algo em seus olhos que ela lembrava. Em sua mente, surgiu a imagem de um carro e o rosto de um jovem na janela, fitando-a. Nesse momento, ela soube. Ela o vira no túnel, no carro ao lado do táxi em que estava antes da explosão. Ele havia saltado do veículo e fugido. Em seguida, tudo irrompeu em fogo, e, segundos depois, ela não viu mais nada.

No mesmo instante em que a visão surgiu em sua mente, Carole viu o rapaz tirar uma faca da jaqueta. A faca tinha uma lâmina curva, longa e assustadora, e um cabo de osso. Era uma arma funesta. Quando ele deu um único passo em sua direção, ela o fitou assustada e pulou para o outro lado da cama.

— O que você está fazendo? — gritou ela, apavorada, de pé, vestida com a camisola do hospital.

— Você se lembra de mim, não é? O jornal diz que você recuperou a memória. — Ele parecia quase tão apavorado quanto ela, ao esfregar a lâmina na calça.

— Não, não me lembro de você — disse ela, com a voz trêmula, rezando para que suas pernas a mantivessem de pé. Estava muito perto de um botão que ficava na parede de trás e devia ser usado em caso de emergência. Se conseguisse alcançá-lo, poderia se salvar. Caso contrário, aquele jovem iria cortar sua garganta, não havia a menor dúvida disso. O rapaz tinha a gana de matar estampada nos olhos.

— Você é atriz e uma mulher depravada. Uma piranha — gritou ele, no quarto silencioso. Carole recuava, tentando se afastar, enquanto ele investia contra ela.

De repente, ele passou por cima da cama, agitando a faca, e, nesse instante, ela apertou o botão preto com toda a sua força.

Carole ouviu um alarme disparar no corredor, no momento em que o agressor esticou o braço e tentou agarrar seu cabelo, chamando-a de piranha novamente. Então, ela atirou a bandeja do almoço no rosto dele, fazendo-o perder o equilíbrio. Nesse momento, quatro enfermeiras e dois médicos invadiram o quarto, esperando encontrar uma emergência médica e, em vez disso, se depararam com o agressor com a faca na mão, que se voltara perigosamente na direção deles, ainda tentando alcançar Carole. Queria matá-la antes de ser detido. Mas os dois médicos conseguiram agarrar os braços do rapaz e o jogaram no chão, enquanto uma das enfermeiras correu para buscar ajuda. Em poucos segundos, um segurança entrou no quarto e, literalmente, arrancou o agressor das mãos dos médicos. A faca havia caído em um canto, e o segurança imobilizou o jovem e o algemou. Carole deixou-se escorregar lentamente até o chão, tremendo da cabeça aos pés.

Agora, conseguia se lembrar de tudo: do táxi, do carro ao lado, dos homens rindo no banco dianteiro e buzinando para o carro à frente; o rapaz no banco de trás fitando-a e fugindo em seguida, para fora do túnel... as explosões... o fogo... seu corpo voando pelos ares... e depois a escuridão infinita que se apoderara dela... Estava tudo claro como água. Ele tinha ido ao hospital com a intenção de matá-la, após ter visto a declaração de Mike nos jornais garantindo que a famosa atriz havia recobrado a memória. Ele ia cortar sua garganta para que ela não pudesse identificá-lo. A única coisa que ela não sabia era como ele tinha passado pelo segurança, que ficava de prontidão na porta do quarto.

Após alguns minutos, sua médica chegou para examiná-la e a ajudou a voltar para a cama. Ela estava aliviada por encontrá-la ilesa, embora traumatizada e trêmula. Àquela altura, o agressor já havia sido levado pela polícia.

— Você está bem? — perguntou a médica, preocupada.

— Acho que sim... não sei... — respondeu Carole, ainda tremendo. — Lembrei... lembrei de tudo quando o vi... no túnel. Ele estava no carro ao lado do meu táxi e olhou para mim antes de fugir. — Carole tremia tanto que não parava de bater os dentes. Então, a médica pediu a uma enfermeira que providenciasse cobertores quentes, que chegaram imediatamente.

— Do que mais você se lembra? — perguntou.

— Não sei.

Carole parecia estar em choque. A médica pôs o cobertor sobre seus ombros e insistiu para que ela desse detalhes.

— Você se lembra do seu quarto em Los Angeles? De que cor ele é?

— Amarelo, eu acho.

Quase podia vê-lo, mas não nitidamente. Ainda estava tudo nebuloso.

— Sua casa tem jardim?

— Tem.

— Como é esse jardim?

— Há uma fonte... um lago... rosas que eu plantei... vermelhas.

— Você tem cachorro?

— Não. Ela morreu. Há muito tempo.

— Você se lembra do que estava fazendo antes do atentado? — A médica a estimulava ao máximo, aproveitando-se das portas que tinham se aberto em sua mente, destrancadas pelo rapaz que havia tentado matá-la com uma faca.

— Não — respondeu ela, mas, logo em seguida, conseguiu lembrar. — Sim... eu tinha ido ver minha antiga casa... perto da rua Jacob.

Recordou-se claramente do endereço, de ir andando até lá, de pegar um táxi para voltar ao hotel e de ficar presa no trânsito, dentro do túnel.

— Como é essa casa?

— Não sei, não consigo lembrar — disse Carole, baixinho, então outra voz respondeu por ela.

— É uma casa pequena que fica no centro de um pátio, com um jardim e janelas bonitas. Tem um telhado de mansarda e janelas *oeil de boeuf* no andar de cima.

Era Matthieu quem estava ao lado da cama, com uma expressão furiosa. Ela olhou para ele chorando e, ao mesmo tempo, aliviada. Estava confusa. Matthieu olhou para a médica, que estava do outro lado da cama.

— O que aconteceu aqui? — perguntou ele, com a voz tensa. — Onde o segurança estava?

— Houve um imprevisto. Ele saiu para almoçar e a enfermeira também. O rapaz que ficaria em seu lugar não chegou. — A médica estava aflita diante da fúria de Matthieu, que era perfeitamente justificável.

— E ele a deixou sozinha? — gritou o francês.

— Sinto muito, *monsieur le ministre*, não acontecerá de novo. — A voz dela era fria como gelo. Por mais perturbado que estivesse, Matthieu de Billancourt não a assustava. Ela só se preocupava com sua paciente, e com o horror que havia passado nas mãos do jovem árabe.

— Aquele rapaz veio aqui para matá-la. Ele era um dos terroristas que colocaram a bomba no túnel. Ele deve ter lido aquela matéria estúpida no jornal de ontem que falava que Carole tinha recuperado a memória. A partir de hoje, quero dois seguranças na porta, dia e noite.

Ele não tinha nenhuma autoridade no hospital, mas até a médica reconhecia que suas ordens faziam sentido.

— E, se o hospital não consegue protegê-la de forma apropriada, que a mande de volta ao hotel.

— Cuidarei disso — assegurou-lhe a médica.

Ela mal acabara de falar quando o diretor do hospital entrou no quarto. Matthieu o chamara imediatamente, assim que vira o terrorista sendo conduzido, algemado, para fora do hospital. A polícia lhe explicou o que tinha acontecido, então ele subiu as escadas correndo até o quarto de Carole. Tinha ido visitá-la e fez um escândalo quando descobriu o que o agressor havia feito. Se ela não tivesse conseguido acionar o alarme, estaria morta agora.

Em um inglês arrastado, o diretor do hospital perguntou a Carole se ela estava bem e saiu apressadamente, um minuto depois, para repreender os funcionários da segurança. A última coisa que eles precisavam era de uma estrela de Hollywood assassinada no hospital, algo que atrairia muita mídia negativa.

Após dar um sorriso amável para Carole e lançar um olhar frio para Matthieu, a médica saiu do quarto. Ela não gostava de receber ordens de leigos, mesmo sendo ex-ministros, embora, nesse caso, admitisse que o homem tinha razão. Afinal, Carole quase fora assassinada. Havia sido um verdadeiro milagre o agressor não ter conseguido matá-la. Imagens horripilantes vieram à sua mente. Se ele tivesse entrado no quarto enquanto Carole estivesse dormindo, as coisas teriam sido diferentes.

Matthieu sentou-se na cadeira ao lado da cama de Carole, acariciou sua mão e olhou para ela com uma expressão doce, totalmente diferente do modo como se dirigira à equipe do hospital. Ele tinha ficado indignado com a falha na segurança. Ela poderia ter sido facilmente assassinada. Ele agradeceu a Deus isso não ter acontecido.

— Eu tinha planejado visitá-la hoje — disse ele, baixinho.

— Quer que eu vá embora? Você não parece bem.

Ela fez que não com a cabeça.

— Estou resfriada. Ao fitá-lo, Carole de repente sentiu um lampejo de reconhecimento. Aqueles eram os olhos que tanto havia amado no passado. No entanto, os detalhes do que havia acontecido entre eles não lhe vinham à mente, e ela não tinha certeza se queria ter essas recordações. Mas se lembrava do carinho e do sofrimento, além de uma intensa paixão. Ainda estava trêmula em virtude do choque, ficara apavorada. Mas ele a fazia se sentir protegida e segura. Matthieu era um homem poderoso em muitos aspectos.

— Quer um chá? — perguntou ele, e ela aceitou.

No quarto, havia uma garrafa térmica com água quente e uma caixa com saquinhos de seu chá preferido, que Stevie trouxera do hotel. Ele o preparou do jeito que ela gostava: nem muito forte nem muito fraco. Então, entregou-lhe a xícara. Ciente de quem estava no quarto com Carole, a enfermeira os deixara sozinhos. Naquele momento, a famosa atriz estava segura e não precisava de cuidados médicos urgentes. A enfermeira estava do lado de fora para assegurar a comodidade de Carole, e não por necessidade extrema.

— Você se incomoda se eu tomar uma xícara também? — perguntou o francês. Carole balançou a cabeça, e ele preparou outra xícara para ele. Enquanto Matthieu se servia, ela se lembrou de que conhecera aquele chá através dele, que lhe dera uma caixinha de presente. Sempre o tomavam juntos.

— Estive pensando muito em você — disse ele, após beber um gole do chá de baunilha. Até aquele momento, Carole não havia dito uma palavra. Ainda estava muito assustada com os últimos acontecimentos.

— Estive pensando em você também — admitiu ela. — Não sei por quê. Tenho tentado me lembrar, mas simplesmente não consigo.

Ela conseguia se lembrar de algumas coisas, mas não se recordava dele. De nenhum detalhe. A não ser daqueles olhos expressivos e do amor que sentira por ele no passado. Só isso. Continuava sem saber quem ele era, ou por que todo mundo ficava agitado quando aquele homem se aproximava dela. Acima de tudo, não se lembrava de ter morado com ele, nem de como tinha sido a vida dos dois, exceto pelo detalhe do chá, que acabara de recordar. Tinha a sensação de que ele lhe preparara chá anteriormente. Muitas vezes. Principalmente no café da manhã, servido em uma mesa na cozinha, onde a luz do sol entrava pela janela.

— Você se lembra de como nos conhecemos?

Ela fez que não com a cabeça. Sentia-se um pouco melhor depois da bebida quente. Então, apoiou a caneca vazia na mesa e se deitou novamente. Matthieu estava muito próximo, mas ela não se incomodou. Sentia-se segura ao seu lado e não queria ficar sozinha.

— Nós nos conhecemos quando você estava fazendo um filme sobre Maria Antonieta — continuou ele. — O ministro da Cultura iria oferecer uma recepção no Quai d'Orsay. Ele era um velho amigo meu e insistiu para que eu fosse. Eu não queria ir, porque tinha outro compromisso naquela noite, mas ele fez um drama tão grande que acabei aceitando o convite. E você estava lá. Extremamente linda. Tinha ido direto do set de filmagem e ainda estava vestida com o figurino do filme. Nunca vou me esquecer disso. Maria Antonieta nunca foi tão bonita.

Carole sorriu ao se lembrar vagamente do figurino e do espetacular teto pintado no Quai d'Orsay. Mas não se lembrou dele.

— Era primavera. Você precisava voltar ao set depois da festa e devolver o figurino. Eu a levei até lá e, depois que você trocou de roupa, demos uma volta na margem do Sena. Ficamos sentados à beira do rio conversando durante um bom tempo. Era como se o céu tivesse caído sobre mim, e você disse que sentia o mesmo.

Ele sorriu com a lembrança, e seus olhares se cruzaram novamente.

— Foi um *coup de foudre* — disse ela, em um sussurro. Essas tinham sido as palavras dele depois daquela primeira noite... *coup de foudre...* raio de luz... amor à primeira vista. Ela se lembrou das palavras, mas não do que tinha acontecido depois.

— Conversamos durante muitas horas. Ficamos acordados até a hora de você ter que voltar para o set, às cinco da manhã. Foi a noite mais emocionante da minha vida. Você me contou que seu marido a tinha deixado por outra mulher. Pelo que me lembro, era uma moça bem jovem, russa, que estava grávida dele. Você estava arrasada, e conversamos sobre o assunto por horas. Acho que você o amava muito.

Ela assentiu em silêncio, pois tivera a mesma impressão quando conversara com Jason. Era estranho ter de depender de todo mundo para saber como se sentia na época. Espontaneamente, não tinha nenhuma lembrança. Principalmente em relação a Jason. Em relação a Matthieu, porém, alguns sentimentos, mais do que fatos propriamente ditos, começavam a surgir em sua memória. Carole sabia que o amava e se lembrava da emoção daquela primeira noite.

Ela se recordou vagamente de voltar ao set sem ter dormido. Mas não sabia como Matthieu era na época. Na realidade, ele tinha mudado bem pouco, exceto pelo cabelo grisalho, que, na ocasião, era bem escuro, quase preto. Ele tinha 50 anos quando os dois se conheceram e era um dos homens mais poderosos da França. Era temido por muita gente, mas não por Carole. Ele nunca a intimidara, pois a amava demais. Tudo o que queria era protegê-la, exatamente como estava fazendo agora. E não admitia que ninguém a magoasse. Carole percebia todas essas emoções ao vê-lo ao seu lado, falando sobre o passado.

— No dia seguinte, convidei-a para jantar — prosseguiu ele —, e fomos a um lugar sem graça do meu tempo de estudante. Passamos a noite toda conversando novamente e nos divertimos muito. Não parávamos de falar. Era a primeira vez na vida que eu me abria com alguém daquele jeito. Contei tudo a você: meus sentimentos, meus segredos, meus sonhos e meus desejos, e algumas coisas que não deveria ter contado sobre o meu trabalho. Você nunca traiu a minha confiança. Nunca. Confiei em você completamente, desde o princípio, e nunca me decepcionei.

"Nós nos vimos todos os dias até seu último dia de gravação, cinco meses depois. Você estava em dúvida se voltaria para Nova York ou para Los Angeles, e eu pedi que ficasse em Paris. Àquela altura, estávamos profundamente apaixonados, e você concordou em ficar. Encontramos uma casa, aquela perto da rue Jacob, e fomos a alguns leilões para comprar a mobília. Construí uma casa na árvore para o Anthony brincar, no jardim, e ele gostou tanto dela que passou o verão todo fazendo todas as refeições lá. Viajamos para o sul da França quando as crianças foram visitar o pai. Íamos a todos os lugares juntos. Eu ficava com você todas as noites. Naquele verão, passamos duas semanas num veleiro, no Sul. Acho que nunca fui tão feliz. Foram os melhores dias da minha vida.

Carole assentiu em silêncio. Não se lembrava dos fatos, apenas dos sentimentos. E também tinha a sensação de que aqueles dias tinham sido mágicos. Pensar nisso lhe trazia conforto, mas havia algo mais, podia sentir que tinha algo errado. Seus olhos procuraram os dele, então ela se lembrou e disse em voz alta:

— Você era casado — falou ela, com tristeza.

— Era. O meu casamento tinha acabado havia muitos anos, meus filhos já estavam crescidos. Minha esposa e eu éramos como estranhos um para o outro, não vivíamos juntos mais fazia dez anos quando conheci você. Eu já ia deixá-la antes mesmo de conhecer você. Prometi que faria isso. E estava falando sério. Queria fazer as coisas de uma forma discreta, sem constrangimentos para nenhum dos lados. Conversei com a minha esposa, e ela me pediu que esperasse. Temia a humilhação e o escândalo que poderia sofrer por ter sido trocada por uma atriz de cinema famosa. Seria doloroso demais para ela, e provavelmente a imprensa faria uma festa com isso, então concordei em esperar seis meses. Você se mostrou bem compreensiva. Não pareceu se importar. Éramos felizes e morávamos na nossa pequena casa. Eu adorava os seus filhos e acho que eles gostavam de mim também, pelo menos no começo. Você era tão jovem, Carole. Tinha 32 anos quando nos conhecemos; e eu, 50. Eu tinha idade para ser seu pai, mas me sentia como um garoto novamente quando estava com você.

— Eu me lembro do barco — comentou ela, baixinho — no sul da França. Fomos a Saint Tropez e ao antigo porto, em Antibes. Acho que fui muito, muito feliz com você.

— Nós dois fomos muito felizes. — Matthieu parecia triste ao se lembrar de tudo o que acontecera depois.

— Algo aconteceu. Você teve que viajar.

— Exatamente — concordou ele, surpreso por ela ter se lembrado. Ele mesmo já havia praticamente esquecido, embora tivesse sido um momento doloroso na época. Ele recebera uma mensagem de rádio no barco. Teve que deixá-la no aeroporto, em Nice, e embarcou em um avião militar.

— Por que você foi embora? Acho que alguém tinha levado um tiro, não foi? Quem tinha sido baleado?

— O presidente da França. Ele sofreu uma tentativa de assassinato durante a parada militar do Dia da Bastilha, na Champs-Élysées. Eu deveria estar lá, mas fui viajar com você.

— Você trabalhava para o governo... alto escalão e secreto. Qual era o seu cargo? ... Algo a ver com polícia secreta? — perguntou ela, hesitante.

— Esse era um dos meus deveres. Eu era ministro do Interior — respondeu ele em voz baixa.

Carole acenou com a cabeça. Havia muita coisa que não lembrava sobre a própria vida, mas essa informação lhe veio à memória. Eles conduziram o barco até o porto e foram para o aeroporto de táxi. Minutos depois, o casal se despediu. Ela ficou observando o avião militar decolar e depois voltou para Paris sozinha. Na ocasião, ele se desculpou por ter de deixá-la daquela forma. Estava cercado por soldados armados, mas Carole não se intimidou, embora parecesse uma cena estranha.

— Houve outro episódio parecido mais tarde... alguém foi ferido e você me largou em algum lugar, no meio de uma viagem... estávamos esquiando, e você partiu de helicóptero.

Ela ainda podia ver o helicóptero levantando voo, espalhando neve por todos os lados.

— O presidente teve um ataque cardíaco, e eu viajei para ficar com ele.

— Foi aí que terminamos, não foi? — perguntou ela, com uma expressão triste.

Ele confirmou, a princípio em silêncio, ao se recordar dessa parte. Aquele tinha sido o incidente que o fizera cair em si e compreender que não poderia largar seu emprego, e que pertencia à França. Por mais que a amasse e estivesse disposto a abandonar tudo por ela, seu país e sua missão eram a sua vida. Por fim, viu que não conseguiria agir de outra forma. Os dois ficaram juntos por mais algum tempo, mas não muito. Além disso, sua esposa também andava causando problemas. Tinha sido uma época insuportável, para ambos.

— Sim, foi praticamente o fim do nosso relacionamento. Entre esses dois eventos, houve um intervalo de dois anos e vários momentos maravilhosos.

— É tudo de que me lembro — disse ela, olhando para ele e imaginando como teriam sido aqueles dois anos. Tinha a sensação de que haviam sido emocionantes, exatamente como Matthieu parecia ser, porém difíceis também. Conforme ele mesmo afirmara, sua vida era bastante complicada. A política e as responsabilidades inerentes ao cargo que ocupava eram seu próprio sangue. Mas, durante algum tempo, ela também foi importante. Carole fora o coração que o mantinha vivo.

— Passamos o nosso primeiro Natal em Gstaad, com as crianças. E, logo depois, você começou a fazer outro filme, na Inglaterra. Eu viajava todo fim de semana para vê-la. Quando você voltou, eu estava preparado para falar com o advogado e dar entrada no pedido de divórcio, mas minha mulher, mais uma vez, implorou que eu esperasse. Disse que não conseguiria enfrentar a separação. Estávamos casados havia 29 anos, e eu achava que devia algo a ela. No mínimo um pouco de respeito, pois já não a amava mais. Ela sabia disso, tinha plena consciência de quanto eu gostava de você e não tinha ressentimentos. Foi muito compreensiva em relação a isso. Eu planejava deixar meu emprego no governo naquele ano, teria sido o momento perfeito para me divorciar, mas logo fui nomeado para mais um mandato. A essa altura, estávamos juntos fazia um ano, o ano mais feliz da minha vida. Você aceitou esperar mais seis meses. Eu estava mesmo decidido a me divorciar, e Arlette prometera não interferir em nosso relacionamento. Mas então vieram à tona alguns escândalos no governo envolvendo outras pessoas, e senti que não seria o momento apropriado para pedir o divórcio. Então, prometi que, se me desse mais um ano, eu me demitiria e iria para os Estados Unidos com você.

— Você nunca teria feito isso. Ficaria deprimido em Los Angeles.

— Eu sentia que tinha uma dívida em relação ao meu país... e à minha esposa... não podia simplesmente abandoná-los sem cumprir o meu dever, mas pretendia ir embora com você. Foi quando... — ele fez uma pausa, e Carole se lembrou do que tinha acontecido. — Algo terrível aconteceu...

— Sua filha morreu... em um acidente de carro... eu me lembro disso... foi... horrível.

Os dois se entreolharam, então ela segurou a mão dele.

— Ela tinha 19 anos. Tinha ido esquiar com alguns amigos. Você foi incrível comigo, mas eu não podia deixar Arlette naquelas circunstâncias. Seria desumano.

Carole lembrou que, na época, ele tinha dito exatamente a mesma coisa.

— Você vivia me dizendo que a deixaria. Desde o início. Dizia que o seu casamento já tinha acabado, só que, na verdade, não era bem assim... você achava que tinha uma dívida com a sua esposa. Ela sempre queria mais seis meses, e você cedia todas as vezes. Ficou o tempo todo do lado dela, e não do meu. Isso está nítido na minha mente agora. Eu ficava sempre esperando. Você vivia comigo, mas continuava casado com ela; e com o seu país. Era sempre a mesma história: precisava dar mais um ano para seu país e mais seis meses para sua esposa, e nisso se passaram dois anos. — Carole olhou para ele, surpresa pelo que acabara de se lembrar. — Eu engravidei. — Matthieu assentiu em silêncio, com uma expressão de angústia.

— E pedi para você se divorciar, não foi? — Ele concordou novamente, parecendo humilhado. — Na época, havia uma cláusula de moralidade no meu contrato. Se alguém descobrisse que eu vivia com um homem casado e que estava grávida, minha carreira estaria acabada. Eu teria sido rejeitada ou, no mínimo, ficaria sem trabalho. Arrisquei tudo por você — disse ela com o olhar triste.

Ambos tinham consciência dos riscos que envolviam o relacionamento. A França teria perdoado Matthieu por ter uma amante e trair a esposa. Carole, porém, não teria a mesma sorte, e as consequências para ela seriam desastrosas. Os Estados Unidos, ou no mínimo a indústria cinematográfica, não a perdoariam por se envolver com um homem casado. O relacionamento deles acabaria virando um escândalo. Ainda por cima, com um filho fora do casamento. A cláusula de moralidade em seu contrato era extremamente rígida, e ela ficaria marginalizada da noite para o dia. Carole resolvera correr o risco porque ele lhe garantiu que iria se divorciar, mas nunca sequer contratou um advogado. Matthieu sempre cedia à pressão da esposa. Apenas continuou ganhando tempo com Carole.

— O que aconteceu com o bebê? — perguntou ela com a voz embargada, erguendo os olhos para ele. Algumas coisas permaneciam obscuras em sua mente, embora se recordasse de alguns fatos.

— Você o perdeu. Era um menino. Você ia completar seis meses de gravidez, mas caiu da escada quando estava montando a árvore de Natal. Tentei segurá-la, mas não consegui. Você passou três dias no hospital e acabou perdendo a criança. Chloe nunca soube que você ficou grávida, mas Anthony sabia. Nós contamos tudo para ele. Ele me perguntou se íamos nos casar, e eu respondi que sim. Então minha filha morreu... Arlette teve uma crise nervosa e me pediu mais tempo, ameaçou até se suicidar. Como você tinha perdido o bebê, não havia pressa para nos casarmos. Implorei a você que entendesse. Eu ia pedir demissão na primavera e achei que, até lá, Arlette estaria pronta para enfrentar a separação. Eu precisava de mais tempo, ou, pelo menos, foi isso que falei. — Ele olhou para Carole com ar pesaroso. — No fim das contas, acho que você fez a coisa certa — reconheceu ele, embora fosse doloroso admitir a verdade. — Acho que eu não iria mesmo me separar. Eu queria, de verdade. Achava que ia conseguir, mas estava enganado. Não consegui nem deixar minha mulher nem meu emprego. Depois que você foi embora de Paris, ainda se passaram seis anos até eu me aposentar. E não sei se poderia, algum dia, ter deixado Arlette. Sempre haveria algo, alguma razão para que eu não a deixasse. Acho até que ela não me amava mais; pelo menos não da forma como eu e você nos amávamos. Só não queria me perder para outra mulher. Se você fosse francesa, teria aceitado essa situação, mas, como não era, você achava que era tudo mentira, e em parte tinha razão. Hoje vejo que não tinha coragem de confessar que não podia cumprir com a minha promessa. Eu mentia mais para mim mesmo do que para você. Quando eu disse que iria me divorciar, estava falando sério. Eu te odiei por me abandonar. Achei que você estava se vingando de mim. Mas entendi por que agiu assim. Eu iria acabar te magoando ainda mais. Os últimos seis meses que passamos juntos foram um pesadelo: brigas constantes, choro constante. Você ficou arrasada depois que perdeu o bebê, e eu também.

— O que aconteceu? O que me fez ir embora?

— Outro dia, outra mentira, outro atraso. Um belo dia você acordou e começou a fazer as malas. Só esperou o ano escolar terminar. Eu não tinha feito nada em relação ao divórcio e fui convidado a cumprir outro mandato no ministério. Tentei lhe explicar a situação, mas você não quis nem me ouvir. Partiu uma semana depois. Quando a levei ao aeroporto, ambos estávamos inconsoláveis. Você me pediu que telefonasse, se eu conseguisse o divórcio. Eu telefonei, mas não tinha me divorciado e ainda estava trabalhando. Precisavam de mim lá. E Arlette também. Ela não me amava mais, mas estávamos acostumados um com o outro. E ela achava que era meu dever lhe dar apoio.

"Depois que você foi para Los Angeles, liguei várias vezes, e um dia você parou de me atender. Soube que acabou vendendo a casa em Paris. Um dia, eu fui lá para ver com meus próprios olhos e fiquei arrasado ao recordar os momentos felizes que passamos naquele lugar."

— Eu fui lá no dia do atentado no túnel. Estava voltando para o hotel quando tudo aconteceu.

A casa fora um refúgio para ambos, um abrigo, o ninho de amor que haviam compartilhado e onde conceberam um filho.

Carole não podia deixar de imaginar o que teria acontecido caso o bebê deles tivesse sobrevivido. Perguntava a si mesma se Matthieu teria enfim se divorciado. Provavelmente não. Ele era francês, e era comum para os homens na França terem amantes e filhos fora do casamento. Faziam isso havia séculos, nada tinha mudado. Ainda era uma prática aceitável, mas não para Carole. Mesmo sendo uma atriz famosa, ela havia sido criada em uma fazenda no Mississipi e não queria viver com o marido de outra mulher. Deixara isso bem claro desde o princípio.

— Nunca deveríamos ter nos envolvido — afirmou Carole, olhando para ele, com a cabeça no travesseiro.

— Não tínhamos escolha — disse Matthieu sem rodeios. — Estávamos muito apaixonados.

— Não acredito nisso — disse ela em tom firme. — Acho que as pessoas sempre têm escolhas. Nós tivemos e fizemos as erradas, mas pagamos um alto preço por isso. Não tenho certeza, mas acho que nunca o esqueci. Fiquei remoendo tudo o que houve por um longo tempo, até conhecer meu último marido.

As lembranças lhe surgiam claramente agora.

— Há uns dez anos, li nos jornais que você havia se casado — disse ele. Carole fez um gesto afirmativo com a cabeça. — Fiquei feliz por você — acrescentou Matthieu com um sorriso triste — e com ciúmes. Ele é um homem de sorte.

— Era. Morreu há dois anos; de câncer. Todo mundo o considerava uma pessoa maravilhosa.

— Por isso Jason estava aqui. Agora entendo.

— Ele teria vindo de qualquer forma. Ele também é um bom homem.

— Você não pensava assim há 18 anos — comentou Matthieu, parecendo irritado. Não tinha certeza se Carole teria dito o mesmo a seu respeito agora, depois de tantos anos. Na época, ela achava que ele não tinha sido correto, que havia mentido e a enganado. Além disso, Carole o acusara de ser uma pessoa desonesta e sem princípios. Aquilo o deixou profundamente triste. Ninguém jamais o acusara de agir assim, mas ela estava certa.

— Agora acho que ele é uma boa pessoa — disse Carole, referindo-se a Jason. — No fim, todos nós pagamos pelos nossos pecados. A modelo russa o abandonou quando eu fui embora de Paris.

— Ele tentou voltar para você? — perguntou Matthieu, com curiosidade.

— Ao que parece, sim. Ele diz que eu não aceitei. Provavelmente ainda estava apaixonada por você.

— E você se arrepende disso?

— Sim — respondeu ela sem rodeios. — Perdi dois anos e meio da minha vida com você e provavelmente outros cinco tentando esquecê-lo. É muito tempo para se dedicar a um homem que não acabaria não se separando da esposa. — Ao pensar nisso, ela se perguntou o que teria acontecido com Arlette. — E ela, por onde anda?

— Morreu tem um ano, após passar um longo período doente. Ficou muito mal nos últimos três anos de vida. Foi sorte eu estar ao lado dela. Devia isso à Arlette. Fomos casados por 46 anos. Não era o casamento dos meus sonhos, nem o relacionamento que idealizei quando me casei com ela, aos 21 anos, mas era o que tínhamos. Éramos amigos. Ela agiu de maneira muito elegante quando soube do meu relacionamento com você. Não creio que tenha me perdoado, mas entendeu a situação. E sabia quanto eu estava apaixonado. Nunca senti isso por ela. Ela era uma pessoa muito fria, mas uma mulher decente e honesta.

Agora, Carole sabia que ele acabara ficando com a esposa até o último dia de vida dela, exatamente como previra. Ele mesmo assumiu que Carole havia feito a escolha certa ao voltar para os Estados Unidos. Finalmente, agora dispunha das respostas que viera buscar em Paris. Entre elas, estava a conclusão de que era tarde demais para reatar com Jason quando ele pediu, pois já não o amava mais. E também não poderia tê-lo impedido de se casar com a modelo russa. Não tinha escolha naquelas circunstâncias;

quando teve, não o quis mais. Agora também não o queria de volta. Era tarde demais. E, para Matthieu, ela fora apenas uma amante. Ele nunca teria deixado a esposa. Naquele momento, Carole se deu conta desse triste fato, e foi por esse motivo que foi embora de Paris. Mas só agora percebia que havia tomado a decisão certa. Matthieu confirmou isso, o que era uma espécie de retribuição, mesmo depois de tanto tempo.

Àquela altura, ela já se lembrava de muita coisa; de alguns acontecimentos e de muitos sentimentos. Chegava quase a sentir o gosto da decepção e do desespero quando finalmente cansou de esperar e o abandonou. Ele quase destruiu sua vida e sua carreira, desapontando até seus filhos. Quaisquer que fossem suas intenções no início, ou por maior que fosse seu amor por ela, Matthieu não a respeitou. Jason agiu de forma diferente. Embora o que fez tivesse sido terrível para ela, ele, pelo menos, fora franco e sincero. Pediu o divórcio e se casou com outra mulher, exatamente o que Matthieu não fez.

— O que você está fazendo agora? Continua no governo?

— Eu trabalhava para o governo até dez anos atrás, quando me aposentei e voltei à empresa de advocacia da minha família. Eu divido o escritório com dois irmãos meus.

— Você era o homem mais poderoso da França. Controlava tudo e adorava o seu trabalho.

— É verdade. — Pelo menos em relação a isso, ele era sincero, como fora sincero agora em relação às outras coisas também. O relato de Matthieu mostrava, sim, que Carole havia tomado a decisão certa, mas ouvir isso era doloroso. Ela se lembrava muito bem de quanto o tinha amado e de quanto ele a magoara. — O poder é como uma droga para um homem. É difícil largar. Eu era viciado em poder. Porém, era mais viciado em você. Quase morri quando você me abandonou. Mesmo assim, não consegui pedir o divórcio nem largar o meu emprego.

— Nunca quis que você abandonasse o seu emprego. Não era essa a questão. Mas eu realmente queria que você se divorciasse.

— Eu não conseguiria fazer isso — reconheceu Matthieu de cabeça baixa e depois olhou nos olhos dela mais uma vez. — Não tinha coragem. — Era uma confissão corajosa, e, por um minuto, Carole ficou em silêncio. Então disparou:

— Foi por isso que abandonei você.

— E agiu certo — reconheceu ele, com um sussurro, e ela assentiu com um gesto de cabeça.

Os dois permaneceram em silêncio durante um bom tempo. Então, enquanto ele ficou ali, olhando para ela, Carole fechou os olhos e caiu no sono. Pela primeira vez em muito tempo, ela estava em paz. Matthieu permaneceu no quarto, observando-a. Por fim, levantou-se e saiu sem fazer barulho.

# Capítulo 12

Naquela noite, Carole acordou novamente sentindo-se melhor depois de dormir por algumas horas. Então se lembrou da visita de Matthieu e do que ele lhe dissera. Ficou na cama, pensando nele por um longo tempo. Apesar da memória falha, muitos de seus fantasmas tinham sido exorcizados. Estava agradecida por ele, finalmente, ter sido sincero e admitir que ela agira corretamente ao deixá-lo. Ouvir aquilo era libertador. Ela se lembrava de sempre se perguntar o que teria acontecido se tivesse ficado em Paris e sido mais paciente. Agora ele havia confirmado que não teria feito diferença.

Quando acordou novamente, havia uma enfermeira no quarto e dois seguranças na porta, graças às exigências de Matthieu. Carole tinha telefonado para Jason e para seus filhos contando-lhes sobre o ataque. Disse a todos que estava bem e que tivera sorte mais uma vez. Jason se ofereceu para voltar a Paris, mas ela disse que a polícia havia tomado todas as providências e que a situação estava sob controle. Embora ainda estivesse abalada, garantiu-lhes que estava segura. Todos ficaram horrorizados por ela ter sido vítima de outro atentado terrorista, e Anthony voltou a alertar a mãe em relação a Matthieu. Disse que poderia voltar para Paris e ficar com ela, mas Carole afirmou que estava tudo bem.

No meio da noite, ela acordou e ficou na cama pensando em tudo o que acontecera naquele dia: o terrorista, Matthieu e alguns trechos da história dos dois que ele havia lhe contado. Isso a deixou ansiosa e inquieta.

Então, ligou para Stevie, sentindo-se tola por incomodá-la em uma hora tão imprópria, mas estava desesperada para ouvir uma voz familiar. Stevie acordou no mesmo instante.

— Melhorou do resfriado? — perguntou Carole, já se sentindo melhor, embora ainda estivesse abalada pelos acontecimentos do dia. Agora, ao rever os fatos, tudo parecia ainda mais assustador.

— Acho que sim, mas não totalmente — respondeu Stevie. — O que está fazendo acordada a uma hora dessas?

Carole então contou-lhe sobre o ataque que sofrera no próprio quarto.

— *O quê?* Você está brincando. E onde o segurança estava?

Stevie ficou horrorizada. Aquilo era inacreditável e estaria nos jornais no dia seguinte.

— Tinha saído para almoçar. Disseram que o segurança que o renderia não apareceu. — Carole deu um longo suspiro e se deitou, reconhecendo que tivera muita sorte. — Fiquei morrendo de medo.

Ela ainda estremecia só de pensar. Ainda bem que Matthieu chegou logo depois.

— Eu vou para aí agora mesmo. Eles que tratem de pôr uma cama extra no seu quarto. Não vou deixar você ficar sozinha.

— Não seja boba. Você está doente. Eu estou bem. Eles cuidarão para que essa falha não se repita. Matthieu esteve aqui e fez um escândalo. Ele ainda deve ter alguma influência, porque, em menos de cinco minutos, o diretor do hospital veio se desculpar. E a polícia ficou aqui por muitas horas. Não deixarão que nada me aconteça. Mas na hora eu fiquei apavorada.

— Não é para menos.

Era difícil acreditar que Carole havia sido vítima de dois incidentes.

O policial encarregado dissera que tomaria seu depoimento no dia seguinte, para que ela não ficasse mais perturbada. Além disso, com a prisão do agressor, Carole estava segura.

— Me lembrei de tê-lo visto no túnel — comentou Carole, ainda nervosa. Então, para distraí-la, Stevie mudou de assunto, perguntando sobre Matthieu.

— E o homem misterioso? Esclareceu mais detalhes sobre o romance de vocês? — Stevie estava curiosa a respeito dele.

— Sim. Consegui me lembrar de muitas coisas sozinha. Inclusive reconheci o cara que me atacou no quarto — disse ela, voltando a tocar no assunto. — Ele estava no carro que parou ao lado do meu táxi no túnel, mas fugiu. Os homens-bomba devem ter dito que ele ia morrer. Ao que parece, o rapaz não estava pronto para as 77 virgens às quais teria direito no Paraíso.

— Não, preferiu matar você. Deus do céu, mal posso esperar para voltarmos para casa.

— Eu também. Essa viagem não foi nada boa, mas acho que encontrei as respostas que buscava. Se algum dia eu recobrar a memória completamente e conseguir aprender como usar um computador de novo, creio que estarei pronta para escrever o livro. Vou ter que colocar um pouco de tudo isso que me aconteceu na história. É muito interessante para ser ignorado.

— Que tal da próxima vez escrever um livro de receitas, ou uma história infantil? Não gostei da pesquisa que você andou fazendo para esse romance.

Mas as respostas que ela obtivera a respeito de Jason e de Matthieu eram as que precisava para si mesma. Agora Carole se dava conta disso. E o melhor de tudo foi descobrir a história através dos próprios personagens, em vez de fazer suposições e tentar chegar a conclusões por si só.

— Tem notícias do Alan? — perguntou Carole, começando a relaxar. Sentia-se bem por ter alguém com quem falar no meio da noite. Então se lembrou de que não costumava fazer isso com Sean. Ela estava tendo alguns fragmentos de memória do passado.

— Ele disse que sente a minha falta — respondeu Stevie. — Está louco para que eu volte para casa. Falou que está com saudades da minha comida. Deve ter perdido a memória também, porque não sei do que ele poderia ter saudade. Comida chinesa pronta? Lanchinhos? Não preparo uma refeição decente para ele há uns quatro anos.

— Eu sei como ele se sente. Eu também senti sua falta hoje.

— Estarei aí amanhã. Vou passar a noite com você.

— Não haverá outro ataque — disse Carole para tranquilizá-la. — Todos os outros terroristas se explodiram. — E quase me levaram junto. — Não sobrou nenhum.

— Não quero saber. Prefiro ficar aí com você.

— Eu preferia estar no Ritz a ficar aqui — disse Carole rindo. — O serviço daí é infinitamente melhor.

— Não importa — retrucou Stevie, decidida. — Vou me instalar no seu quarto. E, se não gostarem, eles que se fodam! Se não são capazes de manter um segurança de prontidão na sua porta na hora do almoço, você precisa de um cão de guarda.

— Acho que Matthieu já cuidou de tudo. Eles pareciam estar morrendo de medo dele. Agora deve ter centenas de guardas no corredor.

— Ele me assusta também — admitiu Stevie. — Parece ser um cara durão.

— E é — confirmou Carole, lembrando-se dessa característica dele. — Mas não era assim comigo. Ele era casado e não abandonou a esposa. Conversamos sobre isso hoje. Moramos juntos durante dois anos e meio. Como ele não se divorciou, eu o deixei.

— Uma vez, eu também entrei numa fria dessas. É uma batalha difícil de ganhar. A maioria não consegue. Nunca mais quis isso para mim. Alan pode ser um chato de vez em quando, mas pelo menos é meu.

— É, acho que demorei para entender isso. Ele disse que estava se separando quando nos conhecemos, que o casamento estava acabado havia dez anos.

— Eles sempre dizem essas baboseiras. A única pessoa que não sabe que o casamento acabou é a esposa. Na verdade, eles nunca se separam de fato.

— Ele ficou casado até o ano passado. Disse que eu fiz bem em ir embora.

— É o que parece. E ele se divorciou, agora? — perguntou Stevie, surpresa, já que, na idade dele, não era comum alguém se separar. Especialmente na França.

— Não, ela morreu. Ele ficou com ela até seu triste fim. Quarenta e seis anos de um casamento supostamente sem amor. Por quê? Qual o sentido de uma relação assim?

— Costume. Comodismo. Covardia. Só Deus sabe por que as pessoas insistem.

— A filha dele morreu quando vivíamos juntos e a esposa ameaçou se suicidar. Houve uma série infinita de desculpas, algumas até válidas, mas a maior parte nem tanto. Até que eu finalmente desisti. Ele era casado com ela e com a França.

— Parece que você não teve a menor chance.

— É, não tive. Agora ele diz isso, mas, na época, com certeza não admitia.

Ela não contou a Stevie sobre o bebê que tinha perdido, mas iria conversar com Anthony algum dia, caso ele se lembrasse desse fato. O filho não falara nada, mas deixara claro, ao se deparar com Matthieu no hospital, quanto agora o odiava. Até seus filhos haviam se sentido traídos. Aquele relacionamento tinha deixado uma cicatriz em seu filho.

— Você estava inconsolável quando voltamos a Paris para desocupar a casa.

— Estava mesmo.

— Veja só, você parece estar se lembrando de muitas coisas — comentou Stevie.

Nos últimos dias, o progresso de Carole era notável. O ataque que sofrera no quarto também servira para estimular sua memória.

— É verdade. Pouco a pouco, minha memória está voltando. Eu me recordo mais de sentimentos do que de fatos propriamente ditos.

— Isso é só o começo. — Mike Appelsohn também ajudara, a não ser pela entrevista que concedeu ao repórter na entrada do hospital, o que acabou servindo de alerta ao terrorista. — Espero que liberem você para voltar ao hotel o mais rápido possível.

Stevie estava profundamente preocupada com o risco de haver outros terroristas atrás de Carole. Mas agora a polícia também estava atenta.

— Eu também.

Em seguida, elas se despediram. Carole permaneceu deitada por um bom tempo, pensando em quanto era uma mulher de sorte. Primeiro pela bênção de ter os filhos que tinha; segundo, pelo milagre de ter sobrevivido, e, finalmente, por poder contar com uma amiga como Stevie. Tentou não pensar em Matthieu, nem no agressor que fora ao hospital para matá-la. Ficou apenas deitada na cama, de olhos fechados, respirando profundamente. Porém, por mais que se esforçasse, a imagem do agressor com a faca na mão não saía de sua cabeça, até que seus pensamentos se desviaram, rapidamente, para a sensação de segurança e proteção que Matthieu lhe oferecia. Era como se, após todos aqueles anos, ele continuasse a ser uma fonte de refúgio e paz, mantendo-a a salvo. Não queria aceitar esse sentimento, mas, em algum lugar, trancado na memória de seu coração, algo a conduzia a isso. Quase podia sentir os braços de Matthieu em volta dela, até que, finalmente, adormeceu.

# Capítulo 13

No dia seguinte, a polícia foi ao hospital para tomar o depoimento de Carole. O rapaz que eles haviam detido era da Síria, tinha 17 anos e fazia parte de um grupo fundamentalista responsável por três atentados terroristas nos últimos tempos: dois na França e um na Espanha. Fora isso, a polícia sabia muito pouco sobre ele; Carole era a única pessoa que poderia conectá-lo ao atentado no túnel. Embora a maior parte de suas lembranças em relação a esse fato ainda fosse muito vaga, bem como detalhes da própria vida, ela se recordava nitidamente de vê-lo no carro ao lado enquanto estava presa no engarrafamento. Todas essas lembranças voltaram assim que ela viu o rosto do agressor no quarto do hospital. Enquanto investia contra ela com a enorme faca, ele não tirava os olhos de Carole.

A polícia tomou seu depoimento durante quase três horas e lhe mostrou fotografias de uma dúzia de homens. Ela não reconheceu nenhum deles, a não ser o jovem que entrara no hospital e quase a matara. Uma das fotos fez com que Carole se lembrasse vagamente do motorista do carro ao lado, mas ela não tinha prestado tanta atenção nele quanto no rapaz que vira sentado no banco de trás e, portanto, não tinha muita certeza. No entanto, não tinha dúvida em relação ao terrorista que a atacara. Seu semblante triste ao fitá-la no túnel ficara gravado em sua memória.

Outras lembranças também surgiam, embora fossem quase sempre desordenadas e sem sentido. Carole conseguia formar uma imagem mental do celeiro da fazenda de seu pai e se via ordenhando as vacas como se fosse na véspera. Também podia ouvir a risada dele, mas, por mais que se concentrasse, não visualizava seu rosto. O encontro com Mike Appelsohn em Nova Orleans, quando ele a descobriu, permanecia perdido em sua memória, mas, por outro lado, ela se lembrava do teste que fizera e de seu primeiro filme. Acordou pensando nisso naquele dia, mas o primeiro encontro com Jason e o início do relacionamento deles ainda eram um borrão. Ela se lembrava do dia do casamento, do apartamento em Nova York onde foram morar depois de casados e tinha uma vaga lembrança do nascimento de Anthony. Fora isso, não tinha nenhuma recordação do nascimento de Chloe, nem dos filmes que fez, muito menos das estatuetas do Oscar que conquistou no decorrer da carreira. E se lembrava apenas vagamente de Sean.

Tudo era desconexo e fora de sequência, como cenas excluídas na montagem final de um filme. Alguns rostos e nomes vinham à sua mente, na maior parte das vezes sem ligação nenhuma entre si. E depois cenas inteiras apareciam, límpidas como água. Era como se fosse uma colcha de retalhos da sua vida, cujos pedaços ela tentava, o tempo todo, reconhecer e recolocar em ordem. E, quando achava que tudo estava certo e que sabia do que estava se lembrando, surgia outro detalhe, um rosto, nome ou fato, e a história inteira se transformava, como um calidoscópio em constante movimento, cujas cores e formas se modificavam continuamente. Era extenuante a tentativa de absorver e entender tudo aquilo. Agora, durante horas seguidas, Carole tinha uma lembrança total; porém, depois, por um período ainda mais longo, sua mente parecia se fechar, como se estivesse saturada do processo de separação e ordenação que tomava cada minuto do seu dia. Esforçava-se para se lembrar de tudo e fazia mil perguntas quando as imagens vinham à sua mente, tentando ajustar o foco da lente da sua memória. Era um trabalho em tempo integral; o mais difícil que já fizera na vida.

Stevie tinha consciência de quanto esse esforço era cansativo e ficava em silêncio no quarto quando via que Carole estava absorta, tentando refletir. De vez em quando, Carole dizia alguma coisa, mas, durante longas horas, permanecia deitada, aparentemente fitando o nada, pensando em tudo. Boa parte dos fatos ainda não fazia sentido para ela, era como fotos em um álbum sem indicação de quem estava nos retratos e por quê. De alguns eventos, ela se lembrava muito bem. De outros, no entanto, praticamente nada. E tudo estava embaralhado em sua cabeça. Às vezes, levava horas para identificar uma imagem, um rosto ou um nome. Quando conseguia, era uma verdadeira vitória. Sentia-se triunfante todas as vezes e logo depois ficava em silêncio, descansando por um bom tempo.

Os policiais ficaram surpresos com os detalhes fornecidos por Carole a respeito do atentado, já que tinham sido avisados de que ela não se recordava de nada. Várias outras vítimas com quem eles haviam falado lembravam bem menos. Algumas porque estavam distraídas, conversando com outros passageiros, ou ouvindo música, ou porque simplesmente não conseguiam se lembrar de nada após o trauma do ataque e seus consequentes danos. A polícia e uma unidade especial de inteligência estavam tomando o depoimento dos sobreviventes havia várias semanas e, até aquele momento, tinham sido informados de que Carole não seria capaz de contribuir com a investigação. Só que, de repente, tudo mudou, e eles se viram agradecidos por sua colaboração. Providenciaram segurança adicional para ela no hospital. Agora, na porta do quarto, ficavam dois membros da CRS francesa, com suas botas de combate e uniforme azul-marinho, deixando bem claro qual era sua missão ali. As armas que portavam diziam tudo. As famosas Compagnies Republicaines de Sécurité eram a unidade mais temida em Paris, acionadas para conter distúrbios e ameaças de atentados terroristas. O fato de terem sido convocadas confirmava a gravidade do que levara Carole ao La Pitié Salpêtrière.

Não havia nenhuma forte razão para crer que outros integrantes do grupo poderiam querer matar a atriz. Até onde a polícia sabia, todos os outros tinham morrido no atentado, à exceção de um rapaz que havia fugido. Carole se lembrava nitidamente de vê-lo correndo na direção da entrada do túnel, justo antes de a primeira bomba explodir. No entanto, tinha uma vaga lembrança das explosões subsequentes, porque ela havia sido arremessada para fora do táxi e se chocado contra o chão. Mas a polícia ainda tinha certa preocupação por ela ser uma vítima facilmente identificável do atentado. Os terroristas teriam um ganho a mais eliminando-a, além da vitória adicional de matar uma pessoa famosa e ainda chamar atenção para sua causa. De qualquer forma, as unidades de inteligência e a polícia especial não tinham a menor intenção de permitir que Carole morresse em solo francês. Estavam dispostos a fazer todo o possível para mantê-la sã e salva, pelo menos até que ela deixasse a França. O FBI também foi acionado e havia se comprometido a vigiar a casa da atriz em Bel Air durante os meses seguintes, especialmente quando ela chegasse aos Estados Unidos. Era uma medida segura e, ao mesmo tempo, assustadora.

O fato de nunca ter certeza de estar fora de perigo era algo desanimador. Carole já havia pagado um preço bem alto por estar no túnel no momento da explosão. Tudo o que queria agora era recobrar a memória, deixar o hospital e tocar sua vida assim que voltasse para casa. Ainda queria escrever o livro. E tudo sobre seu presente e seu passado agora lhe parecia mais precioso, especialmente seus filhos.

Matthieu chegou quando ela estava prestando depoimento. Sem dizer nada, ele entrou no quarto calmamente, cumprimentou Carole com um gesto de cabeça e permaneceu em silêncio, ouvindo, com ar sério e preocupado. Ele havia feito vários telefonemas para a unidade de inteligência que estava cuidando do caso e para o chefe da CRS. Além disso, na véspera, havia entrado em contato com o atual ministro do Interior para assegurar-se de que não haveria equívocos ou falhas na investigação nem na proteção fornecida a

Carole. Deixara bem claro que o assunto era de suma importância para ele e não precisou dar muitas explicações. Carole Barber era uma turista importante para a França. Ao ministro do Interior, ele confessou que ela era uma grande amiga, e o ministro não pediu detalhes.

Enquanto os policiais a interrogavam, Matthieu não tirava os olhos do rosto de Carole e, assim como os próprios policiais, ficou surpreso ao ver quanto ela se lembrava do que tinha acontecido. Ela foi capaz de se recordar de muitos detalhes que estavam inteiramente apagados de sua memória antes. Dessa vez, Carole não se incomodou com a presença de Matthieu. Era tranquilizador ter alguém conhecido por perto; ele não a assustava mais. Ela achava que seu temor inicial em relação ao francês se devia ao fato de sentir, de alguma maneira, que ele tinha sido importante em sua vida, embora não soubesse por quê. Agora ela sabia e, estranhamente, se lembrava de mais detalhes sobre o relacionamento deles do que sobre outras pessoas ou acontecimentos.

Os pontos altos do relacionamento dos dois estavam gravados nitidamente em sua memória e começavam a emergir do oceano que os encobrira. Carole se lembrou de um milhão de pequenos detalhes, momentos importantes, dias ensolarados, noites românticas e instantes de carinho, além da angústia que sentira ao se dar conta de que ele não iria deixar a esposa e das brigas que tinham por isso. As explicações e as desculpas de Matthieu destacavam-se em sua mente. Ela conseguia se lembrar até mesmo do passeio que fizeram de veleiro, pelo sul da França, e de quase toda a conversa que tiveram enquanto navegavam por Saint Tropez. Recordara-se também da tristeza inconsolável de Matthieu quando sua filha morreu, um ano depois, e da decepção e do desgosto que ambos experimentaram quando Carole perdeu o bebê. As lembranças dos momentos que passou ao lado dele a dominavam e pareciam encobrir todo o restante. Era como se ela pudesse reviver a dor que ele lhe causara e o dia em que deixou a França, quando já havia perdido toda a esperança de uma vida a dois. Ciente de tudo aquilo, parecia estranho estar ali com ele agora. Não que fosse assustador; era apenas inquietante. Matthieu tinha uma expressão austera e infeliz, o que parecera sinistro no início. Mas agora ela sabia que era apenas o ar sombrio e familiar dele. Ele não parecia um homem feliz e dava a impressão de ser uma pessoa atormentada pelas próprias lembranças do tempo em que viveram juntos. Durante anos, ele quis pedir perdão a Carole, e agora o destino lhe dava essa chance.

Quando os policiais e os investigadores se retiraram, Carole parecia exausta. Matthieu sentou-se ao lado dela e, sem perguntar, serviu-lhe um chá. Ela olhou para ele com gratidão e sorriu. Estava tão cansada que mal conseguia levar a caneca à boca. Ao perceber que a mão dela tremia, ele a ajudou a beber. A enfermeira estava do lado de fora, conversando com os dois guardas da CRS. A equipe do hospital protestou sobre o uso de armas pesadas dentro da instituição, mas, como a proteção de Carole era de suma importância e tinha prioridade sobre qualquer regra, os protestos foram ignorados. A atriz chegou a vê-las de perto, quando fez um passeio pelo corredor com a enfermeira, antes da chegada da unidade de investigação. Ficara chocada ao ver as armas, mas, ao mesmo tempo, sentiu-se segura; exatamente como a presença de Matthieu a fazia se sentir. Era como se fosse uma maldição e uma bênção, ao mesmo tempo.

— Está se sentindo melhor? — perguntou ele, baixinho. Carole assentiu e bebeu um gole do chá, com a ajuda dele. Estava tremendo dos pés à cabeça.

Tinha sido uma manhã cansativa, embora não tanto quanto o dia anterior. Jamais se esqueceria do fato e da sensação de pavor que experimentara ao ser atacada. Chegou a ter certeza de que iria morrer. Nem a explosão no túnel tinha sido tão assustadora. O incidente em seu quarto havia sido muito mais pessoal; era algo contra ela em particular, como um míssil apontado para a sua direção. Quando pensava a respeito, ainda ficava abalada, mas, só de olhar para Matthieu, sentia-se mais tranquila. Sentado ali, ele parecia um homem carinhoso. Havia um lado gentil nele que ela não esquecera. Era algo evidente em seus gestos, e seu amor por ela se manifestava no olhar. Porém, Carole não sabia se aquele olhar indicava apenas que ele se recordava dos bons momentos que haviam passado juntos ou se era a chama que nunca se apagara. De qualquer forma, não pretendia descobrir. Era melhor manter algumas portas fechadas, para sempre. O que havia atrás daquela porta era muito doloroso para ambos, ou pelo menos ela imaginava que fosse. Ele não tinha feito nenhuma revelação em relação ao presente, só ao passado, o que já era suficiente.

— Estou bem — respondeu ela, dando um suspiro antes de recostar a cabeça no travesseiro. Olhou nos olhos dele e continuou, referindo-se à investigação: — Foi cansativo.

Matthieu assentiu em silêncio.

— Você se saiu muito bem.

Ele estava orgulhoso dela. Carole havia ficado calma, fora clara e se esforçara para extrair cada detalhe de seu despedaçado banco de memória. Agira de modo impressionante, o que não o surpreendeu, pois ela sempre fora uma mulher notável. Também havia sido extremamente compreensiva e amiga quando sua filha morreu e em várias outras ocasiões. Ela nunca o desapontou. Matthieu tinha plena consciência disso e, durante anos, remoera sua culpa. Vivia atormentado havia 15 anos. E agora estava ao lado dela. Aquilo era quase inacreditável.

— Você já tinha falado com eles? — perguntou Carole, curiosa. A polícia agira de forma gentil e respeitosa, embora a pressionasse de forma implacável por cada detalhe possível. Mas o modo como a trataram pareceu excepcionalmente educado. E ela suspeitou que ele estivesse por trás disso.

— Telefonei para o ministro do Interior ontem à noite.

Basicamente, era o ministro quem estava no comando da investigação, além de ser o responsável por ditar a forma como o caso era tratado e por seu possível êxito. Era esse o cargo que Matthieu ocupava quando os dois se conheceram.

— Obrigada — disse ela, com um olhar de gratidão. Os investigadores poderiam ter sido ríspidos, o que era o estilo deles, mas agiram de modo educado. Graças a Matthieu, eles usaram luvas de pelica ao lidar com o caso. — Sente falta do seu emprego?

Para Carole, aquele seria um sentimento natural. Afinal, Matthieu havia sido o homem mais poderoso da França quando ministro. Seria difícil para qualquer pessoa abrir mão dessa autoridade, principalmente para um homem. Ele estava no auge quando a conheceu e era muito atuante, motivo pelo qual nunca conseguiu abandonar o cargo. Achava que o bem-estar de seu país estava em suas mãos. O país que ele amava. *"Ma patrie"*, como ele costumava dizer, manifestando todo o amor pela França e pelo seu povo. Era pouco provável que tivesse mudado, mesmo estando aposentado.

— Às vezes. É difícil renunciar a esse tipo de responsabilidade. É como o amor; nunca acaba, mesmo mudando de endereço. Mas agora os tempos são outros. O cargo é mais difícil, mais complicado. O terrorismo mudou muitas coisas, em todos os países. Nenhum líder de nação tem uma vida tranquila. Costumava ser mais fácil quando eu estava no governo. Sabia-se quem eram os vilões. Agora eles não têm cara; você não consegue identificá-los até o estrago ser feito, como o que aconteceu com você. É mais difícil proteger seu país e seu povo. Todo mundo está mais desiludido, e algumas pessoas são muito intransigentes. É difícil ser herói. O povo está com raiva de todo mundo, não só dos inimigos, mas de seus líderes também — disse ele com um suspiro. — Não invejo os homens que estão no governo hoje. Mas devo admitir que sinto falta. — Ele deu um dos seus raros sorrisos. — Que homem não sentiria? Era muito divertido.

— Eu me lembro de quanto você adorava o que fazia — comentou Carole com um sorriso vago. — Trabalhava em horários loucos e recebia chamadas a qualquer hora da noite.

Era exatamente como ele queria que fosse. Insistia em estar a par de cada detalhe do que estava acontecendo, sempre. Era uma obsessão.

E naquela manhã ele havia ficado no quarto com Carole, acompanhando a investigação, como se ainda estivesse no comando. Às vezes esquecia que já não estava mais. Matthieu ainda era profundamente respeitado pelo povo francês e pelos governantes que vieram depois dele. Frequentemente tomava posição em questões políticas e muitas vezes era citado pelos jornais. Alguns dias antes, ele havia sido procurado pela imprensa para falar sobre o atentado no túnel e avaliar a maneira como o assunto estava sendo conduzido. Ele tinha sido diplomático, o que, para ele, não era um comportamento padrão. Quando algo o incomodava ou se ele tinha alguma crítica em relação ao governo, não media palavras. Sempre agira dessa forma.

— A França sempre foi meu primeiro amor — respondeu ele.

— Até eu conhecer você — acrescentou, em tom carinhoso. Mas Carole não tinha certeza se aquilo era ou algum dia fora verdade. Ela sentia que ocupava o terceiro lugar na lista de prioridades de Matthieu, depois do seu país e do seu casamento.

— Por que você se aposentou? — perguntou Carole, enquanto pegava a caneca de chá novamente. Dessa vez, sem a ajuda de Matthieu. Sentia-se melhor e mais calma. O interrogatório a deixara agitada, mas ela estava finalmente mais tranquila. Matthieu também se deu conta disso.

— Achei que era a hora. Servi ao meu país durante um bom tempo. Cumpri a minha missão. Meu mandato tinha acabado e o governo mudou. Tive alguns problemas de saúde, provavelmente por causa do trabalho. Agora estou bem. No início senti muita falta e, desde então, tenho recebido algumas propostas para ocupar cargos mais tranquilos, como um gesto simbólico. Só que eu não quero. Não preciso de um prêmio de consolação. Fiz o que queria na época, mas agora basta. E gosto de exercer a advocacia. Fui convidado várias vezes para ser magistrado, juiz, mas acho isso maçante. É mais divertido ser advogado do que juiz. Pelo menos para mim, embora eu esteja planejando me aposentar dos tribunais esse ano também.

— Por quê? — perguntou ela, preocupada. Matthieu era o tipo de homem que sentia necessidade de trabalhar. Mesmo aos 68 anos, dispunha do ânimo e da energia de um homem bem mais jovem. Carole percebera esse dinamismo enquanto estava sendo interrogada. Ele se mostrara positivamente elétrico, como um fio de alta-tensão. A aposentadoria não seria saudável para um homem como ele. Já era o suficiente ter abandonado o ministério, não lhe parecia uma decisão lógica largar a advocacia também.

— Estou velho, minha querida. É hora de fazer outras coisas. Escrever, ler, viajar, meditar, descobrir novos mundos. Estou planejando fazer uma viagem ao sudeste da Ásia. — Ele fora à África no ano anterior. — Agora quero fazer as coisas com mais calma e saboreá-las enquanto ainda há tempo.

— Você tem muito tempo pela frente. Ainda é um homem jovial e cheio de energia.

Ele riu da escolha de palavras dela.

— Sim, jovial; mas não jovem. Há uma grande diferença. Quero desfrutar a vida e a liberdade que nunca tive. Não devo explicações a ninguém agora. Há um aspecto bom e outro ruim nessa situação. Meus filhos estão crescidos. Até os meus netos já estão criados — acrescentou ele, dando uma risada. Era algo difícil de se imaginar, mas ela se deu conta de que era verdade. — Arlette se foi. Ninguém se preocupa com o que faço ou onde estou, o que não deixa de ser triste, mas é a mais pura verdade. Quero aproveitar isso enquanto posso, antes que meus filhos comecem a ligar lá para casa e perguntar à empregada se eu almocei ou se molhei a cama.

Ele estava longe de chegar a esse ponto, e o quadro que pintou do seu futuro tocou o coração de Carole. De certo modo, aquela situação se assemelhava à dela, embora seus filhos fossem bem mais jovens que os dele. Carole sabia que o filho mais velho de Matthieu devia estar perto dos 40 anos, era apenas alguns anos mais jovem que ela. Ele se casara bem novo e tivera filhos cedo, portanto não estava preso a herdeiros relativamente jovens, como era o caso dela. Mesmo com essa diferença, Anthony e Chloe já estavam formados, eram adultos e moravam em outra cidade. Se não fosse a companhia diária de Stevie, sua casa seria um túmulo. Não havia nenhum homem em sua vida, nenhuma criança em casa, ninguém com quem passar o tempo, conversar, ou uma pessoa de quem cuidar; ninguém que se preocupasse com o horário que jantou, ou se jantou. Carole era quase vinte anos mais jovem do que ele, mas também estava livre agora. E fora exatamente isso que a levara a querer escrever um livro e a viajar pela Europa para encontrar as respostas que, até então, buscava.

— E quanto a você? — perguntou ele, virando-se em sua direção com o mesmo olhar de interesse que notara em Carole. — Tem muito tempo que não faz um filme. Acho que vi todos eles. — Ele sorriu novamente.

Sentar-se na sala escura do cinema para vê-la e ouvir sua voz era seu passatempo preferido. Chegou a rever na TV três ou quatro vezes alguns de seus filmes. Sua esposa nunca falava nada e saía da sala em silêncio quando Carole aparecia na tela. Ela sabia. Sempre soube. Os dois evitaram o assunto nos últimos anos de vida em comum. Ela aceitava o que o marido sentia por Carole e tinha consciência de que ele nunca a amara do mesmo jeito. O que Matthieu sentia em relação à esposa era algo completamente diferente. Tinha a ver com obrigação, dever moral, responsabilidade, companhia e respeito. Os sentimentos em relação a Carole nasceram da paixão, do desejo, de sonhos e esperança. Ele tinha perdido os sonhos, mas não a esperança, nem o amor. Seriam seus para sempre, e ele os mantinha trancados no coração, como uma joia rara em um cofre, longe do perigo e em um lugar secreto. Pelas longas conversas no quarto do hospital, Carole podia perceber os sentimentos que ele ainda nutria por ela. O lugar ficava impregnado de emoções veladas, mas ainda vivas; pelo menos da parte dele.

— Os roteiros não têm me agradado muito nos últimos tempos. Não quero fazer papéis medíocres, a menos que seja algo realmente engraçado. Aliás, tenho pensado muito sobre isso ultimamente. Sempre quis fazer comédia. Não sei se sou engraçada, mas gostaria de tentar. Acho que iria me divertir. Por que não, não é mesmo? E também quero fazer papéis que sejam significativos para mim e que isso estimule as pessoas a quererem assistir ao filme. Não vejo sentido em só mostrar a cara na tela para que os outros não se esqueçam de mim. É preciso ter muito cuidado antes de aceitar um papel. O personagem tem que me interessar; caso contrário, não vale a pena fazer. Não há muitos papéis assim hoje em dia, principalmente para uma mulher na minha idade. E não quis trabalhar durante o ano que meu marido ficou doente. Desde então, não vi um roteiro sequer do qual eu tenha gostado. Tudo porcaria. Nunca fiz porcaria e não quero começar agora. Não preciso. E estou tentando escrever um livro — confessou ela com um sorriso.

Eles sempre conversaram sobre filmes, política, seus respectivos trabalhos, suas visões sobre o mundo e a vida. Matthieu era um homem extremamente culto, que lia muito e tinha uma visão crítica da vida. Possuía mestrado em literatura, psicologia e arte; além de doutorado em ciências políticas. Tinha múltiplos conhecimentos e era dono de uma mente aguçada.

— Você está escrevendo um livro sobre a sua vida? — perguntou ele, intrigado.

— Sim e não — respondeu Carole, com um sorriso tímido. — Na verdade, é um romance sobre uma mulher madura que faz um retrospecto da sua vida após a morte do marido. Já tentei começar a história dezenas de vezes. Escrevi vários capítulos sob ângulos diferentes, mas sempre fico agarrada no mesmo ponto. Não consigo compreender o objetivo da personagem depois da morte do marido. Ela é uma neurocirurgiã brilhante que não conseguiu salvá-lo de um tumor no cérebro, apesar de todo o seu conhecimento. É uma mulher acostumada ao poder e que está sempre no controle da situação, e seu fracasso em mudar o destino a leva a uma encruzilhada. A história é sobre aceitação e também uma jornada de autoconhecimento e da compreensão do verdadeiro significado da vida. Essa personagem teve que tomar decisões importantes no passado, e que ainda a afetam. Então, ela abandona a medicina, embarca em uma viagem para encontrar respostas às suas perguntas e as chaves para abrir as portas que deixou trancadas durante quase toda a sua vida. Antes de seguir adiante, ela precisa rever o passado.

Ela ficou surpresa por ter se lembrado de tantos detalhes da história que queria contar no livro.

— Parece interessante — disse ele com ar pensativo. Assim como Carole, Matthieu entendeu perfeitamente que a história era sobre ela e as decisões que tomara no decorrer da vida. A trama resumia as escolhas, os desvios no caminho que havia seguido, incluindo a decisão que tinha a ver com ele, a de deixar a França e desistir do relacionamento que ela vira como um beco sem saída.

— Espero que seja. Talvez até vire filme um dia, se eu conseguir terminar de escrever. Esse seria um papel que eu gostaria de interpretar! — Ambos sabiam que ela já havia interpretado. — Gosto de escrever. Isso me dá o poder da narrativa. É bom ter conhecimento de toda a história e dispor de uma visão mais ampla, não apenas do diálogo entre os personagens e das expressões que eles têm que assumir. Um escritor sabe tudo, ou pelo menos deve saber, acho. Por acaso descobri que eu não sabia. Não consegui encontrar as respostas para minhas próprias perguntas. Vim à Europa para encontrá-las, antes de continuar escrevendo. Tinha esperança de que a viagem poderia abrir algumas portas para mim que me tiraria desse bloqueio criativo.

— E isso aconteceu? — perguntou ele com curiosidade. Ela respondeu com um sorriso triste.

— Não sei. Talvez. Fui ver a nossa casa no dia que cheguei a Paris e tive algumas ideias. Eu estava voltando ao hotel para pôr tudo no papel, mas passei pelo túnel. Então tudo evaporou da minha cabeça. É muito estranho não saber quem você é, onde estava pouco tempo antes e o que era importante para você. Todas as pessoas, os lugares e os fatos armazenados na memória desaparecem, e você se vê sozinho no silêncio, sem saber do seu passado, sem ter ideia de quem foi. — Esse é o pior pesadelo do mundo. — Minha memória está voltando agora, em fragmentos. Mas não sei o que esqueci. Na maior parte das vezes, vejo imagens e rostos. Eu me lembro de sentimentos, mas não sei exatamente como se encaixam no todo, ou no quebra-cabeça da minha vida.

O mais estranho é que ele era a pessoa de quem mais Carole se lembrava. Tinha mais recordações de Matthieu do que dos próprios filhos, e isso a entristecia. Ela não se lembrava de quase nada sobre Sean, exceto o que haviam lhe contado, e alguns poucos momentos de seus oito anos de vida juntos. Até a lembrança de sua morte era vaga e indistinta. Jason era a pessoa de quem menos se recordava, embora soubesse que o amava de um modo diferente. Tinha sentimentos distintos em relação a Matthieu. As lembranças dele a deixavam pouco confortável e traziam à sua memória uma intensa sensação de alegria e dor. Na maior parte das vezes, dor.

— Sei que você vai recuperar a memória. Provavelmente por completo. Você precisa ser paciente. Talvez essa experiência acabe lhe proporcionando um entendimento mais profundo que não teria se não tivesse passado por isso.

— Talvez.

Os médicos estavam otimistas, mas ainda não podiam assegurar uma recuperação total. Ela estava melhor, e seu progresso era rápido, mas ainda havia momentos em que parecia não evoluir. Havia palavras, lugares, incidentes e pessoas que tinham desaparecido completamente de sua cabeça. E ninguém sabia se algum dia ela iria se lembrar de tudo, embora os terapeutas a ajudassem muito. Carole ainda dependia de outras pessoas para lhe contar detalhes de sua vida e estimular sua memória, como Matthieu fizera. E, nesse caso, ela ainda não sabia se era bom ou ruim tomar conhecimento do passado. O que ele havia contado até agora a deixara triste, os dois haviam perdido muita coisa, inclusive um filho.

— Se eu não recuperar a memória — falou ela, sem rodeios —, vai ser muito difícil voltar ao trabalho. Pode ser que esteja tudo acabado para mim. Uma atriz que não consegue gravar suas falas provavelmente não vai conseguir muitos papéis, embora eu tenha trabalhado com muita gente assim — comentou ela, dando uma risada. Encarava com surpreendente bom humor a perda que poderia enfrentar e se mostrava muito menos deprimida do que os médicos e a família temiam. Ela mantinha a esperança, assim como ele. Para Matthieu, Carole parecia notavelmente animada e perceptiva para alguém que havia sofrido um dano cerebral.

— Eu gostava de acompanhar as gravações. Costumava ir à Inglaterra todo fim de semana quando você estava fazendo aquele filme depois de *Maria Antonieta*. Não consigo lembrar o nome agora. Steven Archer e Sir Harland Chadwick também estavam no elenco.

Enquanto ele tentava se lembrar do título, Carole falou sem pensar duas vezes.

— *Epifania*. Deus do céu, que filme horrível era aquele — disse ela, dando um sorriso e parecendo surpresa por conseguir se lembrar do título e do enredo do filme. — Caramba, de onde veio isso?

— Está tudo aí em algum lugar. Você vai encontrar tudo. Só precisa buscar.

— Acho que tenho medo do que posso encontrar. Talvez seja mais fácil deixar como está. Não me lembro das coisas que me magoaram, das pessoas de quem não gostava, nem de quem não gostava de mim; dos momentos e das pessoas que queria esquecer... mas também não me lembro daqueles que queria preservar — confessou ela, parecendo nostálgica. — Lamento não ter muitas recordações dos meus filhos, em particular da Chloe. Acho que a minha carreira a prejudicou muito. Devo ter sido muito egoísta quando ela e Anthony eram crianças. Ele parece ter me perdoado, diz até que não há nada o que perdoar, mas Chloe é mais franca sobre o assunto. Ela parece zangada e muito ressentida. Gostaria de ter sido mais inteligente para perceber isso na época. E de ter passado mais tempo com eles.

Com a memória, veio a culpa.

— Você ficava com eles. Muito tempo. Às vezes até demais — disse Matthieu tranquilizando-a. — Costumava levá-los com você a todos os lugares; até quando viajava comigo. Chloe nunca ficava fora de vista quando você não estava trabalhando. E, quando estava gravando, você a levava para o set. Não queria nem colocá-la na escola. Mas Chloe sempre exigiu muita atenção. Por mais que você se dedicasse, ela sempre queria algo a mais ou alguma coisa diferente. Nunca estava satisfeita.

— É mesmo?

Era interessante ver os fatos através da percepção de Matthieu, já que sua própria visão do passado estava confusa. Carole se perguntou se ele estaria certo, ou se a opinião dele seria tendenciosa, por ele ser homem e por vir de uma cultura diferente.

— Claro. Eu mesmo nunca passei tanto tempo assim com os meus filhos. Nem a mãe deles. E olha que ela nem trabalhava. Você vivia grudada na Chloe e estava sempre preocupada com ela. Com Anthony também. Eu tinha mais facilidade para lidar com ele; era mais velho e mais acessível a mim, por ser menino. Éramos grandes amigos quando vocês moravam aqui. Mas depois ele passou a me odiar, assim como você, porque via a mãe chorando o tempo todo — lembrou Matthieu, constrangido e parecendo culpado.

— Eu passei a ter ódio de você? — perguntou ela, confusa. O que conseguia evocar ou perceber, a partir das lembranças que havia recuperado, era um sentimento de angústia, e não de ódio... ou seriam ambos a mesma coisa? Decepção, frustração, desilusão, raiva... Mas ódio parecia uma palavra muito forte. Agora, vendo-o ali, ao seu lado, ela sabia que não o odiava. Porém, Anthony ficara zangado ao vê-lo, como uma criança que se sentia desapontada ou traída. No fim das contas, Matthieu não só havia traído os dois, mas também a si mesmo.

— Não sei. Mas acho que você tinha suas razões para isso. Afinal, eu a desapontei profundamente. Agi mal. Assumi compromissos que não pude cumprir. Não tinha o direito de fazer as promessas que fiz. Na época eu acreditava nelas, mas, olhando para trás, e e tenho feito isso com bastante frequência ultimamente, sei que estava sonhando. Eu queria transformar esse sonho em realidade, mas falhei. Meu sonho se tornou um pesadelo para você. E, no fim, para mim também. — Ele estava se esforçando para ser franco, com Carole e consigo mesmo. Passou muitos anos querendo lhe confessar aquelas palavras, e era um alívio fazê-lo agora, mesmo sendo doloroso para ambos. — Anthony nem sequer se despediu de mim quando vocês foram embora. Ele achava que o pai havia traído todos vocês e que eu só a fiz sofrer mais. Foi um golpe terrível para você e para os seus filhos; e para mim também. Acho que foi a primeira vez na vida que eu realmente me vi como um homem cruel. Acabei prisioneiro das circunstâncias.

Carole assentiu em silêncio, refletindo sobre o que acabara de ouvir. Não podia atestar a veracidade daquele relato, mas a história fazia sentido. Então sentiu pena de Matthieu ao se dar conta de que ele também devia ter sofrido.

— Deve ter sido um momento difícil para nós dois.

— Realmente foi. E para Arlette também. Nunca achei que ela me amasse, até você aparecer na minha vida. Talvez ela só tenha se dado conta de que me amava naquele momento. Não sei ao certo se era amor, mas Arlette achava que eu tinha uma dívida moral em relação a ela, e creio que estava certa. Sempre me considerei um homem honesto, mas não agi de forma honesta com nenhuma de vocês duas. Nem comigo. Eu amava você e continuava casado com ela. Talvez tivesse sido diferente se eu não tivesse permanecido no governo. Meu segundo mandato mudou tudo; sua fama também contribuiu para isso. Ter uma amante não causaria um grande impacto. Afinal, na França, isso não teria sido novidade. Mas, como a protagonista do caso era você, teria sido um grande escândalo, para todos nós, na verdade, e provavelmente teria destruído a sua carreira e a minha. Arlette acabou se beneficiando disso.

— E, se eu bem me lembro, ela tirou proveito da situação — disse Carole, parecendo subitamente tensa. — Falou que contaria tudo aos estúdios e à imprensa. E depois ameaçou se matar.

Aquela lembrança surgiu de repente, deixando Matthieu constrangido.

— Essas coisas acontecem na França. Aqui é muito mais comum mulheres ameaçarem se suicidar do que nos Estados Unidos, especialmente por problemas sentimentais.

— Ela o mantinha preso pelo rabo, e a mim também — disse Carole sem rodeios, o que o fez rir.

— É possível, mas, no meu caso, eu diria que por outra parte da minha anatomia. E ela me segurava através das crianças também. Eu realmente achava que, se a abandonasse, meus filhos iriam ficar contra mim. Ela usava meu filho mais velho para falar comigo, como porta-voz da família. Era muito esperta, mas não posso culpá-la. Eu tinha absoluta certeza de que ela aceitaria o divórcio, afinal já não nos amávamos mais. Aliás, o amor já havia acabado fazia muito tempo. Fui um tolo em acreditar que ela aceitaria a separação assim tão fácil. E a minha ingenuidade me levou a enganá-la — desabafou ele, com o semblante triste, olhando bem nos olhos de Carole.

— Nós dois estávamos em uma posição difícil — concluiu ela, de forma compreensiva.

— Exatamente. Estávamos aprisionados pelo amor que sentíamos um pelo outro e éramos reféns de Arlette, bem como do ministério do Interior e das responsabilidades que o meu cargo exigia.

Então, Carole percebeu que Matthieu tivera opções. Difíceis, talvez, porém concretas. Ele optou por continuar casado e manter o cargo no governo; e ela, por deixá-lo. Lembrou-se de hesitar diante da dúvida de que talvez fosse cedo demais para desistir... e depois de ter passado anos se perguntando se havia feito a escolha certa, se as coisas teriam terminado de maneira diferente caso não tivesse ido embora, e se, lá no fim, teria ganhado a batalha e ficado com ele. Só conseguiu se livrar da dúvida quando conheceu Sean e se casou. Até então, culpava-se por não ter sido mais paciente, porém dois anos e meio parecia tempo suficiente para que ele pudesse cumprir o que havia prometido, então finalmente se convenceu de que ele nunca iria ceder. Havia sempre uma desculpa, mas, após algum tempo, elas acabaram perdendo força. Ele achava que aquelas justificativas eram verdadeiras, mas Carole já havia desistido. E, ao conversarem, logo depois de Carole voltar a si, no hospital, ele a eximira de toda e qualquer culpa quando assumiu que ela havia tomado a decisão certa. Mesmo com a memória falha, havia sido um enorme alívio ver que ele, finalmente, reconhecia isso. Em suas conversas pelo telefone, um ano depois da separação, ele ainda a culpava por ter desistido cedo demais. Agora ela sabia que o que ele dizia não era verdade. Fizera a coisa certa. E, mesmo depois de 15 anos, estava agradecida por ter se dado conta disso, assim como sentia-se grata pelo relato de Jason sobre o casamento deles. Ela começava a se perguntar se, de alguma forma macabra, o atentado no túnel tinha sido uma bênção. Todas as pessoas que haviam feito parte de seu passado agora estavam abrindo seus corações. Se não fosse o atentado, nunca saberia essas coisas. Era exatamente o que Carole precisava para seu livro, e para sua vida.

— Você precisa descansar — disse Matthieu finalmente, ao notar os olhos cansados dela. A investigação da polícia a deixara extenuada e falar sobre o passado também tinha sido desgastante. Então ele fez uma pergunta que o atormentava desde que a vira no hospital pela primeira vez. Já tinha ido visitá-la várias vezes, aparentemente de forma casual, mas seu interesse em vê-la era bem menos repentino do que parecia. E agora que ela estava consciente e lembrava o que ambos tinham representado um para o outro, Matthieu sabia que Carole tinha condições de responder. — Você gostaria que eu viesse aqui novamente? — perguntou ele, prendendo a respiração. Ela hesitou por um longo tempo. No início, sentira-se confusa e tensa, mas agora era confortador tê-lo por perto, como um anjo da guarda que havia aparecido e que a protegia com suas largas asas e seus olhos intensamente azuis, da cor do céu.

— Sim — respondeu ela finalmente, após um longo momento. — Gosto de conversar com você. Não precisamos falar sobre o passado. — Carole sempre gostou de conversar com ele e, quanto ao passado, já sabia o suficiente e não estava certa se queria descobrir mais. Mesmo depois de tantos anos, aquele tempo que passaram juntos era repleto de sofrimento. — Talvez possamos ser amigos. Eu gostaria muito disso.

Ele assentiu em silêncio, embora desejasse algo mais. Porém, não queria assustá-la, já que ela ainda estava frágil depois de tudo o que tinha acontecido. Além disso, o relacionamento tinha terminado havia muito tempo. Provavelmente era tarde demais, por mais que fosse difícil de admitir. Ele tinha perdido a mulher que mais amara na vida, mas agora ela estava de volta, de um jeito diferente. Talvez, como ela mesma havia dito, as coisas poderiam ficar do jeito que estavam. Eles poderiam tentar.

— Venho amanhã — prometeu ele, ao se levantar, olhando nos olhos dela. Carole parecia frágil sob as cobertas, seu corpo mal fazia uma ondulação na cama. Matthieu se curvou para beijá-la na testa. Ela deu um sorriso tranquilo, fechou os olhos e falou em um sussurro pleno de sonhos:

— Adeus, Matthieu... obrigada...

Ele nunca sentira tanto amor por ela quanto naquele momento.

# Capítulo 14

No final da tarde, Stevie apareceu no hospital carregando uma pequena mala e pediu à enfermeira que colocasse uma cama no quarto de Carole, pois planejava passar a noite com a amiga. Quando chegou, Carole havia acabado de acordar de um longo cochilo. Depois que Matthieu foi embora, ela dormiu por algumas horas, exausta pelos acontecimentos da manhã e pela longa conversa que tiveram. As duas atividades haviam exigido muita concentração de sua parte.

— Estou de mudança para cá — declarou Stevie, colocando a mala no chão. Seus olhos ainda estavam irritados, seu nariz, vermelho, e a tosse persistia. Mas estava tomando antibióticos e afirmou que já não havia mais a possibilidade de contágio. Carole também estava melhor do resfriado. — Então, em que tipo de confusão você se meteu hoje?

Carole contou-lhe sobre a visita da polícia, e Stevie ficou aliviada por ver os dois guardas da CRS na porta, embora as armas parecessem assustadoras. Um potencial agressor acharia o mesmo também.

— Matthieu ficou depois que eles foram embora. Ele estava aqui quando falei com a polícia — acrescentou Carole, pensativa. Stevie olhou para ela, intrigada.

— Devo ficar preocupada?

— Acho que não. Tudo aconteceu há tanto tempo. Eu era muito jovem, bem mais do que você é agora. Concordamos em ser amigos, ou pelo menos tentar. Acho que ele tem boas intenções. Parece um homem infeliz. — Ele ainda possuía a mesma intensidade da época em que viviam juntos, mas agora havia uma profunda tristeza em seus olhos que antes não existia, exceto quando sua filha morreu. — De qualquer maneira, vou para casa logo. É uma sensação boa enterrar antigos fantasmas e manter uma boa relação com eles. Isso os enfraquece.

— Não sei se alguma coisa poderia enfraquecer aquele homem. — Ele entra aqui como um tsunami, e todo o mundo fica apavorado só de vê-lo.

— Ele foi um homem muito importante; ainda é. Ele telefonou para o ministro do Interior para conversar sobre o atentado que sofri aqui no quarto. Foi assim que conseguimos os guardas para ficarem na porta.

— Não quero saber disso. Só não vou admitir que ele a incomode — disse Stevie, soando bastante protetora. A jovem não queria que nada perturbasse Carole, nunca mais se possível. Ela havia sofrido demais, sua recuperação já estava sendo bem difícil. Não precisava ter de lidar com questões emocionais, principalmente em relação a Matthieu. Ele havia tido sua chance e, pelo que Stevie sabia, a desperdiçara.

— Ele não me incomoda. As coisas das quais me lembro sobre o nosso relacionamento me chateiam, às vezes, mas ele tem sido muito atencioso. Pediu até permissão para me visitar de novo.

A atitude de Matthieu a deixara impressionada. Ele não decidiu por conta própria, não supôs que poderia ir ao hospital quando bem quisesse. Muito pelo contrário, perguntou se ela gostaria que ele voltasse.

— E você deixou? — perguntou Stevie, curiosa. Ainda não confiava no ex-ministro. Ele tinha um olhar assustador, mas não para Carole. Ela o conhecia bem; ou havia conhecido, no passado.

— Sim. Creio que podemos ser amigos. Vale a pena tentar. Ele é um homem muito interessante.

— Hitler também era... Stalin... não sei por quê, mas tenho a sensação de que esse homem faria qualquer coisa para conseguir o que quer.

— Ele era assim antes. Agora é diferente. Nós somos diferentes. Ele está mais maduro. Tudo mudou. — Carole parecia convicta disso, mas Stevie não.

— Não aposte nisso. É difícil esquecer antigos amores.

O amor deles, com certeza, não fugia a essa regra. Carole passou muitos anos sem conseguir deixar de pensar nele e o amou durante um longo tempo, o que a impedira de se apaixonar novamente, até conhecer Sean. Mas ela se limitou a assentir, em silêncio.

Stevie acomodou-se na cama que o hospital havia providenciado e anunciou que as duas fariam uma festa do pijama. Carole sentiu-se culpada por ver que sua assistente estava mal instalada, em vez de dormir no conforto do Ritz. Mas, depois do incidente no quarto, Stevie não conseguia ficar tranquila longe de Carole e tinha prometido a Jason que permaneceria sempre ao lado dela. Ele havia telefonado várias vezes, chocado com o que acontecera. Os filhos de Carole também haviam ligado. Agora, além dos guardas armados na porta do quarto, Stevie também a protegia. A atriz estava emocionada de ver quanto a amiga e assistente se preocupava com ela. As duas ficaram até tarde da noite conversando e rindo, como se fossem crianças, enquanto a enfermeira permaneceu do lado de fora, conversando com os guardas.

— Nunca me diverti tanto — confessou Carole, a certa altura, no meio de uma risada. — Obrigada por ficar comigo.

— Eu também estava me sentindo sozinha no hotel — admitiu Stevie. — Estou começando a sentir saudades do Alan.

Os dois estavam afastados fazia várias semanas e não se viram nem sequer no Dia de Ação de Graças.

— Ele tem telefonado muito — acrescentou. — Finalmente está começando a se comportar como um adulto. Aliás, já não era sem tempo, ele fez 40 anos no mês passado. Custou a amadurecer.

223

— Assim como Stevie, Alan nunca havia se casado e, ultimamente, falava muito sobre o assunto, além de viver fazendo planos para o futuro. — Ele me convidou para a ceia de Natal na casa dos pais. Sempre passamos as festas de fim de ano separados, porque o fato de comemorar juntos essas datas implica um compromisso sério. Portanto, acho que estamos dando um passo adiante, mas em direção a quê? Gosto das coisas como estão.

Os planos de Alan para o futuro deixavam Stevie nervosa.

— O que iria acontecer se você se casasse? — perguntou Carole com muita delicadeza.

Ela estava deitada na cama e, a não ser por uma lâmpada noturna instalada na cabeceira, o quarto estava praticamente escuro, o que propiciava confidências que elas provavelmente não ousariam trocar em circunstâncias diferentes, embora fossem sempre sinceras uma com a outra. Mas até mesmo entre elas alguns assuntos eram evitados. Essa pergunta, por exemplo, Carole nunca fizera antes e, mesmo naquele momento, havia hesitado em fazê-la.

— Eu me mataria — respondeu Stevie imediatamente, antes de cair na gargalhada. — Como assim? Não sei... nada... odeio mudanças. O nosso apartamento é bem confortável. Ele odeia a minha mobília, mas eu não me importo. Provavelmente eu pintaria a sala e arranjaria outro cachorro.

Stevie não conseguia entender por que teria de haver qualquer mudança em sua rotina, mas era possível que isso acontecesse. Após o casamento, Alan iria dividir a vida com ela, motivo pelo qual Stevie não queria se casar. Gostava das coisas exatamente como eram.

— Eu me refiro ao seu trabalho.

— Meu trabalho? O que o casamento tem a ver com isso, se não é com você que eu vou me casar? Se fosse, eu me mudaria para a sua casa. — As duas riram.

— Você trabalha muito, viaja comigo... enfim, passamos muito tempo fora de casa. E, toda vez que eu for vítima de um atentado terrorista, você pode acabar tendo que ficar em Paris por um bom tempo — explicou Carole com um sorriso.

— Ah, é isso? Caramba, não sei. Nunca pensei nisso. Creio que abandonaria Alan antes de largar o meu emprego. Aliás, tenho certeza disso. Se o meu trabalho for um problema, ele pode arrumar a malinha dele e sumir; para sempre. Não vou largar meu emprego. Jamais. Você teria que me matar primeiro.

Ouvir aquilo era reconfortante, embora, às vezes, a vida pudesse mudar de forma inesperada. Carole se preocupava com Stevie, pois queria que ela tivesse uma vida feliz, não apenas um emprego.

— E quanto ao Alan? Como ele se sente em relação a isso? Ele reclama?

— Não exatamente. Às vezes ele se queixa, quando eu fico fora muito tempo; diz que sente minha falta. Imagino que seja bom para ele, desde que não coloque outra mulher dentro do nosso apartamento. Mas Alan é muito conservador e vive ocupado. Na verdade, viaja mais do que eu, mas nunca vai para muito longe. Suas viagens, quase sempre, são dentro do estado da Califórnia, enquanto as minhas com você são para o exterior. Acho que ele nunca me traiu. Creio que era bem mulherengo quando mais jovem. É a primeira vez que vive com uma mulher. Por enquanto, o relacionamento tem dado certo, e isso é outra coisa que me faz pensar: para que mexer em time que está ganhando?

— Ele a pediu em casamento, Stevie?

— Não. Graças a Deus. Tenho medo de que faça isso. Antigamente, ele nunca falava em casamento, não queria nem pensar nisso. Agora, volta e meia toca no assunto. Aliás, com muita frequência, nos últimos tempos. Diz que deveríamos nos casar. Mas nunca fez o pedido claramente. Eu ficaria angustiada se ele fizesse. Deve estar passando por uma espécie de crise de meia-idade. Isso também é deprimente, porque detesto pensar que somos tão velhos assim.

— Vocês não são velhos. É apenas um gesto carinhoso da parte dele mostrar que se sente responsável por você. Em seu lugar, eu ficaria mais angustiada se ele agisse de outra forma. Você vai passar o Natal na casa dos pais dele? — perguntou Carole, curiosa. Stevie respondeu com um murmúrio indecifrável, do outro lado do quarto.

— Acho que sim. A mãe dele é uma chata. Acha que sou muito alta e velha demais para o filho dela. Mas o pai é um amor. E eu gosto muito das irmãs dele. São inteligentes, assim como ele.

Para Carole, tudo parecia favorável, o que a fez se lembrar de telefonar para Chloe no dia seguinte. Queria convidá-la para ir para a Califórnia alguns dias antes da chegada dos outros, para que tivessem a oportunidade de passar algum tempo sozinhas. Achava que isso seria bom para as duas.

Em seguida, ficou no escuro durante alguns minutos, pensando no que Matthieu dissera a respeito dos cuidados que ela tinha com os filhos e sobre Chloe ter sido uma criança exigente e difícil de agradar. O relato dele, em parte, a eximia da culpa e a deixava aliviada, mas Carole queria tentar compensar a filha por tudo o que ela achava que não havia recebido na infância. Nenhuma das duas tinha nada a perder com essa resolução; pelo contrário, tinham muito a ganhar.

Ela estava quase dormindo quando Stevie voltou a falar. Era mais uma daquelas perguntas feitas com mais facilidade na escuridão do quarto. De onde estavam, uma não podia ver a outra. Portanto, o lugar era uma espécie de confessionário, e a pergunta surpreendeu Carole.

— Você ainda é apaixonada por Matthieu?

Essa dúvida incomodava Stevie havia alguns dias. Carole demorou a responder. Refletiu bastante e tentou se expressar o mais próximo possível da verdade.

— Não sei.

— Você acha que voltaria a morar aqui em Paris? — perguntou Stevie, de repente preocupada com seu emprego, da mesma forma que Carole se mostrara preocupada em perdê-la. Dessa vez Carole respondeu bem rápido, sem hesitar.

— Não. Muito menos por causa de um homem. Eu gosto da minha vida em Los Angeles. — Mesmo não tendo mais a companhia dos filhos, ela gostava da casa, da cidade, de seus amigos e do clima do lugar. Os invernos cinzentos de Paris já não lhe agradavam mais, por mais bonita que a cidade fosse. Já havia morado lá anos antes e não tinha a menor intenção de se instalar na capital francesa novamente. — Não vou ficar aqui — assegurou à sua assistente.

Pouco depois, ambas adormeceram tranquilas por saberem que suas vidas não iriam mudar. Pelo menos, no que dependia delas, o futuro estava certo.

Quando Carole acordou na manhã seguinte, Stevie já havia trocado de roupa e feito a cama. Uma enfermeira carregando uma bandeja de café da manhã para Carole chegou acompanhada da neurologista.

A médica se posicionou ao lado da cama, com um sorriso carinhoso no rosto. Carole era a paciente estrela e, até o momento, havia tido uma recuperação que excedia todas as expectativas. Ela falou exatamente isso com a famosa atriz, na presença de Stevie, como se fosse uma mãe orgulhosa. Os médicos estavam muito satisfeitos com seu progresso.

— Ainda há muitas coisas de que não consigo me lembrar. O número do meu telefone, por exemplo; meu endereço, como é a parte externa da minha casa. Sei como é o meu quarto, o jardim, e até o meu escritório, mas não consigo visualizar o restante da casa. Não me lembro do rosto nem do nome do caseiro, assim como não me lembro dos meus filhos quando eram pequenos... posso ouvir a voz do meu pai, mas não consigo ver o rosto dele... também não sei quem são as pessoas com quem convivo. Eu me lembro muito pouco dos meus casamentos, principalmente do último.

A médica sorriu diante daquela interminável lista.

— Não se lembrar desse último item pode ser uma bênção. Eu me lembro demais dos meus dois casamentos! Ah, como eu gostaria de esquecê-los! — brincou a médica, e as três mulheres riram.

— Precisa ter paciência, Carole. A recuperação total da memória levará meses, talvez um ano, ou até dois. É possível que algumas lembranças nunca voltem, provavelmente as de menor importância. Você pode fazer algumas coisas para estimular a memória, como ver fotos antigas, ler algumas cartas, ouvir relatos de amigos. Seus filhos poderão ajudar. O seu cérebro sofreu um impacto muito grande e agora está fazendo o trabalho dele novamente. Você precisa dar um tempo para que ele possa se recuperar. É como se você estivesse no cinema e, no meio do filme, a exibição fosse interrompida. Leva um tempinho para que a fita possa ser rebobinada e o filme volte a rodar normalmente. Durante um tempo, algumas cenas acabam sendo puladas, a imagem fica embaçada, o som fica rápido ou lento demais, até que, finalmente, tudo se estabiliza. Você precisa ser paciente durante esse processo. Ficar revoltada ou jogar pipoca na tela não vai adiantar nada. E, quanto mais impaciente você ficar, mais dificuldade terá para lembrar.

— Será que vou saber dirigir?

Suas habilidades e sua coordenação motora melhoraram bastante, mas ainda não estavam totalmente recuperadas. Os fisioterapeutas haviam realizado um trabalho intenso, garantindo bons resultados. Seu equilíbrio estava melhor, mas, de vez em quando, ela sentia o quarto girar, ou as pernas ficarem fracas.

— Talvez não, no início. Mas depois você vai conseguir. Para cada caso, você tem que se lembrar, sem hesitar, do que sabia fazer antes. Coisas como usar a máquina de lavar louça, a máquina de lavar roupa, o computador, dirigir; enfim, tudo o que você sabia fazer antes precisa ser reinstalado no seu computador mental, ou recuperado, se estiver salvo lá. Acho que tem mais arquivos salvos do que você imagina. Daqui a um ano, talvez não haja nenhum indício desse incidente. Ou até em seis meses, quem sabe? Ou talvez permaneça alguma coisinha que agora ache mais complicada. Você vai precisar de um fisioterapeuta na Califórnia que seja especialista em traumatismo craniano. Eu ia sugerir um fonoaudiólogo, mas não creio que seja mais necessário.

Após sua dificuldade inicial em se lembrar das palavras, Carole parecia ter acesso total ao seu vocabulário.

— Conheço um neurologista excelente em Los Angeles — prosseguiu a médica — que pode acompanhar o seu caso. Enviaremos todos os seus registros para ele, quando você chegar a Los Angeles. Sugiro, a princípio, uma consulta a cada 15 dias, mas ele é quem vai decidir com que frequência irá examiná-la. Depois, você pode aumentar o intervalo entre as consultas para alguns meses, desde que não esteja sentindo nada. Se tiver dores de cabeça ou sentir tonturas, informe ao médico imediatamente. Não espere pela próxima consulta. Você pode ficar assim por algum tempo. Vamos fazer uns exames hoje, mas estou extremamente satisfeita com o seu progresso. Você é a "paciente-milagre" do La Pitié.

Alguns sobreviventes do atentado não evoluíram tão bem, e muitos haviam morrido logo nos primeiros dias de recuperação; a maioria em decorrência das queimaduras. Os braços de Carole haviam cicatrizado, a queimadura no rosto tinha sido superficial, e ela já estava se acostumando à cicatriz. A médica ficara impressionada com sua falta de vaidade. Carole era uma mulher sensata e estava muito mais preocupada com seu cérebro do que com sua aparência. Ainda não havia decidido se faria uma cirurgia para remover a cicatriz. Viveria com ela durante algum tempo e só então analisaria quanto isso a afetava. Assim como os médicos, ela se preocupava com o possível efeito da anestesia em seu cérebro. A cicatriz podia esperar.

— Quero que você espere mais algumas semanas para viajar de avião. Sei que quer ir para casa para as festas de fim de ano, mas, se puder esperar até o dia 20 ou 21, seria melhor. Desde que não haja nenhuma complicação até lá. Se houver algum problema, os planos terão que ser repensados. Mas, como está tudo bem até agora, creio que estará em casa para o Natal.

Ao ouvir isso, os olhos de Carole se encheram de lágrimas. Stevie também se emocionou. Durante algum tempo, elas chegaram a pensar que Carole nunca mais voltaria para casa, ou que não reconheceria o próprio lar, caso tivesse alta. Esse seria um ótimo Natal, ao lado de seus filhos e de Jason. Fazia muitos anos que não comemoravam a data juntos. Chloe e Anthony estavam empolgados, e ela também.

— Quando poderei voltar para o hotel? — perguntou Carole. Sentia-se tão segura e confortável em seu casulo no hospital que a perspectiva de sair dali a deixava temerosa, mas lhe agradava a ideia de poder passar seus últimos dias em Paris no Ritz. Já havia sido combinado que uma enfermeira iria acompanhá-la.

— Tudo vai depender dos resultados dos exames que faremos hoje. Talvez você possa voltar ao hotel amanhã. — Carole sorriu, embora soubesse que sentiria falta da sensação de segurança que o hospital, com a assistência médica disponível o tempo todo, lhe dava. Já estava arranjado que os guardas da CRS iriam para o Ritz, reforçando a segurança do hotel assim que ela chegasse. Tudo já estava sendo providenciado. — O que acha de um médico acompanhá-la durante a viagem para a Califórnia? Acho que seria uma boa ideia e você ficaria mais tranquila. A pressão no avião pode causar algumas mudanças que podem alarmá-la, embora eu ache que, até lá, você já não terá mais problemas. É só por precaução. E um conforto a mais para você.

Carole e Stevie gostaram da ideia. Stevie não tinha falado nada antes, mas estava preocupada com a viagem e com a pressão no avião, como bem lembrou a médica.

— Seria ótimo — respondeu Carole imediatamente, e Stevie demonstrou sua aprovação.

— Conheço um jovem neurocirurgião que tem uma irmã em Los Angeles e está louco para passar o Natal com ela. Vou falar com ele. Tenho certeza de que vai adorar a ideia.

— Eu já adorei — falou Stevie, aliviada. Estava apavorada diante da responsabilidade de viajar sozinha com Carole, com medo de que acontecesse algo durante o voo. Era uma viagem de 11 horas, muito tempo para ficar sem nenhum apoio médico depois de tudo o que ela havia passado. Haviam cogitado a hipótese de fretar um avião, mas Carole não aceitou. Parecia-lhe uma despesa desnecessária; afinal, só estava um pouco fraca. Ela queria voltar para casa da mesma maneira que tinha ido para Paris: de Air France, agora com Stevie ao seu lado. A única diferença seria a companhia do jovem médico cuja irmã mora em Los Angeles. Stevie sentiu-se bem mais tranquila em relação à viagem. Poderia até dormir, já que haveria um médico para cuidar de Carole, e, ainda por cima, um neurocirurgião.

— Então acho que está tudo acertado — disse a médica, sorrindo novamente. — Mais tarde conversaremos sobre os resultados dos exames. Acho que logo, logo, você poderá começar a fazer as malas. Em breve, estará bebendo champanhe no Ritz. — Elas sabiam que aquilo era uma brincadeira, porque Carole tinha sido avisada de que não poderia ingerir álcool durante um tempo. De qualquer forma, ela raramente bebia, portanto não se incomodou com a restrição.

Assim que a médica saiu, ela se levantou e tomou um banho. Stevie ajudou-a a lavar o cabelo e, dessa vez, Carole observou a cicatriz no espelho por um longo tempo.

— Tenho que admitir que não é uma marca muito bonita — disse ela, apertando os olhos para enxergá-la melhor.

— Parece a cicatriz de um duelo — disse Stevie, achando graça. — Aposto que consegue disfarçá-la com maquiagem.

— Talvez. Quem sabe ela seja meu distintivo de honra? Pelo menos a minha mente não ficou completamente retalhada — disse Carole, afastando-se do espelho e dando de ombros, enquanto tirava a umidade do cabelo com uma toalha. Em seguida, voltou a comentar com Stevie que estava apreensiva em deixar o hospital. Era como sair do ventre da mãe para o mundo. Porém, ao mesmo tempo, estava tranquila por saber que teria uma enfermeira no hotel.

Quando acabou de secar o cabelo, Carole telefonou para Chloe, em Londres. Disse à filha que voltaria ao hotel em breve e que estaria em Los Angeles antes do Natal. Assim como todos os médicos, ela presumia que os resultados de seus exames seriam positivos, ou pelo menos não seriam piores do que os anteriores. Não havia nada que sugerisse o contrário.

— Eu estive pensando numa coisa: o que você acha de ir para Los Angeles alguns dias antes do seu irmão e do seu pai? — sugeriu Carole. — Talvez no dia em que eu chegar. Você poderia me ajudar com os preparativos para o Natal. Poderíamos sair para fazer compras. Acho que não comprei nada antes de vir para cá. Poderia ser uma boa oportunidade para passarmos um tempo juntas e talvez planejarmos uma viagem na primavera, para algum lugar que você queira muito ir. — Carole estava pensando nisso havia vários dias e gostava muito da ideia.

— Só nós duas? — perguntou Chloe, surpresa.

— Só nós duas — garantiu-lhe Carole, sorrindo ao segurar o telefone. Então olhou para Stevie, que ergueu o polegar em sinal de aprovação. — Acho que precisamos recuperar o tempo perdido entre mãe e filha. Se quiser, estou pronta.

— Puxa! Mãe... nunca pensei que ouviria isso de você — disse Chloe, admirada.

— Eu adoraria. Seria um presente para mim, se você tiver tempo disponível.

Ela se lembrou de que Matthieu havia dito que era preciso muita paciência para lidar com a filha. Desde pequena, Chloe demandava bastante atenção. Porém, mesmo que ela tenha sido uma criança difícil, se era de atenção que precisava, por que não lhe dar isso? As pessoas têm diferentes necessidades, e, no caso de Chloe, possivelmente essas necessidades são mais do que a maioria precisa. E isso acontece por algum motivo, fosse culpa de sua mãe ou não. Carole dispunha de tempo. Por que não usá-lo para proporcionar felicidade à sua filha? Afinal, para que servem as mães? Só porque Anthony era mais independente não significava que as necessidades de Chloe eram menos importantes; eram apenas diferentes. E Carole queria passar um tempo com o filho também. Desejava compartilhar o presente que recebera: sua vida. Afinal de contas, eles eram seus filhos, mesmo sendo adultos e independentes. Independente do que precisassem, ela estava disposta a tentar oferecer, em nome não só do passado, mas também do presente e do futuro. Um dia, eles teriam suas próprias famílias. Agora era hora de passar momentos especiais ao lado deles, antes que fosse tarde demais. Era sua última oportunidade, e ela a agarraria com unhas e dentes.

— Por que não pensa em um lugar aonde gostaria de ir? — sugeriu Carole. — Talvez nessa primavera. Qualquer lugar. — Aquela era uma oferta maravilhosa e, como sempre, Stevie estava impressionada com a atitude de sua chefe e amiga. Carole nunca desapontava. Sempre fora uma mulher extraordinária; era um privilégio ser sua amiga.

— Que tal Taiti? — sugeriu Chloe, superanimada. — Posso tirar férias em março.

— Acho ótimo. Creio que nunca estive lá. E, se estive, não me lembro de nada, portanto será novidade para mim. — Ambas riram do comentário de Carole. — Vamos ver isso. Enfim, devo voltar a Los Angeles no dia 21. Você poderia ir no dia 22. Anthony e Jason só chegarão na véspera do Natal. Não é muito tempo, mas já é alguma coisa. Até lá, ficarei em Paris.

Ela sabia que Chloe precisaria adiantar seu trabalho na *Vogue* inglesa e até trabalharia nos fins de semana para compensar o tempo que passaria de férias. Portanto, não esperava vê-la em Los Angeles até pouco antes do Natal. E ainda não se sentia forte o bastante para viajar até Londres para ver a filha. Queria se poupar para a viagem de volta para casa; algo que seria um desafio. Agora um pouco mais fácil, já que teria a companhia de um neurocirurgião durante o voo.

— Chegarei no dia 22. E obrigada, mãe — disse Chloe.

Carole sentiu que a filha tinha agradecido do fundo do coração. No mínimo, reconhecera o esforço que a mãe estava fazendo para ficar ao seu lado. Carole se perguntou se não havia se esforçado sempre e que talvez sua filha nunca tivesse notado, ou não fosse madura o suficiente para perceber sua boa vontade e se sentir agradecida. Agora, o esforço era mútuo, e ambas estavam conscientes o bastante para ser gentis uma com a outra. Isso, por si só, já era um enorme presente para as duas.

— Ligo para você quando chegar ao hotel. Amanhã ou depois.

— Obrigada, mãe — repetiu Chloe com ternura, antes de as duas se despedirem de forma carinhosa.

Em seguida, Carole telefonou para Anthony, em Nova York. Ele estava no escritório e parecia ocupado, mas ficou feliz ao ouvir sua voz. Ela lhe contou que voltaria para o hotel em breve e que estava ansiosa para vê-lo no Natal. Ele pareceu bem-humorado, embora a alertasse, novamente, para que não falasse com Matthieu. Esse era um assunto recorrente quando conversavam ao telefone.

— Simplesmente não confio nele, mãe. As pessoas não mudam. Eu me lembro de quanto ele te fez sofrer. Tudo o que me lembro dos nossos últimos dias em Paris é de ver você chorando o tempo todo. Nem sabia o motivo. Só via que você estava muito triste. Não quero vê-la assim de novo. Você já passou por muita coisa. Prefiro ver você casada novamente com o papai.

Era a primeira vez que ele dizia isso, e ela ficou espantada. Não queria desapontá-lo, mas não iria voltar para Jason.

— Isso está fora de cogitação — falou ela calmamente. — Acho que nos damos melhor como amigos.

— Bem, Matthieu não é seu amigo — rosnou Anthony. — Ele se portou como um verdadeiro safado quando vocês estavam juntos. Ele era casado, não era?

Anthony tinha apenas uma vaga recordação do que acontecera na época, e só a impressão negativa havia permanecido, o que era muito forte. Ele faria qualquer coisa para proteger a mãe de passar por todo aquele sofrimento mais uma vez. Agora, a simples lembrança do que havia acontecido o deixava magoado. Sua mãe merecia ser tratada da melhor forma possível por qualquer homem.

— Sim, ele era casado — assentiu ela, baixinho. Não queria ser colocada na posição de defensora de Matthieu.

— Eu sabia. Então por que ele morava com a gente? — perguntou Anthony, intrigado, pois Matthieu ficava na casa deles a maior parte do tempo.

— Os homens fazem esse tipo de esquema na França. Eles têm amantes e continuam casados. Não é uma situação confortável para ninguém, mas todos parecem aceitá-la por aqui. E, naquela época, era muito mais difícil ainda se divorciar, então as pessoas viviam desse jeito. Eu queria que ele se separasse, mas a filha dele morreu e a esposa ameaçou se suicidar. Além disso, ele ocupava um cargo importante no governo, e uma separação seria um escândalo. Parece incoerente, mas era considerado menos ofensivo viver como vivíamos. Ele falava que ia se divorciar e que depois iríamos nos casar. Acho até que ele acreditava nisso, só que nunca conseguiu cumprir a promessa. Por isso fomos embora — contou ela, dando um suspiro no final. — Eu não queria ir, mas não aceitava mais viver daquele jeito. Não parecia certo nem para os meus filhos nem para mim. Não podia tolerar uma vida assim. Não admitia ser a eterna amante de alguém e levar uma vida secreta.

— O que aconteceu com a esposa dele? — perguntou Anthony, impassível.

— Ela morreu. No ano passado, se não me engano.

— Vou ficar muito chateado se você voltar a se envolver com esse homem. Ele vai te magoar novamente. Como já fez antes — advertiu-a Anthony, como se fosse seu pai.

— Não estou envolvida com ninguém — disse ela, tentando acalmá-lo.

— Mas existe essa possibilidade? Seja sincera, mãe.

Carole adorava o som da palavra "mãe". Ainda lhe soava como algo novo e repleto de amor. Toda vez que um de seus filhos a chamava assim, ela ficava emocionada.

— Não sei. Não consigo imaginar uma coisa dessas. Tudo aconteceu há tanto tempo.

— Ele está ainda apaixonado por você. Pude notar quando o vi.

— Se isso for verdade, ele está apaixonado pela recordação de quem eu era na época. Nós dois envelhecemos — explicou ela. Muitas coisas tinham acontecido desde que ela chegara à França. Ainda precisava se recuperar e tinha muito o que reaprender e assimilar. Só de pensar em tudo aquilo já se sentia extremamente cansada.

— Você não é velha. Só não quero que sofra.

— Eu também não. Não consigo nem pensar em algo assim agora.

Anthony se tranquilizou ao ouvir as palavras da mãe.

— Ótimo. Você vai para casa em breve. Tente apenas não dar a ele nenhuma chance de começar alguma coisa até lá.

— Tudo bem, mas você precisa confiar em mim — pediu ela, sentindo-se uma verdadeira mãe. No entanto, por mais que seu filho a amasse, Carole tinha o direito de tomar as próprias decisões e conduzir a própria vida. E queria deixar isso bem claro.

— Eu só não confio nele.

— Por que não damos um crédito a Matthieu, por enquanto? Ele não era um mau-caráter; sua situação é que era confusa e, por tabela, a minha também. Fui uma tola de me envolver, mas eu era jovem. Tinha praticamente a idade que você tem agora. Devia ter percebido o que estava acontecendo, afinal ele é francês. Naquele tempo, os franceses não se divorciavam. Nem sei se fazem isso hoje. Ter uma amante é tradição por aqui — disse ela com um sorriso, enquanto Anthony, do outro lado da linha, balançou a cabeça em um gesto de reprovação.

— Se quer saber a minha opinião, acho isso péssimo.

— Tem razão — admitiu ela, lembrando-se claramente dos fatos.

236

Então, eles mudaram de assunto. Anthony disse que estava nevando em Nova York. Nesse momento, a imagem da neve veio à mente de Carole e, de imediato, ela se lembrou do tempo em que levava os filhos para patinar quando eram pequenos, no Rockefeller Center, onde havia uma enorme árvore de Natal. Isso acontecera pouco antes de ir para Paris, quando tudo ainda transcorria normalmente em sua vida. Jason tinha ido buscá-los e acabou levando todos para tomar sorvete. Ela se lembrou dessa época como a mais feliz de sua vida. Tudo parecia perfeito, embora não fosse bem assim.

— Não se esqueça de se agasalhar — recomendou Carole, o que fez Anthony rir.

— Pode deixar, mãe. Se cuide também. Não vá fazer nenhuma loucura quando voltar ao Ritz, como sair para dançar, por exemplo.

Ela não conseguiu entender o recado e não sabia se ele estava falando sério.

— Eu gosto de dançar? — perguntou, confusa.

— Demais. É a rainha das pistas de dança. Vou ajudar você a se lembrar quando for para casa no Natal. É só tocar uma música. Ou posso te levar a uma boate.

— Acho que eu vou gostar — disse ela. *Se eu não ficar tonta e cair*, pensou, desolada por ainda haver tantas coisas que não sabia a seu respeito. Pelo menos podia contar com alguém para ajudá-la a se lembrar.

Os dois conversaram por mais alguns minutos e se despediram de forma carinhosa. Logo depois, Jason telefonou para ela. Ele havia acabado de entrar no escritório quando Anthony desligou e contou ao pai que sua mãe parecia muito bem. Carole ficou emocionada com o telefonema do ex-marido.

— Soube que está nevando em Nova York — disse ela.

— Muito. Dez centímetros nos últimos sessenta minutos. O serviço de meteorologia diz que teremos 60 centímetros de neve até a noite. Sorte sua ir para Los Angeles em vez de vir para cá.

Soube que a temperatura lá hoje é de 24 graus. Não vejo a hora de viajar no Natal.

— Eu não vejo a hora de estarmos todos juntos — falou ela com um sorriso cheio de ternura, expressando um sentimento do fundo do coração. — Estava me lembrando do dia em que levei as crianças para patinar no Rockefeller Center e você nos levou para tomar sorvete depois. Foi muito bom.

— Agora você está se lembrando de coisas que nem eu me recordo — comentou ele com um tom de divertimento na voz. — Nós costumávamos levar as crianças para andar de trenó no parque, o que também era muito divertido.

Além desses passeios, os dois levavam os filhos ao carrossel, ao lago com os barcos de controle remoto e ao jardim zoológico. Faziam muitas coisas juntos, e a própria Carole também se encarregava de sair com Anthony e Chloe, sempre que não estava filmando. Talvez Matthieu estivesse certo ao afirmar que ela nunca fora negligente com as crianças. Mas Chloe demonstrara que ela havia sido uma mãe ausente.

— Quando você terá alta? — perguntou Jason.

— Amanhã, espero. Terei a confirmação hoje.

Carole explicou que um médico a acompanharia na viagem de volta a Los Angeles, e Jason ficou aliviado.

— Isso é ótimo. Não vá fazer nenhuma loucura até lá. Vá com calma e coma muitos docinhos no hotel.

— O médico disse que preciso caminhar. Talvez faça algumas compras de Natal.

— Não se preocupe com essas coisas. Já temos o único presente de Natal que poderíamos desejar: você. — Ao ouvir essas palavras tão carinhosas, ela ficou emocionada novamente. Por mais que buscasse em sua memória, não conseguia evocar nenhum sentimento romântico por Jason, mas sentia um amor fraternal por ele. Afinal, ele era o pai de seus filhos, um homem por quem tinha sido apaixonada e com quem fora casada durante dez anos. Ele ficaria, para sempre, em seu coração, mas de um modo diferente do que havia sido no passado. O relacionamento deles e o que um sentia pelo outro haviam mudado com os anos. Pelo menos para ela. Com Matthieu, porém, as coisas eram diferentes. Seus sentimentos em relação a ele pareciam bem mais complicados, e às vezes ele a deixava inquieta. Com Jason, isso não acontecia. Ele era um porto ensolarado, no qual ela se sentia confortável e segura. Matthieu, por sua vez, era um jardim misterioso onde ela temia entrar, embora se lembrasse de sua beleza e de seus espinhos. — Nos vemos em Los Angeles — disse Jason, animado, antes de desligar.

Logo depois, a médica entrou trazendo os resultados dos exames. Eles mostravam que seu quadro havia apresentado melhora.

— Você está pronta para ser liberada — disse ela, sorrindo. — Pode ir para casa... ou voltar para o Ritz, por ora. O hospital lhe dará alta amanhã.

A equipe médica estava triste por vê-la partir, mas, ao mesmo tempo, feliz por ela ter melhorado. E Carole sentia exatamente a mesma coisa. Aquele havia sido um mês atípico.

Naquela tarde, Stevie arrumou a mala de Carole e avisou à segurança do hotel que elas estariam de volta no dia seguinte. O chefe da segurança recomendou que usassem a entrada da rue Cambon, nos fundos do hotel, que seria aberta para elas. A maior parte da imprensa e dos paparazzi aguardavam a famosa atriz na place Vendôme. Carole queria evitar chamar atenção, embora soubesse que, mais cedo ou mais tarde, alguém conseguiria uma foto sua. Mas, por enquanto, ela só queria paz. Seria a primeira vez dela fora do hospital, após passar um mês internada lutando pela vida. Stevie estava fazendo de tudo para que a amiga se recuperasse completamente, antes que a imprensa caísse em cima dela. As notícias sobre a recuperação de Carole Barber estariam nas primeiras páginas dos jornais do mundo todo. Não era nada fácil ser uma estrela, e privacidade era algo que não existia para uma celebridade como Carole Barber. Morta ou viva, ela era notícia, e o trabalho de Stevie consistia em protegê-la dos curiosos. Os médicos haviam salvado sua vida e, com o apoio da CRS à segurança do hotel, a estrela estaria segura. Considerando tudo isso, Stevie até achava sua missão a mais fácil de todas.

Naquela noite, Matthieu telefonou para saber notícias. Ele estava em Lyon e ficaria lá até o dia seguinte.

— Estou indo embora! — exclamou Carole, feliz. Silêncio do outro lado da linha.

— Para Los Angeles? — perguntou ele, desanimado; ela riu.

— Não, para o hotel. Os médicos querem que eu fique na cidade por mais duas semanas antes de viajar para os Estados Unidos, para terem certeza de que estou bem. Um neurologista irá me acompanhar durante o voo de volta e uma enfermeira ficará comigo no hotel. Vou ser bem assistida. Além disso, a médica irá me examinar no Ritz. Se eu não fizer nenhuma loucura e ninguém tentar me matar novamente, estarei bem. A médica recomendou que eu caminhasse para recuperar os movimentos das pernas. Estou pensando em me exercitar nas joalherias da place Vendôme — brincou ela, já que nunca comprava joias. Carole parecia bastante animada. E ele, aliviado, em saber que ela ficaria em Paris por mais uns dias. Matthieu queria passar um tempo ao seu lado, antes que ela partisse. Era cedo demais para perdê-la de novo.

— Podemos ir a Bagatelle e dar uma caminhada por lá — sugeriu ele. Quando ouviu o nome do lugar, veio à mente de Carole a imagem dos dois passeando no local, assim como nos jardins de Luxemburgo e no Bois de Boulogne. Havia dezenas de lugares em Paris para passear. — Estarei de volta amanhã. Vou telefonar para você. Se cuide, Carole.

— Pode deixar. Prometo. Dá um medo sair do hospital. Sinto como se a minha cabeça fosse de vidro.

Apesar de exagerar na comparação, agora Carole tinha consciência de sua fragilidade, e de sua mortalidade, como nunca tivera antes. E não queria correr riscos novamente. A ideia de ficar longe dos médicos que tinham salvado sua vida a deixava assustada. Era um alívio saber que teria uma enfermeira para assisti-la no hotel. Além disso, Stevie conseguira um quarto contíguo à sua suíte, para ficar perto dela, caso houvesse algum problema, embora todos os prognósticos sugerissem o contrário. Mas, de qualquer maneira, todos estavam preocupados com Carole, inclusive Matthieu.

— Tem certeza de que pode viajar? — perguntou ele. Matthieu queria muito que ela permanecesse em Paris, mas a pergunta foi mais por preocupação do que por interesse.

— Os médicos acham que sim, desde que não haja nenhum problema nas próximas duas semanas. E eu quero estar em casa para o Natal, com os meus filhos.

— Eles podem passar as festas com você no Ritz.

— Não é a mesma coisa.

Além disso, agora Paris estava marcada para Anthony e Chloe também. Levaria um tempo até que pudessem voltar a se sentir felizes no Ritz, sem pensar nos dias angustiantes que haviam passado na cidade, sem saber se a mãe sobreviveria ou não. Seria melhor ir para casa.

— Entendo. Se você não se incomodar, gostaria de visitá-la no hotel amanhã.

— Seria ótimo — disse ela, com bastante tranquilidade. Sentia vontade de vê-lo e de passear com ele.

Um simples passeio parecia algo inofensivo.

— Então nos veremos amanhã — despediu-se Matthieu. Assim que desligou, ficou pensando nela, temendo o dia em que Carole o deixaria novamente. Dessa vez, provavelmente para sempre.

# Capítulo 15

Aprontar Carole para deixar o hospital revelou-se uma tarefa mais difícil do que Stevie imaginara. Carole acordou cansada no dia em que teria alta e nervosa por ter de abandonar o casulo que o hospital se tornara para ela. Era como passar de lagarta a borboleta mais uma vez. Stevie a ajudou a lavar o cabelo e, pela primeira vez, Carole se maquiou e conseguiu disfarçar a cicatriz no rosto. Em seguida, Stevie a ajudou a vestir uma calça jeans, um suéter preto, uma jaqueta de lá e os mocassins pretos de camurça. Carole estava usando os brincos de diamante que eram sua marca registrada, e seu cabelo estava preso no habitual rabo de cavalo sedoso e brilhante. Parecia a antiga Carole Barber, e não mais uma paciente em roupa de hospital. E, mesmo depois da experiência traumática pela qual tinha passado, sua beleza natural era impressionante, embora parecesse muito magra e um pouco frágil na cadeira de rodas. A equipe do hospital foi ao quarto para se despedir dela, e a enfermeira que iria acompanhá-la ao Ritz vestiu o casaco e começou a empurrar a cadeira de rodas. Os dois guardas da CRS designados para proteger a atriz a acompanhavam com ar sisudo, empunhando suas armas, enquanto Stevie carregava sua bolsa e a de Carole. Eles formavam um grupo totalmente heterogêneo.

Desceram de elevador e atravessaram o hall acompanhados pelos agentes de segurança do hospital. O diretor do La Pitié

Salpêtrière estava presente para se despedir da atriz e desejar-lhe boa sorte. Era uma cena comovente. Em seguida, a médica responsável pelo caso de Carole conduziu o grupo até a limusine que o hotel havia providenciado para buscá-la. Os dois guardas da CRS, a enfermeira, Stevie e Carole entraram rapidamente no veículo. Ela abaixou o vidro da janela e acenou para a pequena aglomeração de fãs e simpatizantes que estava na calçada. Stevie estava admirada por não haver nenhum fotógrafo ali para tumultuar a saída. Com sorte, entrariam no hotel com a mesma facilidade, pela rue Cambon, e chegariam ao quarto sem maiores incidentes. Carole já havia demonstrado sinais de cansaço após o esforço para se levantar da cama, se arrumar e sair, pois isso tudo representava uma grande mudança em sua rotina.

A limusine desceu a rue Cambon tranquilamente e parou na entrada dos fundos do Ritz, conforme combinado. Ligeiramente cambaleante, Carole saltou do carro, olhou para o céu e sorriu, enquanto os guardas da CRS se posicionavam ao seu lado. Em seguida, toda sorridente, andou em direção à entrada do hotel, sem precisar da ajuda de ninguém. De repente, quatro fotógrafos surgiram perto dela. Carole hesitou por um instante, mas continuou andando, ainda com um sorriso no rosto. Alguém tinha avisado à imprensa que ela voltaria ao hotel naquele dia. Os guardas da CRS os afastaram do caminho, fazendo com que os paparazzi abrissem passagem. Mas é claro que eles conseguiram fazer várias fotos enquanto chamavam o seu nome. Um deles gritou "Bravo!" e jogou uma rosa em sua direção. Ela pegou a flor, olhou para ele e sorriu. Depois, com muita elegância, entrou no hotel.

O gerente a esperava lá dentro e a acompanhou até sua suíte. Para Carole, percorrer todo aquele trajeto tinha se mostrado mais cansativo do que ela imaginara. Ao caminhar pelos corredores, viu seguranças por todo lado. Ao entrar na suíte, já se sentia exausta, mas agradeceu ao gerente o enorme buquê de flores de boas-vindas que viu em cima da mesa. Minutos depois, o gerente deixou o quarto, e os guardas da CRS se posicionaram do lado de fora junto à equipe de segurança do hotel. Stevie deixou a bolsa de Carole em cima da mesa e olhou para ela, preocupada.

— Sente-se. Você parece abatida.

Carole estava pálida.

— Estou mesmo — admitiu ela, sentando-se em uma cadeira. Sentia-se como se tivesse 100 anos quando a enfermeira a ajudou a tirar o casaco. — Não consigo acreditar em quanto estou cansada. Tudo o que fiz foi sair da cama e vir até aqui de carro. Parece que fui atropelada por um ônibus.

— Foi mais ou menos o que aconteceu, há um mês. Descanse um pouco.

Stevie ainda estava aborrecida por terem avisado à imprensa que Carole voltaria ao hotel naquele dia. Era algo inevitável, ela sabia, mas agora os jornalistas não dariam descanso. Ficariam de prontidão a cada saída da atriz do hotel. Stevie considerou a possibilidade de elas utilizarem a entrada de serviço. Essa tática havia funcionado antes, embora a porta não fosse tão distante da entrada da rue Cambon, e, por isso, elas ainda estariam no campo de visão dos paparazzi. Todas essas particularidades só pioravam as coisas para Carole. Teria sido melhor se ninguém tivesse ficado sabendo de sua alta do hospital. Mas isso seria querer demais, levando em consideração tantas camareiras, garçons levando comida no quarto e toda a fofoca interna que havia em um grande hotel, mesmo se tratando de um ambiente discreto como o Ritz. Alguém certamente se viu tentado a avisar à imprensa. E deve ter sido muito bem pago por isso.

Sem perguntar, Stevie lhe serviu uma xícara de seu chá favorito, que Carole aceitou de bom grado. Sentia-se como se tivesse escalado o Everest naquela manhã. E não era para menos, considerando o que havia passado.

— Quer comer alguma coisa?

— Não, obrigada.

245

— Por que não se deita um pouco? Acho que você já fez seu exercício matinal.

— Merda! Será que algum dia vou voltar ao normal? Não ficava tão cansada assim no hospital. Parece que vou morrer.

— É assim mesmo — tranquilizou-a Stevie. Ela percebeu o desânimo de Carole, mas aquela sensação era normal. A transição do hospital para o mundo real, por mais delicadamente administrada e cuidadosamente planejada, foi como se ela tivesse sido ejetada de um canhão. — Você vai se sentir melhor em um ou dois dias, talvez até antes. Precisa se acostumar com o que acontece à sua volta, não pode ficar deitada para sempre numa cama de hospital. Eu me lembro de quando fiz a cirurgia de apendicite, há dois anos, e voltei para casa me sentindo como se tivesse uns 90 anos. Cinco dias depois, estava me esbaldando e dançando em uma boate. Tenha paciência, querida. Tenha paciência — disse Stevie tranquilizando-a, e Carole suspirou, desanimada por se sentir tão fraca e abatida.

Carole entrou lentamente no quarto e olhou ao redor, atônita. Em seguida, viu a escrivaninha na qual havia deixado seu computador. Era como se tivesse saído para o fatídico passeio apenas há algumas horas. Ao se virar para Stevie, seus olhos estavam cheios de lágrimas.

— É uma sensação tão estranha saber que, na última vez que saí desse quarto, quase morri. É meio como morrer e renascer, ou ter outra chance.

Stevie assentiu em silêncio e abraçou a amiga.

— Eu sei. Pensei a mesma coisa. Quer trocar de quarto?

Carole balançou a cabeça. Ela não queria ser paparicada nem tratada como uma criança. Só precisava de tempo para se adaptar a tudo o que tinha acontecido, não só no aspecto físico como também no psicológico. Então deitou na cama e examinou o quarto, enquanto Stevie trazia mais chá. Agora se sentia um pouco melhor. Ficara nervosa ao dar de cara com a imprensa; embora, como de costume, não deixasse transparecer. Ao contrário, ela parecia uma verdadeira rainha ao acenar com elegância, sorrir e seguir seu caminho como se nada tivesse acontecido, com seu longo cabelo loiro e seus brincos de diamante reluzindo nas orelhas.

Mais tarde, Stevie pediu almoço para as duas, e Carole se sentiu mais confortável depois de comer. Em seguida, deleitou-se com um banho quente na enorme banheira de mármore rosa e voltou a se deitar, enrolada no roupão cor-de-rosa felpudo fornecido pelo hotel. Às quatro da tarde, Matthieu telefonou. Àquela altura, ela já havia descansado e estava mais confiante.

— Como foi voltar ao hotel? — indagou ele, em tom amável.

— Foi mais difícil do que imaginei que seria. Eu estava exausta quando chegamos, mas agora estou melhor. Não consigo acreditar em quanto foi complicado. E, para completar, demos de cara com uns paparazzi na entrada dos fundos. Eu devia estar parecendo a Noiva do Frankenstein quando saí do carro. Mal conseguia andar.

— Tenho certeza de que estava linda. Como sempre.

— Um dos paparazzi jogou uma rosa para mim e, embora eu tenha achado um gesto carinhoso, quando a flor me atingiu, parecia que ia me derrubar. Naquele minuto, a expressão "quase caí de susto" parecia bem real.

Ele riu da brincadeira.

— Eu ia convidar você para caminhar, mas acho que não está em condições. Posso lhe fazer uma visita, em vez disso? Talvez possamos dar uma volta amanhã. Ou dar uma volta de carro, se você preferir.

— Você poderia vir tomar um chá comigo.

Carole não queria convidá-lo para jantar porque não sabia se isso seria apropriado. Afinal, o relacionamento deles havia sido fortemente abalado pelas mágoas, mas, ao mesmo tempo, a paixão os unira no passado.

— Eu ia adorar. Pode ser lá pelas cinco? — perguntou ele, agradecido por Carole se mostrar disposta a recebê-lo.

— Bem, eu não vou sair mesmo. — Estarei aqui.

Uma hora depois, Matthieu chegou ao hotel vestindo um terno escuro e um sobretudo cinza. Ainda fazia frio aquela tarde, e suas bochechas estavam rosadas devido ao vento. Carole usava o mesmo suéter preto, a calça jeans e os mocassins de camurça que colocara quando deixou o hospital, além dos habituais brincos de diamante. Para Matthieu, ela estava maravilhosa, embora muito pálida. Mas seus olhos brilhavam, e ela estava se sentindo melhor ao sentar-se ao lado dele para tomar chá e comer macarons e os biscoitos de amêndoa da confeitaria La Durée, providenciados pelo hotel. Matthieu ficara satisfeito ao ver os guardas na porta do quarto, além da segurança do hotel reforçada em todo o saguão. Estavam tomando todas as medidas possíveis para prevenir prováveis atentados; e deveriam mesmo, pois o incidente no hospital servira como alerta de que Carole estava em perigo.

— Como foram as coisas em Lyon? — perguntou ela com um sorriso no rosto.

— Cansativas. Tive que comparecer a uma audiência no tribunal que não pude adiar e quase perdi o trem de volta. Ou seja, dificuldades corriqueiras de um advogado e cidadão comum — falou ele com uma risada, feliz por estar ao lado dela.

Carole parecia revigorada e mais segura de si na companhia dele. Matthieu observou, satisfeito, que ela havia comido meia dúzia de macarons e ainda dividira uma bomba de café com ele. Achava ótimo o fato de seu apetite ter melhorado, já que estava muito magra, embora menos pálida do que quando ele chegou. Levando-se em conta tudo o que ela havia sofrido nas últimas semanas, era inacreditável vê-la ali sentada usando jeans e brincos de diamante. Carole havia feito as unhas naquela tarde e optara por um esmalte cor-de-rosa claro, a mesma cor que usava havia muito tempo. Em silêncio, ele admirou seus dedos longos e graciosos, enquanto ela bebia o chá. Stevie tinha se retirado para seu quarto, acompanhada da enfermeira, e estava feliz por saber que Carole sentia-se à vontade na presença de Matthieu. Chegara a hesitar antes de deixá-los a sós, mas Carole sorriu e acenou com a cabeça, garantindo-lhe que estava tudo bem.

— Cheguei a pensar que nunca veria esse quarto novamente — admitiu Carole na sala de estar da suíte.

— Eu também receei que isso pudesse acontecer — confessou ele, aliviado.

Matthieu estava louco para tirá-la do hotel e levá-la para passear, mas era evidente que Carole não estava pronta para isso ainda, embora fosse gostar da ideia.

— Parece que sempre me envolvo em encrencas em Paris, não é mesmo? — comentou ela com um sorriso malicioso, ao que Matthieu riu e retrucou:

— Eu diria que dessa vez a encrenca foi um tanto exagerada, concorda?

Ela assentiu com um gesto de cabeça, e os dois começaram a conversar sobre o livro dela.

Carole contou que, nos últimos dias, tivera algumas ideias e esperava voltar a trabalhar assim que chegasse a Los Angeles. Ele a admirava por sua iniciativa, pois estava sempre recebendo convites de editores para escrever um livro de memórias e, até o momento, ainda não havia aceitado nenhuma proposta. Tinha muitos projetos e planejava se aposentar no ano seguinte para fazer tudo aquilo com que um dia havia sonhado, antes que fosse tarde demais. A morte da esposa o levara a se dar conta de quanto a vida é curta e preciosa, principalmente na sua idade. Ele planejava esquiar com os filhos no Vale de Isère, no Natal. Carole disse que lamentava que seus dias de esqui tivessem acabado, pois a última coisa de que precisava era outro golpe na cabeça. Isso os fez lembrar quanto se divertiam quando esquiavam juntos. Eles esquiavam com frequência e levavam os filhos de Carole também. Matthieu era excelente no esporte e, quando jovem, chegara a participar de uma competição nacional. Carole também se saía muito bem.

249

Eles conversaram sobre diversos assuntos, enquanto a noite caía do lado de fora. Já eram quase oito horas quando ele se levantou, sentindo-se culpado por mantê-la acordada por tanto tempo. Sabia que Carole precisava descansar. Ele havia perdido a hora, e ela parecia cansada, porém tranquila. Ao se levantar e olhar pela janela, Carole se espantou. Estava nevando. Então, ela abriu a janela e pôs a mão do lado de fora, tentando pegar os flocos de neve, enquanto Matthieu a observava. De repente, ela se virou, parecendo uma criança feliz.

— Olhe! Está nevando! — falou ela, finalmente, toda animada. Ele assentiu e achou graça. Tomada por um sentimento de gratidão, Carole contemplou a escuridão da noite. Tudo agora tinha um significado novo para ela, e os menores prazeres lhe davam alegria. Mas, para Matthieu, ela era sua maior alegria. Sempre fora. — É tão lindo! — exclamou ela, deslumbrada. Ele estava bem atrás dela, mas não a tocou. Deleitava-se apenas com sua presença, enquanto tremia por dentro.

— Você também é linda — elogiou ele, baixinho. Sentia-se muito feliz por ela ter permitido esse encontro. Era um presente muito valioso para o francês.

Ela se virou para ele com o rosto emoldurado pela neve que caía lá fora.

— Estava nevando na noite em que me mudei para cá... você estava comigo... nós nos beijamos... eu me lembro de pensar que nunca me esqueceria daquela noite tão linda. Então, fomos dar um passeio ao longo do Sena sob a neve... eu estava usando um casaco de pele com capuz... — sussurrou ela.

— ... parecia uma princesa russa...

— Foi exatamente o que você me disse.

Ele acenou com a cabeça, e os dois evocaram a magia daquela noite. Então, diante da janela aberta no Ritz, eles se aproximaram delicadamente e se beijaram. E o tempo parou.

# Capítulo 16

Carole parecia preocupada quando Matthieu telefonou na manhã seguinte. Sentia-se melhor, e suas pernas estavam mais firmes, mas tinha ficado acordada durante horas pensando nele.

— Foi uma coisa estúpida o que fizemos na noite passada... desculpe... — disse ela quando atendeu ao telefone. Ficara perturbada a noite toda. Não queria reviver o passado. Mas as lembranças da noite em que se conheceram, vivida há muito tempo, foram tão poderosas que a arrebataram. Ambos se deixaram levar pelas emoções, exatamente como acontecera no passado. Eles exerciam um poder irresistível e inebriante um sobre o outro.

— Por que você acha isso? — perguntou ele, desapontado.

— Porque as coisas são diferentes agora. O passado é passado, e o presente é presente. Não se pode voltar no tempo. E eu vou embora em breve. Eu não pretendia deixá-lo confuso.

Carole também não queria que ele a deixasse confusa. Depois que Matthieu foi embora, sua cabeça ficou girando. Não por causa do trauma que havia sofrido, e sim por causa dele e do despertar de antigos sentimentos.

— Você não me deixou confuso, Carole. Se por acaso estou, a culpa é só minha... mas acho que não me sinto assim.

Não havia nada de confuso em relação aos seus sentimentos. Ele sabia que ainda estava apaixonado por ela, ou melhor, que nunca deixara de amá-la. Nada havia mudado. Fora Carole quem fechara a porta. E tentava fechá-la novamente.

— Quero ser sua amiga — disse ela em tom firme. Apenas isso.

— Nós somos amigos.

— Não quero fazer aquilo de novo — disse, referindo-se ao beijo da noite anterior.

Ela estava tentando ser forte, mas sentia-se assustada. Sabia o efeito que ele exercia sobre ela. Matthieu fora como um tsunami na noite passada.

— Então não irá acontecer de novo. Eu lhe dou a minha palavra.

Mas Carole sabia que, para ele, promessas não tinham valor. Nunca as cumpria. Pelo menos no passado fora assim.

— Nós dois sabemos que prometer não adianta nada — disse Carole involuntariamente, e ele suspirou. — Desculpe. Não foi o que eu quis dizer.

— Mas disse. E eu merecia ouvir isso. Vamos apenas dizer que a minha palavra tem mais valor hoje do que antigamente.

— Desculpe.

Ela estava constrangida pelo que havia acabado de falar. Não dispunha do seu controle habitual, mas isso não era desculpa, mesmo ele merecendo. Porém, apesar de tudo, Matthieu não demonstrou ter ficado zangado.

— Tudo bem. E quanto ao nosso passeio? Ainda está de pé? — A neve que caíra na noite anterior já havia derretido. Fora apenas uma breve lufada, mas estava frio e ele não queria que ela adoecesse. — Vai precisar de um casaco bem quente.

— Eu tenho um... quer dizer, tinha. — Ela lembrou que o usara na fatídica noite. E, assim como todas as outras peças de roupa que estava vestindo, o casaco também não existia mais. Quando a ambulância a resgatou, ela estava coberta por trapos. — Posso pegar o casaco da Stevie emprestado.

— Aonde você quer ir?

— Que tal Bagatelle?

— Boa ideia. Vou providenciar para que seus seguranças nos sigam em outro carro.

Ele não queria correr riscos, e ela concordou. O problema seria sair do hotel. Carole sugeriu encontrá-lo em frente ao Crillon, onde passaria para o carro dele.

— Parece filme de espionagem — comentou Matthieu, achando graça, embora esse tipo de tática não fosse novidade para ele. Afinal, costumavam ser cautelosos quando moravam juntos.

— É espionagem — concordou Carole, dando uma risada. — A que horas nos encontraremos? — Ela parecia mais feliz e mais à vontade do que alguns minutos antes, embora tentasse estabelecer limites para os dois.

— Que tal às duas da tarde? Tenho uma reunião um pouco mais cedo.

— Então nos vemos no Crillon às duas. A propósito, em que carro vai estar? Eu iria odiar entrar no carro errado. — Ele riu da ideia, embora achasse que o motorista ficaria satisfeito.

— Tenho um Peugeot azul-marinho. Estarei com um chapéu cinza, uma rosa na mão e vou calçar apenas um sapato.

Ela riu, lembrando-se do habitual bom humor de Matthieu. Costumava se divertir com ele; e também sofrer. Ainda se sentia culpada por tê-lo beijado na noite anterior e estava decidida a não permitir que isso voltasse a acontecer.

Carole pediu a Stevie que providenciasse um carro para ela; depois as duas almoçaram no quarto. Ela comeu um club sandwich que achou delicioso e tomou a canja do hotel.

— Tem certeza de que está se sentindo bem para sair? — perguntou Stevie, preocupada. Carole parecia melhor do que na véspera, mas sair para um passeio era um tanto ousado e talvez até mesmo exagerado no momento. Stevie temia que Matthieu a deixasse cansada ou agitada, pois percebeu que a amiga tinha ficado exausta e nervosa depois que ele saiu.

— Pode deixar. Se ficar muito cansada, eu volto.

Matthieu era cauteloso com ela também e não a deixaria exagerar.

Em seguida, Carole pegou emprestado o casaco de Stevie, que a levou até o carro que a aguardava na entrada da rue Cambon. O capuz do casaco cobria sua cabeça, e ela estava de óculos escuros. Usava a mesma roupa do dia anterior, com um pesado suéter branco por cima, dessa vez. Havia dois paparazzi do lado de fora, que tiraram uma foto dela entrando no carro. Stevie a acompanhou por duas quadras, depois voltou ao hotel a pé, deixando a amiga seguir com os dois seguranças.

Matthieu a esperava em frente ao Crillon, exatamente como haviam combinado, e ela mudou de carro. Ninguém a tinha seguido. Estava sem fôlego e um pouco tonta quando se sentou no banco do carona.

— Como está se sentindo? — perguntou ele, parecendo preocupado. Quando ela abaixou o capuz e tirou os óculos escuros, o francês percebeu que ainda estava muito pálida, porém bastante bonita. Mesmo depois de todos aqueles anos, ainda se sentia arrebatado por ela.

— Bem. Um pouco trêmula, mas é bom sair do hotel. — Ela já estava cansada de ficar presa no quarto e percebeu que estava comendo muito doce por não ter nada melhor para fazer. — Parece bobagem, mas é bom dar uma volta. Isso é a coisa mais emocionante que fiz em um mês.

A não ser beijá-lo. Mas não se permitiria pensar nisso agora. Matthieu podia ver em seus olhos que ela estava alerta e pretendia mantê-lo à distância, embora o tivesse cumprimentado com um beijo no rosto quando chegara. Antigos hábitos não desaparecem facilmente, mesmo depois de 15 anos. E Carole tinha perpetuado em sua alma esse gesto de intimidade com ele, que não havia sido muito praticado nos últimos anos, mas que não estava perdido.

Quando chegaram à Bagatelle, o sol brilhava, apesar do frio e do vento. Mas ambos estavam agasalhados, e ela ficou surpresa diante do prazer que sentiu de estar ao ar livre. Tomou o braço de

Matthieu para se firmar, então os dois caminharam lentamente por um bom tempo. Carole estava sem fôlego quando voltaram para o carro. Os seguranças se mantiveram a uma distância razoável a fim de lhes dar privacidade, mas próximos o suficiente para manter a atriz em segurança.

— Está tudo bem? — perguntou ele novamente, observando-a e temendo que tivessem ido longe demais. Ele não conseguia se controlar, a companhia dela era muito agradável para resistir.

— Estou ótima! — Suas bochechas estavam rosadas por causa do frio, e seus olhos brilhavam. — É ótima a sensação de me sentir viva.

Matthieu teria gostado de levá-la para passear em outro lugar também, mas não se atreveria a tanto. Podia ver que Carole estava cansada, ainda que parecesse serena. No caminho de volta, conversaram animadamente e, apesar de seus planos de "espionagem", os dois se esqueceram de parar no Crillon, e Carole acabou seguindo para o hotel no carro dele, embora os seguranças dessem cobertura no outro carro. Chegaram ao Ritz pela place Vendôme, a entrada principal do hotel. Carole disse a si mesma que não tinham nada a esconder, afinal eram apenas velhos amigos e ambos eram viúvos. Parecia estranho que agora tivessem isso em comum. Em todo caso, eram livres e descomprometidos, e Matthieu agora era apenas um advogado, não um ministro.

— Quer subir? — perguntou ela, olhando para o francês, enquanto cobria a cabeça com o capuz. Nem se preocupou em colocar os óculos escuros, pois não tinha visto nenhum paparazzo por perto.

— Você quer que eu a acompanhe? Não está muito cansada? — Temia que tivessem andado demais, mas Carole parecia animada.

— Provavelmente vou me sentir cansada mais tarde, mas agora estou ótima. Além do mais, os próprios médicos recomendaram que eu caminhasse um pouco. Podemos tomar um chá, mas sem beijo dessa vez — alertou-o, fazendo-o rir.

— Isso certamente deixa as coisas bem claras entre nós. Tudo bem, tomaremos o chá, mas não vamos nos beijar. Embora eu precise admitir que gostei do nosso beijo — disse ele, sem rodeios.

— Eu também — confessou ela, timidamente. — Mas não faz parte do cardápio regular. Foi uma espécie de "especial de antigamente".

Por mais afetuoso que tivesse sido no momento, o gesto fora um deslize.

— Que pena! Por que você não vai na frente com os seguranças? Vou estacionar o carro e subo em seguida.

Se algum paparazzo a fotografasse, ela estaria sozinha e não teria de dar explicações.

— Então até logo — disse ela, antes de sair do carro, e, imediatamente, os seguranças pularam do outro veículo e se posicionaram logo atrás dela. Um momento depois, houve uma série de flashes em seu rosto. Carole se assustou, mas rapidamente se recompôs, sorriu e acenou para os fotógrafos. Há muitos anos aprendera que, quando era fotografada, não fazia sentido parecer aborrecida. Em seguida, entrou rapidamente no hotel, passou pelo saguão e pegou o elevador até seu quarto. Stevie havia acabado de chegar e a aguardava na suíte. Estava usando uma parca, no lugar do casaco que emprestara a Carole, e fora dar um passeio na rue de la Paix. Um pouco de ar fresco tinha feito bem a ela.

— Como foi o passeio? — perguntou Stevie educadamente.

— Perfeito — respondeu Carole, enfatizando as palavras com um gesto afirmativo de cabeça, provando a si mesma que eles poderiam ser amigos.

Matthieu chegou logo depois. Então, Stevie ligou para o serviço de quarto e pediu chá e sanduíches, que Carole devorou assim que foram entregues. Seu apetite estava melhor, e Matthieu percebeu que o passeio lhe fizera bem. Ela parecia cansada, mas feliz, enquanto esticava as pernas. Eles conversaram, como sempre faziam, sobre vários assuntos, dos mais filosóficos aos mais triviais. Antigamente, ele costumava discutir política com ela e levava em conta suas opiniões, mas, além de não estar em condições de fazer isso, Carole não sabia nada do que estava acontecendo na França nos últimos tempos.

Dessa vez, ele não ficou muito tempo e, conforme havia prometido, não a beijou. A neve da noite anterior trouxera uma avalanche de lembranças e, com elas, sentimentos que pegaram Carole de surpresa e a fizeram baixar a guarda. Agora, seus limites estavam bem nítidos, e Matthieu respeitava aquela decisão. A última coisa que queria era magoá-la, afinal Carole estava frágil e vulnerável; acabara de voltar à vida. Ele não pretendia se aproveitar da situação. Queria apenas ficar ao lado dela, do jeito que ela quisesse. Sentia-se grato pelo que havia conquistado até ali. Era difícil acreditar que ainda restava algo, depois do estrago que havia feito no relacionamento deles no passado.

— Vamos passear de novo amanhã? — perguntou Matthieu antes de ir embora.

Carole aceitou o convite, parecendo contente. Também adorava o tempo que passavam juntos. E, ao acompanhá-lo até a porta da suíte, percebeu que ele sorria para ela.

— Nunca pensei que a veria novamente.

— Nem eu — admitiu ela.

— Então, até amanhã — disse ele baixinho, antes de sair. Em seguida, cumprimentou os dois seguranças no corredor e deixou o hotel de cabeça baixa, pensando em Carole e em quanto tinha sido agradável o simples fato de estar ao seu lado, de braços dados com ela.

No dia seguinte, os dois se encontraram às três da tarde, caminharam por uma hora e depois passearam de carro até as seis horas. Durante algum tempo, permaneceram no carro no Bois de Boulogne e conversaram sobre a casa onde haviam morado juntos. Matthieu disse que fazia muito tempo que não ia até lá, então combinaram de passar pela propriedade, quando voltassem ao hotel. Carole já havia feito aquela peregrinação, agora iria repetir a jornada na companhia dele.

Exatamente como na última vez que havia estado ali, o portão que dava para o pátio estava aberto. Enquanto os seguranças ficaram aguardando discretamente do lado de fora, os dois entraram na propriedade. Instintivamente, ambos olharam para a janela do quarto, se entreolharam e deram as mãos. O local guardava muitos sentimentos que haviam compartilhado, além de esperanças e sonhos perdidos. Era como visitar um cemitério no qual o amor deles estava enterrado. Inevitavelmente, ela pensou no bebê que havia perdido e olhou para Matthieu com os olhos marejados. Mesmo sem querer, sentia-se mais próxima dele do que nunca.

— Às vezes eu me pergunto o que teria acontecido se o bebê tivesse sobrevivido — confessou Carole, baixinho. Matthieu entendeu o que ela quis dizer e suspirou. Foi terrível quando ela caiu da escada, e, logo depois, as coisas só pioraram.

— Suponho que estaríamos casados agora — disse ele, parecendo profundamente arrependido.

— Talvez não. Acho que, mesmo que o bebê tivesse nascido, você provavelmente não teria se separado da Arlette.

Havia muitos filhos fora do casamento na França. Era uma tradição herdada da época da monarquia.

— Ela morreria se descobrisse. — Em seguida, Matthieu se virou para Carole com uma expressão de tristeza. — No entanto, quase acabou matando você.

O fato tinha sido uma tragédia para ambos.

— Não era para ser.

Todo ano, Carole ia à igreja na data em que havia perdido o bebê. De repente, ela se deu conta de que o dia estava chegando e tentou não pensar mais no assunto.

— Gostaria que as coisas tivessem dado certo entre nós — falou ele baixinho, lutando consigo mesmo para não beijá-la novamente ao se lembrar da promessa que havia feito. Então, limitou-se a envolvê-la em um demorado abraço. Matthieu sentiu o calor do corpo dela e pensou em quanto haviam sido felizes naquela casa. Ele sabia que dois anos e meio não era um tempo muito longo, mas, na época, aquele período parecera uma existência inteira para os dois.

Dessa vez, foi Carole quem se virou e o beijou. A princípio, ele ficou surpreso e hesitou, mas se entregou e correspondeu. Teve medo de que ela ficasse aborrecida com ele, mas isso não aconteceu. Ela estava tão arrebatada pelas emoções que nada poderia impedir que aquilo acontecesse. Sentia-se levada pela correnteza.

— Agora só falta você dizer que não cumpro com a palavra. — Ele não queria que Carole ficasse zangada e sentia-se aliviado por perceber que ela parecia feliz.

— Fui eu que não cumpri com a minha — admitiu ela tranquilamente, enquanto os dois saíam do pátio e se dirigiam de volta para o carro. — Às vezes sinto que o meu corpo se lembra de você melhor do que eu mesma — sussurrou. E certamente o coração dela também se lembrava dele. — Ser apenas sua amiga não é tão fácil quanto pensei — reconheceu ela. Matthieu assentiu em silêncio.

— Não está sendo fácil para mim também, mas estou disposto a fazer o que você quiser. — Sentia que devia isso a ela. Mas Carole sempre o surpreendia.

— Talvez devêssemos apenas desfrutar esses momentos nas próximas duas semanas, para recordarmos o passado e dizer adeus quando eu for embora.

— Essa ideia não me agrada — respondeu ele ao entrarem no carro. — O que há de errado em voltarmos a nos ver? Talvez nosso reencontro tenha sido obra do destino. Talvez essa seja a maneira que Deus teve de nos dar outra chance. Nós dois somos livres agora, não estamos magoando ninguém. Não devemos explicações a ninguém a não ser a nós mesmos.

— Não quero sofrer de novo — disse ela sem rodeios, no instante em que ele ligou o motor e se virou para olhá-la nos olhos. — A última vez foi muito dolorosa. — Ele assentiu. Não tinha como se defender.

— Entendo. — Então ele fez uma pergunta que o incomodava havia muitos anos. — Você me perdoou, Carole? Por desapontá-la e por não cumprir com as minhas promessas? Eu pretendia fazer tudo o que prometi, mas as coisas nunca aconteciam da maneira que eu queria. Por fim, não fui capaz de agir. Você me perdoou por isso e por tê-la feito sofrer tanto?

Ele tinha plena consciência de que não tinha direito a qualquer indulto, mas esperava que ela o tivesse perdoado. Pensando bem, por que ela faria isso? Ele não merecia seu perdão.

Ela o encarou e respondeu:

— Não sei. Não consigo lembrar. Só me recordo dos bons momentos e do sofrimento pelo qual passei, mas não lembro o que aconteceu depois. Só sei que levei muito tempo para superar a tristeza.

Naquelas circunstâncias, essa resposta era suficiente. O simples fato de Carole aceitar passar um tempo em sua companhia já era algo maravilhoso. Querer seu perdão era pedir demais, e ele sabia que não tinha o direito de pedir isso.

Matthieu a deixou no hotel e prometeu que voltaria no dia seguinte para levá-la a outro passeio. Ela queria voltar aos jardins de Luxemburgo, aonde costumava ir com Anthony e Chloe quando moravam em Paris.

Enquanto dirigia, Matthieu não parava de pensar na sensação dos lábios dela nos seus. Ao entrar em casa, atravessou o corredor e foi até o escritório, sentando-se na escuridão. Não sabia o que iria lhe dizer, ou se a veria novamente depois que ela partisse. Achava que Carole também não fazia ideia. Pela primeira vez, eles não tinham passado nem futuro; tudo de que dispunham era a experiência de viver um dia de cada vez. Não havia como saber o que iria acontecer em seguida.

# Capítulo 17

Passear nos jardins de Luxemburgo com Matthieu trouxe a Carole um mar de lembranças de todas as ocasiões que estivera ali com os filhos e com ele. A primeira oportunidade de visitar o local fora na companhia dele, depois ela voltara centenas de vezes com Anthony e Chloe.

Entre risos, eles se lembraram de coisas bobas que as crianças tinham feito e de outras situações que ela havia esquecido. Passear por Paris ao lado de Matthieu trazia de volta muitas recordações às quais ela não teria acesso de outra maneira; recordações, em sua maioria, boas, além de momentos de carinho entre os dois. O sofrimento que ele lhe causara no passado agora parecia vago em contraste com a felicidade que lhe vinha à memória.

Ainda conversavam e riam descontraidamente quando saltaram do carro na entrada do Ritz, e Carole o convidou para jantar em sua suíte. No instante em que Matthieu, de braços dados com ela, entregou as chaves do carro ao manobrista, um fotógrafo disparou um flash em seus rostos. Ambos ergueram o olhar, assustados; na segunda foto, Carole sorriu, enquanto Matthieu assumiu um ar sério e solene. Ele não gostava muito de fotos, e as que eram feitas por um paparazzo lhe agradavam menos ainda. Ele e Carole sempre haviam se portado de maneira discreta na época em que moravam juntos, mas agora tinham muito menos o que arriscar. Não tinham nada para esconder, na verdade. Mas era desagradável ser fotografado e virar alvo de fofocas. Certamente esse não era o seu estilo. Ele reclamou quando entraram no hotel. Ultimamente estavam usando a entrada da frente, por ser mais conveniente do que ficar pedindo para abrirem o acesso da rue Cambon toda vez que saíam. Ela estava usando calça cinza e o casaco de Stevie quando foi fotografada e segurava os óculos escuros. Obviamente, eles a reconheceram, mas, pelo visto, não identificaram Matthieu.

Ao chegarem à suíte, ela contou a Stevie o que havia acontecido.

— Eles vão acabar descobrindo — disse a assistente sem rodeios. Ela estava preocupada com o fato de Carole passar tanto tempo com Matthieu. Mas eles pareciam felizes e tranquilos, e a atriz estava mais forte a cada dia. Aqueles dias não estavam sendo nada prejudiciais, pelo menos para ela.

Stevie solicitou ao serviço de quarto que trouxessem o jantar. Carole escolheu *sautéed foie gras*, e Matthieu pediu bife. Stevie jantou em seu quarto com a enfermeira, e ambas comentaram sobre a nítida melhora de Carole. Ela parecia visivelmente mais saudável, e seu rosto estava até corado. Acima de tudo, Stevie percebeu que ela parecia feliz.

Matthieu ficou conversando com ela até as dez da noite. Sempre tinham muito o que falar, e os assuntos que interessavam a ambos nunca se esgotavam. A polícia havia entrado novamente em contato com Carole para um novo depoimento sobre o atentado. Os investigadores queriam saber se ela se lembrava de mais algum detalhe, porém nada de novo havia surgido em sua mente. Tinha perdido a consciência assim que o carro ao lado explodiu e não conseguiu ver muita coisa. Mas, a partir dos inúmeros depoimentos dos outros sobreviventes, a polícia acreditava que, à exceção do rapaz que tentara atacá-la no hospital, todos os outros terroristas haviam morrido. Não havia outros suspeitos.

Matthieu falou dos casos que estava defendendo no escritório e insistiu na ideia da aposentadoria. Ela considerava aquela decisão precipitada, a não ser que ele encontrasse outra atividade.

— Ainda é cedo para você se aposentar.

— Bem que eu gostaria que fosse, mas não é. E o seu livro? Teve mais alguma inspiração?

— Sim.

Mesmo assim, ainda não estava pronta para voltar a trabalhar. Tinha outras coisas em mente: ele, por exemplo. Matthieu estava ocupando sua mente dia e noite. Ela tentava resistir, pois não queria ficar obcecada por ele. Queria apenas aproveitar sua companhia até o dia de partir. Percebeu que era melhor ir embora logo, antes que as coisas entre eles saíssem do controle, como tinha acontecido antes.

Naquela noite, eles se beijaram novamente quando se despediram. Tanto o passado como o presente mexiam com os dois. Um misto de hábito e desejo, alegria e tristeza, amor e medo.

No restante do tempo, falavam sobre o trabalho dele, o livro que Carole estava escrevendo, sua carreira de atriz, os filhos de ambos e sobre qualquer assunto que surgisse. A conversa entre os dois era interminável, e eles adoravam trocar ideias. Isso a estimulava a falar sobre coisas inteligentes, ao mesmo tempo que forçava sua mente a trabalhar como antigamente. Às vezes precisava se esforçar para encontrar a palavra certa. E ainda não conseguia usar o computador, onde estavam guardados os arquivos do seu livro. Stevie se oferecera para ajudá-la, mas Carole insistira que não estava pronta para nenhuma tarefa que exigisse muita concentração.

Na manhã seguinte, no café da manhã, Stevie trouxe os jornais. Na verdade, vários. Carole e Matthieu apareciam na primeira página de todos eles. A imprensa o havia reconhecido e o identificava pelo nome. Nas fotos, ele aparentava estar sério e assustado, ao passo que Carole parecia simpática, exibindo um largo e tranquilo sorriso. A foto usada nas reportagens era a segunda, aquela em que ela aparecia sorrindo. Estava muito bonita, a cicatriz do rosto era ligeiramente visível, mas não o bastante para incomodá-la. E o *Herald Tribune* fez o dever de casa. Seus repórteres não só identificaram Matthieu como o ex-ministro do Interior, como, pela curiosidade de algum jornalista novato mais atento ou, talvez, pela de um mais experiente, checaram os arquivos da época em que ela havia morado na França, para ver se achavam alguma fotografia dos dois juntos. Acabaram encontrando uma boa foto, tirada durante um evento beneficente em Versalhes. Carole se lembrou daquele dia. Para não levantarem suspeitas, os dois não foram juntos à festa. Arlette estava com ele e Carole foi acompanhada de um ator com quem contracenara em um filme, um velho amigo que estava visitando Paris. Formavam um par deslumbrante e tinham sido fotografados o tempo todo. Porém, embora os fãs não soubessem, ele era gay. Essa tinha sido a saída perfeita para Carole.

Naquela noite, ela e Matthieu haviam se encontrado no jardim e passado apenas alguns minutos juntos. Conversavam tranquilamente quando um fotógrafo apareceu e tirou uma foto. No dia seguinte, os jornais se limitaram a publicar o registro com a legenda: "Matthieu de Billancourt, ministro do Interior, em conferência com a estrela americana Carole Barber." Por sorte, isso não levantou suspeitas na época, embora a esposa dele tivesse ficado furiosa ao ver os jornais.

As duas fotografias, a de Versalhes e a tirada em frente ao Ritz, no dia anterior, saíram com uma só legenda: "Ontem e hoje. Será que deixamos passar algum detalhe?" A pergunta fora feita, mas Carole sabia que nunca teriam a resposta. Não havia pistas. Teria sido diferente se ela houvesse tido o bebê, se ele tivesse se separado da esposa e abandonado o ministério, mas nada disso havia acontecido. E agora os dois eram apenas duas pessoas entrando em um hotel juntos; provavelmente velhos amigos. Ele estava aposentado do ministério, e ambos eram viúvos. Era difícil tirar conclusões a partir daí, principalmente depois de Carole ter sido ferida durante um atentado terrorista. Era direito seu rever velhos amigos que conhecera quando morou em Paris. Mas a legenda da foto levantava uma questão interessante, para a qual ninguém, além de Matthieu e Carole, tinha a resposta.

Assim que viu as fotos, ele telefonou para Carole. Estava furioso. Aquele tipo de insinuação o incomodava, mas ela estava acostumada. Convivera com isso por toda a sua vida.

— Que atitude imbecil desses jornalistas! — rosnou ele.

— Eu não acho. Na verdade, é bem inteligente da parte deles. Devem ter pesquisado muito até terem encontrado aquela foto. Eu me lembro de quando foi tirada. Arlette estava lá, e você mal falou comigo. Eu já estava grávida — falou ela em tom ríspido, com a voz carregada de ressentimento, raiva e tristeza. Logo depois, eles tiveram uma briga, a primeira de muitas. Ela já estava farta das desculpas dele e o acusava de enganá-la com promessas. Nos meses seguintes, o relacionamento começou a se deteriorar, principalmente depois que ela perdeu o bebê. A noite em Versalhes tinha sido péssima. Ele se lembrou disso também e se sentiu culpado, o que acabou contribuindo para sua irritação ao ver a foto no *Herald Tribune*. Matthieu odiava que o lembrassem do sofrimento que causara a Carole. E sabia que ela também ficaria aborrecida, a menos que já houvesse esquecido. O que não era o caso. — Não vale a pena se aborrecer — disse ela finalmente. — Não há nada que possamos fazer.

— Acha que devemos ser mais cuidadosos? — perguntou ele, preocupado.

— Na verdade, não. Agora não faz mais diferença. Somos livres. E em breve irei embora. — Ela partiria em dez dias. — Não estamos prejudicando ninguém. Se alguém perguntar, somos velhos amigos.

Como era de se esperar, um pouco mais tarde, telefonaram da revista *People* para perguntar se eles estavam juntos. Stevie atendeu à ligação e foi taxativa ao negar qualquer envolvimento dos dois. Em seguida, tentando mudar de assunto, ressaltou que a recuperação de

Carole estava indo muito bem. Após desligar o telefone, ela contou o que dissera ao jornalista.

— Obrigada — disse Carole com a maior tranquilidade, enquanto terminava seu café da manhã e Stevie servia-se de um croissant.

— Você não fica preocupada com a possibilidade de a imprensa descobrir alguma coisa? — perguntou a assistente, intrigada.

— Não há nada o que descobrir. Nós realmente somos apenas amigos. Trocamos alguns beijos de vez em quando, mas só isso.

Ela não teria confessado isso a mais ninguém, muito menos a seus filhos.

— E qual é o próximo passo? — perguntou Stevie, parecendo preocupada.

— Não há próximo passo. Vamos voltar para casa — respondeu Carole, olhando nos olhos de sua assistente. Stevie percebeu que ela acreditava no que dizia, mas não se convenceu. Podia ver faíscas de amor nos olhos dela. Matthieu ressuscitara algo mágico.

— E depois?

— O livro acaba aí. Isso é apenas um epílogo mais feliz para uma história que acabou mal, há muito tempo — disse ela em tom firme, como se tentasse convencer a si mesma.

— E a história não terá uma segunda parte? — perguntou Stevie, e Carole respondeu balançando a cabeça.

— Tudo bem, se você está dizendo... Mas não é o que parece, se quer saber minha opinião. Ele ainda parece ser loucamente apaixonado por você.

Carole, por sua vez, também não parecia indiferente em relação a ele, apesar do que dissera a Stevie e a si mesma.

— Talvez — continuou Carole com um suspiro —, mas *loucamente* é a palavra-chave. Naquela época, ambos éramos loucos. Acho que amadurecemos e nos tornamos mentalmente sãos, mas na ocasião não tivemos essa oportunidade.

— Mas é diferente agora — ressaltou Stevie. Aos poucos, Matthieu foi caindo nas graças de Stevie quando ela percebeu quanto Carole gostava dele. Obviamente, o sentimento era recíproco. Além disso, gostava da maneira como ele a protegia. — Talvez aquele não tivesse sido o momento apropriado — acrescentou.

— Com certeza. Não moro mais aqui. Minha vida é em Los Angeles. É tarde demais — disse Carole, parecendo determinada. Sabia que o amava, mas não queria voltar no tempo.

— Quem sabe ele não vai morar em outro país? — arriscou Stevie, em tom esperançoso, e Carole riu.

— Pare com isso. Não vou me envolver novamente. Ele foi o amor da minha vida. Passado é passado, e presente é presente. E não é possível ignorar 15 anos.

— Talvez sim. Não sei. É que não gosto de ver você sozinha. Você merece ser feliz de novo.

Stevie sentia pena dela. Carole vivia praticamente reclusa desde que Sean havia morrido. Fora isso, independente do que acontecera entre ela e Matthieu no passado, passar um tempo na companhia dele a trazia de volta à vida.

— Sou feliz. Estou viva. Já é o suficiente. Tenho meus filhos e meu trabalho, não preciso de mais nada.

— Mas isso não é o bastante — disse Stevie com uma expressão triste.

— Claro que é o bastante — retrucou Carole em tom firme.

— Você ainda é jovem para dar o show por encerrado.

Carole a olhou bem nos olhos.

— Eu tive dois maridos e um grande amor. O que mais posso querer?

— Pode querer uma vida feliz. Você conhece a expressão "felizes para sempre" e toda essa baboseira. Talvez, nesse caso, o "felizes para sempre" tenha demorado a chegar.

— Tem razão. Quinze anos. É *muito* tempo. Acredite em mim, seria um desastre. Eu adorava morar aqui, mas agora não gosto mais. Moro em Los Angeles. Nossas vidas são totalmente diferentes.

— É mesmo? Vocês dois nunca param de falar quando estão juntos. Há muito tempo não fica tão animada. Não vejo você assim desde a época do Sean.

Stevie não pretendia convencê-la a ficar com Matthieu, mas tinha de admitir que gostava dele, embora ele fosse um pouco austero e tipicamente francês. Era óbvio que ainda amava Carole. E agora tinha ficado viúvo.

— Ele é um homem inteligente, interessante. Brilhante até. Mas é francês — insistiu Carole. — Seria infeliz em qualquer outro lugar, e, quanto a mim, não quero mais morar aqui. Sou feliz em Los Angeles. A propósito, e o Alan? Quais são as novidades?

Ficara óbvia sua intenção de mudar de assunto, e isso deixou Stevie confusa.

— Alan? Por quê? — perguntou ela em tom evasivo e com uma expressão de culpa.

— Como assim, "por quê"? Eu só queria saber dele. Tudo bem. Pode se abrir. O que está acontecendo?

— Nada. Nada mesmo — respondeu Stevie, ruborizando. — Ele está ótimo. Muito bem. Mandou um abraço, inclusive.

— Você está disfarçando tanto que está ficando vermelha — disse Carole, rindo de Stevie. — Está acontecendo alguma coisa. — As duas ficaram em silêncio. Stevie nunca conseguia guardar os próprios segredos, embora guardasse os de Carole.

— Está bem, está bem. Eu não queria contar até chegarmos em casa. De qualquer maneira, ainda não decidi. Preciso falar com ele e ver quais são as condições.

— Que condições? — perguntou Carole, intrigada.

Com um longo suspiro, Stevie deixou-se cair em uma cadeira, como um balão esvaziado.

— Ele me pediu em casamento ontem à noite — confessou ela, com um sorriso envergonhado.

— Por telefone?

— Não conseguiu esperar. Comprou até um anel. Mas eu não disse sim ainda.

— Veja o anel primeiro — sugeriu Carole em tom de brincadeira fazendo Stevie achar graça. — Veja se gosta.

— Não sei se quero me casar. Ele jura que isso não vai interferir no meu trabalho. Diz que tudo permanecerá como está, só que vai ser melhor, oficial e com alianças. Se eu aceitar, você seria minha madrinha?

— Seria uma honra. Acho que você deveria aceitar.

— Por quê?

— Porque acho que você o ama.

— E daí? Por que precisamos nos casar?

— Vocês não precisam se casar. Mas é um compromisso bonito. Eu me sentia exatamente assim antes de me casar com Sean. Jason tinha me trocado por uma mulher mais jovem. Matthieu mentira para mim e para si mesmo ao insistir em não se separar da esposa e não deixar o emprego. Isso tudo me fez sofrer muito. A última coisa que eu queria era me casar novamente, ou me apaixonar. Mas Sean me convenceu, e eu nunca me arrependi. Foi a melhor coisa que já fiz na vida. Você só precisa ter certeza de que ele é o cara certo.

— Eu acho que é.

— Então veja como se sente quando voltarmos para os Estados Unidos. Vocês podem ficar noivos antes de marcarem a data do casamento.

— Ele quer casar na véspera de Ano-Novo, em Las Vegas. Não acha muito brega?

— Muito. Mas pode ser divertido. Chloe e Anthony estarão em St. Barth com Jason. Posso dar uma escapadinha até lá — sugeriu Carole, e Stevie a abraçou.

— Obrigada. Aviso você. Acho que estou assustada porque vou aceitar o pedido.

— Acho que você está pronta — disse Carole, de forma carinhosa, tentando lhe dar confiança. — Acho que está mesmo. Tem falado muito sobre isso ultimamente.

— É porque o Alan só fala disso. Está obcecado.

— Obrigada por me contar.

— Trate de estar lá do meu lado se eu resolver aceitar — disse Stevie em tom ameaçador. Estava sorrindo e se sentia feliz.

— Pode ter certeza de que estarei — prometeu Carole. — Não perderia esse casamento por nada.


Naquela noite, Carole jantou novamente com Matthieu e, pela primeira vez, eles saíram juntos. Foram a L'Orangerie, na Île Saint Louis. Ela estava usando a única saia que havia trazido, e Matthieu vestia um terno escuro. Tinha cortado o cabelo e estava bem elegante e muito bonito, embora ainda estivesse furioso com os comentários do *Herald Tribune*. Ele era a indignação em pessoa.

— Minha nossa! — disse Carole, rindo dele. — Eles têm razão. É verdade. Como consegue ficar tão ofendido? — Ele parecia uma prostituta se passando por virgem, embora ela guardasse para si essa impressão.

— Mas ninguém sabia!

Matthieu sempre se orgulhara de manter o relacionamento em segredo, enquanto Carole se irritava. Ela odiava ter de ficar se escondendo, sem poder participar da vida dele.

— Tivemos sorte — retrucou ela.

— E fomos precavidos.

Quanto a isso, ele tinha razão. Ambos sabiam que poderiam ter virado alvo de um enorme escândalo. Era um milagre isso não ter acontecido.

Durante o jantar, conversaram sobre outros assuntos, enquanto saboreavam a deliciosa comida. Matthieu esperou até a sobremesa para abordar uma questão delicada: o futuro deles. Passara a noite em claro pensando nisso. E a insinuação no jornal motivara sua decisão. Aquele era o momento. Haviam passado muito tempo se escondendo e mereciam respeito àquela altura da vida. Ele falou claramente, enquanto dividiam uma *tarte tatin* com sorvete de caramelo que derretia na boca.

— Somos pessoas respeitáveis — ressaltou Carole. — Extremamente respeitáveis. Pelo menos eu sou. Não sei o que você tem aprontado ultimamente, mas eu sou uma viúva muito decente.

— Eu também — replicou ele, empertigado. — Não me envolvi seriamente com ninguém desde que você partiu. — Carole acreditou naquilo. Matthieu sempre dizia que ela havia sido a única mulher com quem tivera um relacionamento, além da esposa. — O artigo publicado no jornal nos faz parecer dissimulados e ardilosos — queixou-se ele.

— Não é bem assim. Você é um dos homens mais respeitados da França, e eu sou uma atriz de cinema. O que você espera que eles publiquem? "Atriz ultrapassada e político acabado são vistos juntos dando uma volta como dois velhinhos?" Porque é isso o que somos.

— Carole! — exclamou Matthieu, rindo e se mostrando chocado com o comentário.

— Eles precisam vender jornais, então tentam nos transformar em personagens mais interessantes do que realmente somos. E levantaram uma hipótese, só isso. A menos que um de nós dois fale alguma coisa, nunca terão certeza.

— Nós sabemos. Isso basta.

— Basta para quê?

— Para construirmos a vida que deveríamos ter construído há muitos anos e não o fizemos porque eu não fui capaz de me esforçar e cumprir minhas promessas.

Agora ele admitia suas falhas com facilidade, mas na época havia sido diferente.

— O que você está querendo dizer com isso? — perguntou ela, preocupada.

Ele foi direto ao ponto.

— Quer se casar comigo, Carole? — perguntou Matthieu, tomando sua mão e olhando bem em seus olhos. Durante um momento, Carole permaneceu em silêncio. Por fim, com um esforço sobre-humano, fez um gesto negativo com a cabeça.

— Não, Matthieu. Não quero — respondeu ela, decidida, e Matthieu se sentiu murchar. Temia que ela reagisse dessa forma e dissesse que era tarde demais.

— Por que não? — quis saber ele, desolado, mas sem perder a esperança de convencê-la.

— Porque não quero me casar. Gosto da minha vida do jeito que é. Fui casada duas vezes. Basta. Eu amava o meu último marido. Ele era um homem maravilhoso. E vivi dez anos felizes com Jason. Talvez não se possa querer mais do que isso. E amei você com todo o meu coração e o perdi.

A dor da separação quase a matara, mas ela não mencionou essa parte. De qualquer maneira, ele sabia disso e lamentara o fim do relacionamento durante 15 anos. Carole conseguiu finalmente superar. Matthieu, não.

— Você não me perdeu. Você me deixou — disse ele, ao que ela assentiu em silêncio.

— Você nunca foi meu. Pertencia à sua esposa. E à França.

— Agora sou viúvo. E aposentado.

— Eu sei. Mas eu não. Sou viúva, mas não aposentada. Quero fazer mais alguns filmes, se conseguir bons papéis — disse ela, empolgada com essa perspectiva. — Posso ter que viajar para vários lugares, como fazia quando era casada com Jason, e até quando morava com você. Não quero deixar ninguém em casa reclamando, nem quero ver ninguém me seguindo. Quero viver a minha vida. E, mesmo que não volte a fazer filmes, quero ser livre para fazer o que quiser. Por mim, pela ONU, pelas causas nas quais acredito. Quero passar mais tempo com meus filhos e escrever meu livro, se algum dia conseguir ligar meu computador novamente. Eu não seria uma boa esposa.

— Eu te amo do jeito que você é.

— Eu também te amo, mas não quero ficar presa a ninguém, ou ter esse tipo de compromisso. E, acima de tudo, não quero sofrer de novo.

Esse era o motivo principal para ela, mais do que a própria carreira e as causas pelas quais lutava. Estava temerosa demais. Sabia que estava apaixonada por ele de novo. Era perigoso, por isso não queria se entregar agora. Da última vez tinha sido muito doloroso para ela, embora ele não fosse mais casado.

— Dessa vez eu não faria você sofrer — prometeu ele, com uma expressão de culpa.

— Quem sabe? As pessoas fazem isso umas com as outras. É o aspecto fundamental do amor: estar disposto a correr o risco de sofrer. O que não é o meu caso. Já passei por isso uma vez e não gostei. Não quero repetir a experiência, principalmente com o mesmo homem. Não quero sofrer assim novamente, ou amar tanto de novo. Tenho 50 anos, estou velha demais para começar algo assim.

Embora não aparentasse, ela sentia o peso da idade, principalmente depois do atentado.

— Isso é ridículo. Você é uma mulher jovem. Pessoas mais velhas do que nós se casam todos os dias.

Ele estava desesperado para convencê-la, mas percebia que seus esforços não estavam surtindo efeito.

— Essas pessoas são mais corajosas do que eu. Sobrevivi a três relacionamentos: com você, Sean e Jason. Chega. Não quero passar por isso de novo — disse ela, inflexível.

Embora soubesse que Carole estava irredutível, ele se sentia determinado, na mesma proporção, a convencê-la a mudar de ideia. Quando saíram do restaurante, ainda discutiam sobre isso, e ele não havia conseguido nada. Não era esse o final que Matthieu queria.

— Além do mais, gosto da minha vida em Los Angeles. Não quero voltar para a França.

— Por que não?

— Não sou francesa. Sou americana. Não quero viver num país que não seja o meu.

— Você já fez isso antes e adorava morar aqui — argumentou ele, na tentativa de fazer com que ela se lembrasse dos velhos tempos.

Mas não era preciso, pois Carole se lembrava daqueles dias. Muito bem, aliás. E era por esse motivo que ele a assustava. Mas dessa vez Carole tinha mais medo de si mesma do que dele, pois não queria tomar uma decisão errada.

— Eu sei. Mas fiquei feliz quando voltei para o meu país. Percebi que meu lugar não era aqui. Aliás, parte do nosso problema era exatamente este: "diferenças culturais", como você costumava chamar. O fato de ser francês dava a você a liberdade de viver comigo e de continuar casado com outra mulher; e até ter um filho fora do casamento. Não quero viver em um lugar onde as pessoas têm costumes tão diferentes dos meus. Você acaba se tornando infeliz tentando ser algo que não é, vivendo num lugar onde não consegue se ajustar.

Agora Matthieu se dava conta de que lhe causara um sofrimento muito maior do que havia imaginado, e que, mesmo depois de 15 anos, as feridas ainda estavam em carne viva. Ele a magoara tanto que tinha até afetado a percepção dela em relação à França e aos franceses. Tudo o que Carole queria era voltar para casa e ficar o resto da vida sozinha e em paz. Ele não entendia como Sean a convencera a se casar. E, agora que ele estava morto, ela havia sido abandonada mais uma vez e fechado as portas de seu coração.

Discutiram o assunto durante todo o trajeto de volta ao hotel e se despediram no carro. Dessa vez, ela não quis que ele subisse. Deu-lhe um beijo rápido nos lábios, agradeceu-lhe o jantar e saiu do carro.

— Você vai pensar no assunto?

— Não. Pensei nisso 15 anos atrás. Você, não. Mentiu para mim e para si mesmo. Ficou quase três anos me enrolando. O que você quer de mim agora? — perguntou ela, com o olhar triste, porém firme, e ele percebeu que não havia esperança, embora se recusasse a aceitar.

— Me perdoe. Me deixe amá-la e cuidar de você pelo resto da minha vida. Juro que não vou desapontar você dessa vez.

Carole viu que as palavras de Matthieu vinham do fundo do coração.

— Posso cuidar de mim mesma — disse ela, desolada, enquanto ele a fitava pela janela do carro. — Estou cansada demais para correr um risco assim mais uma vez.

Então ela se virou e se dirigiu rapidamente para a entrada do hotel, seguida de perto pelos guardas da CRS. Matthieu permaneceu imóvel, observando-a até que ela desaparecesse. Por fim, ligou o carro e foi embora. Enquanto dirigia de volta para casa, lágrimas silenciosas rolavam pelo seu rosto. O que mais temia havia acontecido: ele a perdera.

# Capítulo 18

No dia seguinte, durante o café da manhã, Carole falou menos do que o habitual, enquanto Stevie saboreava uma omelete de cogumelos *chanterelle* e vários croissants de chocolate.

— Quando voltarmos para casa, vou estar com uns 150 quilos — queixou-se Stevie, enquanto Carole lia o jornal em silêncio. Stevie já estava se perguntando se Carole não se sentia bem. Não tinha falado praticamente nada desde que se levantara.

— Como foi o jantar ontem à noite? — perguntou a assistente finalmente. Carole pousou o jornal antes de se recostar na cadeira com um longo suspiro.

— Foi muito bom.

— Aonde vocês foram?

— Ao L'Orangerie, na Île Saint Louis. Costumávamos ir sempre lá. Era um dos restaurantes favoritos de Matthieu e passara a ser o de Carole também, juntamente com o Le Voltaire.

— Você está se sentindo bem?

Carole assentiu e disse:

— Só estou cansada. Caminhar tem me feito bem.

Ela saía com Matthieu todos os dias, e eles andavam durante horas enquanto conversavam.

— Ele está aborrecido com o que saiu no *Herald Tribune*?

— Um pouco, mas vai superar. Não entendo por que ele fica tão indignado com essa história. O jornal está certo. É de se admirar que nunca desconfiaram de nada antes, embora agíssemos com todo o cuidado na época. Havia muita coisa em jogo para ele e para mim, só que ele se esquece disso.

— Logo o povo esquece — assegurou-lhe Stevie. — Ninguém pode provar nada agora, de qualquer maneira. Já passou muito tempo. — Carole concordou novamente. — Você se divertiu?

Dessa vez ela deu de ombros. Em seguida, olhou bem nos olhos de sua assistente e amiga e disse:

— Ele me pediu em casamento.

— Ele *o quê*?

— Me pediu em casamento. Casamento — repetiu ela com o olhar inexpressivo. A princípio, Stevie ficou atônita, mas logo seu espanto deu lugar a uma expressão de alegria. Carole, no entanto, permaneceu séria.

— Meu deus! E o que você respondeu?

— Não aceitei — respondeu ela com a voz extremamente calma, enquanto Stevie a fitava.

— Jura? Eu tinha a impressão de que vocês dois ainda estavam apaixonados. E achei que ele estivesse tentando reatar o romance.

— Ele está. Ou melhor, estava.

Carole tinha dúvidas se ele falaria com ela novamente. Provavelmente estava magoado depois da conversa da noite anterior.

— Por que você não aceitou?

Inicialmente a presença de Matthieu deixara Stevie apreensiva, mas ela passara a gostar dele e agora estava decepcionada.

— É tarde demais. Muita coisa aconteceu. Ainda o amo, mas ele me magoou muito. Sofri demais. E não quero me casar de novo. Deixei isso bem claro ontem.

— Entendo suas razões. Mas por que não quer se casar mais uma vez?

— Porque já passei por tudo o que você pode imaginar. Me divorciei, fiquei viúva e tive uma decepção amorosa em Paris. Por que me arriscar a viver tudo isso novamente? De jeito nenhum. Minha vida é mais fácil assim. Estou numa posição confortável agora.

— Você está parecendo eu — disse Stevie, desolada.

— Você é jovem, Stevie. Nunca se casou. Precisa passar por essa experiência pelo menos uma vez, se sente que ama o Alan o bastante para assumir esse tipo de compromisso. Eu amei os homens com quem me casei. Jason me abandonou. O pobre Sean morreu muito novo. Não quero começar tudo outra vez, principalmente com um homem que já me fez sofrer. Para que arriscar?

Ela o amava, mas não queria que, dessa vez, o coração falasse mais alto do que a razão. Era mais seguro ser prudente.

— Sim, mas, pelo que sei, ele não sacaneou você de propósito. Pelo menos segundo o que me contou. Ele se enrolou na própria teia. Tinha medo de abandonar a esposa, ocupava um cargo de alto escalão no governo e foi indicado para outro mandato, o que complicou ainda mais as coisas. Mas agora ele está aposentado e viúvo. Não tem motivos para cometer os mesmos erros novamente. Além disso, ele faz você se sentir bem. Bom, pelo menos é o que parece. Estou certa?

— É verdade — admitiu Carole. — Ele faz com que eu me sinta bem. Mas, mesmo que não cometa os mesmos erros... e daí? Se morrer, vai me fazer sofrer mais uma vez — disse ela com uma expressão sombria. — Eu só não quero voltar a ficar vulnerável. É muito doloroso.

A morte de Sean e o esforço para superar a perda do marido já tinham sido um enorme fardo. Foram dois anos de tristeza. Além dos cinco anos de angústia que passara depois de abandonar Matthieu em Paris. Todos os dias esperava que ele telefonasse para dizer que tinha deixado a esposa, mas isso nunca aconteceu. Ele ficou com Arlette. Até o último dia de vida dela.

— Você não pode desistir assim — disse Stevie, triste por ela. Até então, não tinha percebido que Carole se sentia daquele jeito. — Não é do seu feitio se render.

— Eu nem queria me casar com Sean. Ele precisou me convencer. Mas na época eu tinha a sua idade. Agora estou muito velha para isso.

— Com 50 anos? Não seja boba. Você parece que tem 35.

— Mas eu me sinto com 98. E meu coração com 312. Acredite, ele tem muita experiência.

— Ah, o que é isso, Carole? Não me venha com essa! Você se sente cansada agora porque passou por uma provação terrível. Eu vi sua expressão quando voltamos a Paris para desocupar a casa. Você amava esse homem.

— Justamente por isso não quero me sentir assim de novo. Fiquei arrasada. Pensei que fosse morrer quando disse adeus a ele e fui embora de Paris. Chorei todas as noites durante três anos. Ou dois, pelo menos. Quem precisa disso? E se ele me deixar ou morrer?

— E se nada disso acontecer? E se você for feliz com ele dessa vez, de verdade, sem achar que está vivendo um romance roubado, emprestado ou escondido? Eu quero dizer realmente feliz, num relacionamento adulto. Você vai arriscar perder uma oportunidade assim?

— Vou.

Não havia sombra de dúvida na voz de Carole.

— Você o ama?

— Amo. Por mais estranho que possa parecer. Até mesmo para mim, depois de todo esse tempo. Eu acho Matthieu maravilhoso, mas não quero me casar com ele; nem com mais ninguém. Quero ser livre para fazer o que bem entender. Sei que parece um pensamento egoísta. Talvez eu sempre tenha sido egoísta. Quem sabe não é esse o motivo de tanto ressentimento por parte da Chloe e a razão que levou Jason a me trocar por outra mulher? Eu estava tão ocupada promovendo minha carreira e sendo uma estrela que devo ter menosprezado as coisas realmente importantes. Bom, não acho que tenha realmente feito isso, para falar a verdade, mas nunca se sabe... Criei meus filhos, amei meus maridos. Não deixei Sean um minuto sequer quando ele ficou doente. Agora quero fazer o que bem entender, sem me preocupar se estou ofendendo, desapontando, aborrecendo alguém ou apoiando uma causa que essa pessoa não aprove. Se quiser entrar num avião e ir para algum lugar, vou fazer isso. Se não quiser telefonar para casa, não telefono. E ninguém vai ficar preocupado. Bom, de qualquer forma, não teria ninguém em casa para atender ao telefone mesmo... Além disso, quero escrever o meu livro sem me incomodar se estou decepcionando a pessoa, ou se ela acha que eu deveria estar em outro lugar fazendo o que lhe convém. Há 18 anos, eu teria morrido por Matthieu. Teria abandonado a minha carreira por ele, se ele tivesse me pedido isso. Por Jason também. Eu queria ter filhos com Matthieu e me casar com ele. Mas isso foi há muito tempo. Agora não estou nada ansiosa para abrir mão de tudo. Tenho uma casa muito confortável, amigos de quem eu gosto e vejo meus filhos sempre que posso. Não quero ficar aqui em Paris desejando estar em outro lugar. Pior ainda, com um homem que pode vir a me magoar, o que, aliás, ele já fez, há 15 anos.

— Pensei que você gostasse de Paris — disse Stevie, atordoada com o discurso de Carole. Talvez realmente fosse tarde demais. E, embora ela não concordasse, Carole quase a convencera.

— Eu realmente gosto de Paris. Adoro, na verdade. Mas não sou francesa. Não aceito que falem mal do meu país na minha cara, não gosto de ficar ouvindo que os americanos são antipáticos, nem que não entendo nada porque venho de um lugar diferente. Acho que é uma atitude nada civilizada. Matthieu atribuía metade dos nossos problemas às "diferenças culturais" só porque eu queria que ele se divorciasse da mulher para viver comigo. Podem me chamar de antiquada ou puritana, mas eu só não queria dormir com o

281

marido de outra mulher. Queria meu próprio marido. Achava que ele me devia isso. Mas ele preferiu ficar com ela.

Mas as coisas não eram tão simples assim para Matthieu, principalmente por causa do cargo que ele ocupava no governo. Porém, sua insistência em afirmar que não havia problema em ter uma amante era um gesto tipicamente francês que sempre incomodou Carole profundamente.

— Agora ele é livre. Você não teria que lidar com esse tipo de coisa. Se o ama, não entendo o que impede você de se casar com ele.

— Sou muito covarde — admitiu Carole, desolada. — Não quero sofrer de novo. Prefiro cair fora antes de me magoar. Eu sempre acabo sofrendo.

— Isso é triste — comentou Stevie com um olhar melancólico, fitando a amiga.

— Realmente. Foi muito triste o que aconteceu há 15 anos, quando acabei com o relacionamento. Triste demais. Ambos ficamos arrasados. Nós dois choramos no aeroporto. Mas, do jeito que as coisas estavam, eu não conseguia mais continuar. E talvez agora os problemas fossem outros: os filhos dele, seu trabalho, seu país. Não consigo imaginá-lo morando fora da França. E não quero viver aqui, pelo menos não para sempre.

— Vocês não poderiam fazer algumas concessões, chegar a um meio-termo que agradasse a ambos? — sugeriu Stevie, ao que Carole respondeu com um gesto negativo de cabeça.

— É mais simples não fazer nada. Assim, ninguém fica desapontado, nem com a sensação de que saiu perdendo. Dessa forma, vamos evitar magoar, ofender ou desrespeitar um ao outro. Acho que ambos estamos velhos demais para isso.

Ela estava decidida, e nada iria fazê-la mudar de ideia. Stevie sabia como Carole reagia quando tomava uma decisão. Era teimosa como uma mula.

— Então vai simplesmente ficar sozinha pelo resto da vida com suas recordações, visitando seus filhos algumas vezes por ano? E quando eles formarem as próprias famílias e não tiverem mais tempo para ver você? E aí? Vai fazer um filme de tantos em tantos anos, ou abrir mão da carreira? Escrever um livro, fazer um discurso de vez em quando em defesa de alguma causa que talvez nem tenha mais importância para você? Carole, essa é a coisa mais estúpida que já ouvi.

— Lamento que você pense assim. Para mim, faz sentido.

— Mas não fará daqui a dez ou 15 anos, quando se sentir solitária e estiver arrependida de ter perdido todo esse tempo. Até lá, ele pode até ter morrido e você terá perdido a oportunidade de ficar com um homem que ama há quase vinte anos. O que vocês sentem um pelo outro resistiu ao tempo e às intempéries. Vocês ainda se amam. Por que não aproveitar isso enquanto pode? Você ainda é jovem e bonita, sua carreira ainda vai durar alguns anos. Mas, quando acabar, você estará sozinha. Não quero ver isso acontecer — disse Stevie profundamente triste.

— Então, o que devo fazer? Abrir mão de tudo por ele? Deixar de ser quem eu sou? Abandonar minha carreira? Desistir do trabalho que faço para o Unicef e ficar de mãos dadas com ele? Não é isso o que quero para mim quando envelhecer. Tenho que me respeitar e ser fiel aos meus princípios. Se eu não fizer isso, quem irá fazer?

— Você não pode ter ambos? — Stevie queria que Carole tivesse outras coisas na vida além do seu trabalho de caridade, um filme ocasional e visitas de férias a seus filhos. Ela merecia ser amada e feliz, merecia ter uma companhia para o restante dos seus dias ou pelo tempo que durasse o relacionamento. — Você precisa se transformar na Joana d'Arc e fazer voto de celibato para ser fiel a si mesma?

— Talvez — respondeu Carole com os dentes cerrados. Stevie estava deixando-a inquieta, o que era exatamente sua intenção, mas, pelo visto, não estava conseguindo dar o seu recado.

Em seguida, ambas voltaram à leitura dos jornais, frustradas. Era raro não chegarem a um acordo e encerrarem uma conversa daquele jeito. Não voltaram a se falar até a médica chegar para examinar Carole, ao meio-dia.

A médica ficou satisfeita com a recuperação de Carole e por saber que ela estava se exercitando fazendo caminhadas. O tônus muscular de suas pernas estava melhor, seu equilíbrio se estabilizara e sua memória continuava evoluindo rapidamente. A médica se mostrou confiante para o retorno de Carole a Los Angeles na data planejada. Não havia restrição médica em relação a isso. Disse que voltaria para examiná-la dentro de alguns dias e mandou que ela continuasse seguindo suas recomendações. Em seguida, deu algumas instruções à enfermeira e voltou ao hospital.

Logo depois que a médica foi embora, Stevie pediu o almoço de Carole, mas a deixou sozinha na mesa e foi almoçar em seu quarto. Estava muito chateada com a teimosia dela para conseguir bater papo durante o almoço. Achava que Carole estava cometendo o maior erro de sua vida. Amor não era uma coisa que aparecia todo dia. Se ele havia parado nas mãos de Carole mais uma vez, Stevie considerava um crime desperdiçá-lo. Não aceitava que ela fugisse por ter medo de sofrer novamente.

Carole sentiu-se entediada por almoçar sozinha. Stevie dissera que estava com dor de cabeça. Embora Carole desconfiasse de que fosse uma desculpa, não a questionou. Depois de andar de um lado para o outro na suíte durante um tempo, finalmente telefonou para Matthieu. Achava que ele poderia ter saído para almoçar, mas ligou mesmo assim. A secretária dele transferiu a chamada imediatamente. Ele estava comendo um sanduíche no escritório e tinha passado o dia de mau humor. Por duas vezes, dirigira-se à secretária de forma grosseira e tinha batido a porta de sua sala com violência, depois de falar com um cliente que o deixara aborrecido. Obviamente, não estava tendo um bom dia. Sua funcionária nunca o vira assim e mostrou-se cautelosa ao anunciar quem estava ao telefone. Ele atendeu à chamada imediatamente, na esperança de que Carole tivesse mudado de ideia.

— Você está muito aborrecido para falar comigo? — perguntou ela com a voz suave.

— Não estou aborrecido com você, Carole — respondeu ele, em tom triste. — Espero que tenha ligado para dizer que mudou de ideia. A proposta ainda está valendo — anunciou, sorrindo.

Para Matthieu, a proposta estaria valendo sempre, pelo resto de sua vida.

— Não, não mudei de ideia. Sei o que é melhor para mim. Tenho muito medo de me casar novamente. Pelo menos por enquanto. E simplesmente não quero. Conversei com a Stevie sobre isso hoje de manhã. Ela acha que daqui a dez ou 15 anos terei mudado de ideia.

— Até lá estarei morto — disse ele friamente, e Carole estremeceu.

— Acho melhor que isso não aconteça... Afinal, que tipo de proposta foi aquela? Era para um relacionamento momentâneo ou duradouro?

— Duradouro. O que você está fazendo, Carole? Está brincando comigo?

Matthieu sabia que merecia toda espécie de punição agora, depois de tudo o que havia feito com ela.

— Não estou brincando com você, Matthieu. Estou apenas tentando me encontrar e agir conforme meus princípios. Eu te amo, mas tenho que ser fiel a mim mesma. Do contrário, não sou ninguém. Isso é tudo o que me resta.

— Você sempre foi fiel a si mesma, Carole, por isso me deixou. Tinha muito respeito a si mesma para se sujeitar a uma situação com a qual não concordava. E é por isso que eu te amo.

O relacionamento era um constante beco sem saída para ambos — havia sido exatamente isso para ele no passado e era isso para ela agora. Estavam sempre presos entre escolhas impossíveis, que implicavam respeitar terceiros ou a si mesmos. Às vezes, as duas coisas ao mesmo tempo.

— Quer jantar comigo esta noite? — perguntou ela.

— Eu adoraria — respondeu ele, aliviado. Temia não voltar a vê-la antes da sua partida.

— Que tal o Voltaire? — Eles tinham ido a esse restaurante centenas de vezes. — Às nove horas? — Esse horário era até cedo em comparação ao horário padrão do jantar em Paris.

— Está ótimo. Quer que eu pegue você no hotel?

— Não é preciso. Nós nos encontramos no restaurante. — Ela parecia muito mais independente do que antes, mas Matthieu também adorava essa sua característica. Não havia nada sobre ela que ele não adorasse. — Mas tem uma condição.

— Qual? — perguntou Matthieu, curioso.

— Não vamos falar de casamento.

— Tudo bem. Essa noite, não. Mas não vou concordar com essa restrição a longo prazo.

— Certo. Acho razoável.

As últimas palavras de Carole alimentaram as esperanças de Matthieu de um dia conseguir convencê-la. Talvez, quando ela estivesse completamente recuperada, ou depois de ter terminado o livro, ele voltasse a pedi-la em casamento, e Matthieu torcia para que ela finalmente aceitasse. Estava disposto a esperar. Afinal, já haviam esperado 15 anos, um pouco mais de tempo não faria mal a ninguém. Nem muito mais tempo. Recusava-se a desistir, independente do que ela dissesse.

Carole chegou ao Le Voltaire, na Quai Voltaire, às nove horas em ponto, acompanhada dos seguranças. Matthieu a aguardava na porta do restaurante. Era uma noite clara e, naquele momento, o vento de dezembro soprava frio. Ele a recebeu com um beijo no rosto, ela o fitou e sorriu. O que ele mais queria era dizer que a amava. Sentia-se como se tivesse esperado durante a vida inteira.

O restaurante estava lotado, e eles se sentaram a uma mesa de canto. Um garçom trouxe *crudités*, além de torrada e manteiga.

Já estavam saboreando a sobremesa, e, até aquele momento, não haviam tocado em nenhum assunto delicado. Depois da sobremesa, enquanto beliscavam bombons de café, que segundo Carole a deixariam acordada a noite toda, ele finalmente sucumbiu. Tivera uma ideia depois da conversa daquela tarde. Se ela não estivesse disposta a aceitar o pedido de casamento, ele tinha uma segunda opção.

— Há muito tempo, quando nos conhecemos, você disse que não concordava com a ideia de morar junto. Era a favor do compromisso total do matrimônio. E eu tinha a mesma opinião. Mas, pelo visto, você já não pensa mais da mesma forma. Como você se sentiria se conseguíssemos estabelecer um esquema de relacionamento informal, no qual você fosse livre para ir e vir? Um sistema parecido com o de política de portas abertas — sugeriu Matthieu com um sorriso.

Carole continuou comendo os bombons. Já havia comido o bastante para ficar acordada a semana inteira, assim como Matthieu. Mas quem precisava de sono quando o amor e a perspectiva de uma nova vida estavam ao alcance das mãos?

— Como assim? — perguntou ela com interesse. Ele era bem criativo, para não dizer teimoso e determinado. Mas Carole também era uma pessoa obstinada, e fora justamente essa característica comum a ambos que os levara a insistir no relacionamento havia alguns anos, além do amor que sentiam um pelo outro.

— Não sei. Achei que talvez pudéssemos pensar em algo que funcionasse para nós dois. Para falar a verdade, eu prefiro o casamento, porque faz parte dos meus princípios e, além disso, sempre quis me casar com você. Adoro a ideia de ter você como esposa e sei que você também acalentava esse desejo. Talvez não precisemos de papéis ou designação formal agora, se considera isso muito restritivo. E se ficasse comigo em Paris durante seis meses e eu morasse com você na Califórnia durante os outros seis meses do ano? Você poderia ir e vir de acordo com a sua conveniência, viajar, tocar seus projetos, fazer filmes, escrever, visitar seus filhos. Estarei sempre esperando por você. Um esquema assim parece mais conveniente?

— Não parece justo com você — disse ela, sendo franca. — O que você ganharia com isso? Ficaria sozinho durante muito tempo — acrescentou, preocupada, e ele acariciou sua mão.

— Ganharia você, amor. É tudo que eu quero. E a oportunidade de ficar ao seu lado pelo tempo que for, não importa de quanto tempo você disponha.

— Não sei se a ideia de morar junto me parece apropriada, mesmo agora, embora fôssemos felizes assim. Mas era exatamente por não sermos casados que eu me sentia numa situação muito ruim. E acho que ainda posso me sentir assim.

Além disso, o acordo que ele propunha não impediria que ela sofresse novamente, nem os pouparia de uma separação. Mas não havia como garantir que isso não acontecesse. Não existia garantia de espécie alguma. O risco existia independentemente da forma como decidissem se relacionar. Mas o alerta de Stevie naquela manhã não tinha sido ignorado.

— O que você quer fazer? — perguntou ele, indo direto ao ponto.

— Tenho medo de sofrer.

— Eu também — confessou. — Mas não há como ter certeza de que isso não vai acontecer. Acho que, se nos amamos, temos que arriscar. E se fizéssemos uma tentativa durante um tempo, para ver como as coisas se desenrolam? Posso visitar você em Los Angeles depois das festas de fim de ano. — Carole sabia que ele iria viajar com os filhos, e queria ficar com Anthony e Chloe. Com sorte, iria ao casamento de Stevie em Las Vegas, na véspera do Ano-Novo. — Posso ir no dia primeiro de janeiro, se for bom para você — sugeriu ele educadamente. — E poderia ficar pelo tempo que você quisesse. Depois, você poderia vir a Paris me visitar na primavera. Por que não tentamos durante um tempo, dependendo dos nossos compromissos, e vemos se dá certo? — Sabendo que ele estava disposto a se casar, ela não sentiu que Matthieu pretendia "testá-la". — Ele estava fazendo o possível para tentar conciliar as coisas de modo a satisfazê-la e lhe dar o espaço necessário para ser ela mesma. — Então, o que acha?

— Interessante — respondeu ela com um sorriso. Ainda não estava pronta para assumir nenhum tipo de compromisso, mas, só de olhar para ele, compreendia que o amava, mais do que nunca, só que de uma forma mais prudente e consciente. Dessa vez agia com cautela e se protegia. A falta de precaução fora justamente o que a levara a sofrer antes.

— Gostaria de tentar? — pressionou ele, e ela riu.

— Talvez.

Carole sorriu novamente antes de comer mais um bombom de café, enquanto ele a observava, rindo baixinho. Ela nunca conseguia resistir àqueles bombons. Isso o fazia se lembrar dos velhos tempos, quando, depois de se fartar com os doces, ela o mantinha acordado a noite inteira.

— Você vai ficar sem dormir durante semanas — avisou ele. Só lamentava que ela não fosse mantê-lo acordado naquela noite.

— Eu sei — assentiu ela com um sorriso feliz. A sugestão de Matthieu lhe parecia uma boa opção. Não sentia que estava vendendo sua alma ou assumindo um risco grande demais. Ainda poderia se magoar porque o amava, mas queria dar uma chance àquele amor e ver como seriam as coisas para ambos.

— Posso visitá-la em janeiro? — perguntou ele novamente, e ambos sorriram. Estavam bem mais descontraídos do que na noite anterior. Agora, ele percebia que havia se precipitado. Depois de todo o sofrimento que lhe causara no passado, entendeu que tinha de agir sem pressa, que precisava reconquistar sua confiança. E também sabia que ela jamais iria menosprezar o respeito que tinha por si mesma. Sempre fora assim. Dessa vez, Carole não estava disposta a abrir mão de suas convicções para atender às conveniências de Matthieu, ou para se adaptar à vida dele. Estava defendendo os próprios interesses. *Além disso*, ela o amava.

— Claro — respondeu ela, baixinho. — Eu adoraria. Quanto tempo acha que poderia ficar? Semanas? Dias? Meses?

— Posso me organizar para ficar durante alguns meses, mas não tenho que ficar tanto tempo. Depende de você.

— Vamos ver como as coisas irão se desenrolar — falou ela sem definir prazos. Pretendia manter as portas abertas, caso resolvesse rever a situação.

— Perfeito — concordou ele, na tentativa de tranquilizá-la. Queria evitar qualquer investida agressiva e assustá-la novamente. Não podia esquecer que ela havia acabado de passar por uma provação terrível e quase morrera, o que a deixava vulnerável e insegura.

— Eu poderia vir a Paris em março, quando voltar da viagem ao Taiti com a Chloe. E talvez fique aqui durante toda a primavera, dependendo do que estiver acontecendo na minha vida — acrescentou ela rapidamente.

— Claro — concordou Matthieu.

Atualmente, Carole era a mais ocupada dos dois, principalmente se Matthieu deixasse o escritório de advocacia. Por enquanto, ele pretendia tirar apenas uma licença, e o momento era ideal. Nas semanas seguintes, estaria concluindo a maior parte dos projetos que estavam em andamento e não dera início a nenhum outro ainda. Era como se tivesse previsto que ela voltaria a fazer parte de sua vida.

Matthieu pagou a conta do jantar, e eles foram os últimos a deixar o restaurante. Embora já fosse tarde, tinham resolvido muitas pendências. Ele havia sugerido uma solução que Carole podia aceitar. Ela sabia que seu coração não estaria protegido de possíveis mágoas, mas não iria abrir mão da própria vida por ele. Isso era importante para ela agora, mais do que havia sido no passado.

Em seguida, ele a levou de volta ao hotel, seguido de perto pelos seguranças que iam no carro de Carole, e por pouco não entrou no fatídico túnel, perto do Louvre. Conseguiu desviar no último minuto. O túnel já havia sido reaberto, e Matthieu quis evitar que

Carole revivesse a tragédia. Ele já havia quase esquecido aquilo, mas ela não. Os olhos dele estavam arregalados de pavor quando fez o desvio.

— Desculpe. — Ele não queria fazer nada que a deixasse transtornada ou assustada.

— Obrigada — disse ela, inclinando-se para beijá-lo. Carole estava satisfeita com os planos que haviam feito. E, embora não fosse exatamente o que ele queria, Matthieu também se sentia feliz, sabia que tinha de reconquistar a confiança dela aos poucos, descobrir suas necessidades e entender as mudanças que haviam acontecido em sua vida. Estava disposto a fazer isso por ela. Tudo o que queria era vê-la feliz.

Cinco minutos depois, estavam no hotel. Matthieu a tomou nos braços e a beijou antes que ela saísse do carro.

— Obrigado por me dar uma segunda chance. Sei que não mereço, mas prometo que não vou desapontar você dessa vez. Eu lhe dou a minha palavra.

Ela lhe deu mais um beijo, e os dois caminharam juntos e de mãos dadas até a entrada do hotel.

— Nos vemos amanhã? — perguntou ela com um sorriso tranquilo.

— Vou telefonar para você de manhã, assim que ligar para a Air France.

Os seguranças acompanharam Carole até sua suíte, e Matthieu voltou para o carro todo sorridente. Era um homem feliz. E, dessa vez, tinha certeza de que não iria pôr tudo a perder.

Stevie acordou às quatro da manhã e viu que as luzes do quarto de Carole estavam acesas. Então se aproximou na ponta dos pés para verificar se estava tudo bem e ficou espantada ao se deparar com a atriz sentada em frente ao laptop. Ela estava de costas para Stevie e não percebeu que a assistente havia entrado em seu quarto.

— Você está bem? O que está fazendo?

Desde o acidente, Carole não usava o laptop, simplesmente não conseguia. E agora ela estava digitando rápida e furiosamente.

— Trabalhando no meu livro — respondeu ela, olhando por sobre o ombro com um sorriso. Stevie não a via assim tão feliz, trabalhando e entusiasmada, desde a época em que era casada com Sean. — Consegui ligar o computador e encontrei o arquivo do livro. Vou começar tudo de novo e descartar o material que tinha escrito. Agora eu sei o rumo da história.

— Caramba! — exclamou Stevie. — Você parece estar a duzentos quilômetros por hora.

— É verdade. Comi muitos bombons de café no Le Voltaire, o bastante para ficar acordada por anos. — As duas deram uma risada, então Carole se virou com uma expressão agradecida. — Obrigada pelo que você falou ontem. Matthieu e eu chegamos a um acordo.

— Você vai se casar? — perguntou Stevie, animada, e Carole riu.

— Não. Pelo menos por enquanto. Talvez um dia. Isso é, se não nos matarmos antes. Ele consegue ser mais teimoso do que eu. Nós decidimos que vamos passar um tempo em Los Angeles e depois Paris e ver como as coisas irão se desenrolar. Ele se mostrou disposto a morar metade do tempo na Califórnia. Por enquanto, vamos viver no pecado.

Ela riu, pensando na ironia de não querer se casar agora que ele queria. O jogo havia virado.

— Vai dar tudo certo. Espero que vocês se casem um dia. Acho que ele é o homem certo para você. E acho que você pensa a mesma coisa; caso contrário, não teria suportado tudo aquilo no passado.

— É. Também acho. Só preciso de um tempo. O que eu passei foi muito duro.

— Algumas coisas são difíceis, mas no final valem a pena.

Carole assentiu.

Stevie deu um bocejo e perguntou:

— Como está o livro?

— Por enquanto, estou gostando. Volte para a cama, conversaremos pela manhã.

— Tente dormir um pouco depois — sugeriu Stevie antes de voltar para o seu quarto.

Carole não dava sinais de que iria dormir tão cedo. Afinal, estava a todo vapor novamente.

# Capítulo 19

Carole passou sua última noite em Paris com Matthieu. Dessa vez, eles foram jantar em um restaurante do qual ele ouvira falar e que queria muito conhecer. A comida era excelente; o ambiente, romântico e íntimo, e ambos adoraram o lugar. Ele já tinha feito planos e iria para Los Angeles no dia 2 de janeiro, um dia depois de voltar das férias em Vale de Isère com os filhos. Eles falaram sobre seus respectivos planos para as comemorações de fim de ano, e ela comentou que pretendia passar um tempo sozinha com Chloe antes das festas.

— Em momento algum você deixou de cumprir seu papel de mãe — assegurou-lhe Matthieu. Ele ainda achava que o ressentimento de Chloe em relação a Carole era injusto, considerando o que tinha presenciado na época em que ela era criança. Mas Chloe tinha uma visão diferente daqueles dias.

— Ela acha que eu falhei. Talvez eu deva me preocupar com a opinião dela. A negligência é algo subjetivo, e está sempre no coração de quem acha que foi desfavorecido. Se eu tenho um tempo livre para passar com ela, por que não fazer isso?

As duas dispunham de um tempo bem curto antes da chegada de Anthony e Jason. Mas já era alguma coisa.

Naquela noite, não havia nenhum motivo para tristeza, porque Carole sabia que Matthieu iria para a Califórnia em duas semanas.

Estava ansiosa para passar o Natal em família e esperava ir a Las Vegas no Ano-Novo, para o casamento de Stevie. Apesar disso, Stevie já havia dito que iria a Paris com ela, em março ou abril. Alan se mostrara bastante compreensivo em relação a isso, e Carole pretendia dar um descanso à sua assistente por um tempo. Talvez ela e Matthieu viajassem para a Itália e para outras cidades da França. Até lá, esperava já ter feito um bom progresso em seu livro.

Quando a sobremesa chegou, ele tirou uma caixinha da Cartier do bolso e a entregou a Carole. Era um presente de Natal que ele havia comprado.

Ela abriu a caixa com todo o cuidado, aliviada por ver que não era um anel. Afinal, o relacionamento ainda não havia sido formalizado. Estavam fazendo apenas uma tentativa. Ao abrir a caixa, Carole se deparou com um lindo bracelete de ouro. Era uma joia simples, exceto pelos três diamantes incrustados na peça. Matthieu tinha mandado gravar algo na parte de dentro, o que, para ele, era o detalhe mais especial do presente. Ela aproximou o bracelete da chama da vela que havia sobre a mesa, para ler a inscrição. Seus olhos se encheram de lágrimas ao ler a frase: "Seja fiel a si mesma. Eu te amo. Matthieu." Ela o beijou e colocou o bracelete. Esse tinha sido o modo que ele havia encontrado de dizer que aprovava sua decisão e que a amava do jeito que ela era. O bracelete era um sinal de respeito e amor.

Carole também havia comprado um presente para ele, e Matthieu sorriu ao perceber que era da mesma loja. Ele abriu a embalagem com o mesmo cuidado de Carole e viu um elegante relógio de ouro. Havia muitos anos, ela lhe dera um relógio que ele ainda usava. Arlette sabia que tinha sido um presente dela, mas nunca fez nenhum comentário a respeito. Era a única joia que ele usava, e Carole sabia que tinha um grande significado para ele. A atriz também mandara fazer uma inscrição em seu presente. Na parte de trás do relógio se lia: "*Joyeux Noël. Je T'aime.* Carole." Ele ficou tão satisfeito com o relógio quanto ela com o bracelete.

O restaurante ficava perto do hotel, e eles voltaram ao Ritz caminhando tranquilamente, seguidos pelos seguranças. A essa altura, Carole e Matthieu já estavam acostumados com a presença deles. Ao pararem na entrada do hotel, os dois se beijaram. Foi então que um flash disparou. Eles se viraram e Carole sussurrou:

— Sorria.

Ele fez o que ela mandou. Carole também sorriu, e o paparazzo tirou mais uma foto.

— Enquanto estiverem fotografando, você deve sorrir para a câmera — explicou ela ao fitá-lo, e ele riu novamente.

— Sempre saio com cara de assassino em foto, quando os fotógrafos me pegam de surpresa.

— Lembre-se de sorrir da próxima vez — recomendou ela quando entraram no saguão. Não se importavam de sair nos jornais, já não tinham mais o que esconder.

Ele a acompanhou até sua suíte e a beijou novamente quando estavam na sala de estar. Stevie tinha caído no sono depois de arrumar as malas. O laptop de Carole permanecia na escrivaninha, mas ela não planejava trabalhar naquela noite.

— Ainda sou viciado em você — revelou ele com paixão, ao beijá-la mais uma vez. Não via a hora de ir para a Califórnia. Ele se lembrava muito bem de como tinha sido maravilhoso viver com Carole no passado.

— Não deveria.

Carole não queria reviver os sentimentos desvairados de anos atrás. Queria um relacionamento tranquilo e cheio de afeto, e não a paixão angustiante que haviam experimentado. Mas, ao olhar para ele, Carole se deu conta de que não estava diante de Sean, e sim de Matthieu — um homem que sempre fora poderoso e passional e que, apesar da idade, ainda guardava essas características. Ele não tinha nada de tranquilo ou sereno. Não que Sean fosse assim, mas era diferente de Matthieu. O francês era uma força motriz e um par perfeito para ela. Juntos, reuniam uma energia capaz de iluminar o mundo. E foi exatamente isso o que a tinha assustado no início, mas agora ela já havia se acostumado.

Ambos estavam usando os presentes que haviam trocado e ficaram conversando na antessala da suíte durante um longo tempo. Essa era uma das coisas que faziam melhor; o resto viria em seu devido tempo. Nenhum dos dois havia arriscado um envolvimento físico mais íntimo. Afinal, ela ainda estava se recuperando, e a médica tinha sugerido que esperasse um pouco, o que parecia mais sensato para ambos. Ele, por sua vez, não queria fazer nada que pudesse colocá-la em perigo e estava preocupado com a viagem de Carole de volta a Los Angeles.

Matthieu a levaria ao aeroporto às sete da manhã. O check in estava previsto para as oito, e seu voo sairia às dez horas. O neurocirurgião que a acompanharia tinha prometido chegar ao Ritz às seis e meia, a fim de examiná-la antes de partirem. Ele havia combinado tudo com Stevie e se mostrara empolgado com a viagem.

Matthieu foi embora pouco depois da uma da manhã. Carole estava tranquila e feliz quando escovou os dentes e vestiu a camisola. Sentia-se animada com a ida dele para a Califórnia e com tudo o que planejava fazer antes de sua chegada. Tinha muitas expectativas para as semanas seguintes. Era uma vida inteiramente nova.

Stevie a acordou às seis da manhã, e Carole já estava pronta, tomando café, quando o médico chegou ao hotel. O rapaz era tão jovem que parecia um menino. Ao se despedir da neurologista no dia anterior, Carole também a presenteou com um relógio Cartier. Um funcional, de ouro branco e com ponteiro de segundos, que a deixou emocionada.

Matthieu chegou às sete em ponto. Como de costume, estava usando terno e gravata e comentou que Carole parecia uma garota, de calça jeans e um largo suéter cinza. Ela queria viajar com roupas confortáveis, embora estivesse maquiada, caso algum fotógrafo aparecesse. Estava usando o bracelete, com os diamantes brilhando em seu braço. Matthieu ostentava orgulhosamente seu relógio novo e anunciava a hora para quem quisesse ouvir. Carole achou graça dele. Sentiam-se felizes e descontraídos.

— Vocês estão lindos — comentou Stevie, quando um funcionário do hotel entrou no quarto para pegar as malas. Como sempre, ela havia organizado tudo. Já havia deixado gorjetas para o serviço de quarto e para as camareiras, bem como para os funcionários que a tinham ajudado e dois subgerentes. Esse era seu trabalho. Matthieu ficou impressionado diante da facilidade com que ela conduziu o médico até a porta, carregou o computador de Carole e a bolsa pesada, deu conta de sua bagagem de mão, dispensou a enfermeira e falou com os seguranças.

— Ela é muito eficiente — comentou ele, ao entrarem no elevador.

— É mesmo. Trabalha comigo há 15 anos. Voltará a Paris comigo quando eu vier na primavera.

— O marido dela não vai se incomodar? — perguntou Matthieu. Carole já havia dito que Stevie provavelmente iria se casar.

— Ao que parece, não. Eu faço parte do trato — disse ela com um sorriso.

Eles seguiriam para o aeroporto em dois carros. Carole iria no carro de Matthieu, enquanto Stevie, o médico e os seguranças seguiriam na limusine alugada. Quando estava saindo do hotel, antes de entrar no carro, os já familiares fotógrafos tiraram algumas fotos do grupo. Ela parou por um minuto para sorrir e acenar para eles. Era uma verdadeira estrela com seu sorriso brilhante, seu longo cabelo loiro e os habituais brincos de diamante. Ninguém imaginaria que ela havia estado ferida ou doente. E Matthieu quase não via a cicatriz — agora bem menos aparente — em seu rosto, disfarçada por uma maquiagem bem-feita.

No trajeto, embora conversassem animadamente, Carole não conseguia deixar de pensar na última vez que ele a levara ao aeroporto, 15 anos antes. Tinha sido uma manhã devastadora para ambos. Ela chorara durante a viagem inteira. Achava que nunca mais o veria. Dessa vez, estava feliz quando saltou do carro no aeroporto, passou pela segurança e se dirigiu ao saguão da primeira classe, sempre ao lado dele, enquanto Stevie despachava as bagagens. Graças ao prestígio de Matthieu, a Air France providenciara para que ele passasse pela segurança com ela.

Meia hora antes do voo, o neurologista verificou seus sinais vitais discretamente. Estava tudo bem. O médico estava empolgado para voar na primeira classe.

Quando anunciaram o voo, Matthieu a acompanhou até o portão, e então eles continuaram conversando até o último minuto. Em seguida, ele a tomou nos braços.

— Dessa vez é diferente.

— Sim, eu sei. — Ambos estavam agradecidos pela segunda chance que haviam recebido. — Aquele foi um dos piores dias da minha vida — disse Carole baixinho, olhando bem nos olhos dele.

— Para mim, também — falou ele, abraçando-a com força.

— Se cuide quando chegar em casa. Vá com calma. Não precisa fazer tudo de uma vez — aconselhou ele. Nos últimos dias, Carole havia começado a fazer mais coisas e de maneira mais rápida. Estava voltando a ser ela mesma.

— O médico disse que estou ótima.

— É, mas não vá abusar da sorte.

Nesse instante, Stevie se aproximou para lembrá-la de que estava na hora de embarcar e passou para Matthieu os detalhes do voo. Carole o fitou mais uma vez. Os olhos dele refletiam a mesma alegria que ela sentia.

— Divirta-se com seus filhos.

— Telefonarei assim que chegar — prometeu ela.

Então os dois se beijaram, e dessa vez não havia nenhum fotógrafo por perto para interrompê-los. Carole precisou fazer um grande esforço para sair dos braços dele. Até poucos dias atrás, ela estava com medo de abrir seu coração novamente; agora, sentia-se cada vez mais próxima de Matthieu. Estava triste por deixá-lo, mas, ao mesmo tempo, feliz por estar embarcando para Los Angeles. Tinha sorte de poder voltar para casa. Todos tinham consciência disso. Finalmente ela se afastou e foi andando, lentamente, em direção ao avião. Logo depois, parou, se virou e olhou para ele com um largo sorriso no rosto, o mesmo que ele guardava na memória. Era o sorriso da estrela de cinema que encantava seus fãs no mundo todo. Carole o fitou durante um longo instante, pronunciou as palavras *"je t'aime"* e, depois de acenar, se virou novamente e seguiu em direção ao avião. Aquela tinha sido uma jornada milagrosa; agora ela voltaria para casa, com Matthieu no coração. E dessa vez com esperança, em vez de mágoa.

# Capítulo 20

Por sorte, o voo para Los Angeles se passou sem transtornos. O neurocirurgião verificou seus sinais vitais várias vezes, mas Carole não apresentou nenhum problema. Ela fez as duas refeições e assistiu a um filme. Em seguida, converteu sua poltrona em cama, aconchegou-se sob a manta e o edredom e dormiu durante o resto da viagem. Stevie a acordou antes da aterrissagem, para que ela pudesse se maquiar, escovar os dentes e pentear o cabelo. As chances de a imprensa estar a postos no aeroporto eram muito grandes. A companhia aérea havia oferecido uma cadeira de rodas para Carole, mas ela a recusou. Queria desembarcar caminhando. Preferia passar a ideia de uma recuperação milagrosa a transmitir a visão de seu regresso como uma inválida. Apesar do longo voo, sentia-se mais forte do que em muitas semanas. Em parte, pela empolgação da perspectiva de uma nova vida e de um relacionamento com Matthieu, mas, acima de tudo, pela sensação de gratidão e paz interior. Não só sobrevivera ao atentado terrorista, como também se recusara a se dar por vencida.

Ela olhou pela janela, observando em silêncio os edifícios, as piscinas, as paisagens e os marcos familiares de Los Angeles. Viu o letreiro de Hollywood, sorriu e olhou para Stevie. Houve um tempo em que chegou a pensar que nunca mais veria aquilo tudo novamente. Seus olhos se encheram de lágrimas. Era assustador pensar em tudo o que tinha acontecido nos dois últimos meses. Então o avião tocou a pista e taxiou até parar completamente.

— Bem-vinda ao lar — disse Stevie com um largo sorriso, e Carole quase chorou de alívio. O jovem médico estava animado por chegar a Los Angeles. Sua irmã o buscaria no aeroporto, e ele passaria uma semana com ela.

Carole e seus dois acompanhantes estavam entre os primeiros passageiros a desembarcar, e um funcionário da Air France os aguardava para ajudá-los a passar rapidamente pela alfândega. Ela não tinha nada a declarar, exceto o bracelete que ganhara de Matthieu. Acabou aceitando uma cadeira de rodas para atravessar o longo caminho até o setor da imigração. A alfândega já havia sido avisada do procedimento. Sua declaração de bagagens já estava preenchida, e Carole sabia até mesmo o valor que precisava pagar. Ela preencheu um cheque rapidamente. Em seguida, um funcionário verificou os passaportes e liberou a passagem de Carole e de seus dois acompanhantes.

— Seja bem-vinda, Srta. Barber — cumprimentou-a o funcionário da alfândega com um sorriso, no momento em que ela se levantava da cadeira de rodas. Queria passar pelos portões andando normalmente, caso houvesse fotógrafos de plantão. Ficou feliz por ter tomado essa decisão, pois, do outro lado, havia uma barreira deles gritando seu nome, enquanto disparavam seus flashes. Assim que a avistaram, formou-se um verdadeiro alvoroço. Ela acenou radiante e segura quando passou por eles caminhando normalmente.

— Como você se sente? ... E a sua memória? ... O que aconteceu? ... Como se sente por estar de volta? — gritavam os repórteres.

— Estou ótima! Simplesmente ótima! — respondeu ela, sorrindo, enquanto Stevie a pegava pelo braço, ajudando-a a abrir caminho por entre os paparazzi, que a detiveram durante uns 15 minutos, enquanto tiravam várias fotos.

Carole parecia cansada ao entrar na limusine que a esperava do lado de fora do aeroporto. Stevie havia contratado uma enfermeira porque, embora Carole não precisasse de cuidados médicos, achava sensato que ela não ficasse muito tempo sozinha logo de início. Apesar de tudo, a atriz sugeriu dispensá-la quando seus filhos chegassem, ou pelo menos quando Matthieu estivesse com ela. Era apenas uma questão de segurança ter alguém por perto à noite, já que Stevie teria de voltar para casa, para seu noivo, para sua vida e para sua cama. Ficara fora por um longo tempo e também se sentia feliz por estar de volta, principalmente por causa do pedido de casamento. Queria comemorar o noivado com Alan.

Matthieu foi o primeiro a telefonar para Carole, assim que ela colocou os pés em casa. Estava preocupado com ela. Eram dez horas da noite em Paris, e uma da tarde em Los Angeles.

— Correu tudo bem? Como está se sentindo?

— Estou ótima. Não houve nenhum problema durante a decolagem nem na aterrissagem. — O médico temia que as mudanças na pressurização pudessem trazer algum desconforto para ela ou provocar uma dor de cabeça forte, mas, felizmente, nada disso aconteceu. — O único trabalho do médico foi comer e assistir a alguns filmes.

— Ótimo. De qualquer maneira, acho que foi bom ele ter ido com você — comentou Matthieu, aliviado.

— Claro — concordou Carole. Ela também ficara um tanto temerosa com a viagem.

— Já estou com saudades — queixou-se ele. Mas, assim como Carole, ele parecia animado. Iriam se ver em breve, e a vida em comum, independentemente de seu formato, iria recomeçar. Carole tinha muitas expectativas em relação a isso.

— Eu também.

— O que você vai fazer primeiro? — quis saber ele. Estava emocionado e sabia quanto estar de volta significava para ela, depois de tudo o que havia passado.

— Não sei. Acho que vou só passear e agradecer a Deus por estar aqui.

Ele também se sentia agradecido. Lembrou-se de como ficara chocado a primeira vez que a viu no hospital, entubada. Ela parecia morta. Na verdade, estava praticamente morta mesmo. Sua recuperação foi como um renascimento. E agora, além disso, tinham um ao outro. Parecia um sonho para ambos.

— A minha casa é linda — disse ela, olhando ao redor. — Eu tinha me esquecido de quanto era bonita.

— Mal posso esperar para conhecê-la.

Após alguns minutos, eles se despediram, e Stevie ajudou Carole a se acomodar. A enfermeira chegou dez minutos depois. Era uma mulher simpática e estava emocionada por conhecer a famosa atriz. Assim como todos, quando ficaram sabendo sobre o atentado terrorista, também havia ficado horrorizada com a notícia e disse que tinha sido um milagre Carole ter sobrevivido.

Carole entrou em seu quarto e olhou em volta. Ela se lembrava dele perfeitamente. Depois, observou o jardim, entrou no escritório e sentou-se à escrivaninha. Stevie já havia ligado o computador para ela, e a enfermeira começou a preparar o almoço com os itens que a assistente mandara a empregada comprar. Como sempre, ela havia pensado em tudo, nos mínimos detalhes. Não se esquecia de nada.

Como de costume, Stevie e Carole almoçaram na cozinha. Carole já havia comido metade de um sanduíche de peito de peru quando, de repente, começou a chorar.

— O que foi? — perguntou Stevie, delicadamente, embora soubesse a resposta. Era um dia especial para Carole e para ela também.

— É difícil acreditar que estou aqui. Pensei que nunca mais iria voltar.

Ela finalmente confessava o medo terrível que havia sentido. Não precisava mais ser corajosa. E, mesmo depois de sobreviver ao atentado, ainda fora atacada no hospital. Era mais do que qualquer ser humano podia suportar.

— Você está bem agora — disse Stevie, tranquilizando-a, antes de abraçá-la. Em seguida, deu-lhe um lenço de papel para que pudesse assoar o nariz.

— Desculpe. Acho que não tinha me dado conta de quanto estava abalada. Ainda por cima, tem toda essa história com Matthieu... que mexeu muito comigo.

— Você tem todo o direito de se sentir assim — afirmou Stevie. — Pode até se levantar e gritar, se quiser. Você tem direito a isso.

A enfermeira retirou os pratos, e Carole e Stevie permaneceram sentadas à mesa da cozinha por mais um tempo. Em seguida, Stevie fez chá de baunilha e serviu-lhe uma xícara.

— Vá para casa — sugeriu Carole. — Alan deve estar ansioso para ver você.

— Ele virá me buscar daqui a meia hora. Depois eu telefono para contar o que ficou decidido. — Stevie parecia nervosa e empolgada ao mesmo tempo.

— Aproveite a companhia dele. Pode me ligar amanhã.

Carole sentia-se culpada por ocupar tanto o tempo de sua assistente. Stevie sempre fazia muito além do esperado, muito mais do que poderia ser considerado sua "obrigação". Entregava-se de corpo e a alma ao trabalho, mais do que qualquer ser humano faria.

Meia hora depois, ela ouviu Alan buzinar duas vezes e saiu correndo, enquanto Carole desejava-lhe sorte. Após desfazer as malas com a ajuda da enfermeira, Carole foi para o escritório e ficou olhando pela janela. O computador a aguardava, mas ela se sentia cansada demais para usá-lo. Já eram três horas da tarde; meia-noite em Paris. Estava exausta.

Naquela tarde, caminhou pelo jardim e telefonou para os filhos. Chloe falou que chegaria no dia seguinte e disse que mal podia esperar para vê-la. Carole então pensou que seria bom descansar um pouco, mas queria se adaptar ao fuso horário de Los Angeles. Portanto, só foi dormir pouco antes das dez da noite, quando já estava amanhecendo em Paris. Ela dormiu assim que botou a cabeça no travesseiro. No dia seguinte, acordou às dez e meia e ficou surpresa ao ver que Stevie já havia chegado. Ela acordou quando sua assistente entrou no quarto, com um grande sorriso no rosto.

— Já acordou?

— Que horas são? Devo ter dormido umas 12 horas — comentou Carole e então se sentou na cama, espreguiçou-se e bocejou.

— Você estava precisando — disse Stevie ao abrir as cortinas. Nesse instante, Carole viu um pequeno diamante no dedo da jovem.

— E então? — perguntou ela, com um sorriso sonolento. Sentia um pouco de dor de cabeça, mas, naquela manhã, tinha uma consulta com um neurologista e com um neuropsicólogo. Os dois trabalhavam juntos e atendiam pacientes que haviam sofrido lesão cerebral. Ela atribuiu a dor de cabeça ao jet lag e ao voo e, portanto, não estava preocupada.

— Ainda vai estar livre na véspera do Ano-Novo? — perguntou Stevie, quase explodindo de emoção.

Carole sorriu.

— Você aceitou?

— Sim — respondeu a jovem, um pouco apavorada e exibindo o anel. Era uma joia antiga, delicada e com um diamante pequeno. Estava emocionada, e Carole sentia-se feliz por ela. Stevie merecia toda a felicidade que a vida pudesse lhe oferecer, pelo carinho e pelo apoio que dedicava a outras pessoas, em particular a ela. — Nós vamos para Las Vegas na véspera de Ano-Novo, pela manhã. Alan fez reservas no Bellagio, inclusive para você.

— Estarei lá. Firme e forte. Ah, meu Deus! Temos que fazer compras. Você precisa de um vestido! — exclamou Carole, animada. Estava verdadeiramente emocionada pela amiga e assistente.

— Podemos ir com a Chloe amanhã. Hoje você deve descansar. Teve um dia cansativo ontem.

Carole se levantou da cama devagar, sentindo-se melhor depois de tomar uma xícara de chá e comer algumas torradas. Stevie a acompanhou à consulta; no caminho, conversaram sobre o casamento. O neurologista disse que ela estava bem e recomendou que não exagerasse. Ficou surpreso ao verificar as observações e ler o relatório da médica de Paris, que havia feito anotações em inglês.

— Você é uma mulher de sorte.

O prognóstico do médico, de que ela teria lapsos de memória de seis meses a um ano, coincidiu com o prazo previsto pelos médicos em Paris. Carole não gostou muito do neurologista. Preferia a especialista que cuidara dela em Paris. Mas só teria outra consulta com ele novamente dali a um mês, para revisão, quando faria outra tomografia de rotina. Além disso, continuaria o trabalho de reabilitação com os fisioterapeutas.

Logo após a consulta com o neurologista, Carole foi examinada no mesmo consultório por uma neuropsicóloga, que simplesmente superou suas expectativas, e as de Stevie também. Ao contrário do neurologista, que agira de forma metódica, rigorosa e extremamente fria, a médica já entrou no consultório toda animada, como um raio de luz. Era baixinha, delicada, tinha olhos azuis enormes, era cheia de sardas e seu cabelo ruivo brilhava. Parecia um duende, mas era muito perspicaz.

Assim que entrou, com um enorme sorriso, se apresentou para as duas. Ela era a Dra. Oona O'Rourke, uma autêntica irlandesa, e seu forte sotaque não deixava dúvidas quanto à sua nacionalidade. Carole achou graça ao vê-la pular na cadeira com seu jaleco branco e sorrir para ela e para Stevie, sentadas à sua frente. Stevie permanecera no consultório para dar apoio moral e ajudar a fornecer detalhes que Carole pudesse ter esquecido ou que desconhecesse.

— Então, soube que você andou voando por um túnel em Paris. Que coisa impressionante! Como foi?

— Bem menos divertido do que o esperado. Não foi exatamente o que eu havia planejado para a minha viagem.

A médica observou o exame da atriz e comentou sobre a perda de memória. Queria saber se Carole estava progredindo.

— Estou bem melhor. No início, foi muito esquisito. Não sabia quem eu era nem reconhecia ninguém. Eu havia esquecido simplesmente tudo.

— E agora?

Os brilhantes olhos azuis da médica estavam atentos, e seu sorriso era acolhedor. O tratamento era uma assistência complementar, não realizada em Paris, mas recomendada pelo neurologista de Los Angeles, que considerava o fator psicológico importante. Ele recomendara no mínimo três ou quatro consultas com a especialista, embora Carole já apresentasse uma melhora significativa.

— Minha memória está bem melhor. Ainda tenho alguns lapsos de memória, mas isso não é nada comparado ao que experimentei quando saí do coma.

— Você teve alguma crise de ansiedade? Distúrbios de sono? Dores de cabeça? Comportamento estranho? Depressão?

Carole respondeu que não a todas as perguntas, com exceção da leve dor de cabeça que sentira naquela manhã, ao acordar. A Dra. O'Rourke confirmou que ela estava muito bem.

— Parece que você teve muita sorte, se é que se pode dizer isso. Esse tipo de dano cerebral às vezes torna muito difícil um prognóstico conclusivo. A mente é uma coisa complexa e maravilhosa. E, algumas vezes, acho que o que nós, médicos, fazemos é mais arte do que ciência. Você está planejando voltar a trabalhar?

— Por enquanto, não. Estou escrevendo um livro e pensei em começar a ler alguns roteiros na primavera.

— No seu lugar, eu não teria tanta pressa. Você pode se sentir cansada por um tempo ainda. Não force nada. Seu corpo irá lhe dizer o que está pronto para fazer, e, se você forçar a barra, ele irá reclamar. Pode até voltar a ter lapsos de memória, se exagerar. — Aquilo deixou Carole assustada, e Stevie lançou-lhe um olhar de advertência. — Algo mais que esteja preocupando você? — perguntou a médica.

— Não exatamente. Às vezes fico chocada ao lembrar que quase morri. Ainda tenho pesadelos com isso.

— Isso é normal.

Em seguida, Carole contou sobre o atentado que sofrera no hospital, quando o jovem terrorista tentou matá-la.

— Pelo visto, você realmente passou por maus bocados. Acho que deve ir com calma por um tempo. Dê a si mesma uma chance para se recuperar do choque emocional e do trauma físico. Já passou por muita coisa. Você é casada?

— Não, sou viúva. Meus filhos e meu ex-marido vêm passar o Natal comigo — respondeu ela, feliz, e a médica sorriu.

— Alguém mais?

Carole sorriu.

— Reacendi uma velha chama em Paris. Ele virá logo depois das festas de fim de ano.

— Ótimo. Divirta-se. Você merece.

Após conversarem durante mais um tempo, a médica lhe ensinou alguns exercícios interessantes e divertidos para estimular a memória. Ela era animada e alegre, e Stevie e Carole comentaram sobre a consulta quando saíram do consultório.

— Ela é uma graça — comentou Stevie.

— E muito inteligente — acrescentou Carole. — Gostei dela.

Durante a consulta, Carole se sentiu bastante à vontade para perguntar ou dizer qualquer coisa, por mais estranho que pudesse parecer. Perguntou até sobre sexo, e a médica disse que não haveria problema nenhum, aproveitando para lembrá-la de usar preservativos, o que fez Carole ficar vermelha. Fazia muito tempo que não se preocupava com esse tipo de coisa. Com um sorriso malicioso, a Dra. O'Rourke disse que, depois de tudo o que já tinha sofrido, a última coisa de que ela precisava era de uma DST. Carole concordou e riu, sentindo-se uma garota novamente.

Ao sair do consultório, estava aliviada por ter uma médica com quem podia se abrir, caso sentisse algum desconforto em decorrência do trauma que sofrera. Mas, por ora, estava perfeitamente bem.

Não via a hora de se juntar à família e de aproveitar o casamento de Stevie. Teria dias prazerosos pela frente.

No caminho de volta para casa, Carole insistiu em parar na Barneys para comprar o vestido de Stevie. A jovem experimentou três vestidos, mas acabou escolhendo o primeiro, que havia adorado. Carole lhe deu o vestido, que era longo, branco e valorizava o corpo escultural de Stevie, como presente de casamento. Depois, foram ao andar térreo da loja, onde encontraram sapatos de cetim branco Manolo Blahnik. Por último, escolheram um vestido verde-esmeralda, curto e tomara que caia para Carole, que estava se sentindo a mãe da noiva.

Chloe só chegaria depois das sete da noite, portanto elas teriam a tarde inteira para arrumar tudo. Stevie iria buscá-la no aeroporto; no último momento, Carole decidiu acompanhá-la. Saíram de casa às seis. O florista de Carole havia entregado uma árvore de Natal toda decorada às cinco da tarde, e a casa, repentinamente, adquiriu uma atmosfera natalina.

No trajeto até o aeroporto, elas conversaram novamente sobre o casamento. Estavam muito empolgadas.

— Não consigo acreditar que eu esteja fazendo isso — comentou Stevie pela centésima vez naquele dia, fazendo Carole sorrir. Ambas sabiam que era a coisa certa. — Você não acha que sou louca, acha? E se daqui a cinco anos eu o odiar? — perguntou Stevie, tomada por um redemoinho de emoções.

— Isso não vai acontecer. E, se acontecer, podemos conversar. E não, não acho que seja louca. Ele é um cara bacana, que ama você. E você também o ama. Por acaso ele respeita a sua decisão de não ter filhos? — perguntou Carole, preocupada.

— Ele diz que sim. Diz que sou o bastante para ele.

— É isso o que importa — disse Carole.

Quando saltaram do carro, o celular de Carole tocou. Era Matthieu.

— O que você anda aprontando? — perguntou ele, todo feliz.

— Estou indo para o aeroporto buscar a Chloe. Fui ao médico hoje e ele disse que estou bem. E, no caminho de volta, compramos

312

o vestido de noiva da Stevie. — Era prazeroso contar a ele tudo o que havia feito. Depois do pesadelo em Paris, cada minuto parecia uma dádiva.

— Agora você me deixou preocupado. Está fazendo coisas demais. O médico a liberou para fazer isso tudo ou recomendou que você descansasse?

Eram quase quatro horas da manhã em Paris. Ele estava acordado e decidiu telefonar para ela. Tinha a sensação de que Carole estava muito longe. Além disso, adorava ouvir sua voz, que parecia empolgada e alegre.

— Ele disse que só preciso voltar lá daqui a um mês.

Neste momento, ela se lembrou da época em que estava grávida do filho de Matthieu, e tentou afastar a recordação da mente, pois isso a deixava muito triste. Na época, ele também queria saber de todos os progressos sempre que ela ia ao médico e vivia beijando sua barriga. Chegara, inclusive, a acompanhá-la em uma das consultas, para escutar o coração do bebê. Passaram por maus momentos juntos, especialmente após o aborto e, depois, quando a filha dele morreu. Ela e Matthieu tinham uma história que os unia, até mesmo agora.

— Estou com saudades — falou ele novamente, como havia feito no dia anterior. Carole ficara afastada de sua vida durante 15 anos e agora que estava de volta, cada dia longe dela parecia interminável. Mal podia esperar para vê-la de novo. Viajaria no dia seguinte para esquiar com os filhos, mas prometeu telefonar. Queria muito que ela pudesse acompanhá-lo. Carole não chegara a conhecer os filhos dele quando os dois moravam juntos, mas Matthieu queria muito que ela os conhecesse agora. Carole sabia que seria uma experiência triste e feliz ao mesmo tempo. Enquanto isso, queria passar um tempo com Anthony e Chloe.

Ela e Stevie esperaram Chloe passar pela alfândega. A jovem sabia que Stevie iria ao aeroporto, mas ficou surpresa ao ver sua mãe.

— Você veio! — exclamou ela, feliz, abraçando a mãe. — Tem certeza de que pode fazer isso? Está se sentindo bem?

Ela parecia preocupada e ao mesmo tempo emocionada, o que deixou Carole duplamente feliz por ter ido. Seu esforço tinha sido recompensado ao ver a expressão de surpresa e gratidão no rosto da filha. Chloe estava desfrutando do amor de sua mãe, que era exatamente o que Carole mais desejava.

— Estou ótima. Fui ao médico hoje. Estou liberada para fazer o que quiser, dentro dos limites do bom senso, é claro, o que me parece razoável. Estava louca para ver você — disse Carole ao abraçar a filha. Stevie tinha ido pegar o carro, já que Carole ainda não estava em condições dirigir, nem planejava fazê-lo por um bom tempo. Os médicos não achavam isso recomendável, e ela também não se sentia segura para enfrentar o trânsito de Los Angeles.

No caminho para casa, Carole contou à filha sobre os planos de casamento de Stevie. Chloe ficou emocionada. Conhecia Stevie desde que era pequena e a adorava como se ela fosse uma irmã mais velha.

Quando chegaram à casa de Carole, Stevie deixou as duas sozinhas. Chloe ficou na cozinha com a mãe. Tinha dormido durante o voo, portanto estava sem sono. Carole preparou ovos mexidos para a filha e, de sobremesa, elas tomaram sorvete. Era quase meia--noite quando foram dormir. No dia seguinte, saíram para fazer compras de Natal. Carole ainda não havia comprado nada e tinha apenas dois dias para providenciar os presentes. Aquele Natal não seria tão farto, mas seria muito bom.

No dia seguinte, ela comprou tudo o que precisava na Barneys e na Neiman, para Jason, Stevie e para os filhos. Estavam entrando em casa quando Mike Appelsohn telefonou.

— Já chegou! Por que não me telefonou? — perguntou ele, ofendido.

— Só cheguei anteontem. E Chloe chegou ontem à noite.

— Liguei para o Ritz, e eles disseram que você tinha ido embora. Como está se sentindo?

Ele ainda parecia preocupado. Afinal, havia apenas um mês, ela estava à beira da morte.

— Bem. Um pouco cansada, mas estaria assim de qualquer maneira, por causa do jet lag. E você, querido?

— Ocupado. Odeio essa época do ano. — Ele falou sobre algumas trivialidades durante alguns minutos, em seguida explicou o motivo da ligação. — O que vai fazer em setembro?

— Estarei na universidade. Por quê? — respondeu ela, brincando.

— Jura?

— Claro que não. Como vou saber o que estarei fazendo em setembro? Já estou feliz por estar aqui agora. Por pouco, não sobrevivi.

Ambos sabiam que aquilo era a mais pura verdade.

— Nem me fale. Sei muito bem disso — disse Mike. Carole ainda se sentia emocionada por ele ter ido a Paris só para vê-la. Fez o sacrifício de pegar um voo noturno de Los Angeles só para isso.

— Bem, moça, tenho um papel para você. Excelente. Se você não gostar desse, eu desisto.

Ele lhe contou quem eram os produtores e os atores escalados. A ela, caberia o papel principal e contracenaria com dois atores famosos e uma respeitada atriz mais jovem. Além disso, seu nome encabeçaria o elenco. Era um filme fabuloso, com um grande orçamento e um diretor com quem ela havia adorado trabalhar em outra oportunidade. Mal podia acreditar no que tinha acabado de ouvir.

— Você está falando sério?

— Muito sério. O diretor vai começar a gravar outro filme na Europa em fevereiro e ficará lá até julho. E não poderá começar esse projeto antes de setembro, porque precisa concluir a montagem do outro em agosto. Até lá, você teria tempo livre para escrever o seu livro, se ainda estiver trabalhando nele.

— Sim. Já estou trabalhando nele.

Ela estava empolgada com o convite.

— Algumas cenas serão rodadas na Europa. Mais precisamente em Londres e em Paris. O restante será gravado em Los Angeles. Então, o que acha?

— Parece sob medida para mim.

Ela ainda não havia contado a Mike as novidades sobre Matthieu. Mas o que ele acabara de propor se ajustava perfeitamente aos seus planos atuais, ou seja, passar uma parte do ano com Matthieu em Paris e o restante na sua casa, em Los Angeles. A temporada em Londres seria a cereja do bolo, quando poderia aproveitar para visitar Chloe.

— Vou enviar o roteiro para você. Os produtores querem uma resposta até o final da próxima semana. Eles têm duas outras atrizes em vista que fariam qualquer coisa por esse papel. Vou providenciar para que o mensageiro o leve para você amanhã. Eu acabei de ler ontem à noite e adorei.

Carole confiava em Mike. Ele sempre era sincero com ela. Além disso, tinham um gosto semelhante para roteiros.

— Vou ler assim que receber — prometeu Carole.

— Agora me diga como está se sentindo. Você acha que vai estar em condições de trabalhar até lá? — perguntou ele, preocupado.

— Acho que sim. Estou me sentindo melhor a cada dia. E o médico daqui garantiu que estou ótima.

— Cuidado para não exagerar — recomendou ele, reforçando as palavras de Matthieu. Ambos a conheciam muito bem e sabiam que ela sempre fazia isso, era a cara dela exagerar. Desde o início da carreira, sempre batalhara muito, embora, nos últimos anos, tivesse diminuído o ritmo. Mas já sentia seu motor acelerando de novo. Tivera um intervalo bastante longo. — Porque depois você pode se arrepender — avisou ele.

— Eu sei. Não sou tão estúpida assim.

Tinha plena consciência do que havia sofrido e de quanto fora difícil. Ainda estava em convalescença, mas não tinha nenhum plano importante para os meses seguintes. Ela e Matthieu também estavam indo com calma. E, quanto ao livro, iria escrevê-lo no seu ritmo. Além disso, teria oito meses para descansar antes de voltar a trabalhar.

— Bem, moça, você estará de volta às telas nesse filme — disse ele, emocionado.

— Parece que sim. Mal posso esperar para ler o roteiro.

— Você vai se apaixonar por ele. Se isso não acontecer, eu como os meus sapatos. — Isso seria difícil, afinal ele era alto e calçava 44.

— Ligo para você no dia 26, logo depois do Natal.

— Feliz Natal, Carole — desejou Mike, com a voz embargada. Não conseguia nem imaginar a possibilidade de não vê-la novamente, teria sido uma tragédia para ele e para várias outras pessoas.

— Feliz Natal para você também, Mike.

Durante o jantar, ela falou sobre o filme com Chloe e percebeu uma expressão sombria no rosto da filha. Era a primeira vez que se dava conta de quanto Chloe realmente se ressentia de sua carreira.

— Se eu aceitar o papel, irei para Londres gravar algumas cenas. Seria ótimo porque eu poderia visitar você. E você poderia dar um pulo em Paris quando eu estivesse lá.

A expressão de Chloe se iluminou no mesmo instante. Chloe sabia quanto Carole estava se esforçando para passar um tempo em sua companhia, e isso significava muito para ela. Quaisquer que fossem os erros do passado, dos quais Chloe a culpava, estavam sendo reparados agora.

— Obrigada, mãe. Eu vou adorar.

Naquela noite, as duas tinham decidido jantar em casa. Pediram comida chinesa e a enfermeira foi buscar quando o entregador chegou. Carole não queria perder nem um minuto sequer da companhia da filha. Chloe dormiu em sua cama, e elas se divertiram como duas crianças. Então, no dia seguinte, as duas foram buscar Jason e Anthony no aeroporto. Stevie não foi trabalhar. Era véspera de Natal, e ela ganhara o dia de folga. Só retornaria ao trabalho no dia 26.

O roteiro que Mike tanto elogiara chegou naquela tarde. Carole deu uma rápida olhada na história e, num primeiro momento, a achou realmente muito boa, exatamente como ele havia dito. Ten-

317

taria ler mais detalhadamente na noite de Natal, depois que todos tivessem ido dormir. Mas tinha quase certeza de que iria gostar. Mike tinha razão. O papel era simplesmente fantástico. Ela falou sobre o filme com Matthieu, que também ficou animado. Ele sabia que ela queria muito voltar ao cinema, e aquele papel parecia perfeito.

Anthony e Jason foram os primeiros a sair do avião. Chloe os levou para casa e, no caminho, os três conversaram animadamente, riram muito e lembraram histórias embaraçosas de Natais passados. Eles se recordaram de quando moravam em Nova York e Anthony, aos 5 anos, acidentalmente derrubou a árvore de Natal, tentando pegar o Papai Noel enquanto ele descia pela chaminé. Histórias como essa aqueciam o coração de Carole e alegravam os outros. E agora ela conseguia se lembrar de quase todas elas.

Quando chegaram à casa de Carole, pediram pizza e, depois que Anthony e Chloe foram se deitar, Jason foi até a cozinha pegar algo para beber e se deparou com Carole.

— Como está se sentindo realmente? — perguntou ele, em tom sério.

Embora Carole parecesse melhor do que da última vez que ele a vira, ainda estava pálida. Havia feito muita coisa desde que chegara a Los Angeles. E, como a conhecia muito bem, Jason imaginou que ela provavelmente havia exagerado.

— Estou bem, de verdade — disse ela, surpresa.

— Você nos deu um tremendo susto — disse ele, referindo-se ao atentado e tudo o que havia acontecido depois. Jason fora maravilhoso naquele momento de aflição, e ela ainda se sentia grata por tudo o que ele dissera.

— Eu também levei um tremendo susto. Foi uma tremenda falta de sorte, mas acabou tudo bem.

— É verdade — assentiu ele, sorrindo. Os dois conversaram durante um tempo e depois ele foi dormir. Carole ficou no escritório por mais alguns minutos, antes de ir para a cama. Gostava daquela hora da noite, em que o silencioso era absoluto. Sempre gostou, sobretudo quando as crianças eram pequenas. Era um momento só seu. Precisava disso.

Ela olhou para o relógio e viu que passava da meia-noite. Eram nove horas da manhã na França. Pensou em ligar para Matthieu para lhe desejar um feliz Natal. Mas, naquele momento, não queria falar ao telefone. Agora eles dispunham de tempo; muito, por sinal. E em breve ele estaria em Los Angeles, ao seu lado. Estava feliz por tê-lo de volta em sua vida. Era um presente inesperado. Então sentou-se diante da escrivaninha, olhou para o computador e leu as últimas frases que havia escrito em seu livro. Agora tinha tudo delineado em sua cabeça e sabia exatamente o que queria escrever.

Em seguida, olhou o jardim, com sua fonte toda iluminada e o lago. Seus filhos estavam em casa, em seus respectivos quartos. Jason também estava lá. Com o tempo, ele se tornou um amigo querido e irmão. Ela iria fazer um filme. Havia sobrevivido a um atentado terrorista e conseguira recuperar a memória. Stevie iria se casar em uma semana. Então fechou os olhos e, em silêncio, agradeceu a Deus as bênçãos recebidas. Em seguida, abriu os olhos novamente e sorriu. Tinha tudo o que queria e um pouco mais. E o melhor de tudo: tinha a si mesma. Recusara-se a violar seus princípios e a fazer concessões no decorrer da vida. Tampouco renunciara aos seus ideais, aos seus valores ou às coisas que considerava importantes. Fora fiel a si mesma e aos que amava. Olhou para o bracelete que Matthieu lhe dera e leu a inscrição novamente. "Seja fiel a si mesma." Até onde sabia, era exatamente o que havia feito. Ainda não tinha contado à sua família sobre Matthieu, mas faria isso no momento apropriado. Sabia que Anthony provavelmente faria objeção no início, mas tinha esperança de que, com o tempo, o filho acabasse aceitando o relacionamento. Ele tinha direito de manifestar sua opinião e se preocupava com a mãe. Mas Carole tinha o direito de fazer as próprias escolhas.

— O que você está fazendo? — perguntou uma voz atrás dela. Era Chloe, de camisola, parada na porta do escritório. Queria dormir na cama da mãe novamente; Carole concordou. Isso a fazia se lembrar de quando a filha era pequena e adorava dormir com ela.

— Só estou pensando — respondeu Carole, virando-se para ela com um sorriso.

— Em quê?

— Em quanto preciso agradecer pelo ano que está quase acabando.

— Eu também — disse Chloe baixinho, antes de abraçá-la. — Estou tão feliz por você estar aqui. — E então suas longas pernas graciosas dispararam para o corredor. — Vamos, mãe, hora de dormir.

— Certo, chefe — concordou Carole, antes de apagar as luzes do escritório. Depois, seguiu a filha pelo corredor até seu quarto. — Obrigada — sussurrou Carole, olhando para o céu, com um sorriso agradecido. Aquele seria de fato um feliz Natal, para todos eles.

Este livro foi composto na tipografia Adobe
Garamond Pro, em corpo 13/16, e impresso
em papel off-white no Sistema Cameron da
Divisão Gráfica da Distribuidora Record.